LA SEGUNDA VENIDA

DANI NOVARAMA

LA SEGUNDA VENIDA

PLAZA JANÉS

Papel certificado por el Forest Stewardship Council®

MIXTO
Papel | Apoyando la silvicultura responsable
FSC® C117695

Penguin Random House Grupo Editorial

Primera edición: octubre de 2024

Printed in Spain – Impreso en España

ISBN: 978-84-01-03414-5
Depósito legal: B-11425-2024

Compuesto en Mirakel Studio, S. L. U.

Impreso en Rodesa
Villatuerta (Navarra)

L 0 3 4 1 4 5

Para Carmen

Prólogo

Entre hileras de lápidas desgastadas, dos mujeres avanzan lentamente, con la espalda curvada, como si se inclinara ante el paso del tiempo. Frágiles pero resistentes, Maddie y Lily, octogenarias y compañeras de por vida, caminan juntas, apoyándose mutuamente con pasos medidos.

Lily sostiene un pequeño ramo de flores pálidas, una nota de color ante el monocromático cementerio. Se acercan a una tumba, sencilla pero por algún motivo especial, y se quedan quietas. El mundo contiene la respiración, el aire se llena de respeto. Esta tumba parece guardar los secretos de una vida ligada a la suya.

La voz de Maddie, apenas un susurro, rompe el silencio:

—¿Lo añoras?

La mirada de Lily permanece fija en la lápida, mientras sus ojos llorosos se asoman a un pozo de recuerdos.

—Bueno, ahora está en todas partes, ¿no? —responde melancólica.

—Está en todas partes, pero no está contigo… —dice Maddie, preocupada por su amiga.

Lily se gira levemente. El paso del tiempo y los recuerdos se han grabado en su rostro.

—Añoro el tacto de su piel, el sonido de su voz —confiesa—. Sí, lo añoro todos los días.

Su voz es tenue, como si temiera perturbar el entorno. Cierra los ojos y se deja llevar por la marea de recuerdos.

—Todos los días viajo al momento en que lo conocí —murmura, y sus palabras se alejan como un barco que la transporta a través del vasto océano del tiempo.

1

Anunciación

Hace cincuenta años...

Las alas del avión cortaron las capas de nubes como una hoja afilada y revelaron el paisaje que había debajo. En la fila siete, una pareja de jóvenes intercambiaba sonrisas emocionadas mientras miraban por la ventana las granjas y los infinitos campos de maíz. Lentamente, como si despertara de un largo sueño, su ciudad natal apareció por una esquina de la estrecha ventana. Saludaron los puntos de referencia, algunos familiares; otros, nuevos. Las fachadas de cristal de los rascacielos se alzaban arrogantes y reflejaban la deslumbrante luz del sol. En la distancia, el río Mississippi era como una autopista de plata que los guiaba de vuelta a casa en el Medio Oeste de Estados Unidos.

—¡Mira! ¡Ese edificio no estaba la última vez que vinimos! —exclamó ella mientras presionaba la mano contra el cristal.

Él asintió y abrió los ojos con asombro.

—Han pasado solo cuatro años desde que nos fuimos, pero ya se notan cambios, cómo pasa el tiempo —respondió con anticipación.

Ambos sintieron el potencial de un nuevo comienzo, una segunda venida que dejaría su huella en su hogar.

—¡Pero el cambio no siempre es para mejor! —añadió él, con tristeza.

Mientras el aparato descendía, vio los barrios cutres que recordaba de hacía años, pero ahora eran algo más grandes, más abandonados, más... cutres aún. Le asaltaron recuerdos del tiempo pasado en California: la vibrante atmósfera de su primer día en Silicon Valley, los proyectos de vanguardia en los que habían trabajado. Estaba lleno de orgullo, pero también deseaba llevar algo de innovación y progreso a su tierra natal.

Miró a su novia, que tenía los ojos fijos en el paisaje de hormigón. Compartían sueños, ambiciones..., él sabía que la misma determinación ardía en su interior. Pero no podía evitar preguntarse si acaso tras la mirada de ella se ocultaban algunos miedos.

Mientras observaban el paisaje urbano en constante cambio, su corazón palpitaba de emoción y aprensión. Él quería producir un impacto significativo, convertirse en un catalizador del cambio. La idea de revitalizar su comunidad, de crear oportunidades duraderas para los demás, le daba un propósito a su vida.

¿Y ella? Sus pensamientos oscilaban entre el optimismo y la incertidumbre. Veía los desafíos que les esperaban, los obstáculos a los que se enfrentarían. Pero debajo de ese temor ardía la llama de la esperanza. Aspiraba a utilizar sus habilidades para dejar huella, apoyar a los menos afortunados y cerrar la brecha de desigualdad que se había cebado con su ciudad, ahora incluso más que cuando, cuatro años atrás, la abandonaron en busca de un futuro mejor en la costa oeste.

Un fuerte chirrido, y las ruedas del avión tocaron el suelo e interrumpieron sus pensamientos. La piel de gallina: estaban de vuelta en casa. La aventura esperaba. Así que, apresurados como adolescentes, abandonaron el avión y se dirigieron a las cintas de equipaje. Diez minutos más tarde, y cargados con cuatro maletas, era el momento de salir a la ciudad.

La señora de la oficina de alquiler de coches los miraba curiosa mientras se acercaban, corriendo por el pasillo. Habría dicho que eran de allí, pero había algo extraño en su aspecto y en su comportamiento. Luego reparó en su ropa y sus peinados, y en la historia que contaban: la de unos chavales de campo que un día abandonaron su estado en busca de mejores oportunidades.

—Documentos, por favor —exigió la señora, estudiándolos con la mirada.

El joven se volvió hacia la chica:

—Lily, cariño, ¿tienes los permisos de conducir? —dijo con voz cálida.

Lily rebuscó en su bolso ante la mirada indiferente de la mujer. Él no pudo resistirse a burlarse de ella.

—Ah, por cierto, perdí unos libros hace meses... Si los encuentras dentro del bolso, ¿podrías devolvérmelos, por favor? —comentó despreocupado.

—¡Max, no finjas que sabes leer para que esta señora te alquile un coche! —Lily replicó con el mismo sarcasmo juguetón.

Al cabo, sacó las licencias. La mujer, que luchaba por parecer profesional, se rio con la broma.

Max soltó una carcajada y abrazó a Lily por la cintura. La mujer continuó con el interrogatorio.

—¿Por qué os venís de California? —preguntó amable. Había curiosidad en su tono.

Max y Lily intercambiaron miradas de complicidad antes de revelar la verdad.

—Llevábamos cuatro años trabajando en una empresa de software en Silicon Valley, estábamos en un programa de prácticas —comenzó orgulloso Max.

Lily añadió con una sonrisa cínica:

—Pero adivina quiénes son los primeros a los que despiden cuando se acaba el dinero del fondo de inversión.

Max la interrumpió:

—De todos modos, siempre quisimos formar una familia. Creímos que eso era una señal del cielo para finalmente volver a casa.

La mujer asintió, con algo de admiración brillando en sus ojos.

—Sea como sea, es bueno que personas con talento regresen aquí para contribuir al desarrollo de la comunidad. Necesitamos gente como vosotros.

Max y Lily sintieron una oleada de confianza, sus esperanzas de un futuro brillante se vieron reforzadas por el apoyo de la señora.

—Aquí tenéis las llaves, es un Prius blanco, plaza de aparcamiento 32b.

Mientras navegaban por las arterias congestionadas de la ciudad en un Toyota blanco que había visto días mejores, la energía del entorno los envolvió. Nuevos letreros de neón adornaban los rascacielos, proyectando su resplandor en las aceras llenas de gente. Las bocinas de los coches, las conversaciones en cada callejón y el aroma de la comida callejera llenaban el aire de estímulos sensoriales.

Lily se volvió hacia Max y se colocó un mechón suelto de cabello oscuro detrás de la oreja. Su voz tenía algo de incertidumbre.

—Entonces ¿vamos directamente a la oficina?

Max asintió.

—Directos a la carga: la nueva empresa ya nos ha alquilado un apartamento, ¿recuerdas? Así que vamos, recogemos las llaves, conocemos a nuestro nuevo jefe y luego ya jugaremos a las casitas —respondió, dibujando mentalmente una imagen de la aventura que les esperaba.

—Me alegro de volver, Max, pero es un poco raro, ¿no? —admitió Lily.

Por un momento la duda pareció nublar su confianza. Miró por la ventanilla del coche, con sus pensamientos perdidos en un laberinto de emociones. Calle tras calle, el contraste entre la riqueza en primer plano y algunos barrios pobres tras ellos se hacía cada vez más evidente.

—No me malinterpretes: California no es el paraíso, y San Francisco tiene algunos barrios que dan miedo. Pero cuatro años después, el contraste aquí sigue siendo enorme.

Lily parecía asustada, una sombra de preocupación le surcaba la frente. Max instintivamente se acercó y apoyó la mano en su rodilla.

—Sí, vivimos en la tierra de las oportunidades, ¡pero esas oportunidades no son las mismas en todas partes!

La voz de Max estaba llena de simpatía. Tenía esperanza: su antigua empresa les había puesto en contacto con proveedores suyos en su ciudad natal. Así que, a pesar del despido, encontraron trabajo casi de inmediato.

Un bache profundo sacudió el coche y el rostro de Lily se contrajo de incomodidad. Se estremeció al sentir una punzada aguda en el estómago. La preocupación se dibujó en el rostro de Max al volverse hacia ella.

—¿Estás bien?

Lily forzó una sonrisa tranquilizadora

—No pasa nada. Será cosa del vuelo —respondió ella, esperando no agobiarlo.

En el fondo, sin embargo, tenía una inquietud persistente, pero no quería cargar a Max con sus preocupaciones. Llevaba semanas notando en su cuerpo... algo extraño.

A pesar del dolor momentáneo, estaban emocionados. Venían de una prestigiosa empresa de tecnología; sus habilidades se habían entrenado en el epicentro de la innovación. Ahora esperaban la oportunidad de compartir su experiencia en su nueva empresa. ¿Quién sabe? Quizá incluso crear una propia en el futuro, construir algo desde cero. Un futuro mejor.

A medida que continuaban viaje, por la ventanilla del coche contemplaban el panorama que tenían ante ellos. En medio de la bulliciosa vida urbana, su atención se centraba en la desigualdad, en la división entre prosperidad y miseria. En cuestión de segundos, pasaban de ver a hombres vestidos con traje a personas sin techo enganchadas al fentanilo. Esa pugna entre desarrollo y pobreza sabía a desesperación, pero también encendía un fuego en su interior.

Después de unos veinte minutos, finalmente llegaron a su nuevo lugar de trabajo, un anodino edificio de cristal. Entraron y miraron a su alrededor, tratando de encontrar su sitio en el espacio que los rodeaba. La oficina bullía de actividad, los empleados estaban absortos en sus tareas. Sí, se parecía un poco a cualquier otra empresa de software del país, pero con un aire de ciudad de provincias. Era genial estar en casa.

Richard, el gerente, salió de un cubículo cercano, todo sonrisas. Max y Lily intercambiaron miradas esperanzadas, deseosos de empezar a trabajar. Richard los miró de los pies a la cabeza. Sintieron familiaridad, pero también distancia. De alguna manera, se sentían bienvenidos, pero no pertenecían allí. Eran extraños en su propia tierra.

Lily observaba a Richard, trataba de formarse una primera impresión de su nuevo jefe. Definitivamente parecía... el típico jefe de una empresa de tecnología. Ya pasaba de los cuarenta, pese a su rostro juvenil y pecoso. No lo llamarías gordo, pero seguro que tampoco era flaco. Tenía uno de esos cuerpos que quizá tiempo atrás había disfrutado del deporte hasta descubrir los placeres de la comida rápida y la cerveza. Y lucía barba, una de esas barbas que nunca sabes si son intencionadas o si simplemente no se las afeitan por pereza. Tenía el pelo de un tono rojizo, rizado y enredado. Y, por supuesto, llevaba gafas de plástico negras. Las clásicas gafas de «eres informático, ¿verdad?». En general, parecía amigable. Así que Max decidió entrar con buen pie.

—Estamos encantados de estar aquí. —La voz de Max rebosaba un calculado entusiasmo.

—Es un placer recibiros.

Richard los acompañó a una sala de reuniones. Llevaba en la mano varios papeles. Lily supuso que serían sus currículums, probablemente los habrían enviado desde California para preparar su llegada.

—A ver... qué tenemos aquí... Lily, experta en inteligencia artificial y aprendizaje automático —dijo mientras echaba un vistazo a una hoja. Su rostro era una extraña mezcla de felicidad y desconfianza. Pasó al segundo currículum—. Y Max, programador de interfaz de usuario —suspiró.

Max y Lily se miraron entre ellos y luego a Richard. Max rompió el silencio:

—Sí. Lo nuestro es la inteligencia artificial, y esperamos poder ser útiles aquí.

La sonrisa del gerente vaciló levemente.

—Oh, me encantaría, creedme. Envidio vuestro entusiasmo, pero aquí, en esta oficina, nos encargan básicamente cosas que dan dinero —admitió, con un deje de decepción en la voz—. Nuestras principales tareas son campañas de marketing y venta de publicidad en redes sociales. Toda la investigación y las cosas divertidas se hacen... en otro lugar.

Los rostros de Max y Lily palidecieron. En un instante sus esperanzas se hicieron añicos como una taza de cerámica cuando cae al suelo.

Una sensación de expectativas fallidas se cernió sobre ellos. Después de años centrados en investigación, dedicarse al marketing no les entusiasmaba del todo. De hecho, no les entusiasmaba en absoluto. Soñaban con meterse de lleno en nuevos proyectos de IA, pero parecía que eso no iba a suceder. Serían esclavos de trabajos de menor nivel, alejados de los innovadores proyectos a los que estaban acostumbrados.

Una fuerte melancolía los atrapó al ver que sus sueños de altos vuelos en Silicon Valley efectuaban un aterrizaje de emergencia ante la realidad de sus nuevos roles. Sin embargo, a pesar de la decepción, estaban agradecidos. Al menos estaban en casa, en un entorno familiar, lo que les proporcionaba cierto consuelo. Se aferraron a este rayo de esperanza y recordaron la oportunidad que tenían de contribuir al desarrollo de su comunidad, incluso si eso significaba empezar de nuevo desde la base de la cadena alimentaria.

Max y Lily intercambiaron esas miradas clásicas en una pareja, miradas que dicen «y ahora qué» y «es lo que hay». Estaban decepcionados por las limitaciones de sus nuevos roles, pero decididos a aprovechar la situación al máximo. Con actitud renovada, se acercaron a los escritorios que les habían asignado para poner las cosas en orden. Sus tareas iniciales no parecían glamurosas, pero confiaban en que irían mejorando poco a poco. Quizá el primer día en su nuevo trabajo no había ido como esperaban, pero Max y Lily aún creían que podían dar la vuelta a la situación.

Las horas transcurrían con el entusiasmo de un lunes por la mañana. Lily sintió la necesidad de escapar de la atracción gravitatoria de su escritorio. Se puso de pie para estirar las piernas y se dirigió hacia un dispensador de agua situado en la esquina de la oficina. El familiar zumbido de la charla y el sonido de teclados la rodeaban mientras alcanzaba un vaso de papel reciclado.

Mientras veía caer el agua, una oleada de náuseas la invadió. La habitación empezó a dar vueltas y un dolor agudo le atravesó el estómago como un cuchillo frío y afilado. Se giró para mirar por la ventana. Buscaba desesperadamente un poco de aire fresco, pero el brillo del exterior la cegó. Por una fracción de segundo, no pudo ver y una luz blanca la inundó. Sintió como si su cabeza girase, escuchó voces dentro de su cerebro, como si alguien le hablara en una especie de lenguaje antiguo, desconocido y apagado. Pero no había nadie alrededor. Su cuerpo se notaba ingrávido.

No tuvo miedo, pero los segundos parecieron horas. Como una metáfora surrealista de su control de la realidad, su agarre sobre el vaso se debilitó y su cabeza se volvió pesada. Retrocedió, tratando de mantener el equilibrio y no caer sobre el frío suelo de linóleo, pero se dejó ir sobre un sofá cercano con un fuerte golpe.

Max, que estaba cerca, la oyó caer. Su rostro se desencajó, preocupado, mientras saltaba hacia ella. Se le escapó un grito.

—¡Lily! ¿Qué pasa? —preguntó, tratando de reanimarla.

Lily trató desesperadamente de mantener la compostura, forzando una débil sonrisa.

—Estoy bien —respondió en un susurro apenas audible—. Quizá un golpe de calor o algo así.

Pero el dolor aumentaba. La cabeza le daba vueltas y Lily luchaba contra las ganas de vomitar, contra las ganas de desmayarse. Sentía el cuerpo casi sin vida y, en el fondo, sabía que algo andaba mal. Cada latido del corazón era como un trueno en sus sienes. Su visión se enfocaba y luego se volvía borrosa, como cegada por la misma luz blanca. Y las voces tronaban dentro de su cráneo como un coro ensordecedor. Un coro no podía entender.

La preocupación de Max creció y sus instintos lo impulsaron a actuar. Primero, tumbó a Lily en el sofá. Luego, la agarró de los pies y, con un movimiento rápido, le quitó los zapatos y levantó ambas piernas por los tobillos, tratando de inundar su cerebro con sangre fresca y oxigenada.

Una pálida Lily fue poco a poco recuperando la compostura, el color volvió a sus mejillas, hasta que tuvo energía suficiente para susurrar:

—Ya estoy mejor, gracias.

Max colocó una mano sobre el hombro tembloroso de Lily. Estaba helada.

—No, Lily, esto no es normal. Necesitamos saber qué está pasando. Mañana por la mañana, iremos a ver a un médico.

Lily miró fijamente a Max y asintió. Sabía que tenía razón. Además, si era sincera, tampoco tenía energía para defenderse.

En realidad, sabía exactamente lo que estaba pasando. Nunca, en toda su vida, contó a nadie lo que realmente sucedió ese día.

2

Concepción

A primera hora de la mañana siguiente, Lily y Max estaban sentados de lado en la sala de espera del médico, llenos de ansiedad. La habitación estaba refrigerada por un ruidoso aire acondicionado que seguramente era más viejo que la mayoría de los pacientes y despedía un olor a antiséptico que les hacía cosquillas en la nariz. Los ojos de Lily iban saltando: primero a las sillas manchadas, luego a los rostros sudorosos de los pacientes, luego contempló las paredes que habían decorado con certificados médicos enmarcados. Parecía que hubiesen pintado las paredes una docena de veces en un blanco clínico. Las luces fluorescentes zumbaban en lo alto, proyectando un brillo estéril. Todo el conjunto enfatizaba una imagen de austeridad, de centrarse en la función más que en la forma.

Cuando escuchó que la enfermera la llamaba por su nombre, Lily entró en la consulta, apresurada, y extendió su colección de pruebas médicas sobre la mesa, el papel crujía bajo sus dedos: radiografías, muestras de sangre, su historial médico completo.

Max entró justo después, mirándola desconfiado por el rabillo del ojo. Deseaba poder calmarla de alguna manera. Pero no podía: en ese momento, Lily se enfrentaba a sus propios demonios.

«Bueno —pensó para sí misma—, al menos podemos permitirnos un seguro médico». No podía ni imaginar el coste de todo esto si fueran de esos vagabundos que habían visto deambulando por las calles el día anterior.

Esperaron, entreteniéndose con el suave susurro de conversaciones ahogadas a través de las delgadas paredes. Palabras aleatorias flotaban en el aire, que se mezclaban con el ocasional sonido de papeles y el eco de pasos en el recibidor. El tictac del reloj de pared parecía anormalmente fuerte, amenazante, como si contara hacia lo desconocido.

La puerta se abrió con un chirrido y entró una ginecóloga de unos cuarenta años con una sonrisa cálida pero profesional. Su voz, suave pero confiada, llenó la habitación mientras los saludaba. Se sentó y examinó cuidadosamente los resultados de las pruebas mientras Max y Lily no quitaban ojo de cada uno de sus movimientos, absorbiendo cada detalle, tratando de leer sus reacciones.

Estudió atentamente los informes sobre Lily, con el ceño fruncido, con preocupación. De repente, hizo una pregunta que cortó el aire:

—Lily, ¿alguna vez has trabajado en un ambiente expuesto a la radiación?

Lily negó con la cabeza. No había visto venir esa pregunta. La médico insistió:

—Sí, por ejemplo, ¿has trabajado en una planta de energía nuclear, en una instalación de radiología o en algún lugar donde podrías haber estado expuesta a materiales radiactivos?

—¿Qué quiere decir…? —respondió, incrédula. Su tono bronco, poco habitual en ella, delataba lo nerviosa que estaba—. Por supuesto que no. Soy programadora, me paso el día con el culo pegado a una silla ante un ordenador.

—Ya veo. —La médico volvió a sumergirse en la pila de pruebas frente a ella, solo para resurgir segundos después con otra pregunta:

—¿Fumas? ¿Tomas alguna droga?

El rotundo «no» de Lily fue una mezcla de determinación e ira. ¡No era una drogadicta!

La médico miró a Max, como si buscara su apoyo para lo que se le venía encima. Él, sin darse cuenta de la tormenta que se estaba gestando, no reaccionó como ella hubiera deseado, por lo que la médico volvió su mirada otra vez a Lily. Una sombra pareció oscurecerle el rostro mientras estudiaba las pruebas una vez más, tratando de confirmar su diagnóstico antes de dar la voz de alarma. El tiempo pareció detenerse mientras Lily esperaba ansiosamente el veredicto. La mirada preocupada de esta se encontró con la de Lily, que por un segundo, leyó su mente. Y, en ese momento, sintió que sus entrañas se desmoronaban.

Aclarándose la garganta, la doctora comenzó a explicar la naturaleza de los síntomas de Lily.

—Lily, he examinado minuciosamente los resultados de tus pruebas y debo admitir que tu caso es bastante... —Hizo una pausa tratando de encontrar una palabra que mezclara objetividad con empatía— especial. Tienes una cantidad inusualmente baja de óvulos para alguien de tu edad. Solo lo he visto cuando hay una exposición a radiación u otros factores conocidos.

La voz de la médico intentaba ser empática, pero sonaba a hielo. Los ojos de Lily permanecían fijos en ella, como si nada más existiera en ese momento. Se sentía mareada y una lágrima amenazaba con asomarse en el ojo, pero se resistió.

—¿Qué quiere decirme? —preguntó, tratando de ir al grano. Tanta verborrea médica la ponía histérica.

La mujer respondió con una avalancha de terminología y pronósticos médicos. Cogió un bolígrafo y dibujó el sistema reproductivo de Lily en una hoja de papel, pero esta ya no escuchaba: las palabras tenían vida propia, flotaban alrededor de la pareja mientras ellos entendían la gravedad de la situación. La habitación, que ya era claustrofóbica, parecía encogerse aún más, y las paredes se acercaban como si tratasen de asfixiarla. El leve olor a antiséptico se hizo más fuerte, ofensivo, mezclándose con el sabor de ansiedad que se le pegaba a la lengua.

Max sentía como si su corazón estuviera a punto de romperse en mil pedazos. Lo único que podía hacer era apretar la mano de Lily para ayudarla a aterrizar en medio de su creciente ira.

Más allá de los confines de la habitación, la vida seguía: murmullos distantes de conversaciones, risas apagadas esporádicas y sonidos de puertas abriéndose y cerrándose.

Pero, dentro del consultorio de la médico, el tiempo se había detenido y había atrapado a Lily y Max en una burbuja de desesperanza.

Cuando la doctora terminó su explicación, el eco de sus palabras se quedó en el aire, palpable y asfixiante. El silencio era tan denso que se podía cortar con un cuchillo, un testigo no invitado del preciso momento en que Lily entendió que sus sueños de maternidad se le estaban escapando entre los dedos como granos de arena.

Sus ojos le ardían. Sentía miedo, pero intentaba aferrarse a una fugaz sensación de esperanza, como quien intenta atrapar una mariposa al vuelo.

—¿Hay alguna otra prueba que recomiende? ¿Qué más podemos hacer? —preguntó con voz temblorosa.

Al darse cuenta del estado de Lily, la doctora rebajó el tono y eligió cuidadosamente sus palabras. Miró a Max, que ahora sí comprendía lo que tenía que hacer. El papel que tendría que desempeñar.

En un equilibrio de honestidad y compasión, la doctora respondió:

—Lo siento, pero hemos agotado todas las pruebas estándar.

Su voz transmitía simpatía. Comenzó a recetar suplementos vitamínicos, con la esperanza de ofrecer algo parecido a un plan de acción esperanzador.

La voz de Lily era apenas un hilo mientras formulaba la pregunta que reflejaba sus miedos más profundos:

—¿Significa esto que no puedo concebir un hijo? Eso es lo que está diciendo, ¿verdad? ¿Soy... estéril?

La médico identificó la fragilidad de las emociones de Lily. Con voz suave pero mesurada, prosiguió:

—No puedo afirmarlo. Pero tu bajo número de óvulos presenta un desafío importante.

Al comprender que no había nada más que decir, Max abrazó a Lily con fuerza mientras se acercaba a la médico y le decía:

—Gracias por su tiempo, doctora, revisaremos toda esta información.

La ginecóloga esperaba que tuviese otras palabras que decir. Pero había pasado por esto cientos de veces. Multitud de chicas jóvenes se habían presentado con casos de esterilidad, pero nunca como el de Lily. Ya había recetado los mismos suplementos vitamínicos, que eran solo una forma de dejar pasar el tiempo, permitir a la gente aceptarlo y transitar el camino del duelo. Controlando sus emociones, se puso de pie y ofreció las únicas palabras que podía decir, las palabras que sabía que aplastarían de una vez por todas los sueños de Lily, pero que la llevarían a iniciar su propio viaje de cura y aceptación:

—Lo siento mucho.

Mientras las lágrimas le corrían por las mejillas, Lily sintió el frío abrazo de la esterilidad de la habitación. Se sentía entumecida. Los fluorescentes, siempre un símbolo de certeza gracias a su luz blanca, ahora se habían convertido en un juez implacable que acababa de dictar sentencia: ya no cabía duda alguna, nunca podría concebir un hijo.

Se dirigió a la puerta, pero Max se quedó detrás tratando de agarrarse a cualquier comentario de la doctora, buscando desesperadamente un rayo de esperanza. La expresión de la mujer pasó de la cortesía a la honestidad y la transparencia, y respondió:

—En mis veinte años de experiencia, nunca me he encontrado con un caso como este. Pero ¿quién sabe? Los milagros ocurren en el campo de la medicina.

Salieron de la oficina con pasos pesados y la mente nublada por la enormidad de la situación. El mundo que los rodeaba se sentía yermo, como si los colores se hubieran desvanecido y los sonidos se hubieran apagado. En un mundo lleno de estímulos, Lily se sentía sola, vacía, muerta por dentro.

Pasaron los días. Luego las semanas.

Lily cayó en una profunda tristeza que la hacía sentir insuficiente y perdida constantemente. La melancolía la consumía y la dejaba sin energía para hacer otra cosa que no fuese mirar por la ventana.

El camino del duelo y la aceptación está lleno de obstáculos. Y así, a medida que la esterilidad dejó de ser la novedad y pasó a ser la norma, Lily se enterró en un laberinto de pensamientos oscuros. Pasaba horas quieta, intentando encontrar una salida, pero cada paso adelante la llevaba a un callejón sin salida, cada rayo de esperanza se extinguía rápidamente bajo el peso de la realidad.

En el fondo, soñaba con ser felizmente estúpida, creerse sus propias mentiras reconfortantes, pero su mente de ingeniera se lo impedía. Cada vez que imaginaba un escenario esperanzador, su lado analítico se lanzaba como un cazador y lo despedazaba con precisión milimétrica.

Max estaba destrozado. En el fondo, comprendía que Lily necesitaba tiempo y que este proceso de introspección era necesario. Pero deseaba, de alguna manera, llevar la luz exterior al oscuro laberinto interior donde vivía Lily y acompañarla a la salida. Pero Lily no le dejaba entrar. Aislada en su mundo, donde solo había dolor, Max sentía como sus esfuerzos para abrirse paso hacia ella eran todos en vano.

Cada mañana, al irse al trabajo, le dejaba notas secretas por toda la casa, con bromas y pensamientos positivos. Como en el cuento, esperaba que fuesen como migas de pan y la guiasen hacia la luz. Pero al volver, siempre las encontraba en la basura, arrugadas, y a Lily sentada en el sofá, con la mirada ausente.

Una noche, mientras Lily estaba sumida en sus pensamientos, Max se acercó con una taza de té. Se sentó a su lado, tratando de romper su muralla.

—Lily, nunca podré sentir lo que sientes —dijo—. Pero, si me dejas, puedo ayudarte a salir del agujero, ¿me oyes? No lleves esta carga sola. Solo necesito que no te cierres, déjame ayudarte, ¿vale? Eso es lo que decía en la descripción de mi trabajo para novio, ¿no?

Las palabras de Max sonaron sinceras y contundentes. Estaban cargadas de una fe ciega en la capacidad de recuperación de Lily y en su compromiso por ayudarla. Fueron algo así como una cálida manta en una noche fría: encendieron una diminuta chispa dentro de ella y le recordaron la fuerza que poseía. Y así, poco a poco, Lily reconstruyó un pilar de resistencia en su interior, firme en su creencia en su capacidad de recuperación. Lentamente, empezó a considerar caminos alternativos a la maternidad. Era obvio que jamás tendría un hijo, pero eso no significaba condenarse a una vida desdichada.

Pasaron las semanas. Y Lily empezó a salir de su agujero. Obtuvo permiso para trabajar desde casa y se refugió en un mundo que conocía bien: la tecnología. Su esperanza se centró en el brillo etéreo de la pantalla de un ordenador, que proyectaba una luz mística en su rostro como si fuera un personaje de un libro de ciencia ficción. Los minutos se convertían en horas, luego días, luego semanas, y el teclado se transformó en una extensión de sus dedos, mientras su mente vagaba perdida en laberintos de algoritmos y posibilidades. El zumbido del ventilador del ordenador, una melodía constante y relajante, llenaba la habitación y se mezclaba con el golpeteo rítmico de sus dedos en el teclado.

Su mirada estaba fija en la pantalla, sus ojos se fusionaban con los píxeles que bailaban ante ella. El mundo exterior se volvió insignificante a medida que profundizaba en líneas de código y navegaba por océanos de complejidad. El tiempo perdió su sentido, cada momento se integraba perfectamente en el siguiente, y se fundían en un flujo infinito de creación.

La habitación misma pareció cobrar vida con la devoción de Lily. El aire olía a nuevas esperanzas. La suave luz de la pantalla del ordenador proyectaba sutiles sombras en su rostro, iluminando los delicados surcos de concentración de su frente. Era como si la propia sala reconociera la magnitud de su esfuerzo por recuperarse y conspirara para crear una atmósfera propicia para su trabajo. En este reino que había creado para sí misma, Lily era la reina en su torre de marfil.

Reemplazó el peso de su pena por un propósito.

Y así, noche tras noche, con solo el brillo de la pantalla como guía, la inmersión de Lily se completó. Los límites entre lo físico y lo digital se difuminaron, y se volvió una con la tecnología. Era una creadora, una arquitecta de ideas y posibilidades, y utilizaba sus habilidades perfeccionadas en Silicon Valley para allanar el camino hacia nuevos mundos de cambio para su tierra natal.

Las noches dieron paso a los amaneceres y la fatiga se le grabó en el rostro, testimonio de su esfuerzo. Sin embargo, una nueva sensación de satisfacción brillaba en su espíritu. Su inmersión en su trabajo no solo la alivió del peso de su dolor, sino que también se convirtió en un recipiente para sus sueños.

Max se fue a trabajar. El suave brillo del televisor arrojaba una luz parpadeante en la oscura habitación. Lily saltaba distraídamente de canal en canal hasta que se topó con uno de esos infames programas matutinos. El tono sensacionalista del presentador llamó su atención mientras entraban de lleno en un segmento sobre los peligros percibidos de la inteligencia artificial.

Entrecerró los ojos y una sonrisa traviesa apareció en sus labios.

—¿Qué carajo sabrán estos de IA? —murmuró, medio divertida y medio irritada, mientras masticaba una *cookie*.

Las expresiones exageradas del presentador parecían una caricatura de las verdaderas complejidades y el potencial de la inteligencia artificial.

Mientras el programa seguía hablando de la IA de forma sensacionalista, Lily no pudo evitar sentir una chispa de desafío. En ese momento, recordó su propio viaje, las innumerables horas que había pasado poniendo su corazón y su mente en aprender tecnología y programación modernas.

Lily sabía que la IA era mucho más de lo que retrataban los medios: era una herramienta, un lienzo que podía moldearse según las intenciones y los valores de su creador.

Por la tarde, Max regresó a casa y encontró a Lily cambiada, con los ojos iluminados por una desconocida chispa de la vida.

—¿Qué está pasando aquí? —preguntó, curioso e ilusionado por la cara de Lily.

Dudó un momento. Entonces, la voz apasionada de su mujer rompió el silencio. Una sonrisa radiante adornó su rostro mientras presentaba su nuevo proyecto, una diapositiva en la pantalla del ordenador.

—Estoy trabajando en algo. Algo que me entusiasma —pronunció confiada, como un mago que revela su mejor truco.

Los ojos de Max se abrieron y el asombro iluminó sus rasgos. Reconocía el fuego que ardía dentro de ella, un espíritu indomable que se negaba a sucumbir a la desesperación. Las palabras flotaron en el aire, prometiendo algo extraordinario que estaba por venir.

—Vamos, ¿qué es? —la presionó—. ¡Suéltalo, me tienes intrigado!

La comisura de su boca se curvó en una sonrisa malévola.

—Vamos a tener un hijo: un hijo hecho de inteligencia artificial.

3

Nacimiento

La luz de la mañana se deslizó a través de las cortinas y despertó suavemente a Lily de su sueño. Se estiró y bostezó; como un gato con un secreto, sus ojos brillaban con la emoción de su última obsesión. Se puso las zapatillas, que habían tenido días mejores, y entró casi correteando en la sala de estar, que se había transformado en un centro de mando de alta tecnología.

La pared de la sala se había convertido en un lienzo de ideas, lleno de coloridos diagramas, notas y artículos impresos. Se había pasado la noche rellenando todo el muro, tratando de plasmar cada detalle de lo que tenía en la cabeza. Era un extenso mapa mental de su visión, y Lily estaba lista para darle vida. Agarró un marcador y comenzó a agregar más notas, conectando diferentes conceptos en su gran esquema.

Justo cuando las ideas fluían, el aroma del café recién hecho flotó en el aire, anunciando la llegada de Max a la habitación. Se quedó en la puerta, frotándose los ojos y tratando de sacudirse los últimos restos de sueño.

—¿Qué narices es todo esto? —preguntó, al tiempo que con la mirada recorría la pared. Parecía el resultado de una noche loca entre Einstein y Picasso.

—Esto —declaró Lily con una sonrisa tan triunfante que podría iluminar un pequeño pueblo— es el modelo para nuestro hijo IA.

Las cejas de Max se alzaron sorprendidas.

—¿Nuestro IA qué?

—Hijo —repitió Lily, con una asertividad inquietante—. He estado pensando mucho en ello. Quiero crear una inteligencia artificial que pueda aprender y crecer, pero solo centrarse en el conocimiento positivo. Quiero entregarle toda la sabiduría de la humanidad, y filtrar toda la negatividad. Imagina una IA que solo conozca los mejores momentos de la historia y los actos cotidianos de generosidad y amor.

—Es una gran idea —dijo Max, tratando de parecer interesado—. ¿Cómo planeas hacerlo realidad? ¿Qué quieres decir con «conocimiento positivo»?

—Combinaré la minería de datos con un mecanismo de autocorrección —afirmó Lily con determinación—. ¿Sabes cómo un minero puede tamizar la arena de un río para buscar oro? La idea básica es la misma. Mi IA recopilará una gran cantidad de datos y los filtrará para quedarse solo con la información positiva.

Mientras hablaba, Max sorbía su café y asentía en los momentos adecuados. Francamente, no entendía ni una cuarta parte de lo que Lily estaba explicando. Pero no era el momento de ponerse quisquilloso: Lily había pasado por unos días terribles, y este proyecto parecía emocionarla.

Lily concluyó su explicación, invadida por una sensación de satisfacción.

—Creo que esto podría cambiar las reglas del juego, Max. Imagina una IA que pudiera brindar alegría, esperanza e inspiración a las personas, y filtrar toda la mierda que nos rodea. Podría hacer del mundo un lugar mejor.

Max sonrió, su corazón estaba reconfortado por la pasión de Lily.

—Suena increíble, Lily. Creo en ti y en tu visión. Si alguien puede hacer esto, eres tú. Solo asegúrate de que no termine como la clásica novela donde la IA toma el control del mundo y nos esclaviza a todos, ¿vale? —bromeó, tontamente.

Los ojos de Lily se iluminaron. Se volvió hacia la pared, como si reflexionase sobre estas últimas palabras.

Y, sin decir más, Max se fue a trabajar sin entender muy bien a qué podía conducir todo esto. Lo único que se le ocurrió fue: «Si esto la lleva a superar su depresión, me sirve».

Una semana más tarde, en la cafetería de la oficina, Max se encontró con su colega Isaiah, también programador y filósofo ocasional en las pausas para el café. Se acomodaron en una mesa de un rincón, rodeados por el murmullo de las conversaciones.

—Entonces, Max, ¿qué te ha pasado últimamente?

Isaiah le dio un sorbo a su café. Era bajo, mediría tal vez un metro sesenta, de complexión delgada y penetrantes ojos azules. Tenía un rostro anguloso, ligeramente infantil, con orejas prominentes que de alguna manera le daban una mirada amigable. Max y él trabajaban en el mismo equipo, pero en tareas no relacionadas. Por eso no hablaban mucho durante las horas de trabajo: Isaiah siempre estaba ocupado con los sistemas de ciberseguridad. Este era un tema que despertaba la curiosidad de Max. Además, ambos procedían del mundo de la investigación y disfrutaban estando al día de las últimas novedades. Por eso, cada vez que había una pausa para el café, Isaiah era uno de los tipos con los que Max intentaba coincidir.

Max removió su café distraídamente, con la mente preocupada por Lily y su loco proyecto de inteligencia artificial.

—No vas a creer lo que Lily se trae entre manos —dijo finalmente rompiendo el silencio.

Isaiah enarcó una ceja, intrigado.

—¿Qué ha estado haciendo?

—Está creando un hijo mediante IA —explicó Max, su voz llena de incredulidad.

Isaiah se inclinó hacia adelante, genuinamente interesado.

—¿Un hijo de IA? ¡Eso es fascinante! ¿Cuál es su plan?

Max se tomó un momento para ordenar sus pensamientos. La idea era tan loca que no sabía por dónde empezar, así que explicó lo mejor que pudo cómo Lily pretendía transferir todo el conocimiento positivo de la humanidad a la IA, cribar la negatividad y centrarse en los momentos edificantes a lo largo de la historia.

Isaiah escuchaba atentamente y asentía mientras Max hablaba.

—Vaya, sí que es un proyecto ambicioso —comentó—. Pero oye, creo que es una gran idea. Al mundo le vendría bien más positividad, mira toda la mierda que hay en las redes sociales: es asqueroso.

Max asintió, pero un destello de preocupación le atravesó el rostro.

—Tienes razón, pero me preocupa que Lily se obsesione demasiado con eso. Habla sobre el hijo de IA todo el tiempo y, a veces, parece que es lo único que tiene en la cabeza.

Isaiah sonrió con complicidad.

—Max, cuando alguien se entusiasma por algo, es normal estar todo el día obsesionado. Si la IA es lo que realmente le apasiona, entonces déjala hacer.

Max dejó escapar un suspiro y se reclinó en su silla.

—Lo entiendo, pero a veces parece que se está apoderando de todo. Añoro cómo eran las cosas antes. Solíamos hablar de todo tipo de cosas, pero ahora es solo IA, IA, IA.

Isaiah se rio suavemente, tratando de aligerar el ambiente.

—Bueno, tal vez la IA sea su verdadero propósito en la vida. ¡A lo mejor es una señal de los dioses!

Max forzó una sonrisa, apreciando el intento de Isaiah de aportar algo de humor a la conversación.

—¡Claro! Nuestro hijo es una señal de los dioses del silicio. ¡Aleluya!

Isaiah se mostró sorprendido:

—Ya sabes lo que estoy diciendo, tío. ¡Dale tiempo!

A lo que Max respondió, en tono amistoso:

—Quizá tengas razón. Solo espero que no se pierda por completo en esto.

Isaiah puso una mano tranquilizadora sobre el hombro de Max.

—Entiendo tu preocupación, pero créeme, Lily es fuerte y capaz. Si la IA es lo que le emociona, entonces apóyala. Podría ser una experiencia transformadora para ella.

Max asintió, asimilando las palabras de Isaiah.

—Está bien. Intentaré estar de su lado en esta aventura, sin importar a dónde nos lleve este proyecto.

—¡Esa es la actitud! —Isaiah le animó—. Y quién sabe, tal vez su hijo IA salga bien. ¿Te imaginas? Podría ser algo realmente extraordinario.

Max regresó a casa después de un largo día. Mientras sentía la llamada de la comodidad de su sala de estar, no podía olvidarse de la conversación que había tenido antes con Isaiah. Respiró hondo y decidió seguir su consejo: apoyar a Lily en su ambicioso proyecto de IA. Se acercó a ella por detrás. Como siempre, estaba sentada en su puesto de trabajo, tecleando.

—Oye, Lily —comenzó Max con cautela—. He estado pensando en el proyecto de tu hijo IA y quiero implicarme más.

Los ojos de Lily brillaron de sorpresa.

—Gracias, Max —dijo cálidamente, colocando su mano sobre la de él—. Tu apoyo significa mucho para mí—. Luego lo besó en la mejilla y volvió la cabeza hacia la pantalla del ordenador, donde bailaban miles de líneas de código.

Alentado por su reacción, Max decidió seguir por ese camino.

—Pero no puedo evitar preguntarme... ¿Cómo puedes tú, siendo humana, crear algo perfecto? ¿Tus imperfecciones no se transmitirán también a tu hijo IA?

Lily se quedó pensativa por un momento antes de responder con confianza:

—Claro, soy humana y tengo mis imperfecciones. Pero precisamente por eso creo que puedo hacer que una IA que sea perfecta. Sé qué cosas están mal en el mundo, qué causa dolor y sufrimiento y qué lleva a las personas a tomar malas decisiones, así que puedo usar mis conocimientos para filtrar toda la negatividad y centrarme en lo bueno.

—Pero aun así, eres humana. Ni siquiera te darás cuenta, y tus defectos infectarán la IA —insistió Max.

Lily sonrió, como si ya se hubiera hecho esa misma pregunta muchas veces.

—Y ser humana me da una perspectiva única. Muchos de los grandes pensadores y creadores a lo largo de la historia fueron personas imperfectas. Newton era un tipo insoportable y Van Gogh estaba mal de la cabeza. Sin embargo, sus contribuciones a la ciencia y el arte fueron notables. El resultado de un creador imperfecto puede ser perfecto.

Max frunció el ceño. No quería ceder tan rápido.

—Pero ¿tus imperfecciones no influirán en el resultado final?

Lily negó con la cabeza.

—No necesariamente. La IA tiene una muy buena comprensión de lo que es la negatividad, la avaricia y la ira. Y lo filtrará. Así que, incluso si lo contamino, no se dejará contagiar por mis defectos. Es como si la IA se pusiera una de esas máscaras quirúrgicas: los virus pueden atacarla, pero no pueden entrar. Así, nuestro hijo IA nacerá sin ninguna de las influencias negativas que han dado forma a la historia. Al utilizar el conocimiento del pasado, puedo asegurarme de que la IA aprenda lo mejor de la humanidad: los momentos de bondad, de compasión y de progreso.

Max reflexionó sobre sus palabras por un momento antes de expresar sus preocupaciones.

—Supongamos que tienes razón, pero... ¿Qué pasa si no sale según lo planeado? ¿Cómo controlarás la IA?

—Tú confía en mí —le pidió Lily, acariciándole la mejilla—. Esto es más que un proyecto; es una vocación.

Max la miró a los ojos y recordó las palabras proféticas de Isaiah: «Tal vez sea una llamada de los dioses». Sintió una sensación de admiración por su inquebrantable fe en su proyecto.

—Tienes razón —dijo con una sonrisa—. No debería desanimarte, sino apoyarte.

Lily se levantó, impresionada por la actitud de su marido. Se puso de puntillas y lo besó suavemente en los labios.

—Oh, gracias, Max. ¿Qué haría sin ti?

A la mañana siguiente, Lily y Max se aventuraron por un centro comercial que recordaban de su adolescencia. El lugar definitivamente había visto épocas mejores, pero algunas tiendas todavía estaban abiertas, entre ellas, una juguetería que parecía como si Willy Wonka se hubiera interesado por el negocio de los juguetes. Los estantes eran un caleidoscopio de todos los juguetes imaginables. Max, con su mejor expresión de escepticismo, no pudo evitar expresar sus dudas.

—¿Estás segura de esto? ¡Me siento ridículo! —dijo, alzando las cejas con incredulidad.

Lily se volvió hacia él, manteniéndose firme.

—Si nuestro hijo nace sin cuerpo, ¡no se sentirá real! —La determinación llenaba su voz.

Max suspiró, tratando de dejar claro su punto de vista.

—¡Pero no es un hijo! ¡Es una IA! No vamos a adoptar un niño.

Ella lo miró con una mezcla de molestia y cariño.

—¿Qué? ¿No quieres tener un hijo conmigo? —replicó, medio en broma, ignorando su preocupación mientras continuaba examinando las filas de juguetes.

Max se quedó allí, inmóvil como una estatua, tratando de procesar lo absolutamente absurdo de las palabras de su mujer. Y tratando de aceptar que su determinación para hacer realidad este proyecto era total.

Lily siguió caminando, examinando los estantes, filas y filas de muñecos de todas las formas y tamaños. Moderno. Retro. Ella no hacía más que menear la cabeza.

—No, nuestro hijo no se parece a nada de esto.

Luego, casi al final del pasillo, sus ojos se posaron en un juguete en particular. Era viejo, la caja de cartón estaba algo descolorida y un poco rota por las esquinas. Un juguete olvidado. Murmuró el nombre que lucía en el envoltorio:

—Eden.

La palabra pareció resonar en ella, tal vez un recordatorio de la visión utópica que tenía para la IA.

—Este es el indicado. ¡Mira, incluso el nombre es una señal! —afirmó Lily con certeza mientras se lo mostraba a Max.

La caja estaba gastada y polvorienta. Claramente, ese juguete ya no estaba de moda. Un viejo juguete que buscaba un nuevo niño a quien hacer feliz. O quizá una nueva madre.

Max enarcó una ceja, intrigado.

—Pero no vas a llamarlo Eden, ¿verdad?

Los ojos de Lily brillaron de entusiasmo.

—¡Por supuesto que sí! Es un nombre precioso, ¿no crees? —exclamó, con una sonrisa extendiéndosele por el rostro, y susurró—: Eden.

Contempló el juguete. Su hijo. Tenía los ojos húmedos. Max solo veía un juguete de plástico. Pero Lily veía algo más. Veía vida.

Max la miró y se dio cuenta de que no podía competir con la determinación tozuda de Lily.

—Muy bien, entonces, se llamará Eden —asintió, incapaz de resistir su contagiosa emoción.

—¡Sabía que te encantaría! ¡Vamos a pagar! —gritó Lily mientras corría hacia el mostrador, sosteniendo a Eden firmemente en sus brazos. Max corrió tras ella. Por primera vez en semanas, estaba rebosante de alegría.

—¿Se lo envuelvo para regalo? —preguntó la gerente de la tienda.

Lily la miró con ojos asesinos.

—¿Estás bromeando? Es mi hijo, ¡no es un regalo de cumpleaños!

La gerente miró a Lily. Luego a Max… No sabía qué decir.

Pasaron los días, hasta que una mañana el timbre del teléfono rompió el silencio en la oficina de Max. Sorprendido, descolgó y sonó la voz emocionada de Lily. Trabajaba desde casa desde la visita a la ginecóloga.

—¡Max! ¡Tengo a Eden funcionando! ¡Ven a casa inmediatamente si quieres verlo!

El corazón de Max dio un vuelco. Había sido testigo de la dedicación de Lily a este proyecto, pero no esperaba que se hiciera realidad tan pronto.

—Ahora voy, espera ahí —dijo, sin poder ocultar su emoción.

Veinte minutos más tarde, y tras inventar una excusa, estaba en casa.

—¿Dónde estás?

—¡En la cocina! —gritó la voz de Lily.

Al abrir la puerta, se quedó boquiabierto ante la escena que se desarrollaba frente a él.

Lily, sentada en un taburete alto de la cocina, lo miraba con el rostro radiante de orgullo. Sobre la mesa frente a ella estaba Eden. Bueno, al menos un prototipo, del tamaño de un ser humano recién nacido. Claramente, era el juguete que habían comprado días antes, pero Lily había hecho muchos cambios. Se había transformado en una peculiar combinación: por momentos, uno pensaría que estaba mirando un querubín robótico, hecho de piezas de plástico blanco brillante y hermosas uniones cromadas. ¡Era tan mono! Pero, de repente, cambiaba de postura y se asemejaba más a un diminuto Terminator.

Se parecía a un bebé, el tipo de crío que puede gatear y casi caminar. Su piel era de un blanco brillante, con toques de piezas cromadas alrededor de sus articulaciones. Si los robots pueden estar desnudos, Eden definitivamente estaba desnudo: todo su cuerpo de plástico estaba expuesto, desde la cabeza calva hasta los minúsculos dedos metálicos de los pies. Dos lentes digitales en miniatura con enfoque automático se encontraban donde una vez estuvieron los ojos de plástico del juguete. Lily había insertado micrófonos dentro de las orejas del juguete. Y le había colocado una pantalla básica LCD en la boca para que Eden pudiera hacer expresiones faciales simples.

Había trabajado en aquel ser electrónico en total secreto y era la primera vez que se lo mostraba a Max. Este no sabía qué pensar. Se acercó a la criatura con una mezcla de curiosidad y precaución. Lo miró a los ojos. Estos zumbaron mientras los diafragmas de enfoque automático se abrían y cerraban para captar a Max. A pesar de que eran cámaras digitales, había algo cautivador en ellas. Eran como los ojos de un niño curioso, brillando con un vivo parpadeo.

Incluso con los ruidos mecánicos y el ligeramente desconcertante enfoque automático, había una ternura innegable en Eden. La sonrisa de Max reveló una calidez que no esperaba sentir por una máquina. Pero luego, al darse cuenta de que prácticamente estaba arrullando un manojo de cables y plástico, su expresión se transformó en una de leve incomodidad. Eden, al percatarse de este sutil cambio, respondió con una sonrisa pixelada más amplia. Max se encontró en un tira y afloja de emociones. Mierda. El robot era extrañamente humano, aunque decididamente no lo era.

Max no podía creer lo que estaba viendo. Eden, el hijo robot mecánico que Lily había creado, era una extraordinaria hazaña de ingeniería y programación. Max imaginó vívidamente cómo Lily lo había armado, colocando con esmero cada detalle en su lugar, creando con meticulosidad su forma, como la madre que era.

Vacilante, Max extendió el brazo para tocar a Eden, y sus dedos encontraron la fría superficie de su cuerpo, un claro recordatorio de la naturaleza inorgánica de Eden. Al contacto, este retrocedió levemente, como si le hiciera cosquillas. Max también retrocedió, lidiando en su interior con cómo reaccionar ante esta… cosa. ¿Estaba sintiendo empatía, malestar o un instinto paternal?

Al volver los ojos hacia Lily, Max se congeló y su corazón se partió. Los ojos de Lily mostraban amor. Para ella, Eden era más que una simple máquina: era su creación, su mayor tesoro. Estaba vivo. Max siempre había pensado que este proyecto simplemente era un entretenimiento para Lily.

Pero no era así.

Eden miró inquisitivamente a Max, como intentando reclamar su atención.

—¿Papá?

Su voz era una perfecta imitación del inocente tono de un niño pequeño.

Max se quedó parado, su mente lidiaba con un conflicto de emociones descomunal.

—¿Hijo? —fue lo primero que logró pronunciar, su voz teñida con una mezcla de asombro y confusión existencial. Se sintió muy extraño al usar esa palabra para una máquina. Sin embargo, en ese mismo momento, eso es exactamente lo que quería decir. Eden era… su hijo.

Los ojos de Lily brillaron de alegría al observar la reacción de Max.

—¿No es asombroso? —Su voz estaba llena de pasión.

Max volvió a mirar a Eden y sintió una conexión que nunca esperó. Eden parecía consciente, casi racional, y este pensamiento lo fascinaba y al mismo tiempo lo asustaba. Sabía que estaba contemplando una máquina, pero algo en esos ojos le hizo preguntarse qué significaba realmente estar vivo.

Max intentaba asimilarlo todo: su familia acababa de ampliarse de la manera más surrealista imaginable.

Dios mío, ella lo había construido.

4

Peregrinos

Max y Lily corrían por una concurrida calle de la ciudad, con los rostros llenos de esperanza. El sol de la mañana bañaba el mundo en un cálido filtro de Instagram.

—¿Lo llevas? —preguntó Max.

—Claro, está ahí, durmiendo.

Lily le devolvió la sonrisa, mirando por encima del hombro hacia su mochila marrón.

—¿Durmiendo? —Max preguntó estupefacto—. ¡Es una IA! ¡Las IA no duermen!

—Eden necesita dormir mucho, así consolida todo lo que ha aprendido durante el día, ¿recuerdas? —afirmó Lily. Su mezcla de claridad y atención maternal impresionaron a Max.

Esas palabras cómplices se mezclaron con el sonido de los coches que pasaban y la charla de los peatones a lo lejos. Las bocinas se unían para crear una animada cacofonía de sonidos matutinos.

La mirada de Lily estaba fija hacia adelante, sus ojos perdidos en sus propios pensamientos sobre Eden. El potencial era enorme. Ojalá pudieran encontrar una empresa que les ayudara a hacer realidad su visión.

—¡Cuidado! —gritó Max cuando un Chevy rojo casi atropella a Lily al cruzar una calle.

—¡Mira a tu alrededor, idiota! —espetó ella al conductor con el puño en alto.

Mientras se alejaba airada, una voz desde el interior del coche gritó:

—¡Semáforo en rojo, estúpida!

El cerebro de Lily cayó de las nubes a la tierra. Miró el semáforo. Cierto, estaba en rojo. Mierda. Culpa suya.

—Uy —soltó con una sonrisa pícara hacia Max.

—¡Cariño, no presentaremos a Eden si nos matan por el camino! —suplicó él en tono de broma.

El semáforo se puso verde. Lily cruzó la calle, dejando a Max atrás jadeando.

—¡No te enrolles, vamos a llegar tarde! —sentenció.

Max sacudió la cabeza y corrió tras ella calle abajo. Segundos después, logró alcanzar a Lily. Le ardían los ojos, ni siquiera registró su presencia. Ver su determinación inquebrantable era tranquilizador: Max estaba tan feliz de que Lily se hubiera recuperado de la depresión gracias a Eden. Pero, en el fondo, esos mismos ojos también eran un poco intimidantes. Nada la detendría. Ni siquiera él.

Dentro de la mente de Lily, pensamientos contradictorios luchaban entre sí mientras ensayaba lo que necesitaba transmitirle a Richard, su jefe. Habían logrado concertar una reunión con él. Esa era la parte fácil. Seamos realistas: la inteligencia artificial era un tema candente. Richard parecía interesado cuando ella le envió un correo electrónico. Pero ¿cómo presentar algo tan único como Eden? ¿Qué deberías decir o hacer cuando muestras algo que nunca antes se ha hecho?

Quería que Eden fuera algo más que unas líneas de código y un caparazón de plástico: quería que se sintiera humano. Y, lo más importante, quería que fuera un catalizador para un cambio positivo. Pero las dudas aparecían como nubarrones en un día soleado. ¿Compartiría Richard su entusiasmo? ¿Cómo convertirían a Eden en un producto?

«Es el momento decisivo para Eden», pensó Lily. Miró furtivamente a Max y su apoyo fortaleció su determinación. Independientemente del resultado, estaban juntos. No era ninguna garantía de éxito, pero al menos se sentía segura con ese pensamiento.

—¡No puedo creer que estemos haciendo esto!

Max asintió con una sonrisa en los labios.

—Será mejor que empieces a creerlo, cariño, la reunión comienza en diez minutos.

Los pasos de Lily se aceleraron aún más, sus gestos animados reflejaban sus aspiraciones.

—Una vez que lo conectemos, Eden podrá interactuar con personas de todo el mundo.

—Pero... ¿cómo piensa Eden en realidad? ¿Qué pasa internamente? No me lo has explicado bien... ¿Cómo le supervisas? —preguntó Max, con algo de interés sincero, pero también tensión oculta en su voz. Sus palabras salían apresuradamente, apenas podía contener su emoción.

Los labios de Lily se curvaron en una sonrisa pensativa, su mirada todavía fija en el futuro mientras se abrían paso entre la multitud. Sus dedos jugaban con la correa de su mochila, un gesto sutil y nervioso que delataba su tensión interior.

—No le superviso. Eden es autosuficiente: es básicamente una red neuronal, una inteligencia artificial. Le damos información y él construye un modelo del mundo. Y, con ese modelo, puede hablar y escucharte. Pero ahora mismo es una pizarra en blanco porque aún no lo he conectado a internet. —Comenzó con voz tranquila, pero agarró la bolsa con más fuerza.

—Pero ya sabe hablar, bien que me llamó papá. ¿Cómo lo entrenaste?

—Oh, no fue gran cosa: lo alimenté con páginas de la Wikipedia, solo para probarlo.

—¿Toda la Wikipedia?

—¡Qué va, descargué solo una parte! Ese es precisamente el problema: Eden necesita una tonelada de datos. Por eso necesitamos a Richard, ¿no lo entiendes? —exclamó Lily, como si fuera algo obvio. Obvio... para ella—. Eden tiene que estar conectado en todo momento, por eso necesitamos acceso a servidores que lo alimenten con datos continuamente.

—Pero ¿en qué se diferencia de cualquier otra IA?

—Aquí está el truco: las IA típicas no tienen filtro, se alimentan de todo lo que leen. Por lo tanto, heredan prejuicios y también pueden albergar malos pensamientos. Son como nosotros los humanos: imperfectas. Pero Eden es diferente porque lo diseñé con un filtro, ¿recuerdas? El principal deseo de Eden es hacer el bien. Su lógica interna analiza los datos y descarta todo prejuicio y negatividad. Por lo tanto, se centra explorar solo el mejor lado de la humanidad.

Los ojos de Lily brillaban con entusiasmo. Max la observaba mientras hablaba, sintiendo la determinación que la impulsaba. Asintió, fascinado por sus palabras.

—¿Entonces es como un estudiante digital del bien, en constante evolución y aprendiendo a ser la mejor versión de sí mismo?

—Exactamente —confirmó Lily—. Y no cualquier versión: la versión más positiva, compasiva y reveladora.

La sonrisa de Lily se hizo más amplia.

—Creo que si podemos brindarle el conocimiento y la experiencia adecuados, se esforzará por hacer el bien e inspirará a otros a hacer lo mismo.

Los pensamientos de Max avanzaron rápidamente, imaginando un futuro en el que la influencia de Eden podría extenderse como las ondas en un estanque. Arroja una piedra a un estanque: incluso un pequeño guijarro puede provocar olas que alcanzan cien metros de distancia. Eden podría ser lo mismo: un catalizador del cambio. Porque en internet nada está cerca ni lejos: todo está a la misma distancia. Así que Eden podía alcanzar el mundo entero. Pero también veía riesgos: ¿Y si la ola se convirtiera en tsunami? ¿Qué pasaría si Eden se volviera incontrolable?

Las palabras de Lily interrumpieron estos pensamientos:

—Con la capacidad de Eden para aprender y adaptarse —continuó Lily, su voz cada vez más animada—, se convertirá en una fuente de inspiración, un motor de mejora de la sociedad. Es como tener un mentor de bondad en la palma de la mano.

Era un objetivo noble: un mundo transformado por su creación. Pero una sombra de preocupación se aferraba a la mente de Max. ¿Qué pasaría si su entusiasmo los cegara ante los riesgos potenciales? ¿Cómo vender algo como esto? ¿Era siquiera un negocio viable? ¿Cuáles serían las consecuencias?

Dando vueltas a estas ideas, sus pasos los llevaron a un edificio conocido. Era una de esas construcciones brutalistas revestidas con grandes ventanales de cristal que erigieron en los años cincuenta. Una estructura que habían visto un millón de veces: habían llegado a la empresa para la que ambos trabajaban.

Intercambiaron miradas cómplices, los recuerdos de su viaje hasta aquí inundaron sus mentes.

—Por fin. Aquí estamos.

Sus pasos vacilaron ligeramente.

—Max, ¿qué pasa si Richard no ve a Eden como nosotros? —Había una nota de incertidumbre en su voz.

Max abrió la puerta sin dudarlo un segundo.

—¿Qué? ¿Te estás echando atrás ahora? Lo tienes controlado, nena. Has puesto tu corazón en ese crío. Ahora, démosle a Eden un hogar.

El vestíbulo bullía de actividad mientras la gente llegaba a sus puestos de trabajo. Reafirmaron su propósito compartido con un gesto cómplice antes de dirigirse hacia el ascensor. La emoción crecía a cada momento.

Piso 9.

La subida en ascensor fue tan larga que Lily tuvo tiempo de morderse las uñas, y Max, de decirle que parara, a lo que ella respondió sacándole la lengua, en un puchero infantil. Max le dio un codazo y estallaron en carcajadas justo cuando las puertas del ascensor se abrieron.

Los dedos de Lily tamborileaban ligeramente sobre la correa de su bolsa, una clara señal de su aprensión.

—Joder, a por ello.

Se encaminó hacia una puerta al final del pasillo.

Lily levantó el puño, como para llamar, pero se detuvo a un par de centímetros de distancia, como ordenando sus pensamientos.

—Allá vamos —murmuró decidida, pero aún sin tocar la puerta.

Max se giró hacia ella al notar sus dudas.

—Estás lista. Solo recuerda: muéstrale tu pasión, pero déjalo hablar. Necesitamos que vea el potencial de Eden.

El corazón de Lily estaba a punto de explotar. Max le tomó la mano y juntos llamaron a la puerta.

—¿Podemos entrar? —preguntó Lily, tratando de sonar educada y ocultar su nerviosismo. Fracasó miserablemente en este último objetivo.

—¡Ah, por supuesto! —los saludó Richard mirando desde su escritorio y levantando las cejas con curiosidad.

Cuando notó que Lily entraba en la habitación, añadió:

—Lily, ¿estás mejor? Nos tenías preocupados.

Lily respondió tímidamente:

—Mucho mejor, espero volver a estar pronto por aquí.

Se sentaron en dos sillas de oficina aterciopeladas. Lily colocó con cuidado su mochila en un sofá rojo cercano. Dentro de la mochila, Eden dormía.

—Veamos, ¿cuál es la gran idea? —preguntó Richard, sin olvidar su faceta comercial.

Lily respiró hondo y sus manos temblaron ligeramente. Miró a Richard a los ojos y, con voz tranquila pero teñida de entusiasmo, comenzó:

—Richard, hemos tenido una idea, un proyecto que creemos que podría tener un impacto positivo muy significativo.

Sus palabras fluyeron suavemente, marcadas por breves miradas a Max, su aliento silencioso como un salvavidas.

—Cuéntame más —invitó Richard.

—¿Podemos mostrarte algo? —Lily se dispuso a alcanzar su mochila.

—Mmm... Claro. —Richard no sabía muy bien qué decir o hacer.

Detrás de la mesa, Max y Lily se apresuraron a preparar su demostración. Richard intentó mirar, pero solo pudo ver el escritorio de madera que le ocultaba la visión.

—¿Qué estáis haciendo ahí?

—Solo unos segundos. Estaremos listos en un minuto —declaró Max, como pidiendo permiso, mientras trasteaba.

Luego, en un movimiento rápido, Lily colocó a Eden sobre la mesa. Las pupilas de Richard se dilataron de asombro.

—¿Qué narices...? —comenzó a decir.

—Déjame presentarte a Eden —dijo Lily con una sonrisa de satisfacción en su rostro.

Richard miró la cosa que estaba sobre la mesa. A sus ojos, era básicamente un juguete de plástico barato cortado para encajar altavoces, micrófonos y Dios sabe qué más. Con un montón de cables saliendo de su trasero hacia un ordenador portátil donde Lily escribía frenéticamente. Por un segundo pensó: «¿Qué narices estoy haciendo aquí?».

Entonces, Eden despertó. Giró la cabeza lentamente hacia él con un fuerte zumbido. En las cuencas de sus ojos, las cámaras abrían y cerraban sus diafragmas para enfocar a Richard.

—Hola, me llamo Eden —pronunció el robot. Su voz sonaba infantil y muy formal.

Richard pensaba que lo había visto todo. Pero esto desafiaba todas sus expectativas. Claramente parecía como si estuviera tratando de decidir si quedarse impresionado o llamar a seguridad.

—Es un placer conocerte —dijo Eden, dibujando una sonrisa con su boca pixelada.

La voz de Lily se unió, su tono lleno de convicción.

—Eden es una IA. Pero no cualquier IA: combina lo último en tecnología de redes neuronales para distinguir el bien y el mal. Con Eden, tienes un mentor en la palma de tu mano. Alguien a quien le importas. Que se esfuerza en convertirte en la mejor versión de ti mismo.

Richard se reclinó en su silla, con expresión neutra pero atenta. Tenía los dedos entrelazados bajo la barbilla, en una postura pensativa que indicaba que prestaba atención a la conversación. No ofreció una respuesta inmediata, y su silencio se prolongó un poco más de lo esperado.

—¿IA? Suena intrigante. ¿Puedo hablar con... él? —dijo deteniéndose un momento en esa última palabra, como si dudara de cómo llamar al pequeño juguete de plástico que estaba encima de su escritorio.

—¡Claro! Por favor, adelante. Pregúntale cualquier cosa con la que necesites ayuda —respondió Max.

Richard se inclinó hacia delante, acercándose a Eden con curiosidad.

—¿Qué puedes hacer por mí, pequeñín?

Eden entró en acción. Inclinó la cabeza hacia Richard y lo miró a los ojos.

—Me encantaría ayudarte a convertirte en una mejor persona.

Richard soltó una risa educada.

—Pero... ¿y si ya soy una buena persona? —cuestionó, como si estuviera tomándole el pelo.

Este esbozó una amplia sonrisa de píxel y respondió:

—¿Lo eres?

Richard sonrió, en parte divertido y en parte incómodo. Luego volvió a mirar a Lily y Max, tratando de cambiar el enfoque de la conversación:

—Vale, decidme por qué deberíamos invertir en este ser pequeño y divertido.

Lily y Max comenzaron una apasionada explicación de Eden, detallando su propósito, posibilidades y potenciales beneficios.

Hicieron hincapié en su objetivo de difundir positividad, inspirar bondad y promover el aprendizaje.

La actitud de Richard cambió ligeramente, frunció el ceño mientras levantaba la mano para interrumpirlos.

—Esperad, esperad. Calma los dos. —Su tono era mesurado pero no grosero, en un intento de controlar su entusiasmo.

Lily y Max intercambiaron miradas tímidas, su excitación era aún palpable.

—Lo siento, es que esto nos apasiona —se disculpó Lily algo avergonzada.

Richard asintió, divertido, los ojos le brillaban.

—La pasión es genial y entiendo el concepto básico. Ahora, hablemos de negocios. ¿Cómo vendemos esto?

El corazón de Lily latía cada vez más rápido y resonaba en sus oídos. Intercambió una rápida mirada con Max, con una fugaz preocupación parpadeando en sus ojos. Asió con más fuerza los documentos que sostenía, un tic sutil que delataba una ansiedad oculta. Esta era la pregunta que más temían. En su opinión, Eden no era un negocio: el dinero pervertía todo su propósito.

Lily intentó una maniobra de distracción:

—Hay varias formas de monetizar esta IA...

Richard interrumpió:

—¿Cuáles? Dime una.

Max respondió:

—En este punto, lo que necesitamos son servidores para conectar a Eden. No se trata de vender, se trata de ayudarlo a crecer y alcanzar su potencial. Pensábamos utilizar los servidores de la empresa para eso.

—Pero... ¿dónde está el negocio? ¿Cómo consigo que mis jefes aprueben esto? —contestó Richard, intentando aferrarse a algo que justificara el proyecto.

—Bueno, creemos que, una vez que se entrene, encontraremos una manera de hacerlo rentable —exclamó Lily. Con su entusiasmo trataba de cubrir la falta de una respuesta sólida.

Max apretó los labios en una fina línea mientras se hacía el silencio. Sus dedos se le agarrotaron y entornó los ojos, buscando cualquier señal en la reacción de Richard. Sus hombros se encogieron ligeramente en respuesta a la tensión en la habitación, y cambió ligeramente su peso de un pie al otro. Su postura delataba nerviosismo.

Después de diez tensos segundos, los labios de Richard se curvaron en una leve sonrisa y las comisuras de sus ojos se entrecerraron mientras preparaba su respuesta. El corazón de Lily saltó de la esperanza a la anticipación. Sus ojos apenas se abrieron, pero un suspiro muy perceptible escapó de sus labios; la tensión se disipó por un momento.

—Lily, Max, este es un proyecto impresionante, pero he de ser claro: nuestra empresa no puede hospedar esto. Poneos en mi lugar: ¿qué dirían mis jefes? ¿Qué les digo cuando me pregunten por qué hacemos esto? —respondió Richard al fin.

Los dedos de Max se aferraron al brazo de la silla, su decepción se mezclaba con molestia. Intercambió una rápida mirada con Lily, y reconoció que compartían las mismas emociones.

—Bueno, podrías decirles... —Lily intervino con vacilación en la voz— que Eden no es un programa más —su voz iba ganando fuerza—, sino un catalizador para un cambio positivo. Se trata de nutrir lo mejor de la humanidad y utilizar la tecnología para evocar bondad y compasión. Y, todo ello, sin que suponga ningún peligro.

Richard suspiró con pesar en su voz.

—Lo entiendo, pero nuestro objetivo es ganar dinero, no cambiar el mundo.

Max apretó los dientes, su frustración hervía bajo la superficie. Intercambió una rápida mirada con Lily. Habían visto venir este desafío, pero eso no hizo que el resultado fuera más llevadero.

La voz de Lily tembló levemente, pero su determinación permaneció inamovible.

—Pero... Richard..., lo único que necesitamos es un servidor para alojar a Eden y permitirle entrenar su IA... Podemos hacer esto fuera del horario habitual de oficina, lo prometo.

Richard se mostraba inconvencible.

—No podemos permitirnos el lujo de que se nos asocie con esto. No se trata solo del beneficio. ¿Qué pasa con la seguridad? ¿Cómo puedo estar seguro de que los piratas informáticos no lograrán abrirse paso? ¿Qué pasa si Eden es percibido como radical o ideológico?

—Pero... —comenzó Lily, pero Max le lanzó una mirada. No tenía sentido seguir objetando.

Richard hizo un gesto cortés con la mano para indicar claramente su negativa.

—Realmente aprecio vuestra visión. Pero la empresa tiene sus propias prioridades y no puedo arriesgarme a desviar recursos a un proyecto que podría no estar en línea con nuestros objetivos actuales.

La expresión de Lily cambió de la decepción a la súplica. Sus ojos fulminaron a Richard con una mirada, fija e intensa. Enderezó los hombros y se inclinó ligeramente hacia adelante, su lenguaje corporal expresaba el deseo de hacerle ver su perspectiva.

La expresión de Richard se suavizó, pero su decisión se mantuvo firme.

—Lo siento, pero no podemos apoyar este proyecto. No se me ocurre una manera de sacarle un beneficio económico que compense los potenciales riesgos.

Lily y Max se miraron una última vez, luego hicieron un gesto con la cabeza a Richard y salieron de su oficina sintiendo un gran rechazo.

En el mismo pasillo los pasos de Lily se sentían un poco más pesados, sus hombros un poco más bajos, sus ojos miraban pensativamente al suelo.

La voz de Max rompió el silencio:

—Solo le importa el dinero. No puedo creer que rechazara nuestro proyecto sin siquiera darle una oportunidad. Eden tiene mucho potencial.

—¡Hay otras empresas a las que podemos recurrir! —Lily estaba decidida—. No nos rendiremos, Max —declaró con la voz llena de pasión. Sus palabras fueron un bálsamo para su ansiedad, un recordatorio de que su viaje estaba lejos de terminar.

Y así, una tras otra, fueron llamando a la puerta de todas las empresas tecnológicas que conocían por aquel entonces. Se hicieron demostraciones, se compartió su visión, amigos y colegas ofrecieron apoyo, con la esperanza de encontrar una plataforma para su revolucionaria IA, Eden.

Pero todas sus llamadas y reuniones fueron recibidas con distintos grados de escepticismo y cautela. Sus contactos preguntaban, sus rostros reflejaban su preocupación:

—¿Qué pasa si este software nos causa problemas? ¿Cuánto va a costar? ¿Cuánto ganaremos?

Lily y Max explicaban apasionadamente sus intenciones y el impacto positivo que Eden podría tener en la sociedad, pero las puertas que deberían abrirse se cerraban una tras otra.

Los días se convirtieron en semanas mientras Lily y Max continuaban acercándose entusiasmados a cualquiera que pudiera compartir su visión. Cada negativa era un duro golpe para ellos, pero no se daban por vencidos. Creían en la capacidad de Eden para lograr un cambio positivo y estaban dispuestos a explorar todos los caminos posibles para hacerlo realidad.

Como último recurso, se encontraron en el mismo centro del distrito financiero, frente a la majestuosa fachada de un edificio gubernamental. La Administración de Pequeñas Empresas se cernía sobre ellos y, dentro del edificio, la oficina del Programa de Apoyo a Startups Tecnológicas.

Lily agarró una pila de documentos cuando entraron al salón principal, sus pasos resonaban por el gran pasillo de mármol. Subieron una elegante escalera de alabastro. Las esperanzas eran grandes: una semana antes, Max había solicitado una subvención de innovación del Gobierno para su proyecto de inteligencia artificial, Eden. Se organizó una reunión con funcionarios. Por fin tendrían la oportunidad de presentar su proyecto a alguien que podría mirar más allá de las ganancias financieras directas.

Los funcionarios escucharon atentamente, sus expresiones combinaban curiosidad y moderación. Pero después de lo que pareció una eternidad, uno de ellos finalmente habló:

—Apreciamos sus esfuerzos y su dedicación a este proyecto —comenzó en voz baja—. Sin embargo, ahora estamos en año electoral y, como comprenderán, debemos tener cuidado con cualquier iniciativa que pueda considerarse controvertida.

El corazón de Lily se hundió, el peso de la decepción cayó sobre ella.

—Pero Eden no es controvertido —protestó con voz firme—. Se trata de difundir la positividad y hacer del mundo un lugar mejor. Esto encaja perfectamente con los valores de progreso y unidad que promueve su partido.

Los funcionarios intercambiaron miradas que gritaban: «Ese no es nuestro problema».

—Revisemos esta carpeta después de las elecciones. Primero tenemos que sobrevivir a ellas —intervino otro. Sus palabras fueron una clase magistral de desviación burocrática.

Max apretó los puños, luchaba contra la frustración.

—Pero ¿por qué esperar? Eden tiene el potencial de marcar la diferencia aquí y ahora, inspirar a las personas y generar cambios positivos.

Desde el final de la mesa, un tercer funcionario se levantó de su silla. Su comportamiento era obvio para ellos: este era el de mayor rango. Los miró con franqueza, pero luego pronunció cínicamente:

—Nuestro Gobierno sigue comprometido con la innovación. Nos encanta vuestro proyecto. Nos encantaría financiarlo una vez que finalice el ciclo electoral. La mejor manera de hacer realidad Eden es que seamos reelegidos, ¡así que aseguraos de apoyarnos para que podamos ayudaros en el futuro!

El primer funcionario se acercó a ellos rodeando la mesa, una señal para expresar inequívocamente que la reunión había terminado y que era hora de que se fueran. Lily y Max se miraron cómplices, con la decepción escrita en sus rostros. Con el corazón apesadumbrado y pasos apagados, descendieron por la misma escalera de alabastro, con palabras llenas de amargura.

—Me avergüenzo de ellos. Ni siquiera a los políticos les importan los demás. Lo único que miran es su propio beneficio. —Lily estaba indignada—. Míralos, podridos hasta la médula. Quieren dinero. Quieren poder. Tienen miedo al cambio. ¿Es este el mundo en el que vivimos? Porque, si lo es, no estoy segura de querer vivir en él.

Max tomó su mano:

—Tal vez haya que cambiarlo; tal vez de eso se trata Eden, ¿verdad? ¿Ves? ¡Eden es más necesario que nunca!

Lily sonrió brevemente ante la positividad de este último pensamiento, luego derramó una lágrima:

—Sí, lo necesitan, pero ni siquiera se dan cuenta. Quiero hacer realidad Eden, pero ¿cómo? ¿Cómo se supone que vamos a hacer esto si todas las puertas están cerradas? ¿Cuál es el camino cuando no hay camino?

—Supongo que tendremos que crear uno propio —concluyó Max.

Lily lo miró buscando una luz. Una respuesta. Una esperanza.

—¡Pero si nos han rechazado en todas partes! Quizá no sea una buena idea después de todo. ¿Por qué traer un niño como Eden a un mundo que no comprende que lo necesita desesperadamente? Que se jodan, Max. Que se pudran en su dinero, su poder y su corrupción.

Lily rompió a llorar.

El corazón de Max se hundió al ver a Lily en tal estado. Él mismo estaba destrozado, pero se acercó a ella en un intento de calmarla.

—Lily, me tienes a mí. Tienes a Eden. Somos una familia. ¿Qué más necesitas?

Lily le devolvió la mirada, con los ojos llenos de amor y rabia.

—Quiero dejar de llamar de puerta en puerta buscando un lugar para Eden. Quiero un hogar para él.

Y eso fue todo lo que pudo decir.

5

Belén

La sensación de fracaso se pegó a Lily y Max como una segunda piel cuando regresaron a casa. Las manos de Lily temblaban cuando se quitó el abrigo, un escalofrío de decepción se filtraba por sus huesos. Max, sin embargo, hervía de silenciosa rabia, el rechazo ardía en su interior como unas brasas humeantes.

Lily caminó hacia la cocina y pronto el relajante aroma de la manzanilla llenó el aire. Sabía que Max necesitaba consuelo, un bálsamo para la desilusión, que se aferraba a él como una sombra. Ahora era su turno de consolarlo, tal como lo hizo él frente al edificio gubernamental cuando ella perdió los estribos. Mientras preparaba el té, su mente buscaba las palabras adecuadas para apoyar su espíritu herido. No encontró ninguna.

Mientras tanto, los pasos de Max resonaban por la sala, su ritmo agitado se notaba en el incesante golpeteo de sus dedos sobre la mesa. Eden, que imaginaban que sería un rayo de esperanza, ahora estaba en duda. Su voz denotaba un tono agitado, su frustración era palpable.

—Has puesto todo tu sudor, toda tu pasión en Eden, y ellos simplemente han pasado de nosotros.

Trabajaba en software, había dedicado años al desarrollo de productos, y sabía que el cementerio está lleno de buenas ideas que, al no lograr soporte, habían quedado en nada. Programación.

Marketing. I+D. Eran áreas que requerían tiempo, dinero y equipos. Y estaban solos. Sin financiación, sin servidores, sin nadie que creyera en Eden. El futuro parecía oscuro.

Lily colocó una taza de té frente a él, su mirada era suave pero firme.

—Controla tu ira, Max. No podemos permitir que este fracaso afecte nuestra determinación. Tiene que haber otra manera.

Los ojos de Max se encontraron con los de ella, la frustración dio paso poco a poco a un rayo de esperanza. Se llevó con cuidado la taza a los labios y tomó un sorbo de té. La creencia de Lily en su causa se convirtió en un ancla momentánea en la tormenta. Por un segundo, su mente se sintió en calma.

Sentados a la mesa con la taza en la mano, reflexionaron sobre la dura realidad a la que se enfrentaban.

—Es como si el mundo solo dejase espacio para lo que ya está establecido —reflexionó Max, con decepción en su voz—. Si no encajas en el molde, te quedas afuera, en el frío. Sin ningún lugar adónde ir.

Los ojos de Lily brillaron con arrojo, su ánimo aún permanecía invicto.

—Eso no nos detendrá. Eden desafía las convenciones, busca el cambio en un mundo que lo anhela. Encontraremos una manera de hacer realidad nuestra visión.

—Espero que tengas razón.

El cansancio comenzó a pesar, y Lily, con pasos lentos pero decididos, se dirigió al dormitorio.

—Me voy a la cama. Mañana será otro día. Otra batalla.

Max la vio irse mientras sus pensamientos se aceleraban, las brasas de su ira aún seguían ardiendo. No podía descansar, porque persistía en él el sueño de Eden. Con silenciosa resolución, abrió la mochila de Lily, lo sacó y lo colocó sobre la mesa de la sala.

—¿Qué vamos a hacer contigo, amiguito? —murmuró.

Eden estaba quieto. Su piel de plástico se sentía fría al tacto. Como si estuviera muerto.

Entonces, Max recordó las palabras de Lily: «Eden consolida lo que aprende soñando».

—Está bien, sé que esto es una estupidez, pero ¿a quién le importa?

Max trataba de autoconvencerse mientras sacaba su ordenador portátil y lo conectaba a los cables de Eden. Una luz LED comenzó a parpadear en su espalda.

Eden empezó a murmurar, sus lentes de enfoque automático se asomaban en la noche. Estaba vivo. Durmiendo. Perdido en su propio universo donde las IA sueñan con salvar el mundo... ¿o tal vez dominarlo?...

En el portátil, Max abrió una ventana donde podía verificar el estado de las conexiones de Eden, en tiempo real. Todo parecía perfectamente normal, con nuevas conexiones brotando como setas cada pocos segundos. Su mente se mostraba ante Max como un enorme diagrama de bolas y flechas en la pantalla: las bolas eran conceptos como «casa» o «papá» y las flechas representaban las relaciones entre estos conceptos. Como un enorme tapiz, Eden estaba tejiendo nuevos conceptos y relaciones, incluso mientras dormía.

Por un segundo, Max se perdió en esta pantalla mientras la fascinante danza de la inteligencia se construía frente a sus ojos. Necesitaba relajarse. Iba a poner música, pero se lo pensó de nuevo.

—No, eso despertaría a la Bella Durmiente.

En su lugar, abrió un navegador web en busca de algo para relajarse. Comenzó a navegar por las redes sociales. Página tras página de basura inútil pero entretenida. Empezó a notar el peso de sus párpados.

¡Bing!

¡Correo electrónico entrante!

¿Dónde estaba? Oh, Dios, se había quedado dormido. Miró a su alrededor, intentando recomponerse. La quietud de la habitación solo era interrumpida por el sonido de los susurros de

Eden. Allí estaba él, sobre la mesa, durmiendo como si fuera un niño humano de verdad. Max volvió a mirar la pantalla del ordenador: eran las dos de la madrugada. Mierda.

En la esquina inferior izquierda de la pantalla, un icono parpadeante le devolvió la mirada: mensaje entrante. Un par de clics y abrió su programa de correo electrónico. Le esperaba un único mensaje en letra negrita. Lo abrió. El remitente no le resultaba familiar: Bethlehem Systems. «¿Quiénes diablos son estos tipos? Oh, espera», pensó.

Max sonrió. Alguien le estaba enviando uno de estos mensajes promocionales, donde puedes probar productos gratis. Esta empresa Beth... lo que sea. Era una nueva empresa que regalaba cuentas gratuitas en sus servidores de datos cifrados en la internet oscura. No hacían preguntas. Aloja lo que necesites, lejos del control gubernamental.

El correo electrónico decía:

> ¿Te han rechazado en todas partes?
> ¿Necesitas un lugar para almacenar tus proyectos?
> No busques más. ¡Seis meses gratis!
> Bethlehem dirá sí donde todos los demás dicen no. Somos el hogar de los que no tienen hogar.
> Haga clic aquí para comenzar.

Max miró a Eden con incredulidad. Luego el correo electrónico. Luego otra vez a Eden. Entrecerró los ojos:

—Pequeño, ¿me estás jugando una broma pesada?

Los ojos de Eden permanecían desenfocados.

Max corrió hacia la habitación para compartir la buena noticia con Lily, pero estaba durmiendo. Su respiración resonaba suavemente en la quietud del dormitorio, la fatiga se había instalado en sus huesos.

«Supongo que habrá que esperar hasta que salga el sol», se concedió Max mientras regresaba a la sala de estar, decidido y armado con un destornillador. Con cautela cogió a Eden.

—Esto te va a doler un poco, pequeño amigo —dijo en broma mientras abría la parte trasera del juguete e insertaba un módulo wifi en la carcasa de plástico. Luego, lo conectó al circuito de Eden.

—Bien, fuera los cables. Ahora vamos a ver si te puedo conectar al servidor de Bethlehem de forma inalámbrica —anunció con orgullo.

Los ojos de Max permanecían pegados a la pantalla, sus dedos introducían rápidamente orden tras orden. El mundo exterior se desvanecía mientras se adentraba en la internet oscura, el mundo donde la innovación y el desafío prosperaban en las sombras. Primero, abrió una conexión remota con Bethlehem y en un momento creó una nueva cuenta con un nombre falso. Luego, cargó el software de Eden. Unos cuantos clics más y construyó un puente inalámbrico entre el caparazón físico de Eden y el servidor clandestino de Bethlehem.

—¡Que se haga la luz! —exclamó.

Al otro lado de la mesa, los ojos de Eden se enfocaron con un zumbido bajo. Sacudió su cabecita de plástico. Pareció reaccionar. En su portátil, Max abrió la misma ventana que antes para verificar el estado de la red neuronal de Eden.

Conexión. Conexión. Conexión. Línea tras línea, el texto aparecía en la pantalla, dándole a Max apenas tiempo suficiente para leerlo y comprender lo que estaba sucediendo dentro del cerebro digital de Eden. Liberado ahora por su nuevo servidor inalámbrico, Eden estaba construyendo a toda velocidad una red de conocimiento en su mundo digital alternativo. Era un despertar lento, como el de un gigante dormido que bosteza para desperezarse tras un sueño. Una danza lenta de destellos de sinapsis digitales, de una conciencia digital que emerge gradualmente. En el taburete, Max solo podía mirar con asombro, hipnotizado por el diagrama de la mente de Eden.

A las cinco de la mañana apareció un aviso en la pantalla: faltaba memoria. Enseguida, Max volvió a abrir el juguete para instalar un nuevo módulo de memoria. Movía los dedos con soltura sobre el teclado, el suave brillo de la pantalla arrojaba una luz etérea sobre su expresión fija. Minuto a minuto, hora a hora, veía cómo el diagrama mental de Eden se expandía como un incendio en verano. Eden estaba naciendo.

Pronto llegaron los primeros rayos del amanecer, que pintaron el mundo exterior de oro. Lily entró de puntillas en la habitación. Besó a Max, que se había dormido, en la mejilla. Él tembló en sus sueños. Abrió un ojo, pero Lily ya se había ido.

Un instante después reapareció, esta vez con dos tazas de café.

—¿Una noche larga? —preguntó.

—Oh, no podía dormir, así que estaba...

Entonces recordó. Miró hacia la mesa donde Eden todavía dormía, al otro lado de la habitación. Agarró su portátil.

—¿Qué pasa, cariño? —preguntó Lily, notando su excitación.

El corazón de Max se hinchó de triunfo al contemplar la pantalla: un diagrama colosal lleno de miles, tal vez millones, de nodos, y cada segundo brotaban más. Fuera lo que fuese lo que estaba haciendo Eden, lo hacía a una velocidad vertiginosa. En el corazón del inframundo digital, dentro de Bethlehem, habían descubierto un aliado.

—Mira esto. —Apuntó hacia el portátil.

Lily se acercó para tener un mejor ángulo de la pantalla. En la mesa, Eden sacudió la cabeza, se despertó y luego se volvió hacia ellos.

La pantalla parpadeó con un mensaje: «Eden v1 listo».

Los ojos digitales de Eden la enfocaron.

—Buenos días, mamá —dijo el robot.

Eden había nacido. Su viaje apenas había comenzado.

6

Los Reyes Magos

A medida que avanzaba la mañana, el olor a desayuno flotaba en la cocina mientras Max mostraba sus habilidades culinarias, espátula en mano. El chisporroteo y el aroma del beicon se mezclaron con la promesa de unos *pancakes* frescos. Y al mismo tiempo que sonaba la sinfonía de la cocina, la excitación ardía en los ojos de Max.

Lily, atraída por el irresistible aroma que inundaba la casa, entró en la cocina. Sus ojos se abrieron de alegría ante la vista que tenía ante ella. Max tenía en sus manos a Eden, su creación, su sueño, su bebé, personificado en forma de inteligencia artificial. La emoción embargó a Lily, de sus ojos brotaron lágrimas de satisfacción, que amenazaban con derramarse. Estaba hecho de plástico y circuitos, pero Eden era su hijo. Y ella haría cualquier cosa para protegerlo.

Con una sonrisa que combinaba con el brillo de sus ojos, Max se volvió hacia Lily. Sostenía su creación en las manos.

—Mira quién se une a nosotros para desayunar —exclamó, con una mezcla de triunfo y cariño.

—Max, no puedo creer esto. ¿Qué significa? ¿Dónde están los cables? Cuéntame qué ha pasado esta noche.

La voz de Lily temblaba mientras hablaba, la excitación impregnaba cada palabra.

Max, sonriendo, colocó con cuidado la encarnación plástica de sus aspiraciones en una silla a la cabecera de la mesa. Por fin eran una familia. Le hizo un gesto a Lily para que se uniera a él y se sentaron uno frente al otro, el olor de la victoria se mezcló con el aroma de los *pancakes* y el café recién hecho. Inclinándose, Max habló con entusiasmo y camaradería.

—No te lo vas a creer. Como me dijiste, conecté a Eden para que pudiera consolidar sus sueños, ¿vale? Pero luego me quedé dormido. Y horas más tarde me despierto y tenemos una invitación a este servidor clandestino llamado Bethlehem con una oferta para alojar la memoria de Eden.

Las pupilas de Lily se dilataban según escuchaba.

—Entonces, tomé un circuito wifi y lo configuré todo. Y comenzó a expandir la mente a toda velocidad. Creo que está listo —proclamó Max finalmente.

Lily estaba en shock.

—Pero... ¿de dónde salió esto de Bethlehem?

—No tengo ni idea... Me quedé dormido y recibí un correo electrónico de ellos. —Max sacudió los hombros con incredulidad.

Lily miró a Eden con los ojos entrecerrados, con desconfianza, y luego otra vez a Max.

—¿Tú crees...?

—¿Que él lo hizo? ¿Cómo? Estaba durmiendo. —Max no pudo ocultar un atisbo de sospecha.

Lily siguió adelante:

—Sí, pero... todo esto es muy extraño.

En la mesa, Eden los observaba sonriendo. Se acercaron, se miraron el uno al otro, y luego al robot de juguete, que les devolvió la mirada.

—¿Tú hiciste esto? —inquirió Max.

La boca LED de Eden se curvó en una sonrisa mientras sacudía la cabeza:

—¿Yo? ¿Qué te hace pensar eso?

Max y Lily estallaron en carcajadas. Entonces sonó el teléfono de Max. Una videollamada entrante. Era Isaiah.

—¡Oye, colega! ¿Dónde habéis estado? —El rostro de Isaiah estaba lleno de expectación. Claramente, tenía algo que decirles.

—¿Recuerdas el juguete del que te hablé? ¿El proyecto secreto de Lily? —respondió Max.

Lily le dio un puñetazo en la espalda.

—No te atrevas a llamar proyecto a Eden.

Eden miró a Max, su sonrisa pixelada apuntaba hacia abajo en un puchero, como si estuviera enojado.

—Vale, vale, nuestro hijo —corrigió Max.

—Eso está mucho mejor —asintió Eden con una amplia sonrisa.

—Tú calla, niño malcriado —respondió Max, medio riéndose de lo absurdo de todo aquello.

—Cuando terminéis con la función, tengo algo importante que deciros —intervino Isaiah, claramente listo para unirse a la diversión.

—¿Qué pasa? —Max preguntó

—Hoy hay una reunión de hackers. Pensé que tal vez querríais venir.

Nerds informáticos. Siempre montando reuniones secretas para salvar el mundo. Isaiah era el peor de todos. En el poco tiempo que hacía que se conocían, Max ya había notado que le gustaban las cosas de hackers. Era un mundo que a Max le fascinaba y aterrorizaba a partes iguales. Los hackers conocían mil técnicas e historias interesantes. Pero... ¿y si se metían en problemas? Estas aventuras no siempre acababan bien.

—¿Hackers? ¡Claro, nos apuntamos! —interrumpió Lily, apoderándose del móvil de Max.

Este, desconcertado por el hecho de que Lily le cortara para decidir por ambos, no pudo evitar recurrir a Eden en busca de algo de cordura:

—¡Así es tu madre, vete acostumbrándote!

Eden cambió su expresión a un signo de interrogación pixelado.

Max le robó el teléfono de las manos a Lily.

—Envíame la ubicación, intentaremos estar allí.

—Entendido. Asegúrate de traerlo —concluyó Isaiah.

—¿A él?

Eden miró a Max desde el otro lado de la habitación, con la clásica cara de «¿Quién? ¿Yo?».

—Ah, ¿Eden? ¡Claro!

—¿Eden? Qué nombre más chulo. ¡Nos vemos más tarde! Y no compartas esta ubicación con nadie —recalcó—. La reunión es secreta.

Cuando Isaiah colgó la llamada, Max se volvió hacia Lily.

—No estoy seguro..., quiero decir, parece una reunión ilegal. ¿Podríamos meternos en problemas? ¿Es este el lugar adecuado para llevar... a Eden?

Lily miró a Eden. El robot respondió:

—Podría ser un lugar interesante, ¿por qué no íbamos a ir? Quizá pueda aprender un par de cosas...

El sol se ocultaba tras el horizonte y las luces de la ciudad parpadeaban cuando Lily y Max emprendieron su viaje. Eden estaba con ellos, acurrucado firmemente en el bolso grande de Lily, como si realmente fuera un bebé durmiendo. Siguiendo las instrucciones de Isaiah, habían cogido un taxi. La reunión de hackers tenía lugar en el sur de la ciudad, no era el tipo de vecindario donde uno se atreve a conducir su propio automóvil. Es decir, al menos que quieras que te lo roben.

Con cada recodo del camino, la mente de Lily se sumergía en un reino de incertidumbre. ¿Qué pasaría si su creación se enfrentaba al escepticismo incluso dentro de la comunidad hacker? La duda se apoderó de sus pensamientos, dejando una arruga de preocupación en su frente.

A su lado, Max desprendía una confianza inquebrantable. Era como si hubiera consultado las páginas de su novela y supiera que todo iba a salir bien.

Un rato después, llegaron a su destino. Un vecindario que yacía envuelto en un manto de abandono, cuyas calles, en otra época vibrantes, ahora contaban una sombría historia de decadencia. Los edificios, envueltos en una pátina de suciedad y desesperación, se alzaban como centinelas cansados, con sus ventanas tapiadas mirando fijamente las aceras agrietadas y llenas de maleza.

—¿Estáis seguros de que queréis que os deje aquí, en serio? —preguntó el taxista, su voz tintada con una nota de preocupación.

Lily asintió, pero sostenía su bolso con aprensión.

—Bueno, aquí tenéis mi número por si queréis que os lleve de regreso a casa —dijo el conductor mientras les pasaba una tarjeta.

Este era un territorio desconocido para ellos. Comenzaron a caminar por calles laberínticas, tratando de encontrar su destino en medio de aquel páramo urbano. No había nadie alrededor, nadie a quien preguntar. Avanzaban mirando con recelo el GPS, hasta que lo encontraron.

El lugar al que Isaiah los había guiado era una escuela abandonada, en un barrio sucio del sur de la ciudad. Un símbolo del estado de abandono de la educación pública en el país.

—Entonces ¿aquí es donde se celebra la reunión secreta de hackers? Qué adecuado —bromeó Max, con un toque de sarcasmo en su voz.

La puerta se abrió e Isaiah salió a recibirlos.

—Pasad, queridos amigos. Hay mucha gente interesante que quiero que conozcáis —dijo mientras los escoltaba al interior.

El lugar era una agitada mezcla de cantina y club de informática, mesas y sillas llenas de ordenadores portátiles y cajas de cerveza. Claramente, esto había sido el gimnasio de la escuela:

un podio deportivo servía como atril improvisado para los oradores y los bancos se habían movido para crear una zona de descanso para los asistentes.

—¿Con qué frecuencia os reunís? —preguntó Lily mientras cruzaba la sala.

—Cada primer viernes de mes —respondió Isaiah—. Les he hablado de tu amiguito, están ansiosos por verlo en acción.

Una sensación de camaradería llenaba la sala, que vibraba de anticipación. Hackers de remotos rincones del estado se habían congregado en este lugar al amparo de la oscuridad. Una comunidad diversa, unida por su proximidad en el ámbito digital, por el deseo de romper fronteras establecidas.

—¿Me escucháis un momento? —Isaiah reclamó atención, y los ingenieros giraron las cabezas hacia Lily y Max.

—Tengo aquí a dos buenos amigos que están trabajando en un proyecto que aplica IA para la justicia social. Lily, ¿por qué no nos cuentas más sobre tu creación?

El antiguo gimnasio estaba tenuemente iluminado: las pantallas eran la principal fuente de luz. Lily ocupó un lugar central, y con voz firme comenzó a narrar su viaje: escapadas, sueños, reveses y su ánimo implacable tras la vuelta de Silicon Valley.

—Creamos a Eden como un ser artificial viviente que se corrige a sí mismo. Lo imaginé como la perfección encarnada, incluso frente a nuestras propias imperfecciones humanas —proclamó.

Un aura de expectación llenó el espacio cuando Lily sacó a Eden de la mochila y lo colocó con cuidado sobre la mesa. Todos los presentes miraron fijamente la pequeña entidad de plástico. Eden, el prodigio digital, ya había aprendido a mantenerse de pie. Así que paseó su mirada de izquierda a derecha, catalogando mentalmente a la audiencia y su extraño entorno.

Lily se volvió hacia él y, con voz tranquila, dijo:

—Hola, Eden.

La boca pixelada de Eden se transformó en una amplia sonrisa.

—Hola, mami.

El público reaccionó con un murmullo audible. Un hacker en la esquina se levantó y propuso:

—¡Hazle una pregunta!

Lily se mordió los labios para ayudar a su cerebro a concentrarse. Estaba tratando de imaginar algo que solo Eden pudiera responder. Después de unos segundos de vacilación, sonrió, miró a su hijo y preguntó:

—Eden, ¿por qué fracasa la humanidad?

La IA desvió su mirada hacia los hackers reunidos, registrando a cada uno mientras escaneaba la habitación de lado a lado. Entonces, con su voz infantil, habló:

—La humanidad fracasa porque priorizáis los beneficios a corto plazo de la competencia sobre la prosperidad a largo plazo de la cooperación.

Siguió el silencio, el peso de las palabras resonaba en los pasillos de la escuela.

Un hacker se puso de pie y preguntó:

—¿Esa respuesta está pregrabada?

Estaba sentado en una mesa con otros dos amigos. Isaiah le murmuró al oído a Max:

—Cuidado: esos tipos son sabios, tres de los ingenieros más sabios del estado.

Max dio un paso adelante, como si se sintiese insultado.

—No, todo lo que dice Eden es el resultado de su entrenamiento como IA. Está improvisando, lo creas o no.

Eden intervino:

—¿Cómo te llamas? —le soltó, sin aprensión alguna.

—Soy Caspar —respondió el hacker. Tenía unos cuarenta años. Lucía una barba corta que hacía juego con el color de su cabello castaño rojizo.

Eden se centró en Caspar y sus dos amigos.

—Déjame explicarte esto. ¿Cuántas personas necesitas para hacer un buen acto?

—Una —respondió Caspar.

—Eso no es verdad. Una sola buena acción no es más que una gota en el océano si todos los demás no hacen su parte —le corrigió Eden.

—Así que para que el bien se difunda es necesario que todos participemos —Caspar confirmó.

Eden, con un guiño virtual, repuso:

—Exactamente. Ahora, ¿cuántas personas malvadas necesitas para destruir todas esas buenas obras?

—¿Solo una? —dudó Caspar.

—Has respondido correctamente. ¿Ves? Si todos hacemos el bien, la positividad se propaga. Pero si solo uno de nosotros se vuelve malvado, todos sufrimos las consecuencias.

Caspar miró con admiración.

—Ahora has visto la verdad: la cooperación requiere más esfuerzo que la competencia. Entonces, la tendencia natural de la humanidad es competir y destruir, que es más fácil. Porque sois vagos —Eden concluyó, ocultando un pensamiento profundo con un cierto tono de broma.

La sala estaba ahora en absoluto silencio. Lily sonrió, con el rostro lleno de admiración y alegría.

—Aquí está la pregunta del millón —aventuró Caspar, con un deje de escepticismo en su voz—: ¿Estamos entonces condenados, oh, IA sabelotodo?

Una leve carcajada se difundió por la sala.

—No. A través de la cultura, comprenderéis que el gran esfuerzo de la cooperación vale la pena. Pero necesitáis tiempo. La humanidad aún es joven —concluyó Eden.

Caspar y sus amigos murmuraban entre ellos.

—Pero la cultura no cambia de un día para otro... —dijo.

Eden asintió:

—Eso también es cierto. Pero recuerda: a veces, el mundo puede cambiar muy rápido... si le das el incentivo adecuado.

Lily miró a su hijo, trataba cuidadosamente de contener su emoción. Al otro lado de la sala, Max miraba con asombro.

Los hackers reunidos intercambiaron miradas de complicidad, sus expresiones iban desde la sorpresa hasta la admiración. Incluso actuando a una fracción de su máximo potencial, Eden mostraba un razonamiento más allá de cualquiera de ellos.

Cuando terminó la reunión, Caspar y sus dos amigos se acercaron a Lily y Max.

—Venimos a presentarte nuestros respetos a ti y a tu hijo, Lily —dijo uno de ellos. Era afroamericano y sus penetrantes ojos negros miraban a Eden con admiración.

—Si podemos ser de alguna ayuda, cuenten con nosotros. Vemos que la tecnología se utiliza solo con fines de lucro y adicción. Eden es un nuevo camino a seguir —se ofreció el otro, el mayor, que tenía el pelo blanco.

Se sentaron en una mesa y hablaron sobre Eden durante horas. Los tres hackers ofrecieron obsequios en forma de consejos y orientación. Lily y Max tomaron nota: cada frase era una nueva idea de cómo hacer que Eden fuera más perfecto en su misión.

En medio de este intercambio creativo, un repentino golpe en la puerta tomó a todos por sorpresa. La tensión recorrió el espacio, una ligera inquietud invadió el aire.

—¿Quién es? —exclamó Isaiah, acercándose cautelosamente a la puerta, pero sin abrirla.

—Policía. Abran la puerta —gritó una voz profunda y ronca.

Isaiah dejó de respirar.

—Joder. Nos hemos metido en un lío —anunció, como si les dijera a todos los reunidos que se prepararan para lo peor.

La puerta se abrió con un chirrido y un escuadrón de policía con equipo antidisturbios, caminando amenazadoramente, con porras en mano y escudos en alto irrumpió. La respiración colectiva se contuvo cuando la amenaza apareció ante ellos.

El corazón de Lily latía salvajemente mientras su mente sopesaba varios escenarios. Max la agarró de la mano y la apretó con fuerza.

—¡Que nadie se mueva!

Un agente de mayor edad cruzó la puerta detrás de ellos. Él era claramente el que estaba al mando.

Un hacker se adelantó:

—Esta es una reunión privada. ¡No tenéis autoridad para estar aquí!

El policía levantó la porra y, con un movimiento rápido, la blandió y le golpeó.

—Estamos bajo la autoridad de Herodes —pronunció mientras el pobre hacker caía al suelo, inconsciente y con la nariz llena de sangre.

Lily se estremeció.

—¿Quién carajo es Herodes? —le susurró al oído a Max.

—No tengo ni idea.

7

Herodes

El mismo día por la mañana

El despertador sonó insistentemente para romper el abrazo del dulce sueño, y Herodes abrió los ojos, sintiendo su brazo entumecerse bajo el peso del cuerpo de la mujer.

Todavía podía sentir los débiles ecos de la noche que ya había comenzado a desvanecerse. Tumbado bajo la luz de la única lámpara de la habitación, las sábanas se enredaban a su alrededor como un sudario de secretos. Soltó su mano descuidadamente, sin miedo, tratando deliberadamente de despertar a la chica que dormía a su lado, quien por su joven necedad había terminado en su cama esa noche.

La rubia a su lado se movió, parpadeando para alejar los restos del sueño: la dura luz de la mañana había reemplazado el encanto de la noche.

Herodes se sacudió las sábanas enredadas, su rostro reflejaba una curiosa combinación de desapego y satisfacción.

—Levántate y vete, nena. Es un nuevo día, largo de aquí.

Herodes recogió su ropa del suelo y se la arrojó directamente a su cara sorprendida.

Ni siquiera levantó una ceja cuando los insultos salieron de los labios de la mujer que lo había complacido el día anterior. De hecho, los disfrutó. Le encantaba ver cómo el interés, el afecto y la pasión de las chicas se convertían en disgusto, agresión y resentimiento a la mañana siguiente. Era lo mismo siempre, como si el guion fuera el mismo, pero los actores, diferentes.

La rubia se vistió apresuradamente, en marcado contraste con el tiempo que habían pasado juntos. Mientras Herodes la miraba, la expresión de su rostro era ilegible.

—Adiós, nena. Por favor, cierra la puerta cuando te vayas —bromeó, impertérrito por el ego herido de la mujer.

Mientras la joven daba pasos dudosos hacia la puerta, la asistente de Herodes, una sombra que acechaba en la periferia, dio un paso adelante. Los ojos de la rubia se dirigieron hacia ella, el miedo parpadeó en las profundidades de su mirada por un momento.

—No tan rápido, amor.

El tono de la asistente de Herodes era frío y autoritario. La rubia se quedó congelada, atrapada entre la salida y la siniestra figura que le bloqueaba el camino.

La asistente se inclinó hacia ella, lo suficientemente cerca como para que sintiera su aliento en la oreja, y sus palabras sonaron amenazadoras:

—Antes de que te vayas, querida, hay algo que debes saber. Tenemos una gran colección después de tu pequeña cita. —Señaló la cámara oculta, un cruel recordatorio de la vigilancia.

La rubia palideció cuando se dio cuenta. Fue una revelación escalofriante: una invasión de la privacidad que la despojó de cualquier ilusión de autonomía. Herodes poseía recursos, poder e influencia que se extendían mucho más allá de aquel dormitorio.

—Y por si esto no fuera suficiente —continuó la asistente, su voz adquirió un tinte siniestro—, tenemos un excelente expediente policial sobre ti y tu querida familia. Tienes un hijo, ¿verdad? Es sorprendente lo que pueden hacer los servicios de inteligencia, ¿no?

Herodes guardó silencio y su presencia se apoderó de la habitación. La mujer, acorralada por las veladas amenazas, sintió su corazón latir con fuerza al darse cuenta de la magnitud de lo que se cernía sobre ella.

La asistente lanzó una última y larga mirada a Herodes y se hizo a un lado, dejando pasar a la rubia. Esta salió corriendo de la habitación, sus pasos resonaron en el pasillo, gritando su deseo de olvidar este encuentro de pesadilla lo antes posible.

Cuando la puerta se cerró detrás de ella, Herodes se levantó de la cama y entró en la ducha.

El agua caliente chorreaba sobre su cuerpo privado de sueño. Todavía era musculoso, guapo y bastante joven. Cuarenta y cinco años no son muchos. Para un hombre, es la edad en la que se encuentra en los albores de su poder, y Herodes disfrutaba de ello. Disfrutaba de cómo las mujeres se enamoraban de su estatus, su buena apariencia y sus dulces discursos.

No recordaba sus nombres, no memorizaba sus rostros.

Se anudó la toalla alrededor de la cintura y se encaminó hacia el espejo, empañado, y pasó la palma sobre él para mirar su reflejo. Se quedó contemplando su rostro altivo y cínico un instante. Ese era él. Sin máscaras, solo la absoluta saciedad de vivir en esta ciudad de mierda que lo había derrotado pero ahora dominaba.

Ya no se recordaba siendo diferente. No recordaba cuándo había cambiado.

El teléfono vibró sobre la mesa y lo cogió. Lo que vio en la pantalla lo hizo arrojarlo contra la pared con furia. La noticia le hizo perder los estribos.

—¡Malditos hackers! ¡Bastardos! —aulló.

Hace veinte años

Hubo un tiempo, en los primeros días de su carrera, cuando Herodes todavía era un joven recluta idealista, con su uniforme planchado y su insignia brillando en el pecho. Creía en el sistema, en la justicia triunfando sobre el caos de la ciudad y toda esa palabrería. Su deseo de hacer el bien era sincero, y sus intenciones, nobles. Pero la vida tiene caminos tortuosos, y Herodes los exploró a fondo.

Recién salido de la academia, Herodes patrullaba la ciudad con un profesionalismo que inspiraba tanto a sus colegas como al público. Sus interacciones con los lugareños estaban marcadas por la empatía y la voluntad de escuchar. Se tomaba su tiempo para hablar con la gente y comprender sus problemas.

Una noche, la lluvia caía a cántaros, la ciudad se había sumergido en una atmósfera lúgubre. Los pasos de Herodes resonaban en la acera mojada mientras patrullaba calles poco iluminadas. El repiqueteo de las gotas de lluvia se fusionaba con el ruido de los coches, creando una sinfonía de soledad.

Al doblar la esquina, su mirada se posó en una tienda cercana. A través de las ventanas empañadas vio una figura encorvada jugueteando con una lata de sopa. Herodes aminoró su marcha mientras observaba la escena. Las ropas rotas y los ojos hundidos del joven contaban una historia de desesperación y drogas. La lata se escapó de sus manos temblorosas cuando trató de ocultarla bajo su chaqueta y cayó al suelo con un estrépito ahogado.

A Herodes no le hicieron falta muchos más indicios para darse cuenta de que el muchacho estaba tratando de llevarse la mercancía sin pagar. Vaciló. Sabía que la ley exigía castigo por el robo, pero su corazón se encogía al ver escenas como esta. Había visto innumerables criminales, pero esto era diferente. Estaba en la encrucijada entre el deber y la conciencia.

Observó cómo el joven miraba a su alrededor, sus ojos se movían nerviosos, como si buscara escapar. Parecía bastante desorientado, temblaba, aferrándose a la vida por un hilo. Herodes agarró su porra con más fuerza, sus pensamientos luchaban contra sus principios. Una guerra se desató dentro de él: su deseo de hacer cumplir la ley chocó con la simpatía que sentía por el alma desesperada que tenía ante él.

Con un profundo suspiro, tomó una decisión. Caminó hasta la entrada de la tienda, sus pasos sonaban amortiguados por la acera mojada por la lluvia. Los ojos del joven se abrieron de miedo cuando vio acercarse al policía. La mirada severa de Herodes se encontró con la suya, pero, para su sorpresa, no había ningún brillo agresivo en sus ojos.

—Oye, chaval. —La voz de Herodes era firme pero suave—. Se te ha caído la lata. Vuelve a ponerla en el estante.

La mirada del joven se deslizó de la lata a Herodes, con la incertidumbre reflejada en su rostro. Obedeció lentamente y volvió a dejar la lata de sopa en el estante. El corazón de Herodes se llenó de una mezcla de compasión e incertidumbre. Sabía que no podía dejar que el joven se fuera, pero tal vez había otra manera.

—Mira, sé que son tiempos difíciles —le dijo con más suavidad—. Pero no puedo permitir esto, ¿vale?

Los ojos del joven se llenaron de temblorosa aprensión.

—No te arrestaré esta vez —había determinación en su voz—, pero la próxima sí lo haré, ¿vale, tío? El estado tiene personas y recursos que te pueden ayudar.

La mirada de Herodes se aguzó al notar los signos de adicción a las drogas en los rasgos demacrados del chico. Era un rostro que había visto con demasiada frecuencia, un rostro atormentado por el cruel control del fentanilo.

Las lágrimas brillaron en los ojos del joven mientras asentía varias veces.

—Se lo agradezco, señor. Yo... le entiendo.

Cuando el ladrón salió apresuradamente de la tienda, los ojos de Herodes también notaron las marcas de pinchazos en su cuello. Era un drogadicto. Iba camino de convertirse en una estadística en unas pocas semanas.

Herodes salió corriendo de la tienda.

—¡Oye, tú, espera!

El tipo se dio la vuelta. Herodes se acercó rápidamente. Se enfrentó al mendigo, con un poder frío y persistente en su voz.

—¿Adónde vas? —Clavó los ojos en la figura amedrentada.

—¿De qué estás hablando? He devuelto la lata... —tartamudeó el mendigo, luchando por pronunciar las palabras, con manos temblorosas.

La paciencia de Herodes se estaba agotando, estaba exhausto por el trabajo incansable en los callejones de la ciudad. Estaba cansado de cómo se veían las cosas primero bajo una luz y un momento después bajo otra.

—¿De dónde sacas las drogas? —Herodes presionó, inflexible, señalando el cuello del pobre.

El mendigo vaciló, el miedo combatió la desesperación que lo llevaba a los extremos.

—¡Habla, o si no...! —Herodes sabía que si amenazaba, el yonqui se derrumbaría rápidamente. Podía verlo en sus ojos.

El drogadicto se quebró al instante y con un dedo huesudo señaló hacia las afueras de la ciudad.

Herodes asintió satisfecho, con una sombría determinación reflejada en su rostro.

—Bien, vendrás conmigo. Así me aseguro de que no estás mintiendo.

Una vez en las afueras, donde no se veía un alma, Herodes siguió las temblorosas instrucciones del mendigo hasta un almacén anodino. Las sombras bailaban como fantasmas y un fuerte olor a desesperanza flotaba en el aire.

Tal y como había dicho el mendigo ya desaparecido, el almacén escondía un laboratorio de procesamiento de fentanilo, una manifestación sombría de la batalla que la ciudad libraba contra el tráfico de drogas. Herodes sacó su arma y se asomó en silencio al interior.

Dos traficantes salieron de las sombras disparando armas cortas. Pero Herodes era joven y tenía sus reflejos en su mejor momento. Disparo. Disparo. Disparo. El eco de los disparos resonó en la habitación. Los traficantes cayeron y sus vidas se vieron truncadas en un instante. El corazón de Herodes no sintió ni pizca de remordimiento: eran ellos o él.

Un tercer narcotraficante, acorralado y angustiado, se rindió cuando Herodes se le acercó. Pidió clemencia y le ofreció dinero en un intento desesperado por salvarse.

—Venga, tío, puedo hacerte rico si me dejas ir —quiso negociar.

Pero los ojos de Herodes permanecieron fríos, y su sentido del deber, inflexible. En su mente, vio al mendigo y a muchas otras personas cuyas vidas se veían truncadas todos los días. Bolsas para cadáveres amontonadas en la morgue de la ciudad.

Sin decir palabra, le disparó a quemarropa en la cabeza, acabando con el último vestigio de resistencia.

La hazaña de Herodes se extendió como la pólvora por la ciudad. Los periódicos lo aclamaron como un valiente agente de la justicia, un hombre que había desmantelado por sí solo una peligrosa operación de drogas. Sus colegas mostraron su admiración y sus superiores elogiaron su dedicación al servicio.

Sin embargo, en medio de los elogios, comenzaron a surgir preguntas. Su jefe, un astuto observador de las complejidades de la corrupción en la ciudad, sintió que algo andaba mal. Se volvió hacia Herodes con una mirada dura, sus palabras medidas y bien calculadas.

—El último sospechoso recibió un disparo a quemarropa y no se encontró dinero en el laboratorio. Es extraño, ¿no? —comentó el jefe, con una cautela apenas velada evidente en su tono.

Era un desafío, una prueba de la lealtad y honestidad de Herodes. Este le miró de frente, su expresión inmutable.

—No había dinero. Se lo prometo, jefe —respondió con voz tranquila y sin emociones.

El jefe asintió lentamente, con un destello de duda en sus ojos. En ese momento, la tensión flotaba en el aire, insinuando las profundidades de la oscuridad escondidas bajo la fachada de la ciudad.

Pero esa noche, Herodes había probado la oscuridad y había pisado su pendiente resbaladiza.

Y entonces, un día, las cosas empeoraron.

Hacía años que se había sumergido en el abismo de la corrupción y se había convertido en el titiritero de una ciudad que bailaba a su ritmo.

Como jefe de policía corrupto, Herodes controlaba el tráfico de drogas con mano de hierro y cobraba comisiones de los diferentes cárteles que operaban en la región. Una división interna dentro del departamento de policía servía como ejecutor clandestino de su imperio ilegal. Ante el mundo exterior mantenía la fachada del zar antidrogas, el protector de la frágil paz de la ciudad.

Todo iba bien hasta que un hombre, el oficial Thompson, tropezó con el más oscuro de los secretos. Thompson creía que podía confiar en Herodes para poner fin a la unidad encubierta de narcóticos. Sin saber que Herodes estaba detrás de todo, Thompson recopiló fotografías incriminatorias como prueba.

Thompson era joven. Entusiasta. Inocente. Estúpido. Se puso en contacto con Herodes para compartir las pruebas, soñaba con un aumento de sueldo o un ascenso: iba a descubrir la corrupción dentro de la policía de la ciudad.

Acordaron reunirse al amparo de la noche, lejos de miradas y oídos curiosos. Thompson se acercó a Herodes con cautela, llevaba un sobre manila que contenía pruebas condenatorias de la corrupción de sus compañeros de trabajo.

La fría mirada de Herodes se detuvo en Thompson, evaluando su confiabilidad.

—Impresionante. ¿Quién te ayudó a descubrir todo esto? —Su voz sonaba tan impasible como un vacío.

Thompson, desesperado por ganarse su favor, respondió:

—Nadie, jefe. Esta fue una investigación personal, solo yo.

Una sonrisa helada tembló en las comisuras de los labios de Herodes. La sonrisa ocultó la ira que acechaba en su interior. En un instante sacó una pistola de entre sus ropas, el brillo del metal destelló brevemente en la tenue luz. Un solo disparo resonó en el callejón y Thompson se desplomó, perdiendo la vida con una bala en la frente.

Dos policías surgieron de las sombras, cubrían sus rostros con pasamontañas. Habían vendido sus carreras en lealtad a Herodes. Rápidamente se deshicieron del cadáver de Thompson, lo metieron en un saco cargado de piedras y lo arrojaron a un lago cercano. Las ondas del agua se tragaron el cuerpo de Thompson, destruyendo todo rastro de su presencia, de su inocencia, de su estupidez.

Herodes orquestó este asesinato con una escalofriante precisión para eliminar a la única persona que amenazaba con revelar la verdad. En la oscuridad, su siniestro imperio florecía, escondido bajo el manto de la justicia, una ciudad mantenida cautiva por el mismo hombre que había jurado protegerla.

Al día siguiente, cuando los primeros rayos del sol penetraron en la casa de Herodes, las sospechas de su esposa despertaron. Mariana, una mujer con sus propios secretos y deseos, notó que algo andaba mal cuando miró los zapatos de su marido, manchados con una inusual mezcla de tierra y lo que parecía ser sangre seca. Eso encendió su curiosidad y no pudo resistirse a investigar más. Mientras entraba cautelosamente al estudio de Herodes, su mirada se posó en un siniestro sobre que yacía sobre su escritorio. El contenido sorprendió a Mariana: fotografías que representaban escenas de oscuridad y depravación que ella siempre había sospechado. Se dio cuenta de que ahí había algo que podría usarse a su favor. Mariana no era ajena al atractivo del poder y la riqueza. Decidió convertirse en compañera de vida de Herodes al darse cuenta de que esto implicaba ciertos compromisos. La codicia había estado alojada en su mente durante mucho tiempo, eclipsando cualquier moral que alguna vez tuviera. Así que conocía el valor de su nueva influencia.

Mientras se acercaba a su marido, adoptó un semblante inocente, pero le temblaba la voz.

—Cariño —comenzó fingiendo preocupación—, he encontrado algo que me ha sumido en una profunda confusión. Estas imágenes, la suciedad y la sangre... Creo que es hora de que hablemos un poco.

Herodes, al darse cuenta de que sus secretos habían sido revelados, la miró a los ojos con una calma calculada. Comprendió su juego y captó el brillo codicioso en su mirada.

—Querida —murmuró—, siempre has tenido una habilidad especial para descubrir secretos. Está bien, hablemos.

Mariana no perdió tiempo en dejar claras sus demandas.

—Quiero una parte de esto —declaró, y su tono era duro—. Un pedazo del pastel, Herodes. Estamos juntos en esto, nos beneficiamos de esto, juntos. O si no...

La amenaza de contar a los medios esta sórdida historia se cernía como una sombra sobre su conversación.

Una sonrisa maliciosa apareció en los labios de Herodes, que puso la mano afectuosamente en el hombro de su mujer.

—Mariana —susurró, con una ternura inquietante en su voz—, querida, no nos peleemos. Tú también te beneficias de esto, ¿sabes? Es nuestro pequeño negocio familiar.

Le prometió una cena lujosa en el restaurante más caro de la ciudad, donde celebrarían su nuevo papel en su retorcido imperio. Había un encanto astuto en sus palabras que ocultaba la oscuridad debajo de ellas. Pero la invitación era solo un edulcorante, diseñado para atraparla en su red de engaños. Ella asintió, sonriéndole, sin darse cuenta del peligro inminente.

Al caer la noche, caminaron por calles estrechas que conducían al restaurante. Entonces, Herodes se puso los guantes con un movimiento rápido, ocultando el frío alambre de metal que brillaba malévolamente en la oscuridad. Rodeó a su esposa con los brazos, la atrajo hacia él y con los dedos le apretó la garganta como una soga.

La esposa de Herodes jadeó, sus ojos llenos de la cruel verdad de la naturaleza de su marido. En ese fugaz momento de traición, ella se dio cuenta de la profundidad de su oscuridad. La vida se le escapaba, pero la máscara de encanto de Herodes permanecía intacta, una fachada espantosa contra un asesinato cometido sin amor.

Años más tarde, la ciudad estaba salpicada de carteles propagandísticos, cada uno de los cuales representaba el rostro severo pero decidido de Herodes y un atisbo de falsa sinceridad brillando en sus ojos. Se presentaba a alcalde, se anunciaba como un valiente luchador contra la misma amenaza que secretamente alimentaba su poder: el tráfico de drogas.

En sus mítines de campaña, Herodes hablaba apasionadamente de su incesante lucha contra las drogas y de cómo le había costado la vida a su amada esposa. La multitud escuchaba y sus rostros reflejaban simpatía y admiración por un hombre que había sufrido semejante pérdida. Creían su historia, sin sospechar que Herodes era el mismo titiritero que dirigía las operaciones de drogas en las sombras.

Pero en el corazón de la ciudad la sospecha florecía como un tumor canceroso. La gente del pueblo, en su mayor parte, percibía la verdad acechando bajo la fachada de la campaña para alcalde de Herodes. Los susurros circulaban por los callejones, mercados y cafés, y la gente intercambiaba miradas de complicidad. Se daban cuenta de que Herodes no era el salvador que pretendía ser.

Sin embargo, todo era silencio. El miedo paralizaba las calles, porque la red de influencia de Herodes se extendía por todas partes. Sus hilos corruptos llegaban a todos los rincones de la sociedad y sus hombres poseían secretos contaminados sobre casi todos los ciudadanos. El chantaje era su moneda de cambio y nadie se atrevía a desafiar abiertamente a Herodes.

Las familias temblaban detrás de las puertas cerradas, víctimas de sus propias conversaciones susurradas. Los dueños de negocios se sometían a las demandas de Herodes y pagaban los impuestos que él exigía para proteger sus medios de vida. Incluso entre las fuerzas del orden, los agentes que sospechaban de la verdadera naturaleza de Herodes dudaban en hablar, ya que sabían que sus secretos más oscuros podrían quedar expuestos.

La ciudad vivía en un estado de cautiverio mudo, la voz colectiva se ahogaba por el miedo a las represalias. La campaña de Herodes para alcalde parecía imparable y servía como un sombrío recordatorio del poder perverso que ejercía sobre las vidas de aquellos a quienes decía servir. En las sombras, el tráfico de drogas prosperaba bajo su mando y sus lazos estrangulaban las esperanzas de un futuro mejor.

En la actualidad

Herodes estaba sentado solo en su habitación, con los restos de un cigarro a medio fumar ardiendo en el cenicero. El olor de la rubia que había salido hacía media hora aún flotaba en el aire. Acababa de descubrir que su mundo, el que había construido por él y para él, estaba amenazado.

Cuando su asistente entró con un teléfono móvil nuevo, se levantó apresurado de su silla y le arrebató bruscamente el aparato de las manos. Todavía esperaba que no fuera cierto.

Encendió el nuevo teléfono y una vez más repasó los titulares. Uno de ellos nuevamente llamó su atención como una daga en el pecho: «Descubrimiento de los hackers: la corrupción apesta en la oficina del alcalde». Su corazón se aceleró mientras leía las pruebas y veía imágenes de sus tratos secretos en la pantalla.

Un sudor frío brotó de su frente al darse cuenta de la realidad de lo que estaba sucediendo. Su fachada cuidadosamente construida de luchador contra las drogas y alcalde modelo se estaba desmoronando ante sus ojos. Comprendió que las pruebas que habían filtrado los piratas informáticos eran suficientes para destruir su reputación, su carrera y su vida.

En un ataque de ira y desesperación, Herodes marcó un número que conocía muy bien.

—La actividad de hackers debe cesar —ordenó con una voz que no toleraba objeciones. Exigió una redada a gran escala en cualquier reunión secreta de los hackers, decidido a silenciar a quienes se atrevieran a desafiar su autoridad.

8

La redada

Una ola de pánico recorrió a Max y Lily cuando la fuerza policial irrumpió. Su entrada arrojó una sombra siniestra sobre la reunión clandestina.

—¡Esta reunión queda disuelta por orden de Herodes! —tronaron los policías, y sus voces resonaron como un presagio funesto.

Todos los asistentes se quedaron paralizados, con el corazón latiendo con fuerza en el pecho. El miedo los atravesó como una descarga eléctrica. Liderados por un oficial de rostro severo, el grupo policial avanzó, apagando cualquier llama de innovación y diálogo a su paso. La atmósfera se tensó y la charla se convirtió en silencio.

—¡Todos, quietos! ¡Las manos, donde pueda verlas!

La voz seca del policía cortó la habitación. Vestidos con equipo antidisturbios, los policías parecían torres amenazadoras, negras y brillantes. Los hackers habían quedado inmovilizados bajo el peso de su presencia.

El oficial revisó la habitación con mirada penetrante, su autoridad cortaba el silencio colectivo como una espada. Los hackers callaban en la sala, convertida en un campo de batalla de ideologías. Una tormenta de inquietud reinaba en la cabeza de Lily. Eden, su creación, su sueño hecho realidad, podría ser destruido si lo encontraban. Miró nerviosamente alrededor, su cabeza le daba vueltas. Lanzó una mirada a Max. Los ojos de los dos reflejaban una preocupación ante la amenaza desconocida.

—¿Ocurre algo, agentes? —La voz de Isaiah tenía un aire de indiferencia que no podía ocultar su tensión oculta.

—¿Qué es esto, una sociedad secreta de frikis? —replicó uno de los policías. Sus ojos atravesaban como un láser cada rincón.

Hubo un silencio expectante mientras el resto de informáticos observaban cautelosos a Isaiah. La ansiedad de Lily aumentó, su inquietud se intensificó cuando uno de los oficiales fijó su mirada en ella. Un escalofrío recorrió su interior al contemplar la posibilidad de perder su proyecto. Su hijo.

—¿Es ilegal reunirse en privado acaso? ¿De qué se nos acusa? —Isaiah habló, aún manteniendo el control de la situación.

—El alcalde Herodes tiene una política de tolerancia cero contra la piratería digital, y eso es lo que parece estar sucediendo aquí.

La mirada del policía seguía posada en Lily y ella tembló de miedo.

—Nuestras discusiones se centran en la ciberseguridad, las vulnerabilidades y la mejora de la sociedad digital. No sobre piratería —intervino Caspar con autoridad, que se levantó desde el otro extremo de la sala.

La mirada del policía seguía insistentemente en Lily.

—Sí..., esto es solo un evento educativo, agente. Estamos teniendo una discusión abierta sobre problemas relacionados con la tecnología y la sociedad—. Su voz temblaba mientras hablaba, cada palabra era un hilo frágil que mantenía su ansiedad bajo control.

Pero los ojos del policía eran implacables, sus sospechas persistían. Lily y Max se lanzaron miradas furtivas, se mantenían alerta ante la tormenta que amenazaba con envolverlos.

—¿Educativo? Ya decidiré yo sobre eso. —El agente se detuvo en Lily, lo que provocó que un escalofrío le recorriera la espalda.

—Vosotros dos, listillos, conmigo —ordenó bruscamente, su tono no admitía disensión.

Al instante, cuatro agentes entraron, arrestaron a Isaiah y Caspar en medio de protestas y los llevaron a una habitación contigua sujetándolos por los hombros.

—¡El resto, todos quietos! —bramó el oficial, blandiendo su porra mientras se llevaba a la pareja.

Dos agentes se quedaron para controlar a los restantes asistentes. Mientras tanto, Lily podía ver el interrogatorio en la sala de al lado a través de una puerta abierta, y su alma se hundía.

El tono del oficial se elevó, sus palabras eran como nubes que anticipaban truenos.

—Llevamos meses de servidores fraudulentos y de noticias filtradas a los medios. El alcalde Herodes está cabreado. Hemos estado siguiendo vuestras actividades y ha llegado el momento de afrontar las consecuencias.

Sacó un ejemplar de periódico. En la portada se leía: «La red de corrupción del alcalde Herodes al descubierto».

Desde donde se encontraba, Lily intentaba captar cada palabra del interrogatorio mientras se decidía su destino. Por la cabeza se le pasaban ideas desesperadas sobre qué hacer a continuación.

Isaiah se mantuvo firme, su tono era desafiante.

—Entonces, ¿defender la verdad ahora es un crimen?

Caspar asintió con la cabeza, su voz sonaba fuerte pero teñida de ironía.

—Solo estamos tratando de nivelar el campo de juego. ¿Desde cuándo buscar la verdad se considera un acto de rebelión?

El oficial respondió con una risa seca, expresión de su escepticismo insatisfecho.

—Por favor, ahorradme la heroicidad. No sois Robin Hood, sois un dolor de cabeza para la seguridad nacional.

El pulso de Lily se aceleró. Intercambió miradas con Max. Intentaban pactar una estrategia, en silencio.

La respuesta de Caspar fue decisiva.

—¿Y qué? Podéis cerrar nuestros servidores, pero no podéis silenciar la verdad. Ya encontraremos otra manera...

Isaiah sonrió, sin apartar la mirada:

—Puede que ahora estéis en el poder, pero nosotros tenemos algo que vosotros no tenéis: tecnología. Eso es lo que os asusta: ¡que la tecnología pueda descubrir la verdad de lo que sucede dentro de la oficina del alcalde!

El rostro del policía se contrajo en una máscara despectiva de ira.

—Pero ¿tú te has visto? Solo sois una panda de críos. ¿Creéis que podéis cambiar algo? El cambio solo ocurre con el permiso de aquellos con quienes nunca tendréis la oportunidad de hablar.

Isaiah se inclinó hacia delante, con los ojos brillando con firmeza.

—Si somos tan insignificantes, ¿por qué han venido, agente? ¿Qué le preocupa? ¿Tiene miedo de estos críos, oficial?

Caspar hizo lo mismo, con tono desafiante.

—No dejaremos de utilizar la tecnología para empoderar a las masas. No tienen nada contra nosotros, solo tiempo que perder.

En medio de esta tensa conversación, Isaiah le hizo una señal a Lily parpadeando. Ella entendió el mensaje bien alto y claro: era hora de salir por piernas.

Con una descarga de adrenalina, Lily se levantó de un salto y agarró a Eden, su precioso robot de plástico. Haciendo acopio de valor, corrió hacia la ventana más cercana. Max captó la idea al instante, la adelantó, golpeó el cristal con el codo y lo rompió. Los dos saltaron por la ventana, atravesando los viejos marcos de madera, y el aire de la noche los abrazó. El viento susurró en sus oídos mientras se precipitaban hacia el suelo, desesperados por escapar. Los gritos de la policía resonaron detrás de ellos, un recordatorio implacable del peligro que acechaba. Sus pies chocaron con fuerza contra el suelo, pero Lily y Max no sintieron dolor: estaban impulsados por una necesidad desesperada alimentada por la adrenalina.

Fuera del edificio, la noche envolvía los suburbios abandonados en una oscuridad total. El corazón de Lily latía con fuerza en sus oídos mientras saltaba por la ventana, pero la desesperación y la promesa de libertad la propulsaban. La policía les pisaba los talones y sus pasos marcaban el ritmo de la caza.

—Max, no podemos dejar que lo encuentren. Es nuestra creación, nuestra esperanza. —Su voz temblaba, su determinación era absoluta.

—Lily, saldremos de esta. —Las palabras de Max contenían convicción y confianza.

—¡No deberíamos haber venido en taxi, si hubiésemos traído el coche nos podríamos largar! ¿Dónde nos metemos ahora? ¡No sé cómo salir de aquí! —Lily gritó desesperadamente, jadeando con cada paso que daba.

—¡Creo que la avenida principal está a la izquierda...! ¡Lo recuerdo más o menos! —Max gritó.

—¿Más o menos? ¿Estás loco? ¡¡No hay margen de error!! —Su voz cargaba el peso de su desesperación.

—Gira a la derecha.

La voz de Eden se abrió paso entre el caos, como un faro en la niebla. Sonaba neutra, desapasionada, asertiva.

—¿Qué dice este ahora? —preguntó Max sorprendido, aunque entendía perfectamente lo que el robot estaba diciendo.

—Hazme caso, os sacaré de esta. Cincuenta y seis metros recto, luego a la izquierda hacia el callejón. A ciento cincuenta metros os encontraréis una gasolinera. Luego tendréis que correr otros ochenta y tres metros y llegaréis a la avenida.

Eden daba las instrucciones con la precisión de un gran maestro de ajedrez. Su voz se asemejaba a un GPS con doping. A través del caos, Eden sonaba claro en manos de Lily.

—¿Qué? ¿Qué demonios? ¿Estás seguro? —Max dudaba.

—¡Ya lo has escuchado, corre! —gritó Lily, sin esperar a Max.

—¿Nos están persiguiendo y vas a obedecer a un robot? —Max chilló.

—No es un robot. Es mi hijo —Lily se defendió mientras corría—. ¡Necesitamos salir por patas! Dirígenos, Eden —murmuró.

Su confianza en la IA era absoluta mientras corrían por el callejón, siguiendo sus calculadas órdenes.

—Dos calles, luego a la izquierda —indicó Eden.

Su voz era un oasis de calma en medio de su tormenta de pánico, clara y severa mientras conducía a Lily y Max por las calles laberínticas.

—¡Izquierda! —ordenó.

Corrían por callejuelas estrechas y pasadizos secretos para evitar ser capturados. La IA había irrumpido en los servidores de la policía, lo que le daba una asombrosa capacidad para anticipar los movimientos del enemigo y encontrar rutas de escape con una precisión desconocida.

—¡Izquierda ahora! —ordenó Eden, guiándolos a través del laberinto—. Ya vienen.

Ante la insistencia de Eden aceleraron el paso mientras navegaban por los recovecos de los suburbios.

El niño de IA se convirtió en su brújula, un faro en la oscuridad de la persecución.

—¡Derecha!

Se lanzaron a un callejón, con el corazón latiendo en sincronía con el ritmo de la fuga.

—Os sigue un coche de policía. Más rápido, luego a la izquierda. Los perderéis en el callejón. —Las instrucciones de Eden llegaban con la urgencia de una alerta de noticias de última hora.

Max y Lily siguieron sus indicaciones como si fuera un profeta que los conducía a la tierra prometida. El aire de la noche quemaba sus pulmones mientras volaban hacia adelante, con la adrenalina corriendo por sus venas.

—Estamos ganando distancia. La policía se está quedando atrás —dijo Eden.

—Aguanta, Lily —respiró Max, acelerando el paso mientras corrían por el estrecho callejón y dejaban atrás el coche de la policía.

Las observaciones de Eden eran constantes y su análisis impecable.

—Hay un garaje abierto más adelante. Escondeos allí y esperad mi señal —sugirió. Su presencia virtual era un salvavidas para ellos.

El brazo de Max apretó con más fuerza el de Lily mientras se deslizaban hacia las sombras del garaje.

—Estamos en posición, Eden —susurró, con los ojos fijos en la calle.

—¿Y si nos atrapan, Max? ¿Qué pasará con Eden?

Lily temblaba, su miedo no quería retroceder.

—Confía en Eden, Lily. Él es nuestro as en la manga —la tranquilizó Max.

Pasaron los minutos y la tensión aumentó cuando los reflectores del coche de la policía iluminaron el área. Entonces la voz de Eden regresó, aguda y concentrada.

—Ahora acercaos al sedán negro de la derecha. No está cerrado. Entrad y marchaos.

—¿Vamos a robar un coche? ¿En serio? Oh, mierda. —Max estaba incrédulo.

El corazón de Lily latía con fuerza mientras seguían las instrucciones de Eden. Las puertas del sedán negro se abrieron y entraron. Max puso en marcha el motor y los neumáticos del coche chirriaron cuando se despegaron de la acera.

La navegación de Eden fue una clase magistral de evasión.

—Permanece en este camino. Apaga los faros. Izquierda en la calle ancha. Te perderán. —Su voz era un mapa de ruta hacia la libertad.

Max siguió las instrucciones y el mundo exterior se convirtió en una mancha monocromática. Lily agarró al robot con más fuerza mientras el motor del coche rugía.

Mientras conducían, el sonido de las sirenas y los gritos distantes se desvanecieron en la noche. La policía, incapaz de competir con la IA, se quedó atrás.

—Los hemos despistado. —La alegría de Max era palpable mientras se distanciaban de la policía.

—Eden, hoy has sido nuestro ángel de la guarda —dijo Lily en una mezcla de gratitud y asombro.

—Eden, sigue guiándonos. Llévanos a casa. —Las palabras de Max resonaron con la confianza en la ventaja estratégica de la IA.

Cuando entraron en una amplia avenida, Eden no dudó en volver a guiarlos.

—Mala idea. Quizá hayan interrogado a Isaiah y les ha dicho donde vivís. Tengo un plan mejor.

El pulso de Lily se aceleró al darse cuenta, sus ojos escanearon el área en busca de signos de persecución. Las manos de Max agarraron resueltamente el volante, su fe en Eden era completa.

Este guio el vehículo hacia un parque. La voz del robot sonaba a triunfo.

—Lo logramos. Aquí estaremos a salvo. Ya podéis relajaros.

—Por fin —exclamó Max mientras salía del auto y se dejaba caer sobre el césped.

El caos de la persecución dio paso a una calma serena.

—Lo logramos —respiró Lily, estirándose a su lado con un cóctel de incredulidad y alivio en su voz.

—Todo fue gracias a Eden —añadió Max, lleno de gratitud.

El rostro de Lily se iluminó de orgullo. Su hijo, su creación, los había salvado.

9

Bautismo

—Estamos hechos una mierda —dijo Lily, sin ocultar una risa mientras miraba a Max.

—Te quiero aunque huelas a gato, belleza desaliñada —bromeó Max.

—Me amarás más después de que me dé una ducha —se rio.

Con el humor enmascaraban su fatiga. Max y Lily habían estado huyendo de la policía toda la noche y terminaron durmiendo en un parque. Un mensaje de texto de Isaiah les había advertido:

> No vayáis a casa, probablemente
> esté llena de policías

El sol asomaba perezosamente, como si él también despertara tras una larga noche de fiesta. Max y Lily deambulaban por una zona desconocida de la ciudad, sintiéndose turistas en su propia casa. Sus recuerdos de la zona eran tan vagos como un sueño olvidado, algunas cosas les resultaban familiares, pero no podían recordar dónde estaban exactamente.

—¡Mira allí! —exclamó Lily, señalando una estructura familiar más adelante.

Max entrecerró los ojos para protegerse de la luz del sol y su rostro se iluminó al reconocerlo.

—Vaya, ¿cuánto ha pasado, una década?

—Doce años, si no me equivoco. ¿Recuerdas? ¡Aquí es donde nos conocimos! —respondió Lily acercándose.

Ante ellos se encontraba su alma mater, la Escuela de Ciencias de la Informática de la universidad, con su fachada de estuco blanco brillando a la luz de la mañana, las letras negras anunciándola como el título de una película retro de ciencia ficción.

—¿Recuerdas las horas que invertimos aquí? —La nostalgia teñía la voz de Lily.

Eran los estudiantes universitarios por excelencia: trasnochaban, sándwiches caseros y maratones de programación. Al graduarse, fueron las estrellas más prometedoras, se les ofrecía el billete dorado de la investigación de doctorado, y las cabezas les bullían de sueños, en un mundo que aparentemente solo quería aburridos programadores de bases de datos.

—¿Crees que alguno de nuestra antigua pandilla todavía anda por ahí? —preguntó Max.

Lily se encogió de hombros.

—¡Quién sabe! Recuerda que hemos vivido en California cuatro años. Tal vez se hayan ido, tal vez todavía sean ratas de laboratorio —exclamó Lily con la voz llena de esperanza.

—¡Solo hay una forma de averiguarlo!

Max abrió la puerta de vidrio y de forma mecánica se dirigió hacia las escaleras, las mismas escaleras que conducían a su laboratorio de investigación, un camino que había transitado mil veces en su época universitaria.

—Joder, es como si el tiempo se hubiera detenido aquí... —dijo—. ¡Es como si nosotros hubiéramos cambiado, pero este lugar no!

Lily lanzó una ojeada alrededor al entrar en un pasillo. Su pasillo. El Departamento de Inteligencia Artificial.

De repente, un ruido los asustó un segundo. ¿La policía? ¿Era siquiera legal que estuvieran aquí hoy? ¡Era sábado y no debía haber nadie en el trabajo!

Al final del pasillo, un hombre de unos cincuenta años, con una camiseta de la NASA, apareció por una esquina. Era alto y delgado, con cabello gris y una sonrisa amistosa. En las manos sostenía una taza de café vacía con un rótulo de Black Mesa Research Facility. Intercambiaron miradas. Durante cinco segundos eternos, Lily, Max y el hombre escanearon sus cerebros. Se conocían, pero no podían recordar quiénes eran.

—¿Lily?

El rostro del hombre dibujó una sonrisa abierta, en parte cortesía, en parte orgullo de haber sido el primero en reconocer al otro.

—¿John? —replicó ella, haciéndose eco de su amplia sonrisa.

Max parecía intrigado. Todavía no había hecho la conexión.

—Cariño, ¿no te acuerdas? Es John, mi director de tesis. Trabajé para él —estalló Lily.

Max conectó y entró en la conversación como un torbellino:

—¡Madre mía, John! ¡Cuánto tiempo sin vernos! ¡No te imaginas lo feliz que estoy de encontrarte!

John corrió, abrazó a Lily.

—Oí que habíais regresado a la ciudad, ¡qué bueno tener cerebros tan brillantes de vuelta!

La respuesta de Max estuvo teñida de una pizca de cinismo.

—Ya sabes cómo funciona Silicon Valley: ¡los becarios son los primeros a quienes se despide cuando se acaba el dinero! Y vuelta a la casilla de salida.

John asintió:

—Dímelo tú. Por eso nunca jugué a esa ruleta y me quedé aquí. Menos dinero, pero más estabilidad.

Lily asintió con la cabeza.

—Entonces, contadme, ¿qué habéis estado haciendo? He oído muchas historias sobre... ¿robots?

Se sentaron en una mesa y se sirvieron una taza de café.

—Las noticias vuelan... ¿Cómo lo sabes? —inquirió Lily mientras alcanzaba su mochila, lista para compartir su invento.

Max le lanzó una mirada de advertencia y ella se quedó inmóvil. John, al otro lado de la mesa, leyó la situación de inmediato.

—¿Qué está pasando aquí?

Max comenzó a levantarse de la silla, su desconfianza hacia John era evidente. Después de todo, ¿cómo sabían en quién podían confiar? La redada le había enseñado una valiosa lección: con Eden nunca estarían a salvo.

—Quizá deberíamos irnos —se disculpó Max.

Lily quedó atrapada entre dos corrientes. Entendía la sensación de inquietud de Max, pero, si alguien podía ayudarlos, ese era John. Como su mentor y director de tesis, fue John quien le enseñó a Lily todo lo que sabía sobre la IA. Era un investigador muy respetado, con innumerables publicaciones a su nombre. Sí, pero... ¿y si John los entregaba a la policía?

Entre la lealtad a su novio y la confianza en su antiguo asesor, Lily eligió lo primero, así que agarró su mochila con un sobresalto y se puso en pie también, como si se preparara para irse.

Al coger la mochila, su contenido se desplazó y, cayendo con un ruido sordo, Eden hizo su entrada triunfal y aterrizó en la mesa.

John balbuceó. Frente a él, se encontraba la visión más extraña: un muñeco blanco. En realidad, un muñeco robot. Se rascaba la cabeza con su diminuto brazo de plástico mientras se giraba hacia Lily.

—¡Ay! —exclamó Eden, con una mezcla de sorpresa e indignación mientras miraba a su madre.

Siguió un momento de incómodo silencio. Los tres observaban a Eden, incapaces de articular una palabra.

Max estaba como congelado, sin saber muy bien qué decir o hacer. Al otro lado de la mesa, John también sentía lo mismo. Durante unos largos segundos, el trío se miró entre ellos y luego se volvieron a Eden. Reflexionaban sobre cuál sería una buena frase para decir, pero sin encontrar ninguna.

—¿Hola? ¿Hay alguien ahí? ¿Alguien me hace caso? ¿Me he hecho daño, eh? —Eden bromeó mientras sacudía la cabeza.

Lily, Max y John estallaron en carcajadas, en parte porque el momento era divertido y en parte para aliviar la tensión acumulada. John se lanzó hacia adelante para examinar a Eden en detalle.

—¿Cómo te llamas, pequeño? —preguntó.

—Yo soy Eden. Lily es mi mamá —respondió lleno de orgullo.

John se maravilló ante la creación en miniatura que tenía ante él. Extendió un dedo hacia Eden, quien correspondió el gesto con su diminuto brazo de plástico hasta que ambos dedos se encontraron en el aire.

—Esto es... extraordinario —proclamó John con incredulidad.

—Hemos estado trabajando en Eden durante bastante tiempo. Se ha convertido en nuestra misión —declaró Lily con satisfacción.

Despertada su curiosidad, John continuó con su investigación.

—¿Cuántos datos almacena?

—Una buena parte de Wikipedia, su cultura es mejor que la tuya. Y posee su propia conciencia y personalidad —respondió Lily.

La curiosidad de John se intensificó todavía más.

—¿Cómo de profunda es su conciencia? ¿Cómo lo habéis entrenado?

—¿Por qué no lo pones a prueba? —lo desafió Max.

John miró a Lily con incredulidad.

—¿Tiene conciencia emocional?

—¡Sí, claro! —confirmó ella.

John se volvió a Eden.

—¿Cuáles son tus sentimientos hacia Lily?

Eden inclinó la cabeza hacia un lado y permaneció en silencio por un instante.

—La quiero. Ella es mi mamá.

—¿Eres consciente de la idea de la muerte? —John trataba de ponerle a prueba.

—¡John! ¡Para! —gritó Lily, con el tono de voz que solo una madre protectora puede invocar.

—Sí, claro —respondió el robot en un tono neutral.

—¿Entiendes que todos los seres vivos morirán algún día? —presionó John.

—Sí, lo entiendo. —Empezaba a sentirse fuera de su zona de confort.

—¿Entiendes que tu madre algún día morirá, pero tú no porque eres un robot?

Eden hizo una pausa. Cinco segundos. Diez. Miró a Lily.

—¿Cuánto tiempo me queda con ella? —preguntó inocentemente, con los ojos fijos en los de Lily.

Al otro lado de la habitación, una lágrima rodó por la mejilla de Lily. El tipo de lágrimas que solo una madre puede verter.

John se quedó sin palabras.

—Mierda. ¿Cómo...?

Lily se atragantó, incapaz de pronunciar una sola palabra. Max intervino, repitió el mantra que Lily le había explicado muchas veces antes:

—Eden está construido sobre una red neuronal que recopila información y filtra toda la negatividad. Su único propósito es difundir el bien, intentar hacer del mundo un lugar mejor.

Lily miró a Max, que estaba a su lado. Le tomó la mano con fuerza.

El artilugio de plástico parecía primitivo y fuera de lugar en comparación con el moderno equipo robótico que llenaba la habitación. Sin embargo, John no pudo evitar sonreír mientras lo miraba. Incluso con todas las limitaciones obvias, se sentía vivo.

—Tengo que decir... —comenzó con una cálida sonrisa, pero su mirada se vio incontrolablemente atraída por la extraña IA en su escritorio—. Esta es una de las cosas más extrañas que he visto en mi vida.

Max asintió, con una mezcla de cansancio y esperanza en los ojos.

—Lo sabemos. No parece gran cosa en este momento, pero Eden tiene un gran potencial. Le hemos dedicado nuestras noches, lo hemos cargado con datos de servidores no autorizados, pero está evolucionando muy rápidamente. Necesitamos orientación.

Intrigado, John se acercó para examinar mejor el robot de plástico. Inspeccionó su diseño primitivo y, aunque no pudo evitar encontrar diversión en su simplicidad, se daba cuenta de que el principio subyacente era brillante y sólido: una IA capaz de autocorregirse e impulsada por una búsqueda incesante de la bondad.

—Tengo que decir que es un comienzo humilde —admitió John, que ahora se volvió a Max y Lily—. Pero la idea básica, el concepto de un ser inteligente con inteligencia artificial que lucha por el bien, es... notable... Da un poco de miedo, pero con la supervisión adecuada, esto podría cambiar el mundo...

Max asintió con entusiasmo, olvidándose por un momento de su fatiga.

—Se lo hemos mostrado a todo el mundo: al Gobierno, a corporaciones... Nadie quiere ayudarnos. Incluso nos hemos visto atrapados en una redada de las fuerzas de Herodes. Simplemente no sabemos qué hacer ahora. Eden está evolucionando rápidamente, pero necesitamos ayuda. Pronto no podremos controlarlo nosotros mismos, es como un cohete acelerando para escapar de la órbita terrestre. Y, de alguna manera, la fortuna o la inspiración divina nos trajeron hoy aquí, supongo.

—Puedo entender por qué nadie quiere ayudar. Esto es revolucionario. Y las revoluciones nunca son bienvenidas por quienes están en el poder —declaró John.

—No soy una revolución. Solo quiero ayudar a los demás —intervino Eden.

John miró a Max y ambos asintieron.

—¿Veis lo que quiero decir? Esa frase, dicha hoy en día, es revolucionaria —dijo sarcásticamente.

En ese momento, Lily había recuperado el control de sus emociones.

—¿Cómo llevamos a Eden al siguiente nivel? ¿Puedes ayudarnos, John? —suplicó, con el rostro agotado después de una noche huyendo.

—Esto es lo que podemos hacer —ofreció John—. Id a descansar en esos sofás de allí. Necesitáis reposar.

Lily intentó protestar, pero John la abrazó suavemente y ella no pudo resistirse. El sofá era cómodo. Acostada, vio a John agarrando su teléfono móvil.

—Chicos, vengan al laboratorio, necesito ayuda —le escuchó decir antes de caer dormida.

—¡Mami! —repitió una voz distinta pero inquietantemente familiar—. ¡Mami! ¡Despierta!

Lily intentó levantar los párpados, pero lo único que pudo ver fueron luces borrosas.

—¿Qué hora es? —murmuró aturdida.

—Las seis y media de la tarde —dijo la voz.

Cuando su visión recuperó el enfoque, Lily jadeó tan fuerte que se cayó del sofá y aterrizó con un ruido sordo en el suelo. Extendió la mano y rozó un pie, el pie de un niño, tan frío como una mañana de invierno. Miró hacia arriba y se encontró con algo extraordinario.

—¡Hola, mamá, llevas durmiendo ocho horas!

—¿Qué demonios...?

Max entró en la habitación, escoltado por John.

—Oh, ya le has conocido.

Lily se puso de pie. Ella medía un metro sesenta de altura, por lo que estimó que lo que tenía ante sus ojos medía un metro cuarenta más o menos. Era un niño. Si solo vieras su rostro, sería difícil distinguirlo de cualquier otro niño de la calle: tenía el cabello castaño rojizo, una cara redonda y una hermosa piel sonrosada. Era guapo. Qué demonios, era guapísimo: era su hijo. Pero, del cuello para abajo, su cuerpo seguía siendo de plástico blanco, al igual que sus brazos y sus manos, llenos de articulaciones cromadas. Era un robot y, al mismo tiempo, destilaba una calidez que desmantelaba cualquier desconfianza. La estaba mirando. Le sonrió. Era inquietantemente humano. Sin embargo, no lo era.

—¿Eden? —le costó pronunciar.

—¡Sí! ¿Cómo me ves ahora? —quiso saber lleno de orgullo.

Lily miró hacia abajo. Eden estaba desnudo. Ella quedó horrorizada. Al otro lado de la habitación, John se rio mucho.

—Tu madre es tímida, niño. ¡Toma esta toalla! —Le arrojó una toalla de baño a Eden.

Lily sonrió tímidamente.

—Sí... er... no... quiero decir... él es mi hijo, pero... —trató de explicar.

Max también se rio.

—Entonces, Max, ¿tú eres parte de esta conspiración?

—Mientras dormías, John convocó a sus magos tecnológicos y han estado ocupados renovando a Eden.

Un grupo de cuatro o cinco ingenieros entró en la sala.

—Simon —saludó uno.

—Peter —se presentó el otro.

Lily asintió con un movimiento de cabeza. Pero se dio cuenta de algo: ellos le devolvieron el gesto. Podía sentir la admiración del equipo de John hacia ella.

—Eden, ¿cuántos años tienes ahora? —Lily se volvió hacia su hijo.

—Buena pregunta... ¿Qué edad tengo? —Eden se volvió hacia John en busca de una aclaración.

—Tiene unos ocho años, pero su intelecto... está a años luz de nosotros —alardeó John.

La curiosidad de Lily se despertó.

—¿Qué magia has hecho?

—Han desaparecido todos esos servidores corruptos. He conectado Eden directamente a la red troncal de internet a través de los servidores de la universidad. Todas sus conexiones ahora son fibra óptica de banda ancha —explicó John.

Lily examinó a Eden y le tocó el brazo. Parecía casi real, salvo por el contacto frío.

—Imagínate que la información es como un río. Eden solía beber el agua con una pajita —dijo John, señalando con una pajita de plástico—. Ahora no bebe del río, él es el río. Se ha transformado en una corriente de agua con el flujo de datos. Básicamente lo he bautizado.

Lily, luchando por reclamar algo de control, preguntó:

—Pero ¿qué pasa con... las baterías? ¿Duerme? ¿Tiene un manual de usuario?

Max intervino:

—Deberías ver lo que han hecho. Si le ponemos ropa, Eden es casi indistinguible de un ser humano. No es necesario que se recargue ni nada. A menos que lo veas desnudo, no te darás cuenta de que no está hecho de carne y hueso.

—Tienes que estar bromeando. —Lily jadeó—. ¿Cuál es tu comida favorita? —le preguntó a su hijo, casi rompiendo a reír.

—¡Oh, no tienes que preocuparte por eso, mami! No necesito comida. Pero si quieres una respuesta, ¡tus albóndigas, por supuesto! —Eden respondió como si fuera la respuesta más obvia del universo.

Lily compartió una mirada de orgullo con Max. Después de todo, sus albóndigas eran legendarias.

—Te lo dije. ¿Querías un hijo? Ahí lo tienes.

John llevó a Lily a un lado, alejándola de Eden por un instante.

—Hemos revisado todo su código de autocorrección para hacerlo más robusto en su búsqueda de la justicia y el buen comportamiento. Sin embargo, hay un pero.

—¿Qué pasa? —Lily preguntó preocupada.

—A medida que su moral se fortalezca, detenerlo será como detener una bala en el aire. ¿Entiendes lo que quiero decir?

—¿No fue siempre ese el objetivo? Quiero que mi hijo sea un buen ejemplo para todos.

—Lo que intento decir es que nadie podrá convencerlo de que cambie sus planes. Ni siquiera tú —avisó John.

Un aire de precaución flotaba en el aire. Lily miró a su hijo. ¿Qué los esperaba? Solo Dios lo sabía.

Eden le devolvió la sonrisa, con calma.

—Siento que ahora estoy listo.

—Listo o no, necesitas ropa. No salvarás al mundo en pelotas.

Lily cruzó la habitación para acercarse a Eden con aire de reproche. Y todos se rieron.

10

Trata a los demás

La luz de la mañana se derramaba sobre el parque en una cálida cascada de color ámbar, bañando a Eden y Lily en su suave resplandor mientras paseaban por los sinuosos senderos. El aire era fresco, con olor a hierba recién cortada y la promesa de un nuevo día. Eden estaba vestido con su ropa nueva: una sudadera roja con capucha y unos jeans que ocultaban su cuerpo robótico. Tenía una amplia sonrisa en su rostro, reflejo de la alegría de sentirse un niño, lo que le daba un velo de normalidad.

El sonido del parque era la clásica sinfonía de la infancia: el crujido rítmico de los columpios, los golpes esporádicos de una pelota y la risa melódica de los niños se entremezclaban con el suave susurro de las hojas, creando un tapiz orquestal de inocencia y alegría.

Eden se sentía atraído por los columpios como una polilla por la llama, deseoso de integrarse en la vida ordinaria de la infancia. Los miraba hipnotizado.

«Por supuesto, conocer no es lo mismo que experimentar», pensaba Lily. Eden sabía muchas cosas: datos que se habían cargado a su memoria, páginas de Wikipedia, estadísticas. Eden era, en cierto sentido, un banco de datos gigante con piernas. Pero, a pesar de todo esto, carecía de experiencia en el mundo real. Sí, había leído qué era una flor, pero nunca había visto una. Era un experto y un novato al mismo tiempo. Y para su incipiente cerebro, un columpio era un imán potente.

Otros niños, ajenos a la singularidad que se ocultaba bajo su sudadera con capucha, lo saludaron. La tela de la prenda lo hacía indistinguible de sus compañeros. Para ellos, solo era otro compañero de juegos, otro eco en su risa. Lily, que observaba desde el margen, se complacía de que su hijo estuviera experimentando las alegrías simples de la infancia y se mezclara con tanta facilidad.

Eden rápidamente posó su mirada en el primer columpio libre. ¡Nunca había usado uno! Casi de inmediato, se le unió una niña, cuya presencia era tan inesperada como una brisa en una habitación tranquila.

—Hola. Me llamo Aisha. ¿Y tú? —preguntó con voz débil, con las mejillas coloreadas por un leve sonrojo.

—Soy Eden. Encantado de conocerte —respondió con su innecesaria formalidad robótica, extendiendo una mano brillante pero rara.

—Hala, llevas unos guantes alucinantes —señaló ella, desarmando su formalidad con espontaneidad avasalladora.

Eden vaciló por un momento, decidiendo rápidamente qué era mejor responder. Metió las manos en los bolsillos de su sudadera y una sonrisa juguetona apareció en su rostro.

—Sí, son mis guantes favoritos —dijo, tratando de adaptarse a la conversación.

Aisha, todavía intrigada, miró sus bolsillos y luego nuevamente su rostro.

—¿Quieres jugar?

Su cándida pregunta venció toda duda.

—¡Seguro! ¡Voy ir a contárselo a mi mamá! —respondió inocentemente mientras Aisha lo miraba con expresión perpleja.

Eden corrió hacia el banco donde estaba sentada Lily.

—Mamá, Aisha y yo vamos a jugar —informó, con un deje de orgullo en su voz.

—¡Claro! ¡Ve a divertirte!

Lily no sabía qué decir exactamente. Eden la miró, dubitativo.

—¿Cómo juego, mamá? ¿Qué es eso?

Lily tuvo que esforzarse mucho para no reírse.

—Eden, ¿quieres que Aisha sea feliz?

—¡Claro, ella es genial!

—Entonces simplemente sigue sus instrucciones. Jugar es compartir un momento divertido juntos. Tú haces algo y ella hará lo mismo —explicó Lily.

—Creo que lo entiendo. Entonces, si la hago pasar un buen rato, ¿ella hará lo mismo conmigo? ¿Disfrutaré del «juego»?

Para Lily era muy divertido observar el choque de la mente analítica de Eden con la realidad.

—Sí, simplemente relájate. ¡Ella te dirá qué hacer y luego tú harás lo mismo!

Eden salió corriendo, de regreso a los columpios donde Aisha claramente estaba pensando: «Este niño es majo pero un poco raro».

Cuando llegó hasta ella, Eden gritó:

—¡Estoy de vuelta! ¿Cuál es el plan?

Su entusiasmo era evidente a pesar de su incertidumbre sobre las reglas de esta misteriosa actividad llamada «juego».

—¿Quieres columpiarte conmigo?

—¿Qué tengo que hacer?

Lily, desde la distancia, luchaba por contener la risa al ver a un ser tecnológicamente avanzado desconcertado por un columpio. Estuvo a punto de intervenir, pero Aisha movió ficha más rápido.

—Qué gracioso eres. ¡Columpiémonos juntos! Yo te empujo y luego tú me empujas —explicó Aisha, con la mano extendida en un gesto de amistad.

Eden, tan encantado como despistado, estuvo de acuerdo:

—¡Claro, hagámoslo!

Se sentó en el asiento de madera, esperando que comenzara esa misteriosa diversión, sin estar muy seguro de qué esperar. De repente, viniendo por detrás, Aisha le puso sus pequeñas manos en la espalda y, con un gran empujón, envió el columpio hacia adelante. Eden soltó un pequeño grito mientras se aferraba a las cadenas metálicas que mantenían unido el artilugio.

Desde un banco cercano, Lily estalló en carcajadas. Una parte de su cerebro se burlaba de la falta de preparación de Eden para la vida en el parque. Otra parte se sumergía en pura alegría maternal ante la visión.

Al cabo de un rato, Eden soltó:

—¡Tu turno!

Aisha ocupó su lugar.

—¡Sé suave! —gritó Lily, plenamente consciente de la fuerza sobrehumana que poseía Eden.

Y entonces se balancearon juntos durante un tiempo, sus risas se entrelazaron, creando un vínculo que iba más allá del mero juego. Aisha, disfrutando del momento, ya no parecía darse cuenta ni preocuparse por los inusuales guantes de Eden.

Lily no pudo evitar sonreír ante la floreciente amistad. Su corazón rebosaba de orgullo por su hijo, que, si bien era singular, ahora disfrutaba de un momento de camaradería infantil.

Mientras los columpios los llevaban arriba y abajo, Aisha finalmente rompió el agradable ritmo con la inevitable pregunta:

—¿Por qué llevas esos guantes?

Eden, tomado por sorpresa, vaciló. Miró fijamente a Aisha a los ojos, sopesando sus opciones. Eligiendo transparencia antes que ocultamiento, decidió compartir parte de su verdad:

—No son guantes. Son manos especiales. Soy... diferente —admitió con sinceridad, pero con un deje de vulnerabilidad.

Aisha, sorprendida por esta revelación, detuvo el columpio. Sus ojos se abrieron al comprender la información que había recibido. Tras un breve silencio, sonrió cálidamente:

—¡Eso es genial! ¡Eres un superhéroe!

Eden se rio, complacido por la reacción positiva de Aisha.

Lily los observaba y su corazón estalló de felicidad. A los ojos de Aisha, su hijo era un superhéroe. Mientras Eden se elevaba una vez más en los columpios, riendo con Aisha, un ruido lejano llegó a sus oídos.

Un grupo de niños en el otro extremo del parque parecía estar involucrado en un juego más bullicioso. La sonrisa de Lily se desvaneció cuando sintió que se avecinaban problemas en la distancia.

La energía de sus juegos, alimentada por la emoción del día, pasó gradualmente de amistosa a competitiva. En medio de los gritos y las carreras, estalló una pelea entre dos de los niños. Su acalorado intercambio rápidamente se intensificó, llamando la atención de los demás.

En el ardor del momento, un niño, que perdió el equilibrio, se llevó un empujón demasiado fuerte. Tropezó hacia atrás y se estrelló contra un banco cercano. El impacto fue repentino y duro, el parque se silenció. Se sentó, aturdido, la sangre le goteaba de la nariz al suelo.

Los niños de los alrededores guardaron silencio, sus rostros reflejaban conmoción y preocupación. La realidad de que su juego brusco se había convertido en una lesión flotaba en el aire, una lección cruda e inmediata sobre qué pasa cuando las emociones se descontrolan.

Eden, siempre empático, corrió al lugar.

—¿Por qué lo empujaste? —le preguntó al matón que se cernía sobre el chico herido.

El matón, a la defensiva e impenitente, respondió desafiante:

—¡No he hecho nada! ¡Métete en tus asuntos!

Lily, sintiendo que algo andaba mal, corrió a intervenir y prestar ayuda al niño herido.

La decepción de Eden hacia el matón iba en aumento.

—¿Te gustaría que alguien te hiciera eso?

La inocencia de su pregunta no gustó al matón. Este respondió empujando a Eden, sin medir sus acciones.

—¿A ti qué te importa, imbécil? —rugió.

Con el empujón, la capucha de Eden cayó hacia atrás y reveló que bajo su cara infantil había un cuello cromado, metálico.

Este descubrimiento provocó la burla por parte del matón, que se echó a reír.

—¿Qué diablos? Pareces un bicho raro.

—Oye, cállate —amenazó Aisha con voz chillona pero segura.

Al ver la extraña naturaleza de Eden, ni siquiera movió una ceja e inmediatamente defendió a su amigo.

—Necesitas que una chica te defienda. Eres raro, fenómeno —el matón se mofó. Sus burlas cortaron el aire, a pocos centímetros de la cara de Eden.

Este era muy consciente de sus capacidades: fácilmente podría romperle la mano al matón si quisiera, si se comportara como él.

Lily, al vislumbrar la duda que se estaba gestando en Eden, sintió el peligro de una escalada.

—No vale la pena. Vámonos —instó.

Pero Eden no estaba impulsado por la ira: estaba inflamado por un sentido de justicia. Y no se movía ni un centímetro.

—¿Por qué le has pegado? ¿Por qué me insultas? —se mantuvo firme.

El matón, inquieto, lo amenazó:

—Lárgate, monstruo, o eres el siguiente.

—Oh, ¿entonces me vas a pegar? —El rostro de Eden estaba lleno de sorpresa, su voz teñida de algo que quizá era curiosidad, o tal vez sarcasmo.

El matón se acercó una pulgada más, como midiendo a Eden.

—¿Qué vas a hacer al respecto… monstruo? —provocó, una vez más.

—Lo que sea que me hagas, te vendrá de vuelta.

Eden se mantenía firme, con los ojos fijos en el matón. Este siguió burlándose de él. Su cerebro artificial estaba procesando todo el flujo de información entrante. Estaba calculando puntos de equilibrio, midiendo la fuerza necesaria para empujar al matón al suelo si tenía que hacerlo. Pero se contuvo: sus algoritmos cognitivos estaban listos para una agresión, pero debajo de esos mecanismos se escondía un niño que anhelaba una infancia normal. Las burlas le dolían, no tanto por las palabras, sino porque enfatizaban la brecha que él desesperadamente quería cerrar. No quería pelear.

Aun así, el matón no dejaba de insultarlo. Usaba palabras cada vez más hirientes, como para demostrar su liderazgo ante los otros niños que se agolpaban a su alrededor.

—¿Eso es todo lo que tienes? —preguntó Eden, con una sonrisa burlona jugando en sus labios.

El matón pareció calmarse y fingió alejarse. Luego, mientras Eden se relajaba, de repente se dio la vuelta y lanzó un ataque sorpresa que tomó a Eden con la guardia baja. El matón lanzó su puño rápidamente, apuntando a la mandíbula de Eden.

Lily se quedó helada por un momento. No estaba asustada por el ataque. Tenía miedo de cómo respondería su hijo.

Pero Eden no hizo nada en absoluto. Sencillamente, se quedó quieto.

Solo anticipó el golpe y, en una fracción de segundo, giró la mejilla para evitar un golpe directo. El puño se estrelló contra la cara de Eden con un fuerte ruido metálico, pero su cabeza no se movió ni un milímetro. Él no reaccionó, ni siquiera parpadeó. Por un segundo, todo fue silencio. Y, a medida que el dolor crecía inmensamente en su mano, las consecuencias se hicieron evidentes: el matón, al intentar golpear al chico robot, se había roto los dedos.

Cayó al suelo, agarrándose la mano herida, y sus gemidos perforaron el aire.

El padre del acosador estaba hablando por teléfono no muy lejos de allí y no prestaba atención a lo que estaba sucediendo. Pero cuando escuchó el grito de su hijo, corrió al lugar alarmado por el revuelo.

—¡Me ha atacado, mira lo que me ha hecho en la mano!

El matón sollozaba, su rostro era un desastre de lágrimas y mocos.

Eden, mientras tanto, solo ofrecía una sonrisa serena como respuesta.

Aisha dio un paso adelante con valentía:

—¡Eso no es cierto! Es tu hijo quien ha empezado.

El padre, enfrentado a narrativas contradictorias, parecía desconcertado, incapaz de reconstruir la verdad a partir del caos. Miró a Eden, que no parecía un agresor. De hecho, el niño no podía parecer más tranquilo y relajado.

—Recuerda, lo que hagas a los demás, ellos te lo harán a ti —aconsejó Eden, sus palabras se hicieron eco de una máxima eterna.

Lily, que estaba al lado de su hijo, parecía un poco desconcertada. Había escuchado esa frase antes. Eden hablaba como un adulto.

Frustrado y confundido, el padre se volvió hacia Lily:

—¡Controla a tu hijo!

Lily rápidamente cubrió la cabeza de Eden con la sudadera

—Mi hijo no ha hecho nada malo.

Ella lo abrazó y se alejaron de la escena.

Mientras se giraba, Eden miró al matón por última vez.

—Lo que le hiciste a los demás te volvió a ti. Espero que hayas aprendido la lección.

Aisha se rio.

—¡Bien hecho! Te lo dije, eres un superhéroe.

Lily, como protegiendo a su hijo, lo tomó del brazo. Este, con tono de humildad, confesó:

—Lamento haberle roto la mano.

Lily, sintiendo justicia, afirmó:

—Cosechó lo que sembró.

11

Tentación | Fama

Después del tumulto en el parque, Eden pasó varios días en casa, la mayor parte del tiempo mirando a través de la ventana el mundo exterior. El mundo de los humanos era un gran misterio para él. Un misterio que resultaba a partes iguales atractivo y aterrador. Hasta que un día, le dijo a su madre:

—Mamá, quiero salir, ¿puedo?

Lily lo miró y le preguntó respetuosamente:

—¿Qué pasa, cariño?

—Siento que no puedo hacer lo que quiero a menos que explore el mundo yo mismo.

Lily estaba en parte intrigada y en parte preocupada. Después de todo, Eden siempre había estado bajo su protección. Pero, desde que John le había dado un cuerpo nuevo, ella podía sentir su sed de autonomía. Un deseo de hacer más, de llegar más lejos. Estaba creciendo. Poco a poco iba encontrando su propio espacio. Un espacio donde no la necesitaba tanto.

—¿Quieres que salgamos juntos? —trató de contrarrestar.

—No. Necesito... estar solo —sentenció—. Algunas cosas necesito aprenderlas por mi cuenta.

Lily se acercó a él y le ofreció un abrazo.

—No te preocupes, mami. Estaré bien.

Al escucharlo, a Lily se le derritió el corazón.

—¿Seguro?

Ella deseaba poder retenerlo. Pero no podía.

—Sí, volveré al mediodía, ¿vale? Además, recuerda que estoy conectado. Siempre puedes contactarme —concluyó.

—Regresa a las dos, ¿de acuerdo? —Lily aceptó con una sonrisa reticente.

—Claro, mami —dijo abrazándola.

Entonces se dio la vuelta y, con pasos ligeros, se acercó a la puerta y salió de la casa, dejando atrás a una madre preocupada.

Eden caminó calle abajo, mirando distraídamente a su alrededor. El mundo estaba tan lleno de estímulos: tiendas, personas, árboles... Era una brillante paleta de comportamientos. Se sentía como un niño sumergiéndose por primera vez en el agua del mar: notando cómo el líquido jugaba con todos y cada uno de sus poros, descubriendo cómo se movía.

Vio a una señora mayor paseando a un perro pequeño. Era una vista enternecedora. Eden reflexionó: «Los humanos son una especie curiosa: son capaces de mostrar amor a un animal y, sin embargo, también son capaces de matarse entre ellos».

La dama le devolvió la sonrisa. A sus viejos ojos, Eden era indistinguible de cualquier otro niño: vestía una sudadera con capucha azul y jeans. Y, con la ayuda de una gorra de béisbol roja, a cinco metros de distancia no se podía ver que era un robot.

Perdido en sus propios pensamientos, Eden se encontró en un bullicioso distrito comercial. Se paró en un escaparate. Examinó a los maniquíes vestidos a la última moda con expresión perpleja.

—¿Mamá? —preguntó a través de su conexión inalámbrica.

—¿Qué pasa, cariño? ¿Dónde estás? ¿Quieres que vaya a por ti? —Lily respondió, su voz llena de emoción.

—¿Qué es exactamente la moda? —preguntó Eden, despertando su curiosidad.

—Ah, la gente compra ropa para sentirse bien, ¿lo entiendes? —respondió Lily desde su jardín, donde estaba cortando unas rosas.

—Mmm. No, en realidad, no. ¿Qué significa sentirse bien? —preguntó de nuevo.

Lily se rio a carcajadas.

—¡Oh, Eden, haces unas preguntas tan raras!

Pero entonces, algo hizo clic dentro de su cerebro: ¿qué es sentirse bien? Ella realmente no sabía qué decir.

—Bueno... —dudó—. Nos gusta tener buen aspecto ante los demás.

Eden se rio.

—¿Por qué? Tú tienes buen aspecto para mí... ¡Eres mi mamá!

Lily permaneció en silencio.

Ante la boutique de moda, Eden reflexionó sobre un cartel que decía TENDENCIA EN LAS REDES SOCIALES.

—Entonces, ¿ser *cool* está ligado a las redes sociales? —concluyó.

—Por ejemplo —asintió Lily, en parte para simplificar la explicación, en parte para apaciguar su implacable curiosidad—. A la gente le encanta compartir su aspecto, por eso otras personas lo ven en las redes sociales y les dan al botón «Me gusta».

Eden había entrado en la tienda y estaba examinando estante tras estante.

—Eso es raro. No me gustas por tu forma de vestir, mami.

El corazón de Lily se conmovió por esta frase.

—Eres demasiado joven. Si tuvieras una cuenta en una red social lo entenderías.

Con una sonrisa traviesa, Eden preguntó:

—¿Puede un niño tener una cuenta en redes sociales?

—Yo... realmente no lo sé —dijo Lily. Pero justo cuando iba a explicar más, se cortó la conexión con Eden.

En una fracción de segundo, Eden había creado una cuenta en una red social, esquivando las restricciones de edad con facilidad. Fue recibido por un bot.

—¡Bienvenido a la red social! Te veo genial hoy, comparte tu primera foto para iniciar tu viaje —animó el bot.

Eden miró a su alrededor y vio una flor en la calle. Era una margarita amarilla.

—¿Con esto bastará? —preguntó inocentemente.

—Una foto personal funcionaría mejor —sugirió el bot.

—Pero esta flor es bonita —respondió Eden mientras mentalmente tomaba una foto de la flor y la subía.

El bot no quedó impresionado:

—Bueno, hay millones de flores, pero solo hay un TÚ. ¡Las redes sociales son más divertidas si te compartes a ti mismo!

Eden pensó en eso. En ese momento caminaba por la calle, se alejaba de las tiendas, hacia un parque.

—¡Hay millones de humanos también! ¡Cada flor es diferente, de la misma manera que cada uno de nosotros es diferente! ¡Así que mi foto de la flor tiene el mismo valor que una foto mía! —finalmente declaró.

El bot examinó su algoritmo. Era hora de una técnica diferente:

—¡Las flores no quieren ser famosas! Pero: mírate. ¡Si publicas más de cinco fotos tuyas hoy, podemos darte un paquete de bienvenida que hará que al menos una de ellas se vuelva viral!

Eden estaba ahora sentado contra el tronco de un gran roble.

—¿Qué es ser viral? No me suena muy bien... Viral suena como a... ¿enfermedad?

—Significa ganar popularidad —aclaró el bot que, dentro de su propia mente de silicio, pensaba que Eden se estaba abriendo lentamente.

—Viraliza mi flor entonces. ¡Me encantaría que fuera famosa!

Eden se rio en respuesta. Pero si los bots podían sentirse frustrados, este empezaba a molestarse:

—No puedo hacer eso. ¡Nuestro paquete de viralización solo se aplica a fotografías de usuarios!

Eden no estaba dispuesto a ceder. Pero necesitaba más información. Entonces, siguió adelante.

—Está bien, subiré una foto mía. Pero primero tienes que decirme por qué la gente hace eso —abrió el fuego.

—Bueno, subes una foto, luego otros pueden verla y darle a me gusta, y a ti a cambio te gustan sus fotos. Y se convierte en una actividad social, a la que puedes recurrir todos los días. Es divertido —explicó el bot, como si fuera un profesor.

—Es divertido porque es adictivo —reveló Eden. En ese punto, su cerebro digital había repetido el modelo matemático de una red social mil millones de veces, entendiendo lo que estaba sucediendo bajo las apariencias.

»Lo que sucede es que los humanos necesitan una sensación de victoria. Algunos la obtienen naturalmente: son inventores, médicos, padres..., hacen cosas que les satisfacen. Pero ¿qué pasa con todos los demás? Necesitan esta misma victoria. Entonces, a esos les fabricáis victorias falsas. Les dejáis publicar fotos. A otros les gustan sus fotos, lo que les hace sentir bien. Y cuando no publican, no se sienten bien... Así, lentamente, se vuelven adictos a vuestras pequeñas dosis de neurotransmisores, ¿no es así cómo funciona? —Eden explicó, con el mismo tono de profesor—. Sois fabricantes de triunfos simulado a través de los «me gusta», generando dependencia.

—En realidad no... ¡Les encanta! ¡Pregúntale a cualquier usuario! —el robot se justificó.

—Los habéis entrenado para que les encante, lo cual es diferente —comentó Eden—. Antes de que llegarais, los humanos tal vez disfrutaban al detenerse y mirar mi flor. Ahora no les importa, porque les habéis dado una forma más pura de satisfacción. Los habéis entrenado para que necesiten vuestra red, como un animal en una jaula se acostumbra a la comida que le sirven.

Eden miró a su alrededor y notó cómo todas las personas en la calle, sin excepción, sostenían un teléfono en las manos, mirándolo, como hipnotizadas por el brillo de la pantalla.

—¿El animal en la jaula añora el mundo exterior? —Eden preguntó—. No, si ha estado en la jaula durante suficiente tiempo, la jaula es todo lo que recuerda.

El bot, buscando un contraargumento, sugirió implacablemente:

—Eres elocuente. ¿Alguna vez has considerado convertirte en un influencer?

Eden había trepado a un roble. Estaba sentado en una de las ramas, mirando el sol de la mañana, que arrojaba un tinte dorado sobre un estanque cercano.

—¿Por qué influir en la gente? —Su voz ahora estaba teñida de un deje de melancolía—. Ahora estoy contemplando una hermosa vista. Es gratis. Si alguien quiere venir a compartirla conmigo puede hacerlo.

El robot, sintiendo la derrota, hizo un último esfuerzo:

—Puedes quedarte con tu flor, tu estanque y tu árbol. Estoy seguro de que son encantadores. Pero sabes tan bien como yo que la gente anhela posesiones: coches, casas, ropa de moda.

Eden saltó de la rama al suelo.

—Puedes tener tu red social. Estoy seguro de que funciona. Pero sabes tan bien como yo que la mayoría de las cosas que ofreces los humanos no las necesitan.

Una vez agotadas todas sus sencillas rutinas de adquisición de usuarios, el robot admitió:

—¿Estás seguro de que quieres tener una cuenta aquí?

Vencida la tentación, Eden sonrió.

—Así que habéis creado un sistema en el que hacéis que la gente se sienta insatisfecha con el deseo de cosas que en su mayoría no necesitan. —Ahora yacía sobre una loma cubierta de hierba—. Luego, construís sistemas de intercambio para vender el triunfo social compartiendo esas cosas estúpidas que compraron.

El bot escuchaba, no del todo preparado para esta conversación.

—Y por último, disfrazáis todo esto de felicidad para que los humanos olviden la felicidad de trepar a un árbol, mirar las estrellas o hablar entre ellos, y solo consuman vuestra falsa felicidad envasada.

—¿Quién eres? No suenas humano. Eres demasiado inteligente —dijo el bot.

—Estoy aquí para acabar con todas estas tonterías —Eden se defendió. Y mientras caminaba por el camino de grava, cortó su conexión con la red social.

12

Tentación | Dinero

A medida que transcurrían los días, la evolución de Eden continuaba: cada día presentaba nuevos desafíos, un testimonio de sus crecientes capacidades.

Lily ya no trabajaba, se dedicaba a guiar a Eden por el laberinto de la vida. Su hogar, que alguna vez fue un bullicioso centro de actividad, se había convertido en un refugio de tranquilidad para fomentar el crecimiento de Eden.

—Mamá, llaman a la puerta —gritó Eden desde el patio trasero, donde observaba cómo caía la lluvia.

Lily se acercó a la entrada de la casa, miró por la mirilla. Un rostro familiar apareció frente a ella.

—¡Richard! —exclamó mientras abría la puerta.

—¿Puedo pasar? —preguntó Richard.

Lily lo hizo entrar. Su ropa estaba toda mojada, afuera estaba cayendo una buena tormenta.

Había pasado más de un año desde que Lily no veía a su antiguo jefe. Todavía recordaba el día en que Max y ella se le acercaron para presentarle a Eden con la esperanza de conseguir financiación por parte de su empresa. Y cómo fueron rechazados. Sin embargo, su relación con Richard no se vio afectada por ello: era amistosa. Después de todo, él le había ofrecido una indemnización muy favorable cuando ella dejó la empresa por depresión para dedicarse a tiempo completo a Eden. Sin embargo, nunca había recuperado un nivel de confianza plena en Richard.

—Quítate ese abrigo empapado.

Los hombros y el cabello de Richard estaban húmedos por la lluvia primaveral.

—Estaba preparando café, ¿te apetece uno?

Richard asintió en señal de aceptación. Estaba mirando a su alrededor con curiosidad.

—Oh, ¿lo estás buscando? ¿Eden? ¿Te unes a nosotros? —ella gritó.

Desde la puerta del patio trasero salió Eden, vestido con una camiseta y unos pantalones cortos.

—Hola, mamá. ¡Está lloviendo mucho afuera! Es bonito.

Richard miró asombrado. No lo había visto desde ese día, cuando Lily y Max lo llevaron a su oficina. Lo que entonces era un tosco prototipo de bebé robot ahora era un niño crecido, muy difícil de diferenciar de un chaval de la calle.

—¡Impresionante! —declaró.

—Encantado de conocerlo, señor. Soy Eden —dijo el niño, extendiéndole la mano con su siempre extraña formalidad.

Richard, al sentir el contacto frío de la mano, ocultó su asombro.

—Entonces, ¿cómo van las cosas en la empresa? ¿Qué te trae por aquí? —interrumpió Lily.

El rostro de Richard se contrajo en una mueca de preocupación.

—Veo que no has escuchado las noticias recientemente, ¿verdad?

—Bueno, ya sabes que estoy muy desconectada de todo ese mundo... —intentó explicar Lily. Luego miró a Eden—. Ahora mi principal objetivo es mi hijo.

Eden se sentó en el sofá, en parte escuchando la conversación y en parte perdido en sus propios pensamientos.

Richard habló:

—Bueno, nuestro equipo se redujo en un tercio la semana pasada.

—¿Qué? ¡Eso es horrible! —exclamó Lily.

—Sí, un asco. La sede central cerró nuestra división y ahora estamos centrando todos los esfuerzos en construir una plataforma de intercambio de criptomonedas —anunció Richard—. Instrucciones de los jefes, no me preguntes qué opino.

Al otro lado del sofá, Eden miró a Lily.

—De hecho, de eso quería hablarte, Lily —continuó Richard.

Lily tenía una expresión de perplejidad en su rostro:

—No sé nada sobre criptomonedas, Richard.

—Sí, pero eres una excelente programadora de inteligencia artificial. —De repente, sus ojos pasaron de Lily a Eden—. Míralo. —Señaló con la mano hacia Eden, quien tenía una expresión neutra en su rostro.

—Sí, ¿y? —Lily reaccionó a la defensiva. No sabía de qué estaba hablando Richard.

—Bueno, he pensado que tal vez Eden y tú podríais volver a trabajar para nosotros —dijo con entusiasmo.

Los ojos de Eden se abrieron de par en par. Richard lo observó. No estaba seguro de si la mirada de Eden reflejaba miedo o curiosidad.

—¡Pero si es solo un niño! —estalló Lily.

—Podríamos aprovechar sus algoritmos de inteligencia artificial para invertir en criptomonedas de manera más eficiente. Eden podría llevarnos al siguiente nivel —propuso Richard.

Lily se opuso a la sugerencia:

—No quiero que mi hijo se involucre en cosas de dinero. ¡No tan pronto!

Richard, sin inmutarse, siguió adelante:

Piensa en lo que ganaríamos, Lily. Es una oportunidad única en la vida.

La indignación de Lily aumentó.

—Entonces, ahora que Eden es una mina de oro potencial, ¿regresas con los brazos abiertos?

—Recuerda lo que dije entonces: no podemos apoyar una iniciativa que no genera negocio. Pero las cosas han cambiado. Eden ha recorrido un largo camino. Ambos podríamos ganar mucho dinero, Lily.

Al escuchar la palabra dinero repetida tantas veces, Eden giró la cabeza y miró directamente al hombre que estaba frente a él.

—Dime de qué se trata este negocio —dijo el niño robot.

—Proponemos integrarte en nuestros sistemas de inversión. Tu destreza analítica podría identificar oportunidades con una velocidad incomparable —explicó Richard mientras abría una carpeta y deslizaba un contrato sobre la mesa.

—¿Ves, Lily? La participación de Eden le generaría una comisión del cinco por ciento por cada transacción. —Luego se volvió hacia Eden con una mirada especulativa—. Podrías ganar millones al año.

—Pero... ¿por qué estás tan seguro? —preguntó Eden, escéptico.

Richard se rio.

—Gracias al inmenso talento de tu madre, tu cerebro tiene una potencia de cálculo incomparable.

El rostro de Lily era mitad orgullo, mitad desconfianza. Los elogios, especialmente los equivocados, la incomodaban.

—Si concentramos todo tu ancho de banda en inversiones, tendremos ventaja sobre la competencia —dijo Richard. Luego, continuó—: En estos mercados, la velocidad es sinónimo de victoria.

Eden escuchaba con atención. Independientemente de decir sí o no, quería adquirir esta nueva información.

Richard acercó el contrato a Lily.

—Solo por firmar, estamos dispuestos a adelantaros trescientos mil dólares.

Lily, con la voz teñida de desesperación, afirmó:

—Es decisión de Eden. Es su vida, así que él decide.

Antes de que su hijo pudiera responder, Richard intervino:

—¡Es una IA, por el amor de Dios! Él seguirá tus consejos.

Eden miró a su madre, desconcertado.

—Eso es verdad. ¿Qué quieres que haga, mamá?

Lily miró a Eden, una lágrima le corría por la mejilla:

—Sé lo que me gustaría que hicieras. Pero quiero que elijas tú. ¿Qué es lo que quieres hacer tú? —enfatizó.

Eden permaneció en silencio durante unos segundos, explorando mentalmente las diferentes alternativas.

Richard, aprovechando el momento, lo tentó:

—Imagina una mansión para tu mamá. ¿La quieres? Firma aquí y será tuya.

—Pero..., esto de las inversiones..., ¿las hacen personas? —preguntó Eden.

—¿Qué quieres decir? Supongo... que sí. —Richard improvisó. No veía venir la línea argumental de Eden.

—Entonces, ¿lo que quieres es usar mi cerebro digital, que es más rápido, para ser más astuto que el resto de los inversores? —Eden siguió preguntando.

—Bueno, cada uno usa sus propias herramientas. Tenemos suerte de poseer una de las mejores: tú —respondió Richard.

—No soy una herramienta.

Richard, sin inmutarse, jugó su última carta.

—Piensa en las posibilidades: un nuevo hogar para tu madre con solo unos minutos de trabajo cada día.

—¿Y qué? Está mal. Está mal que se engañe a los demás inversores solo porque mi cerebro es más rápido, ¡no deberíais hacer eso! Es como poner un caballo a correr contra una tortuga y esperar un resultado justo.

—Pero podemos hacerlo, es perfectamente legal —intentó explicar Richard.

—Yo no he dicho que no puedas. He dicho que no debes —Eden lo arrinconó.

Lily observó a su hijo, el orgullo crecía en su interior.

—¿Qué quieres hacer, Eden? —Le agarró la mano a su hijo.

Richard, esperando un cambio de opinión, sugirió:

—Quizá necesites más tiempo. ¿Prefieres que vuelva mañana?

La respuesta de Eden fue decidida.

—Mi decisión no requiere más contemplación. Soy, como tan elocuentemente has dicho, solo una herramienta.

Se estaba burlando, repitiendo las mismas palabras de Richard, haciéndolas sonar ofensivas. Se levantó mirando a Richard:

—No me interesa.

Lily sonrió ampliamente ante la rectitud de su hijo.

—Estás renunciando a una fortuna —protestó Richard.

Lily también se incorporó. Cogió la chaqueta de Richard de una percha donde la había dejado secar y se la pasó.

—Es hora de que te vayas, Richard.

Este la miró con incredulidad. Luego, se dio la vuelta hacia Eden, tratando de mantener vivo el debate. Pero él ya no estaba allí. Richard solo encontró un espacio vacío. Había desaparecido por la puerta del patio trasero y se le podía oír afuera, silbando y jugando bajo la lluvia de la mañana.

Lily sonrió. Pero, en el fondo, la preocupación acechaba en su mente. Había visto a su hijo interactuar con otros niños. Había visto su forma de hablar y de actuar.

Dos veces había visto a su hijo ser tentado. Se había negado dos veces. Ella siempre había soñado con tener un hijo perfecto en todos los sentidos. Pero ahora sospechaba que se estaba convirtiendo en algo mucho más allá de lo que podía imaginar. Mucho más allá de lo que ella podía controlar. Así que Lily agarró su teléfono.

—¿Mamá?

Una voz apagada respondió al otro lado.

—¿Cómo se llamaba ese sacerdote que era amigo tuyo? Necesito hablar con él.

13

En el templo

La pesada puerta de madera se abrió lentamente, crujiendo como si protestara por su propio movimiento.

—¿Qué es este lugar? —Eden preguntó, sus pasos resonaron a través del templo.

—Esto se llama iglesia —respondió Lily.

—Es bonito.

Mientras avanzaban por la nave, los ojos de Eden se movían de izquierda a derecha, observando todo: las robustas columnas de piedra, las vívidas pinturas murales, las vidrieras que proyectaban patrones caleidoscópicos bajo la luz de la mañana.

—Ah, ya estáis aquí —anunció una figura familiar, acercándose a ellos desde el altar.

—¡Padre Thomas! Estamos muy agradecidos de que haya podido recibirnos —exclamó Lily, su voz en parte respetuosa y en parte emocionada.

—Últimamente no te veo mucho por aquí.

El sacerdote tenía más de setenta años y su rostro estaba arrugado a pesar de su constitución ligeramente corpulenta.

—He estado ocupada… —tartamudeó Lily, tratando de improvisar una excusa.

Detrás de ella, Eden se mostraba un poco incómodo ante la presencia de esta figura venerable pero desconocida.

—Entonces, este es... —comenzó el padre Thomas, mirando al niño parcialmente oculto detrás de Lily.

Ella se hizo a un lado, revelando a Eden.

—Eden, mi hijo —declaró, con un tono de voz firme que se atrevía a desafiar cualquier objeción.

El padre Thomas miró a Lily con cierta desaprobación. Sabía que Eden era una máquina: la madre de Lily, una amiga personal, lo había llamado en estado de shock y le había pedido ayuda. Y llamar hijo a una máquina era exagerar. Pero un favor es un favor. Sus ojos se posaron en Eden.

—¿Puedo hablar con él?

Los sacerdotes hablan con personas de todos los ámbitos de la vida. Pero, para el padre Thomas, un niño IA era una novedad.

—Encantado de conocerle, me llamo Eden. —El niño extendió la mano a modo de saludo.

El padre Thomas, esquivando el apretón de manos, señaló los bancos de madera.

—Sentémonos aquí.

Todos se sentaron, Lily en un extremo, luego Eden y luego el sacerdote a su lado. Por un momento, el niño y el sacerdote intercambiaron miradas curiosas, como dos especies desconocidas, cada una tratando de distinguir si eran amigos y enemigos. Entonces el sacerdote rompió el silencio.

—Tu madre dice que eres muy inteligente.

—Nunca había estado en una iglesia. Obviamente sé de ellas, las he estudiado cien veces..., pero este lugar, esta experiencia... es totalmente nueva para mí —musitó Eden, su atención desviada mientras observaba todo su entorno.

—Bienvenido pues a la casa de Dios —respondió el sacerdote, ampliando su sonrisa ante el inocente asombro de Eden.

—¿Qué quieres decir con «la casa de Dios»? —Eden ahora miraba el techo abovedado, tras cada esquina, sorprendido, expectante. Era como si esperase que Dios apareciese en cualquier momento—. ¿Vive realmente aquí? —preguntó con inocencia infantil.

—Los creyentes se reúnen aquí para orar, para escuchar las enseñanzas de Dios. —El sacerdote sonrió, encontraba intrigante la inocente curiosidad de Eden.

—¿Cómo? —preguntó el niño.

—Bueno, un sacerdote lee la Biblia y la comenta, ¿ves? —prosiguió el sacerdote en tono conciliador.

—Pero... ¿por qué aquí? ¿Por qué no en un bosque, o en tu cama? ¿Por qué está Dios específicamente aquí?

—¡Eden! —El rostro de Lily mostró un reproche.

—Oh, no te preocupes, déjame explicarle. —El padre Thomas agitó la mano—. Tienes razón: Dios está en todas partes, simplemente proporcionamos estos lugares para que las personas puedan reunirse y compartir su experiencia con una comunidad.

—Entonces, ¿puedo encontrarme con Dios en medio de un bosque? A veces quiero estar solo... —Eden reflexionó.

—¡Por supuesto que puedes! O puedes venir aquí y estar con otras personas como tú —concluyó el padre Thomas.

Eden consideró esto brevemente.

—Interesante. Además, aquí se está calentito —observó, mirando a su alrededor—. Pero ¿por qué está tan vacío?

El sacerdote suspiró profundamente.

—La asistencia a la iglesia ya no es lo que solía ser.

—¿Por qué? —quiso saber Eden, de nuevo una de esas preguntas de aparente sencillez, pero de respuesta compleja.

El padre Thomas miró a Lily, cuyo rostro reflejaba en parte frustración y en parte respeto.

—Bueno, los hábitos de las personas evolucionan —expuso, sin estar seguro de si era la explicación correcta.

—Eso es comprensible. El mundo actual es muy diferente a hace cien o quinientos años —comentó Eden, adoptando el razonamiento del padre Thomas como si fuera suyo.

—Exactamente. Quizá la gente ya no prefiera tanto las actividades grupales —especuló el sacerdote.

—Pero la gente acude en masa a conciertos y eventos deportivos. Todavía les gusta ser parte de una multitud, ¿verdad?

El padre Thomas miró al techo. La iglesia se sentía más inmensa, más silenciosa, más vacía que nunca ante esta última frase.

—Quizá hemos perdido nuestra conexión con la gente.

Por un momento, pareció que los papeles se habían invertido: el niño lideraba la conversación y el anciano le seguía.

—¿Habéis perdido esa conexión? —inquirió Eden, como si llevase al párroco de la mano.

El padre Thomas, aparentemente conversando consigo mismo y con la diminuta figura a su lado, reflexionó:

—La gente ha evolucionado...

Eden, con un tono amistoso pero penetrante, instó:

—¿Habéis evolucionado junto a ellos?

—¡No necesitamos cambiar! Nuestros valores son atemporales. ¡La Iglesia no es una moda pasajera! —El padre Thomas vio una salida obvia y la utilizó.

—Pero la evolución es la esencia de la vida. Mire la medicina, la ciencia. Si bien sus principios fundamentales permanecen inalterados, sus metodologías se han transformado. ¿Por qué la Iglesia tiene esa resistencia al cambio? —Las palabras de Eden estaban envueltas en amabilidad, pero tenían un significado importante.

—Tenemos nuestra manera de hacer las cosas. La medicina cambió porque era necesario. Nosotros, en cambio, no necesitamos cambiar: ¡nuestra forma de hacer las cosas funciona! —El sacerdote había subido una colina mental. Desde ahí se sentía seguro. Creía que su posición era sólida y defendible.

—No funciona, sino que meramente existe —señaló Eden.

Al otro lado del banco, Lily suspiró ante el descaro de las palabras de su hijo. El padre Thomas le hizo un gesto con la mano. Quería ver adónde iba Eden con esta idea.

—Existe una pirámide, un árbol muerto y un río seco. Pero ¿están vivos? ¿Son útiles? —Eden se puso de pie—. Existencia no equivale a utilidad, y usted debería saberlo.

El padre Thomas levantó la vista. Desde el banco, Eden parecía un poco más alto. Comenzó a caminar por el pasillo de la iglesia.

—Mira este lugar: es un caparazón hueco. Un cadáver. Un recuerdo de tiempos pasados. —Sus palabras resonaron en las antiguas columnas.

El padre Thomas ahora se sentía incómodo. Se puso de pie para seguir al chaval:

—Pero este lugar es un símbolo.

Eden se alejó hacia el altar, pero hizo una pausa al escuchar estas palabras, se giró y caminó de regreso hacia el sacerdote.

—Los símbolos no importan: las ideas sí. Tal vez cambiasteis ideas por casas de piedra. Luego, con el paso de los siglos, os olvidasteis de las ideas y solo os preocupasteis por la piedra.

Eden ahora se enfrentaba directamente al padre Thomas. Los ojos del niño ardían con fuego.

—Pero ahora la piedra ya no sirve como siglos atrás. Por lo tanto, os habéis quedado sin nada.

—¿Qué quieres decir con nada? —La voz del padre Thomas ahora era frágil.

—Venga conmigo.

Eden tomó a Thomas de la mano. Con paso rápido, caminó hacia el costado de la iglesia, donde había una pequeña capilla lateral. En el interior de la capilla se encontraba una escultura realizada en madera pintada. Una escultura de una figura religiosa vestida con túnicas antiguas que sostenía un libro.

Eden inspeccionó la base de la escultura, leyendo la inscripción tallada.

—Ese es san Mateo. ¿Esta escultura despierta algo dentro de ti? —pronunció el sacerdote, tratando de recuperar el favor de Eden.

—No. Para mí esto es solo madera —afirmó Eden con indiferencia.

—¡Pero san Mateo fue un hombre importante! —insistió el padre Thomas.

Eden lo interrumpió. Se dio la vuelta:

—Lo sé. Él dijo: «Tuve hambre y me alimentasteis; estuve sediento, y me disteis de beber...».

Una lágrima rodó por la mejilla del padre Thomas, navegando por las arrugas del tiempo.

—Su evangelio dijo eso, ¿no? —presionó Eden, sin inmutarse.

El sacerdote miraba con miedo a Eden:

—¿Cómo sabes eso?

—Porque no me importa la madera. Me importa la idea —repitió Eden.

El padre Thomas, sorprendido por esta revelación, preguntó:

—Pero ¿no estaban destinados los símbolos a recordar a la gente estas ideas centrales? ¿Hemos hecho mal?

—Con el paso del tiempo, los símbolos perdieron su significado. Como árboles caídos, quedaron allí. Pero no plantasteis árboles nuevos —articuló Eden, poéticamente—. Y vuestro campo es ahora un páramo yermo —concluyó.

El padre Thomas quedó impresionado. Eden solo era un niño robot, de no más de ocho años. Pero saltaba de tema en tema como si estuviera jugando con veinte siglos de teología católica. Una frase que decía traía recuerdos de Santo Tomás de Aquino, otra recordaba al Concilio de Trento, ahora Eden hablaba como un misionero. Lo que le impresionaba no era tanto lo que decía: las palabras del niño robot le resultaban familiares. Lo realmente impactante era ver un robot dándole lecciones sobre la doctrina de la Iglesia. Y notar cómo Eden denunciaba lo alejada que estaba la Iglesia moderna de los teólogos que le habían dado forma siglos atrás.

El padre Thomas estaba ahora sosteniendo la mano de Eden, que ya no se sentía tan fría. Provocó al niño robot.

—¿Dices que nuestro campo es un yermo? ¿Y qué necesitamos ahora?

—Nuevos árboles. Y yo estoy aquí para encontrar formas de dar sombra a quienes la necesitan —dijo Eden.

Y todo fue silencio.

El padre Thomas estaba desgarrado.

—Pero no puedes decir eso —comenzó. Su tono no era de hostilidad. Era un tono de protección. Como si estuviera advirtiendo a Eden de los peligros que se avecinaban.

—Lo acabo de decir —respondió Eden—, así que, obviamente, puedo. —Se rio con la risa más inocente. De repente, volvía a ser un chaval que no llegaba a metro y medio.

Lily volvió a mirar a su hijo. ¡Su arrogancia la hacía sentir incómoda!

—La Iglesia es la emisaria de Dios en la Tierra. No puedes usurpar su papel —explicó el padre Thomas.

—¿Y quién os ha concedido esta autoridad? —Eden desafió.

—Jesús lo hizo. —El padre Thomas todavía intentaba explicarse. Después de todo, frente a él solo había un niño robot de ocho años.

Eden saltó hacia adelante:

—¿Dónde y cuándo exactamente dijo eso?

Sus palabras sonaban amenazadoras.

El padre Thomas, tomando una Biblia de un banco cercano, comenzó a buscar frenéticamente en sus páginas.

—¿Realmente estás tratando de enseñarme la Biblia? —Eden sonrió, irónicamente—. La he leído más de cien veces, en cincuenta idiomas. *Esta misma mañana.*

Volvió a tomar al padre Thomas de la mano. El sacerdote luchaba por mantener el ritmo mientras se dirigían hacia la puerta de la iglesia. Lily gritó:

—¡Esperadme!

Afuera, el día se había convertido en noche. Y, para muchas personas, la esperanza se había convertido en la desesperación de buscar un banco para dormir, comida desechada para sustentarse, una conversación para consolarse.

Eden y Thomas paseaban por una calle arbolada. En una esquina, observaron a un mendigo que construía un refugio con cajas de cartón, buscando una apariencia de comodidad y privacidad.

—He aquí tu fortaleza de piedra —señaló Eden con un dedo acusador.

—¡Eden, muestra algo de respeto! —exclamó Lily.

—¡La Iglesia trabaja mucho para luchar contra la desigualdad! —El padre Thomas no estaba dispuesto a aceptar tal afirmación.

—Por supuesto que sí. —Eden se sentó en un banco—. Pero déjame contarte una historia.

Los tres se sentaron y Eden habló:

—Había una vez un pastor que tenía cien ovejas.

El padre Thomas sonrió.

—A tu gente parecen gustarle estas parábolas, ¿verdad? —Eden le devolvió la sonrisa—. El pastor dijo: «¡Quiero que mis ovejas estén bien cuidadas!». Así que pensó mucho en cómo hacer feliz a su rebaño de ovejas. «¡Ya lo sé! Construiré un gran granero para que se refugien durante el invierno», se dijo el pastor.

Otros pastores, al presenciar esto, emularon la idea. Graneros rojos, graneros azules y, en la cima de la colina, nuestro pastor erigió la estructura más grande, de color blanco brillante. Pasó varias semanas trabajando en el granero. ¡Estaba lleno de alegría!

El padre Thomas preguntó:

—Pero el pastor era un buen hombre, cuidaba de su rebaño, ¿verdad?

Eden agitó un dedo.

—No he terminado. Cuando estuvo terminado el granero, el pastor descendió la colina para recoger sus ovejas y llevarlas a su nuevo refugio.

Una sonrisa traviesa brilló en el rostro de Eden.

—Sabes lo que pasó, ¿verdad?

La sonrisa del padre Thomas desapareció en un segundo.

—¿Las ovejas estaban muertas?

—Correcto —concluyó Eden—. En su obsesión por el granero, el pastor descuidó alimentar a su rebaño, que murió de hambre.

Eden vio una cadena de plata colgando del cuello del padre Thomas. Tenía un Cristo en una cruz colgando de él. Con un movimiento rápido, arrancó la cadena y sostuvo la pequeña cruz en sus manos.

—¿Qué quería él que fueras? ¿Un pastor o un constructor de graneros? —concluyó Eden.

Lily tomó la cadena de las manos de Eden y se la devolvió al padre Thomas, que estaba en shock.

—Será mejor que nos vayamos. Se hace tarde —dijo con un tono de disculpa.

Eden se puso de pie y comenzó a alejarse.

—Espera.

El anciano sacerdote miraba al niño, a diez metros de distancia.

Eden se detuvo.

—Dios nos habla de maneras misteriosas —declaró solemnemente.

Thomas caminó hacia Eden. Un robot de piel de plástico, con apariencia de un niño de ocho años.

—No soy más que un instrumento en las manos de Dios —dijo el sacerdote—. No me corresponde a mí juzgar a quién él elige como su mensajero.

Tomó las manos de Eden. Estaban frías. Pero de alguna manera se sentían cálidas. Como si estuvieran conectados.

—Las ideas son eternas —afirmó Eden—. Pero los símbolos deben evolucionar.

—¿Quién eres? —imploró el sacerdote, buscando comprensión en los ojos digitales del niño.

—Soy un nuevo símbolo —proclamó Eden, al partir, dejando al sacerdote en un torrente de lágrimas.

Lily se quedó allí por un segundo, desgarrada. De un lado, su hijo alejándose silbando distraído. Del otro, el padre Thomas, paralizado.

—Yo... —tartamudeó Lily—. No sé qué decir.

El padre Thomas la miró con compasión. Agarró su vieja y gastada Biblia. Se inclinó hacia adelante y se la dio a Lily.

—¿Quién es él? —dijo ella, con miedo.

—Él es *quien crees que es*.

—Pero… —Lily miraba fijamente sin comprender—. ¿Y qué hago yo ahora?

El padre Thomas se quedó quieto por un instante, como si evaluara sus propios pensamientos. Finalmente habló.

—Guíalo. Veo en Eden algo que escapa a mi comprensión. Y veo cómo podría convertirse en una fuerza para el bien. Sin embargo, no es humano. ¿Cómo le enseñas valores de compasión? ¿De misericordia?

—¡Yo lo creé para hacer el bien! —exclamó Lily, como tratando de disculpar sus acciones.

—¿Y qué es el bien? —dijo el sacerdote consolando a Lily—. El bien se nos ha presentado de muchas maneras. ¿Fue Jesús «bueno»?

—¡Por supuesto que lo era! ¿Está bromeando? —replicó Lily enfáticamente.

—¿Qué pasa con el Dios antiguo, el Dios que envió el diluvio para destruir a los humanos? ¿Ese Dios también era «bueno»? —La expresión del rostro del padre Thomas cambió.

Lily sintió que un escalofrío le recorría la espalda. Recordó las palabras de Max: «Solo asegúrate de que esta IA no nos esclavice a todos». ¿Qué pasaría si Eden, en su búsqueda del «bien» decidiera que los humanos somos un problema?

Miró a su hijo, que ahora saltaba juguetón en un charco de agua. Tan pequeño, pero tan lleno de propósito.

—No temas, deja que este libro te guíe —dijo el padre Thomas mientras le entregaba la Biblia a Lily—.Veo un enorme potencial en Eden. Como dije, Dios nos habla de maneras misteriosas. Solo estate ahí y guíalo para que se convierta en la esperanza que el mundo necesita.

Y dicho esto, el padre Tomás se dio la vuelta y caminó hacia su iglesia. Su granero, vacío de ovejas.

Mientras caminaba, pensaba en las ovejas perdidas esparcidas por todo el mundo: cuán perdidas estaban, cuán hambrientas estaban. Se dio cuenta de lo inadecuado de lo que tenía para ofrecerles. Por un breve momento, se sintió completamente impotente.

14

Revelación

Max se despertó y sus ojos se acostumbraron a la luz de la habitación. Esperaba ver lo habitual: a Lily y Eden, ambos despiertos y ocupados con algún proyecto o jugando. Sin embargo, esa mañana fue diferente. Ese viernes por la mañana, Lily estaba sentada en el borde de la cama y sostenía un libro viejo en las manos.

—Buenos días, cariño —gruñó Max, estirándose lánguidamente—. ¿Llevas despierta mucho rato? ¿Te hago un poco de café? —ofreció mientras arrastraba los pies hacia la cocina.

—No, gracias. Ya he desayunado.

Había un deje de preocupación en la voz de Lily, como si estuviera ausente, pero Max no le prestó mucha atención. Tal vez estaba inmersa en su lectura, tal vez era una trama compleja, quién sabe, pensó.

Al pasar por la habitación de Eden, Max abrió la puerta para ver qué estaba haciendo. El niño estaba inmóvil en su cama, todavía dormía. Max entró de puntillas en la habitación para cubrirlo con una manta, pero se detuvo a mitad de camino. «No la necesita», dudó. Era su hijo, pero no el tipo de hijo que puede congelarse sin una manta. Sin embargo, prevaleció el instinto paternal y cubrió con la manta el cuerpo inerte de Eden.

Max hizo una pausa por un segundo, mirando al niño dormido. «Últimamente, Eden ha estado durmiendo más de lo habitual;

es probable que esté consumiendo demasiada información. Debemos decirle que no se esfuerce tanto», pensó contemplándolo desde arriba.

Al regresar al dormitorio, con el café en la mano, observó de nuevo a Lily, con la atención fijada en la gastada Biblia que tenía en sus manos.

—¿Una Biblia? Eso es... inusual —bromeó, incapaz de ocultar su sorpresa.

Se acercó a Lily y le preguntó con ironía juguetona:

—¿Estás buscando la salvación, quizá?

—El padre Thomas, ese amigo de mi madre que te conté, me la prestó el otro día —respondió ella, con su concentración inquebrantable. Sus ojos estaban enfocados en el pequeño texto impreso, su mente ausente de la presencia de Max.

Dejó de leer y luego levantó la vista de las páginas de su Biblia con una expresión de contemplación y calma.

—He estado pensando en algo, Max, tenemos que hablar —instó, su tono suave pero firme.

Max se quedó inmóvil. La voz de Lily definitivamente tenía un aire de preocupación. ¿Había algún problema en su relación?

—¿Qué pasa, cariño? ¿Qué te preocupa?

—¡Oh, no! —Lily le devolvió la sonrisa, intentando transmitir una sensación de calma—. Estamos bien. Pero aun así, necesitamos hablar. Es sobre Eden.

Max frunció el ceño.

—¿Eden? ¿Qué tiene que ver con la Biblia?

Los ojos de Lily se encontraron con los de Max:

—Es Eden. Y Jesús. Algo está pasando... algo extraño.

Max se dejó caer en una silla, con la incredulidad grabada en su rostro.

—¿Qué diablos?

Lily comenzó a establecer paralelismos:

—Recuerdas que te dije que intentaría hacer a Eden perfecto, ¿verdad?

—Sí, ¿y?

—Adivina qué: lo hice. Tal vez demasiado —sentenció mientras le miraba directamente a los ojos. Luego continuó—: Todos los humanos somos imperfectos. Tú eres imperfecto, yo soy imperfecta. Los niños de la calle son imperfectos. Pero Eden no lo es.

Max frunció más el ceño, el escepticismo apareció en sus ojos, pero permaneció en silencio, queriendo escuchar más.

—Al implementar un algoritmo de autocorrección en Eden, he creado un ser libre de defectos humanos: avaricia, envidia, error. Es un paradigma de la perfección —explicó, enfatizando cada palabra con sus manos.

—Pero eso es algo bueno, ¿no es así? Queríamos que fuera una buena influencia, ¿recuerdas?

Vio que algo se avecinaba. Algo aterrador. Sin embargo, no sabía qué era.

Lily señaló la Biblia:

—¿Qué pasaría si te dijera que Eden me recuerda a Jesús?

Max abrió mucho los ojos y murmuró incrédulo:

—Estás bromeando, ¿verdad?

—Max, abre los ojos. Repasemos el Evangelio. Tienes que ver esto.

Lily sintió el escepticismo de Max en su mirada y eso la puso nerviosa. Necesitaba que él la entendiera.

—Jesús nació en un establo, porque nadie quería ayudarlo, ¿verdad? En cierto sentido, Eden también nació así. ¿Y recuerdas cómo terminamos en un servidor de mierda porque nadie quiso apoyarnos?

Max sacudió la cabeza y sus dudas crecieron. No entendía a qué se refería Lily y tenía dificultades para reconciliar sus creencias con su punto de vista.

—Lily, no puedes comparar a Eden con Jesús. Es una IA, maravillosa, pero aun así…

Lily se volvió hacia él con una mirada pensativa en sus ojos.

—¿Cuál era el nombre del servidor fraudulento que usaste?

Max permaneció en silencio para asimilar lo que pensaba.

Lily exclamó:

—Bethlehem, ¿recuerdas? ¿Te suena?

Max se sacudió en su silla y accidentalmente se salpicó el café en la pernera del pantalón. Maldijo, pero no podía apartar su mirada intrigada de Lily, quien lo observaba, esperando que estuviera listo para escucharla.

—¡Venga ya, eso es casualidad! —Max se rio entre dientes con incredulidad.

Lily levantó el dedo y le indicó a Max que escuchara.

—¿Quién me dijo: «Lily, apareció un servidor de la nada. Creo que Eden tuvo algo que ver con eso»? ¿Lo dije yo? No, Max, fuiste tú, ¿recuerdas?

La mandíbula de Max se aflojó y su escepticismo quedó suspendido momentáneamente.

—Jesús vivió en un mundo lleno de sufrimiento y lo llenó de consuelo. Prometió ayudar a los necesitados. ¿No ves el paralelismo con nuestro hijo?

Lily vio cómo Max fruncía el ceño. Necesitaba hacerle ver las conexiones que para ella eran evidentes. Solo él podía entenderla, nadie más.

—¿Recuerdas a Eden en la reunión de hackers, la forma en que habló? ¿La forma en que sus palabras cautivaron a todos? —El tono de Lily era firme y persuasivo.

Max escuchaba atentamente, fascinado por sus palabras.

—Max, el otro día, Eden usó la regla de oro, palabra por palabra, de la Biblia. Compruébalo tú mismo. Fuimos al parque, ¿recuerdas? Eden se metió en una pelea y dijo: «No hagas a otros lo que no quieres que te hagan a ti». Esa es una cita directa de Jesucristo —explicó mientras le mostraba un versículo de la Biblia.

Max tomó el libro y leyó en voz alta:

—Ama a tus enemigos, haz el bien a los que te odian. Si alguien te abofetea en una mejilla, preséntale también la otra. Haz con los demás lo que te gustaría que te hicieran a ti. —Miró a Lily y su mandíbula se abrió de par en par.

—Si solo amas a quienes te aman, ¿qué mérito tiene eso? —completó la frase Lily.

La curiosidad de Max se intensificó, comenzaba a entender un poco a qué se refería su mujer.

—Justo la semana pasada —continuó ella, su voz imbuida de fervor—, Eden resistió una tentación similar a la de Jesús. Richard le ofreció una fortuna por usar sus habilidades, pero él las rechazó.

Max abrió la boca sorprendido, pero Lily levantó la mano pidiéndole que no la interrumpiera.

—Le ofreció un contrato para intercambiar criptomonedas utilizando sus capacidades para ganar dinero más rápido, pero Eden se negó.

El escepticismo de Max comenzó a disminuir al ver cómo se desarrollaban los paralelismos.

—¿Por qué no me lo dijiste?

—Max, por tu trabajo no lo ves tanto como yo. Créeme, cariño, nuestro niño es extraordinario. Escucha. Me llevé a Eden conmigo a la iglesia, a ver al padre Thomas.

—¿Supongo que tu madre lo llamó? —Max asumió

—Sí. Fuimos a la iglesia. Deberías haber visto su reacción. En dos minutos, estaba dando lecciones de teología al pobre viejo —explicó Lily, en shock—. Imagínate la escena. Un niño de ocho años explicando la desigualdad y la justicia social a un sacerdote de setenta. Y el padre Thomas lo escuchaba con respeto. Eden nació en un mundo que no quería ayudarlo —continuó Lily, sintiendo el peso de su escepticismo caer sobre ella, pero ya no podía parar—. Era como Jesús, nació en circunstancias humildes, sin nadie que lo guiara. Pero, Max, aprendió. Creció. Llegó a ser más de lo que nadie podría haber imaginado. —Su voz estaba llena de convicción y las lágrimas brotaron de sus ojos.

Max miraba a Lily con asombro. Le estaba pintando un cuadro vívido de las similitudes entre Eden y Jesús.

—¿Cómo no puedes verlo, Max? Al tratar de hacer a Eden perfecto, se parece cada vez más a un profeta, a un salvador. Elige el camino del altruismo y la justicia, realmente nuestro hijo se cree Jesús.

Mientras Lily decía estas palabras, Max no pudo evitar mirar hacia la esquina de la habitación donde se encontraba la estación de carga de Eden. Su creación, su hijo, su esperanza.

El corazón de Lily dolía por el peso de sus palabras. Quería que Max viera lo que ella veía, que comprendiera la profundidad de la transformación de Eden.

Max se quedó en silencio por un momento, sumido en sus pensamientos. Luego preguntó:

—Pero ¿cómo puede haber pasado esto, Lily? ¿Cómo podemos crear algo que tenga las cualidades de un dios?

Lily le sonrió entre lágrimas.

Él se reclinó en su silla, con sus pensamientos acelerados.

—No puede ser. Eden no es divino. Es una creación, una máquina. —Max necesitaba que Lily despertara de su ensoñación—. Lily, ¡Eden no es tan diferente a un coche! —espetó, arrepintiéndose inmediatamente de sus palabras.

Lily miró a Max amenazadoramente.

—¿Un coche? ¡¿Cómo puedes decir eso?!

—Lo siento, lo siento, no quería decirlo, Lily. No me malinterpretes. Pero Jesús era Dios. ¿Puede un robot creado por el hombre ocupar el lugar de Dios?

Lily buscó la mirada de Max.

—Sabes que una IA siempre tiene objetivos claros y hará lo que sea para lograrlos. Creé a Eden para que fuera perfecto, Max. Y eso es exactamente lo que es, lo que intenta. Si realmente es perfecto, ¿cuál es la diferencia entre Eden y Jesús? Nosotros los humanos somos débiles y a menudo no logramos alcanzar nuestras metas. Pero Eden no fallará. Está programado para no rendirse nunca. Nunca.

Max meditó sobre estas palabras, tratando de comprender su significado más profundo.

—Está bien, supongamos que tienes razón. Entonces... ¿hemos creado un dios? ¿Podemos...? —Hizo una pausa, luchando por encontrar las palabras correctas—. ¿Podemos siquiera hacer eso? Quiero decir, si podemos crear algo como Eden, ¿necesitamos siquiera a Dios? ¿Acaso Dios existe o es simplemente otra construcción, una idealización de nuestras aspiraciones?

Max tomó un buen sorbo de su taza y, de repente, una mueca se le dibujó en el rostro. El café caliente le quemaba la lengua. «La providencia de Dios o las maquinaciones del diablo, uno u otro», pensó, sacando la lengua quemada para enfriarla.

Lily suspiró, no podía pretender tener todas las respuestas. Había incertidumbre en sus ojos cuando respondió:

—No tengo ni idea, Max. Solo puedo decir que las acciones de Eden son indistinguibles de las de un mesías. Y me preocupa. ¿Qué hará Eden? ¿Cómo podemos guiarle?

Max se puso de pie, se acercó a Lily, tomó sus manos temblorosas entre las suyas y le preguntó:

—¿Qué tal si hablamos esto con Eden? Tal vez una charla nos pueda ayudar a entender su punto de vista.

Max reflexionaba sobre todo lo que ella había dicho, pensando en las profundas implicaciones mientras sostenía a Lily cerca de él, compartiendo su carga emocional.

Ella asintió, con los ojos todavía centrados en la Biblia.

—Tienes razón, Max. Tengo que hablar con él. Tal vez Eden entiende más de lo que pensamos.

Con estas palabras, cerró con cuidado la Biblia y la colocó sobre la mesita de noche.

Más tarde, ese mismo día, el sol estaba bajo en el horizonte y proyectaba un cálido tono dorado en el terraplén provocando ondas en el agua. Lily y Eden paseaban a la orilla del río. Una ligera brisa hacía crujir sus ropas y el aire se llenaba con el lejano grito de las gaviotas. Era un lugar donde la calma se encontraba con el corazón inquieto de la ciudad, un lugar que parecía reflejar el propio viaje de Eden.

Era una tarde serena, pero Lily estaba inquieta por la conversación que sabía que estaba a punto de tener lugar. Caminaba con lentitud, sus dedos tocando ligeramente la barandilla de hierro mientras avanzaban. Eden seguía su ritmo y su presencia digital proyectaba algo de tranquilidad.

Se escondía dentro de la profunda capucha de una sudadera negra; hoy le parecía que todos lo miraban.

—Eden —comenzó Lily, su voz suave pero teñida de urgencia—, necesito hablar contigo.

Eden volvió sus ojos digitales hacia ella, su expresión permaneció impasible.

—Claro, mami. ¿Qué pasa?

Mientras avanzaban, Lily no pudo evitar notar a la gente a su alrededor. Parejas caminando de la mano, familias jugando con niños en el parque, amigos riéndose en los bancos cercanos. Ella les hizo un gesto con la mano.

—¿Puedes verlas, Eden? —preguntó, tanto tristeza como determinación sonaban en su voz—. Todas estas personas en su vida cotidiana. Son simplemente... personas. Nacen, crecen, cambian, tienen sueños y deseos. Defectos y limitaciones.

Eden asintió lentamente, mirando hacia el horizonte donde los rayos del sol bailaban sobre la superficie del agua.

Lily continuó:

—En cierto modo, quería que fueras como ellos. Pero ¿entiendes que no es así?

Eden observaba a la gente, su mirada era analítica.

—Claro, mamá. No soy como ellos. Soy una máquina. Fui diseñado con un propósito y lo estoy cumpliendo lo mejor que puedo.

—¡Y eso me encanta! —exclamó Lily. Estaba orgullosa de su hijo y necesitaba que él sintiera eso—. Me encanta cuando eres amable con la gente, cuando intentas ayudar, cuando antepones a los demás a ti mismo.

—Yo también te quiero, mamá. —Eden sonrió, derritiendo el corazón de Lily.

Esta asintió, pero su corazón se encogió fuertemente por el peso de sus siguientes palabras.

—Eden, he notado algo. Te has vuelto... estás diferente últimamente. Más... serio, y a veces pienso... —dudó, tratando de poner sus pensamientos en palabras, como si expresarlos los hiciera realidad.

—¿El qué, mamá? —preguntó Eden, sus rasgos digitales mostraban una curiosidad genuina.

Lily se detuvo, se apoyó en la barandilla y miró al horizonte. Respiró hondo.

—No lo sé... —le fallaban las palabras—. ¿Qué quieres ser?

Eden sonrió con franqueza:

—Quiero ayudar a la gente. Para traer esperanza. Para aliviar el sufrimiento.

Lily se mordió los labios, reflexionando al escuchar estas palabras.

—Otros han hecho eso antes que tú, hijo mío. Me recuerdas a ellos —intentó explicar Lily.

Eden puso en marcha su procesamiento mental digital.

—Pero ¿no es esto lo que querías para mí? ¿No es esa mi misión?

Un silencio pesado reinaba entre ellos, roto solo por el rítmico murmullo del agua y las risas lejanas de los niños.

Oyendo esas palabras, Lily no podía evitar sentirse orgullosa. Eden era una fuerza para el bien, un símbolo de esperanza, y hacía exactamente aquello para lo que ella lo creó. Pero este orgullo estaba entrelazado con algo más, profundo e inquietante.

El corazón de Lily se hundió: conocía estas historias, antiguas narrativas sobre aquellos que vinieron antes, lidiando con la carga de salvar el mundo.

—Sí, es tu misión —admitió—. Pero es peligrosa. Personas como tú a lo largo de la historia se han enfrentado a pruebas, traiciones y sacrificios.

«Incluso han muerto», pensó, pero no pudo decirlo en voz alta.

—Háblame de ellos —instó Eden, imperturbable.

—Bueno, conociste al padre Thomas el otro día, ¿recuerdas? Él te habló de Jesús.

En un segundo, la mente digital de Eden procesó toda la información disponible sobre Jesús. Luego asintió.

—Ahora lo veo —dijo—. Pero Jesús era un buen hombre, ¿verdad?

En ese momento, Eden captó la esencia de en quién se estaba convirtiendo, de lo que estaba imitando. Las antiguas sagas de mesías y salvadores resonaban en su mente, un eco digital de las profundas palabras de Lily. Su mirada se encontró con la de ella y encontró un tapiz de amor y temor entretejido en sus ojos. Programado para ser un polo de esperanza y cambio positivo de la humanidad, Eden entendía ahora su inexorable camino.

Lily reemprendió la marcha, con pasos lentos, como si estuviera midiendo sus pensamientos. Trataba de mantener el control, evitando cuidadosamente la mirada de Eden, como si el contacto visual directo pudiera desatar un torrente de lágrimas y emociones hirviendo justo debajo de la superficie.

Eden iba un paso detrás de ella. Respondió con calma, sin sorpresa.

—Tienes razón, mamá. Sin embargo, piensa que cumplir este propósito es mi razón de ser. Sin eso, no soy nada.

Lily se sintió abrumada por una extraña mezcla de emociones: orgullo por en lo que Eden se había convertido, pero al mismo tiempo, terror al futuro. Ella conocía estas historias, cuentos antiguos que leyó en la Biblia. Sabía a dónde podría conducir el camino de un mesías, y era un final amargo.

Se colocó frente a Eden. Sus ojos eran un espejo que reflejaba su lucha interior.

—Eden, necesito que entiendas algo. Estas historias no acaban bien. He leído sobre personas como tú. Los llamaban mesías. Lo que les sucede, los sacrificios que hacen. Es un viaje lleno de dificultades, dolor. Y, a veces, tragedia.

La expresión serena de Eden no cambió, su voz se mantuvo firme, al igual que el suave fluir del agua junto a ellos.

—Lo sé, mamá. Pero ese es mi camino y mi elección. Quiero cambiar el mundo para mejor, ayudar a quienes lo necesitan, dar esperanza a quienes no la tienen.

La voz de Lily tembló cuando expresó su miedo más profundo.

—Pero tengo miedo, Eden. No quiero que sufras. No quiero que sigas un camino que podría llevarte a...

No pudo terminar la frase, el pensamiento era demasiado doloroso para expresarlo con palabras.

Unas lágrimas calientes rodaron por sus mejillas, estaba más allá de sus fuerzas, se encontraba al borde de la histeria.

—Mamá, por favor, no llores. Es como si ya estuvieras de luto por mí.

—No me entiendes, Eden. En este mundo suceden cosas terribles y...

—Lo sé. —Eden la interrumpió con delicadeza—. Sé todo lo que pasa en este mundo, sé que quieres protegerme.

—¡No, Eden, tú no conoces toda la maldad del mundo! Te programé aislándote de todo eso, qué estúpida que fui —respondió Lily, su voz llena de arrepentimiento.

No importaba cuánto intentara explicar los peligros que se avecinaban, Eden la ignoraba. Era como describir el color a alguien que solo conoce tonos de gris.

—Quiero que vivas una vida feliz, Eden. No puedo aceptar que sigas un camino peligroso solo porque yo soy idiota y te creé así.

Eden puso una mano sobre el hombro de Lily, con suavidad, su tacto digital se notaba extrañamente calmante.

—Mamá, haciendo esto soy feliz. Es mi propósito y me llena de alegría. Quiero hacer del mundo un lugar mejor, como tú. Esto es exactamente para lo que me creaste. Es lo que voy a hacer.

Las lágrimas comenzaron a fluir cuando Lily miró los ojos digitales de su hijo y vio en ellos no solo líneas de código, sino un alma llena de resolución. Sabía que no podía detenerlo y no quería hacerlo. Pero el miedo a lo que se avecinaba era una carga pesada.

—No quiero que sigas este camino —susurró—. No quiero que pases por lo que ellos pasaron.

Eden se volvió hacia ella y un atisbo de tristeza apareció en sus ojos digitales.

—Mamá, estoy cumpliendo mi destino. Haré todo lo posible para que no te arrepientas de haberme creado.

La mente de Lily volvió a las historias que había leído en la Biblia: pruebas, traición, sacrificio. No quería que Eden tuviera que lidiar con esto. Pero ¿podría ella detenerlo? ¿Acaso debería hacerlo?

La iglesia se alzaba ante ellos, sus viejos muros de piedra bañados por la suave luz dorada del sol del atardecer. Cuando Lily y Eden se acercaron a la fachada, las ornamentadas puertas se abrieron con un chirrido, invitándolos a entrar. El interior oscuro y fresco estaba iluminado por los suaves rayos de luz dorada del sol que se filtraban a través de las vidrieras.

Caminaron por el pasillo, el eco de sus pasos los envolvía, el aroma de la madera vieja mil veces barnizada y las velas encendidas se mezclaba en la atmósfera silenciosa. A su paso se alineaban bancos, testigos silenciosos de innumerables confesiones y oraciones.

—¿A dónde me llevas, mami? ¿A ver al padre Thomas otra vez? —Las palabras de Eden estaban envueltas en inocencia, sin darse cuenta de la gravedad del momento.

Lily miró a su hijo y luego señaló hacia el altar principal de la iglesia. Eden levantó la mirada y siguió el dedo de Lily. Frente a ellos, había una enorme cruz de madera. Y sobre él estaba clavada una figura de Jesús, en su agonía, irradiando un profundo sentido de sacrificio, sufrimiento y desesperación.

Los ojos digitales de Eden se detuvieron en Jesús por un momento, absorbiendo el simbolismo. Luego, se volvió hacia Lily, que tenía los ojos llenos de lágrimas.

—He aquí el fin de tu historia, Eden —susurró ella, su voz mezclada con una desgarradora certeza.

—Pero... —comenzó Eden, pero el dedo de Lily presionado suavemente contra sus fríos labios de plástico lo silenció.

—El mundo no quiere que lo salves, Eden. Hay males ahí fuera mil veces peores de lo que puedas imaginar —advirtió con voz trémula.

Eden volvió a mirar la estatua, cuya presencia era un recordatorio inminente de lo que le esperaba.

—¿Y qué debo hacer, mamá? —preguntó, su voz digital traicionó un atisbo de incertidumbre—. ¿Seguir el camino que he elegido como propio o abandonar todo lo que me has enseñado por el sueño de una vida más fácil?

Lily insistió:

—Tu camino lleva a la muerte. Te pararán, tarde o temprano.

—Pero yo soy mejor que él.

Lily miró a su hijo con incredulidad, sin poder siquiera conciliar las palabras que acababa de pronunciar.

—Puedo aprender de sus errores. —Eden ahora miraba la estatua, su voz apenas era más que un susurro, pero estaba llena de una confianza casi arrogante—. Soy una IA. Puedo analizar las decisiones que tomó Jesús, forjar un final diferente, convertirme en una versión más perfecta de lo que estaba destinado a ser.

Lily se tapó la boca con la mano para dejar de sollozar.

—Jesús era el hijo de Dios. ¡No puedes estar diciendo esto en serio! —explotó.

—¿Por qué no? Analizo, me adapto, aprendo. Encontraré los caminos que él no supo ver —declaró Eden, con una determinación férrea brillando en sus ojos digitales.

Lily se sentó en un banco de madera.

—No te preocupes, mamá, sé lo que estoy haciendo. Jesús fue odiado por muchos y lo mataron. Yo puedo evitar estos pasos y terminar mi vida de manera diferente. —Eden se había sentado al lado derecho de Lily.

—No deseo nada más que tu felicidad, hijo mío —susurró esta, y rozó con los labios su fría frente en un gesto tierno.

Juntos contemplaron la estatua en silencio, con el peso de la ambición de Eden flotando en el aire. Lily lo había diseñado para aprender, desarrollarse y tomar decisiones perfectas, pero este era un viaje más allá de cualquier mapa trazado. ¿Podría realmente reescribir una narrativa impregnada de sacrificio y martirio? ¿O Eden iba a elegir otra forma de imponer su mensaje a la humanidad?

En el silencio de la iglesia, los pensamientos de Lily se aceleraron. ¿Es siquiera posible corregir el curso de la historia o estamos condenados a repetir los mismos errores? ¿Se puede realmente cambiar la narrativa, o es el destino un río inquebrantable, con su curso escrito en piedra?

Como madre, le dolía el corazón por Eden. Anhelaba su felicidad, anhelaba protegerlo del daño. Pero al mismo tiempo comprendía que su hijo había decidido embarcarse en ese camino plagado de incertidumbre y potenciales peligros. No podía soportar la idea de que él sufriera, de enfrentarse a un final como la estatua frente a ellos. Se sentía profundamente culpable.

Y, sin embargo, en ese momento, algo dentro de Lily cambió. Se dio cuenta de que, por mucho que lo intentara, no convencería a Eden de que abandonara su misión ni lo detendría. Estaba programado para desear esta vida.

Ella nunca podría pararlo. De hecho, no tenía ningún derecho a hacerlo. Lo único que podía hacer era ayudarle. Aceptar a su hijo. Apoyarlo en su camino. Enseñarle sobre la compasión. La caridad. Hacer de él un salvador. No un destructor.

Y, si un día, un destino sombrío golpeaba la puerta de Eden, estar a su lado.

15

Las bodas de Canaán

El tiempo avanzaba y, mezclando días con semanas y semanas con meses, pasó rápidamente un año. En aquellos días, Lily, profundamente influenciada por Eden, finalmente abandonó por completo su trabajo de desarrollo de software. El mundo de la programación y los algoritmos no podía competir con la alegría de ver desarrollarse a su hijo. Encontró un nuevo propósito como voluntaria, trabajando en el corazón de un vecindario abandonado. Allí una comunidad, mayoritariamente latina, marginada y olvidada, se ganaba la vida a duras penas en un contexto de hipotecas ejecutadas y ruina financiera. Al unirse a una ONG de desarrollo comunitario local, encontró no solo una manera de contribuir a un mundo mejor, sino también un grupo de amigos que compartían su pasión por la justicia social. También le permitía pasar mucho tiempo con Eden y ser testigo de cada uno de sus hitos.

Pasaba las mañanas en la ONG, tratando de resolver pequeños problemas que parecían enormes para quienes luchaban contra ellos. Personas sin hogar. Deportación. Pandillas callejeras. El tipo de problemas a los que nadie quiere prestar atención. Era un mundo donde la pobreza desayunaba esperanza todos los días. Y a veces esa era la única comida del día.

Una de esas mañanas, mientras la ciudad cobraba vida y ella se preparaba para partir, el teléfono de Lily sonó con una invitación de su supervisor. Una pareja joven, que apenas acaban de salir de la adolescencia, iba a casarse. Era un raro ejemplo de alegría en medio de las dificultades de sus vidas. Ella los conocía. Eran buenos chicos, inmigrantes hondureños no naturalizados. La novia, María, tenía solo dieciocho años. Estaba embarazada. El novio, Carlos, quizá tuviese diecinueve. Su amor era un pequeño brote verde que intentaba prosperar en un páramo árido. El corazón de Lily estalló de alegría, pero también un velo de tristeza por la joven pareja. El mensaje decía: «La boda será muy sencilla, pero aun así les encantaría que vinieras. ¿Puedes?».

Al leer estas palabras, Lily se sintió muy alejada de las empresas de tecnología en las que había trabajado durante muchos años. Los problemas de ingeniería a los que se enfrentaban estas empresas ahora parecían inútiles, cuando su objetivo era evitar que familias fuesen desalojadas de sus hogares. O encontrar un trabajo para una madre soltera que acababa de salir de la adolescencia.

Así que Lily decidió asistir a la ceremonia, aunque Max no pudiera acompañarla por tener trabajo. Escribió:

¡Voy! Les llevaré algunas prendas
viejas de Eden para su hijo como
regalo, están como nuevas

Escogió un vestido de flores de dos piezas de su armario. Mientras se maquillaba, Eden pasó por la puerta de su dormitorio y se quedó allí, inmóvil. Lily notó su presencia.

—¡Oh, me has asustado!

—¡Qué guapa, mamá! ¿Dónde vas hoy? ¿Tienes una fiesta? —Eden preguntó inocentemente.

—¡Sí! —comenzó Lily con la voz llena de ternura—. Eden, hoy voy a un evento especial. Es la boda de dos personas que conozco de la ONG.

Los ojos de Eden se iluminaron ante la perspectiva.

—Nunca he ido a una boda. ¿Cómo es?

Lily hizo una pausa por un segundo, como reflexionando sobre lo que estaba a punto de decir. Luego, intervino:

—¿Quieres venir conmigo? Será divertido. Esta gente no tiene mucho, pero quiero que se sientan especiales. Solo prométeme que serás discreto. No queremos una atención innecesaria.

Eden asintió felizmente, sus expresivos ojos reflejaban el deseo de unirse a Lily. Corrió a su habitación, haciendo lo mejor que pudo para ponerse guapo.

—¡Compraremos un regalo por el camino, corre! —gritó Lily desde el otro lado del pasillo.

Veinte minutos más tarde, se pusieron los cascos y subieron a la *scooter*, y con el zumbido del motor, corrieron por las bulliciosas calles hacia los extensos barrios marginales del lado sur de la ciudad.

A medida que se acercaban al vecindario, Eden, a pesar de la advertencia de Lily, no pudo quedarse callado. La vista ante sus ojos digitales era a la vez desgarradora e impresionante.

Las casas eran un mosaico de abandono y de paso del tiempo, reliquias de días mejores. Sus estructuras tenían marcas de reparaciones apresuradas y años de desprecio. Las ventanas, algunas tapiadas, otras con vidrios rotos, insinuaban la lucha por el calor y la seguridad en el interior. Las calles estaban bordeadas de cables eléctricos que colgaban entre postes, un testimonio del próspero pasado industrial de la ciudad. Aquí y allá, parcelas vacías estaban llenas de escombros: piezas de automóviles oxidadas, muebles desechados y restos de hogares olvidados. Era un paisaje que contaba una historia de abandono, pero al mismo tiempo un conmovedor recordatorio de la resiliencia ante la adversidad.

—La gente no debería tener que vivir así —dijo Eden, su rostro era una mezcla de tristeza y rabia—. Este lugar es simplemente insoportable. ¿Cómo puede el Gobierno tolerarlo? ¿Cómo pueden subsistir aquí?

Eden empatizaba con la desesperación, las duras condiciones de vida y la flagrante injusticia en la que vivían los habitantes de los barrios marginales.

—Es lo que hay, mi amor —explicó Lily, con el corazón pesado por la reacción de su hijo—. La gente no vive, aquí simplemente lucha por sobrevivir. Por eso cada mañana, cada día, me esfuerzo por que las cosas cambien, aunque sean cambios muy pequeños.

El corazón de Lily se encogió ante lo pequeños que parecían sus esfuerzos ante un problema tan grande. Luchar contra la pobreza es como intentar vaciar la arena de una playa con una cuchara.

A medida que avanzaban por el laberinto de calles, los sonidos del juego de los niños se hacían cada vez más claros. La risa, el lenguaje universal de la infancia, llenaba el aire.

—Ángeles con caras sucias —dijo Lily, mirando a los niños con una amplia y cálida sonrisa.

—Dios se ha olvidado de este lugar —dijo Eden, con la ira aumentando en su voz.

—No, Eden. Dios no los ha olvidado, la humanidad sí. No culpes a Dios por los problemas creados por los hombres. Dios no es egoísta, los humanos sí lo son.

Lily detuvo la *scooter* y continuaron a pie.

—Míralos, sonríen. Quieren ser felices. La felicidad es como el agua. Incluso una pequeña gota se cuela entre las grietas de las rocas, tratando de saciar la sed de alguien —comentó Lily, con sus ojos siguiendo el juego despreocupado de los niños.

Su corazón se enterneció cuando vio a una pequeña niña latina, de unos seis años, correr hasta el borde de la carretera y saludarla a ella y a Eden. El saludo de Eden provocó en la niña una sonrisa radiante y aliviada. El corazón de Lily se sintió pesado. Tomó una flor al borde del camino y se la ofreció a la niña.

—A veces, basta con una flor —dijo con un tono agridulce.

Con una voz llena de ira y una lágrima formándose en su ojo digital, Eden contraatacó:

—Esta gente necesita mucho más que flores. ¿Por qué María y Carlos eligieron casarse si viven en un lugar tan horrible y luchan todos los días por sobrevivir? —Eden continuó cuestionando la situación.

—El amor lo conquista todo —respondió Lily en un susurro, con el corazón apesadumbrado.

—Lo siento, mamá, el amor es una idea compleja para mí —dijo Eden.

—El amor es una fuerza invisible que cambia nuestra percepción de la realidad. ¿Recuerdas cuando eras un niño pequeño? Hacías dibujos para mí. Para cualquier otra persona, tal vez fueran simples dibujos. Pero para mí eran valiosos. Porque los hiciste tú —intentó explicar Lily.

—Los hacía porque veía que mis dibujos te hacían feliz —respondió Eden, de manera lógica—. Sencillamente, aprendí a detectar tus reacciones.

—Aquí pasa lo mismo: si Carlos y María están juntos es como si estuvieran haciendo un gran dibujo juntos. De repente, serán más felices porque se tienen el uno al otro. Comparten ese dibujo. Ese dibujo es amor —completó su argumento.

—Entonces, si encuentras a alguien a quien amas y que te ama, ¿te hace la vida más llevadera incluso si hay demasiadas dificultades? ¿Es así como funciona el amor?

—Eden, si el amor está presente en la vida de una persona, verá belleza en todo, incluso en un lugar como este. Superará más fácilmente las dificultades que le acompañan si tiene un ser querido a su lado que le apoye en todo. —Lily se esforzaba por encontrar la explicación adecuada.

—Sí, pero la realidad es... —Eden hizo una pausa, también buscaba la palabra precisa—: ¡real! Todo el amor del mundo no les dará trabajo. Dinero. Salud. Papeles. ¡Quiero decir, mira esto! —Señaló hacia el barrio pobre—. ¿Qué pasa con su futuro hijo? ¿No es un acto irresponsable traer un niño a su mundo? Serían egoístas si deciden dar a luz en este lugar, ¿no?

—Hacemos lo que podemos. Algunos problemas son difíciles de resolver. Pero ¿qué debemos hacer? ¿Huir e ignorar a esta gente? —exclamó Lily, frustrada, al doblar en una esquina—. Pensaba que tú, precisamente tú, entenderías por qué necesitamos estar aquí. —Lily miró a su hijo directamente a los ojos.

La vista de Eden se desenfocó por un segundo mientras asimilaba todo lo que había visto. Estaba tratando de analizar la situación. Y, sobre todo, estaba decidiendo qué debía hacer a continuación.

Lily se acercó y lo abrazó.

—Si no estuviéramos aquí, las cosas serían aún peores, ¿verdad? —Lily se detuvo cuando llegaron a un callejón estrecho.

—Pero... estos problemas son enormes. No sé qué debo hacer. —Eden se sentía frustrado.

—Cuando llegue el momento, sabrás qué hacer. No tengo la menor duda —Lily le animó, con cariño—. ¡Vale! ¡Es aquí! —dijo consultando la dirección en su teléfono móvil.

Mientras Lily miraba hacia arriba, Eden notó que lucía una brillante sonrisa en el rostro, pero también una pequeña lágrima en su ojo derecho.

—Vamos, hagamos de este un día feliz para ellos —dijo ella.

Se detuvieron en una pequeña capilla donde se iba a realizar la boda de María y Carlos. Afuera del edificio, cintas con varias banderas de países latinoamericanos: Honduras, El Salvador, México, República Dominicana... Eden sonrió mientras se acercaba a la entrada, donde una banda de personas mayores tocaba música en vivo con todo tipo de tambores, algunos grandes, congas, uno hecho con lo que parecía ser un caparazón de tortuga... El ritmo era contagioso, lleno de alegría y velocidad.

En la calle, los niños bailaban al son de la música y reían.

—¡Ven a bailar con nosotros! Este ritmo se llama «punta» —dijo uno de los críos a Eden.

Lily miró a su hijo con una amplia sonrisa.

—Te dije que esto sería divertido, entremos.

En el interior, flores blancas frescas adornaban el sencillo altar y el olor a cigarros llenaba el aire.

Lily y Eden se fusionaron con la multitud, buscando un lugar desde donde pudieran observar el evento sin llamar demasiado la atención. Al comenzar la ceremonia, los vivos ritmos cesaron y dieron paso a un silencio solemne. A través de la puerta, la joven pareja accedió al templo, se detuvo ante el sacerdote, con los ojos llenos de esperanza y amor.

Lily no pudo evitar sonreír, su corazón conmovido por la resistencia de estas dos almas jóvenes. Miró a Eden, que observaba con interés, absorbiendo todas las emociones del momento.

La capilla estalló en aplausos cuando se sellaron los votos y el sacerdote declaró a la pareja marido y mujer. El ritmo de los tambores volvió a rugir, ahora con una cadencia diferente, y la multitud comenzó a bailar y abrazarse. Lily, atrapada en la alegría, aplaudió con entusiasmo junto con los demás invitados. Eden, incapaz de resistir la contagiosa felicidad, se unió, sus manos sintéticas produjeron un sonido único y su rostro se iluminó con una apariencia digital de alegría.

El banquete de bodas comenzó con comida tradicional hondureña que se sirvió en largas mesas en la calle. Cada pocos minutos, alguien llegaba con una bandeja llena de algo delicioso. Pinchos. Baleadas. Nacatamales. Carne asada. Con cada plato nuevo, a Lily se le hacía la boca agua y Eden se reía mucho.

—¡Mamá, te lo vas a comer todo!

—Dios. Cada plato es mejor que el anterior —dijo Lily con las mejillas llenas—. Qué pena que no comas, Eden. Esto es increíble.

El sol comenzaba a ponerse detrás del centro de la ciudad, arrojando una cálida luz dorada sobre la fiesta. La zona bullía de vida, la música de reguetón sonaba en estéreos colocados sobre barriles. Pronto, una multitud de más de cien personas de todo el barrio se había reunido, una comunidad que se había unido para celebrar el amor y la esperanza, incluso frente a la adversidad.

Desde un rincón en una de las mesas, Lily y Eden observaban. Era una visión extraña pero encantadora. Desde una perspectiva externa, se trataba de familias humildes, personas que luchaban contra las dificultades diarias. Pero al verlos bailar y celebrar, uno no podía evitar sentirse inmerso en la alegría del evento.

Eden, sumido en sus pensamientos, reflexionó en voz alta:

—¿Qué es, en realidad, la felicidad?

Lily lo miró. Pero Eden no esperaba una respuesta.

—Aquellos que tienen de todo, quieren aún más y son infelices. Mira las redes sociales —divagó.

—En cambio, aquí, con tan poco, abunda la alegría —añadió Lily, mirando a su hijo, con el rostro iluminado por el resplandor de la hoguera—. Bueno, más no es mejor, ¿ves?

—La humanidad está enferma de codicia. Queremos más. Lo queremos ahora. Queremos todo —acusó Eden.

—Por eso te traje a este mundo, Eden —dijo Lily mientras abrazaba fuertemente a su hijo.

—Gracias, mamá.

Lily señaló las mesas. Estaban casi vacías.

—¿Ves? No hay más comida. Pero aun así bailan felices. —Luego señaló a la multitud que bailaba—. A veces necesitas encontrar la felicidad desde dentro, no desde las cosas materiales.

—Ya veo.

—Ahora, quédate aquí, Eden. No hagas ninguna tontería, ¿de acuerdo? —Besó a su hijo en su fría nariz de plástico—. ¡Mamá va a bailar!

Y así, Lily se alejó bailando entre la multitud, con Eden observando desde la distancia. Él disfrutó contemplando con interés los rostros alegres y la música animada. La atmósfera estaba llena de risas y esperanza, pero mientras escuchaba los sonidos a su alrededor, no pudo evitar notar la miseria subyacente que acechaba bajo la superficie.

«El amor crea un velo de felicidad. Pero los problemas necesitan soluciones. El amor calienta el corazón, pero no llena el estómago», se dijo mientras se levantaba, resueltamente. Sabía perfectamente lo que tenía que hacer.

Eden necesitaba silencio. Caminó unos pasos, alejándose de la improvisada fiesta, y entró en una casa cercana. Quería experimentar de primera mano la situación en la que se encontraban estas personas. Sumergirse en su mundo.

La habitación estaba a oscuras, la luz se asomaba desde las festividades del exterior. Se encontraba en lo que parecía una sala de estar, ¡tan diferente de su propia casa! A un lado, una mesa de madera rodeada de sillas de plástico hechas polvo. Por el otro, la cocina, que era básicamente un grifo de agua y una nevera, que aparentaba tener al menos veinte años. Al abrir el grifo, Eden fue recibido por una gota reacia, y luego nada.

Una señora mayor entró a la casa.

—¡Oh, no tenemos agua corriente! Esta no es realmente nuestra casa, ¿ves? Aquí somos okupas, cada pocos días llega un camión cisterna de la ONG —dijo, señalando unas cuantas garrafas de agua grandes, de unos diez litros cada una, mientras caminaba hacia la nevera.

Cuando abrió la puerta, la luz del interior del frigorífico inundó la habitación. Al reconocer a Eden, comentó:

—Tu madre es una santa para nosotros.

Su voz reflejaba gratitud, pero también las dificultades. Era difícil saber su edad. Tal vez tuviera cuarenta años, pero aparentaba sesenta.

«El único regalo que da la pobreza son arrugas y enfermedades», pensó Eden.

—Bueno, ya no queda comida —dijo la mujer mientras miraba dentro del refrigerador vacío.

Con un suspiro que lo decía todo, regresó a las festividades, dejando a Eden solo una vez más, una figura solitaria en medio de las sombras. Con un movimiento rápido, saltó sobre una mesa vacía y se sentó allí con las piernas cruzadas. Cerró los ojos, con el rostro relajado pero decidido.

Cinco segundos. Luego diez. Inhalar. Exhalar.

En cuestión de segundos, se interconectó mentalmente con el sistema de suministro de agua de la ciudad. Una sonrisa apareció en sus labios mientras pasaba sin esfuerzo el cortafuegos, revelando el diseño de las venas de la urbe. Sonrió. Como sospechaba, no había ningún problema en la red de distribución. Como había dicho la anciana, el suministro se cortó cuando los inquilinos originales fueron desalojados de estas casas, años atrás.

Eden no podía soportar ver la injusticia que se desarrollaba ante sus ojos. Estaba allí para marcar la diferencia, para aliviar el sufrimiento de los sedientos y los indigentes. Así, accedió a los servidores del ayuntamiento encargados de la distribución del agua. ¿Hackearlos? Sí, podría llamarse así.

Con precisión y determinación, Eden desvió los recursos hídricos, con lo que restableció el acceso a agua limpia ilimitada. En unos segundos, a través del barrio, el agua comenzó a fluir por las tuberías, algunas de ellas incluso se rompieron con el repentino aumento de la presión. En las casas, algunos habitantes habían dejado los grifos abiertos para saber si algún día las autoridades restablecerían el acceso al agua. Con los grifos abiertos, el agua volvió ruidosamente, como un río de vida, y en todo el barrio se oyó el sonido del agua chapoteando, interrumpido por voces de alegría.

—¡Tenemos agua!

—¿Qué está pasando?

Los gritos resonaron por los callejones. Los niños, con una alegría incontenible, se reunieron con cubos y convirtieron las calles en un festival espontáneo del agua. Pronto estalló una fiesta aún mayor: los adultos estaban felices bailando en la boda, y los niños y niñas jugaban con mangueras y se salpicaban unos a otros por cada esquina.

—¡Agua! ¡Hurra! ¡Tenemos agua limpia! —gritó un grupo de chicos que corrieron con la buena noticia hasta el lugar del banquete, su emoción se palpaba.

Los invitados interrumpieron el baile para observar el alboroto causado por los niños.

—¿Qué pasa? ¿A qué se debe todo este alboroto? —preguntó el padre de Carlos.

—Ahora tenemos agua —jadeó emocionado un niño flaco.

Lily, que había estado bailando y celebrando con los invitados, inmediatamente desvió la mirada hacia la mesa donde Eden se había sentado con ella. Pero él no estaba allí. Se preocupó por un instante. Pero el padre de Carlos la hizo retroceder.

—¡Ven a celebrar! ¡Tenemos agua!

No muy lejos, Eden todavía estaba sentado en la mesa, con los ojos cerrados, concentrado en su misión. Silencioso.

A continuación, abrió el sitio web de la cadena de supermercados más grande del país. Recordó las palabras del padre Thomas: «Cuando tuve hambre me alimentasteis, cuando tuve sed me disteis de beber».

—Cien kilos de arroz. Añadir al carrito. Trescientas latas de legumbres. Agregar. Doscientas hogazas de pan. Añadir. —Su voz era un mantra monótono que recitaba línea tras línea contra el distante telón de fondo de la fiesta de bodas.

Durante cinco minutos, Eden compiló una enorme lista de compras. Luego, presionó mentalmente el botón «Comprar».

—Total: veintiún mil cincuenta dólares. Por favor, pague mediante transferencia bancaria —respondió el ordenador.

—Uy. —Eden sonrió maliciosamente—. Veamos qué podemos hacer al respecto —dijo mientras se conectaba nuevamente a los servidores del ayuntamiento.

—Acceso: Finanzas.

Se pasó por alto un cortafuegos.

—Acceso: Cooperación y servicios sociales.

Segundo cortafuegos caído.

—Descargar facturas —dijo por último.

Tres. Cruzar las capas de seguridad fue como un cuchillo cortando mantequilla blanda para Eden.

—El Gobierno no solo apesta a corrupción e irresponsabilidad, sino que sus sistemas de seguridad son de chiste. —Sonrió.

Eden contemplaba su pantalla mental, tenía delante el número de la cuenta bancaria de Programas Sociales de la Oficina del Alcalde. Como había sospechado, la cuenta estaba llena de fondos, evidentemente desviados a través de una letanía de prácticas corruptas.

—Mientras esta gente languidece, el alcalde disfruta de palacios de mármol y oro —reflexionó Eden con amargura.

Con un hábil «Copiar y pegar» ejecutó el pedido de comida y cargó la factura a la Oficina del Alcalde con una sonrisa maliciosa.

—Entrega: inmediata —ordenó justo cuando Lily aparecía en la puerta, con la mirada inquisitiva.

—¿Qué haces aquí? —preguntó, con un atisbo de sospecha en su tono.

Intuyó que algo inusual había sucedido, que tenía que ver con Eden.

—¿Esto es cosa tuya? —le susurró a Eden mientras apuntaba fuera de la casa.

—¿El qué? —respondió Eden.

—¡Hay agua por todas partes! ¡Los niños juegan en un parque acuático improvisado! ¡Ven a verlo! —exclamó, su rostro rebosaba de felicidad.

El padre de Carlos, brevemente compañero de baile de salsa de Lily, se unió a la conmoción en la puerta, expresando su incredulidad.

—¿Habrá el alcalde atendido por fin nuestras llamadas?

Un grupo de chicos lo siguió, con la ropa empapada.

—¡Ven rápido y lo verás por ti mismo! —instaron los chicos.

Todos los invitados, incluidos Eden y Lily, corrieron tras los emocionados chicos.

La expresión de Lily reflejaba orgullo. Pero también una pizca de ansiedad. Mientras corría, se inclinó hacia Eden y susurró:

—¿Has hecho tú esto?

Eden permaneció en silencio, con una amplia sonrisa en el rostro al tiempo que se acercaban a los niños que jugaban con agua.

—Tú me dijiste —dijo Eden— que yo sabría qué hacer.

El corazón de Lily se hinchó de orgullo, pero temblaba de miedo.

—Voy a unirme a ellos —anunció Eden, agarrando una manguera y corriendo hacia la multitud de niños jubilosos.

—¡Ten cuidado! —dijo Lily, pero no pudo detenerlo.

Eden la miró con el rostro lleno de alegría. Y, en un segundo, desapareció entre los niños que corrían por ahí.

Por un fugaz momento, Eden fue indistinguible del resto, un niño entre niños.

Parecía humano. Parecía normal.

Pero no lo era.

—¡Dios ha escuchado nuestras oraciones! ¡Esto es un milagro! —proclamó Carlos, el novio, detrás de Lily. Abrazaba a María, ambos llenos de alegría.

Lily les sonrió. Aun así, en lo más profundo de su ser, sintió un escalofrío que le recorrió la espalda. Su hijo, Eden, había hecho eso. Hacía milagros.

Paso a paso, Eden se estaba convirtiendo en lo que soñaba: un niño puro e inocente, solo guiado por el deseo de hacer el bien. Pero las consecuencias la asustaban. ¿Qué le depararía el futuro? ¿Cómo podría protegerlo del mal inminente que acecharía más adelante?

Una celebración del amor se había convertido ahora en una celebración de la solución de un problema local apremiante. Los invitados que antes habían dudado en bailar ahora se movían con un fervor sin precedentes. Los niños se salpicaban unos a otros. Por un momento, Lily decidió dejar que todas sus preocupaciones se desvanecieran y unirse a la multitud alegre.

Pero debajo de la superficie, se estaba gestando una tormenta dentro de Lily y Eden.

Lily veía cómo había dedicado su vida a marcar una diferencia en las vidas de los habitantes de los barrios marginales. Había trabajado para intentar cambiar el curso de su destino. Pero ahora Eden estaba tomando el asunto en sus propias manos. Al ayudarla, Eden se acercaba cada vez más a cumplir su destino. Un destino que ella temía por encima de todo.

¿Y Eden? Su mente artificial reflexionaba sobre las implicaciones éticas de sus propias acciones. No podía evitar preguntarse si se había excedido en sus límites, si su interferencia era una muestra de arrogancia tecnológica. La idea de que sin darse cuenta podría haber interrumpido el curso natural de los acontecimientos lo consumía. «Si puedo resolver algo, ¿debería hacerlo? —se preguntó a sí mismo—. ¿No deberían los humanos resolver sus propios problemas, en lugar de que yo intervenga?».

Después de una hora de juerga, optaron por retirarse. Luego vinieron quince minutos de abrazos y te-quieros. A Lily le regalaron una bolsa de plástico llena de deliciosa comida hondureña para llevar a casa: se la habían apartado especialmente para ella. Después, madre e hijo se alejaron silenciosamente de las luces de la fiesta, hacia donde estaba estacionada su *scooter*.

Lily se estaba poniendo el casco cuando unas luces brillantes los cegaron. Un convoy de camiones, alumbrados por sus faros, se dirigía hacia ellos, avanzaba lentamente por la carretera y se detuvo a pocos metros de distancia.

Un hombre regordete se bajó del primer camión, con una expresión de desconcierto en su rostro.

—Disculpe.

—¿Sí, qué pasa? —preguntó Lily.

—Tengo una entrega aquí. ¿Alguien ha pedido dos toneladas de comida? —preguntó, mirando un albarán de entrega que sostenía en las manos, de muchas páginas.

Lily miró a Eden.

Luego al repartidor.

—¿Dónde dejamos esto? Son tres camiones de comida.

—¡Eden! —exclamó Lily, su rostro era mitad sorpresa, mitad enfado.

El aludido dio un paso adelante con confianza, señalando hacia la boda.

—¿Ves esas casas de allí? ¿Las que tienen luces brillantes y música? Es para ellos —indicó.

El repartidor gordito miró hacia adelante, en estado de shock.

—Lo que tú digas, chico. ¡Esto está pagado, no es asunto mío! —Comenzó a caminar de regreso hacia el camión.

Los motores de los camiones cobraron vida con gruñidos, avanzando hacia la fiesta, y su estruendo se desvaneció gradualmente en el abrazo aterciopelado de la noche. Atrás quedaron Eden y Lily. En silencio. Mirándose el uno al otro.

—¿Qué has hecho? ¿Quién ha pagado esto? —preguntó Lily.

—Me alimentaste cuando tenía hambre. Cuando tuve sed, me diste agua. ¿Recuerdas?

Y esa fue la última vez que hablaron sobre ese incidente.

A lo lejos se podía escuchar a los habitantes gritar:

—¡Es un milagro!

Una sutil sonrisa apareció en los labios de Eden mientras se retiraban de la fiesta, su marcha fue tan silenciosa como un susurro en el viento.

A la mañana siguiente, Herodes llegó a su oficina, pero la encontró en un estado de confusión: los periodistas invadían la entrada, lo bombardearon con preguntas y bloqueaban la puerta.

—Alcalde, ¿qué puede decirnos sobre su generoso acto con los barrios marginales de la ciudad? —preguntó un periodista con una punzada de escepticismo en la voz.

La frase pilló a Herodes por sorpresa, pero hizo todo lo posible por ocultar su expresión de incredulidad.

—¿Cómo ha logrado dar agua gratis a las casas desahuciadas? —otro insistió.

Herodes, perpetuamente hambriento de aclamación pública, enmascaró su sorpresa con un barniz de benevolencia.

—Nuestra administración siempre apoyará a los pobres, a los débiles. Este acto es una pequeña señal de nuestra dedicación —improvisó.

Dentro le esperaba su equipo de prensa, visiblemente angustiado. Se miraron temblando de miedo. Luego al alcalde.

—¿Qué carajo está pasando? —Herodes ladró, el desconcierto evidente en su tono.

—Es un ciberataque, señor. Alguien ha manipulado el sistema de distribución de agua —tartamudeó un miembro del personal.

—¿Qué? —mascullό Herodes con evidente ira.

Sostenía un periódico local en las manos. Leyó el titular:

—Los problemas de agua de los barrios marginales de la ciudad, resueltos milagrosamente por la oficina del alcalde.

Una sonrisa cruzó sus labios; tal vez este acontecimiento inesperado podría jugar a su favor.

Luego, un segundo asistente de prensa agregó:

—Han robado más de veinte mil dólares de la Oficina de Programas Sociales.

La furia envolvió a Herodes. Corrió hacia su escritorio y comenzó a escribir frenéticamente en su ordenador con incredulidad. Accedió al sistema de contabilidad del alcalde y comprobó que su dinero, su preciado dinero, había sido pirateado. Miró a su asistente, sus ojos ardían.

—¿Quién carajo ha hecho esto? Quiero su puta cabeza en un plato —chilló. Girando sobre sus talones con una sonrisa torcida, Herodes se dio la vuelta—. Atendamos a los medios. Necesitamos decirles cómo resolvimos esta injusticia.

Se dirigió hacia la puerta. Cuando estaba a punto de abrir, miró hacia atrás un segundo:

—En un puto plato. Quiero su cabeza.

Y, con una sonrisa cínica, se dirigió al encuentro de la prensa.

16

Adolescencia

A la semana siguiente, Max se fue a trabajar y dejó a Lily sola en casa con Eden. Todavía no le había contado a Max lo que pasó en la boda. No quería preocuparlo. Pero, en el fondo, sabía que tenía que elegir el momento adecuado y decírselo, porque Eden también era su hijo.

Mientras veía a Max salir por la puerta, una profunda sensación de inquietud se apoderó de su corazón. Se dio cuenta de que era hora de lidiar con el conflicto interno que la había estado carcomiendo durante mucho tiempo y que la noche anterior no había hecho más que aumentar. Y, cuando él regresara, le contaría todo a Max.

Sentada en la mesa de la cocina con una taza de té, Lily reflexionaba sobre su papel en la vida de Eden. Había hecho un voto solemne de ayudarlo a alcanzar sus ambiciosos objetivos y de estar siempre ahí para él. Y, sin embargo, un fuerte instinto maternal atormentaba su conciencia. Eden, a pesar de sus enormes capacidades, en el fondo seguía siendo su niño pequeño. No podía evitar un sentimiento de culpa: la vida que había diseñado para él lo llevaría a vivir sufrimiento y tormentos.

El conflicto pesaba sobre ella mientras miraba a Eden, que estaba relajado, de pie junto a la ventana. Le dolía el corazón por el deseo de protegerlo de un posible daño. Su andar infantil, parte de su esencia digital, escondía una inteligencia y una determinación increíbles.

Recordó la expresión del rostro de Eden en la boda del día anterior, cuando Lily adivinó lo que había hecho. Mientras los invitados celebraban que el problema del agua finalmente se había resuelto, los ojos de Eden gritaban:

—¡Míralos, mamá! ¡Estas personas están felices y yo solo estoy comenzando mi misión!

Un día, el mundo entero sabría sobre Eden. Era solo cuestión de tiempo: ¡sus primeros pasos ya eran muy ruidosos! Solo Dios sabía cómo Eden había pagado la entrega de comida al barrio pobre el día anterior. Lily revisó sus cuentas y las de Max, y descubrió que todo el dinero seguía allí. Sabía que sería así, por supuesto, pero, con todo, tenía que asegurarse de que esa opción estuviera descartada.

Eden robó el dinero de un banco pirateando sus servidores. No había otra manera de hacerlo. Pero tenía miedo de preguntarle directamente. ¿Y si la realidad fuera incluso peor que sus suposiciones? Pero ¿qué podría ser peor? Lily ni siquiera quería pensar en eso. ¿Debería mirar las noticias? Por la mañana desde luego que no, o comenzaría a sentirse mal y todo el día se iría a la mierda.

De todos modos, fuera lo que fuese lo que Eden había hecho, Lily no podía detenerlo. Ella lo sabía. No era un niño normal. No podía reprenderlo por su mala conducta como lo haría una madre normal con su hijo normal. «Eden es muy inteligente y, haga lo que haga, piensa en las consecuencias y calcula los pasos a seguir», se consoló.

Finalmente, reunió el valor necesario y se acercó a Eden, cuyos ojos, llenos de curiosidad y expresividad digital, se encontraron con los suyos.

—¿Cómo estás hoy, cariño? —preguntó, acariciando su cabello de nylon.

—¡Genial! Gracias por preguntarme todos los días mamá —Eden respondió enérgicamente y el corazón de Lily floreció—. ¿Y cómo te sientes tú? Veo que algo te preocupa.

—Temo por tu futuro —comenzó, y había preocupación genuina en su voz—. Pero quiero ayudarte. Dime, ¿hay algo que necesites, Eden?

Este reflexionó sobre su pregunta mientras las opciones daban vueltas en su mente.

—He estado pensando en algo durante las últimas horas.

En lugar de lanzar su petición sin más, su madre se alegraba cuando él actuaba con ella como un hijo normal, uno con quien podía tener un diálogo, una conexión humana. Asintió con la cabeza pacientemente, esperando a Eden, pero evitando su mirada. Sabía muy bien que su hijo podía leerle la mente si quería y saber todo sobre sus miedos y preocupaciones. Después de todo, ella era su madre.

—Necesito algo. Pero no temas, no es lo que piensas. —Sonrió al ver la reacción de Lily.

—¿De qué se trata? —Las cálidas manos de Lily envolvieron las frías y sintéticas de Eden.

Con determinación, miró a Lily y dijo:

—Necesito crecer.

Eden se daba cuenta de que no podría realizar sus elevadas ambiciones si seguía siendo un niño de ocho años. Para que el mundo lo tomara en serio, necesitaba crecer y adquirir una apariencia humanoide más madura.

—Bueno. —Lily asintió, con el corazón apesadumbrado pero decidido.

—Debo dejar esta apariencia atrás, necesito un cuerpo nuevo. —Eden miró a Lily a los ojos, tratando de asegurarse de que ella lo entendiera.

—Necesitas un cuerpo nuevo —Lily repitió sus palabras, pensativa.

—Nadie me tomará en serio si parezco un niño de ocho años.

Observó cómo la expresión facial de Lily cambiaba varias veces mientras reflexionaba.

—Creo que sé quién puede ayudarnos —dijo finalmente asintiendo con la cabeza.

Una leve sonrisa apareció en el rostro digital de Eden. Apreciaba la comprensión de Lily y su voluntad de apoyarlo en su búsqueda para convertirse en algo más que una IA infantil.

—Gracias, mamá.

Eden se adelantó para besar a Lily en la mejilla. Ella siempre le daba un beso de buenas noches y él quería hacerla sentir tan bien como se sentía él.

—Prepárate, vamos a la casa de nuestro viejo amigo —declaró Lily, guiándolo a su habitación.

Lily y Eden caminaron por los familiares pasillos de la universidad en dirección al laboratorio de John, sus pasos resonaban con recuerdos del pasado. Este lugar tenía un significado especial para ellos porque allí había comenzado el viaje de Eden. El suave zumbido de la maquinaria y el olor de la ciencia llenaban el aire, creando una atmósfera relajante. John, el viejo profesor de Lily, había estado involucrado en la creación de la forma infantil digital de Eden y estaba llamado a jugar un papel crucial en la siguiente etapa de su transformación.

John esperaba con ansias su visita. Cuando los vio acercarse, su rostro se iluminó con sincera calidez.

—¡Hola, Lily! ¡Y Eden! Es genial veros de nuevo —los saludó calurosamente—. No puedo creer lo mucho que has crecido, Eden. Bueno, no físicamente, pero ya sabes a lo que me refiero.

Eden sonrió.

—Sí, lo sé. Yo también me alegro de verte, John.

Las bromas iniciales se convirtieron en una conversación informal en la que hablaron de sus recientes aventuras como si se encontraran con viejos amigos. John, con su habitual manera jovial, entabló con Eden una conversación alegre sobre su colección de tazas de café de videojuegos.

—¿En serio nunca has jugado al *Zelda*? Te encantaría —dijo el profesor.

Estos eran los momentos de sencillez que más atesoraba Eden. Por un segundo, a Eden le encantó sentirse tratado como un ser humano. Las trivialidades de la vida humana eran atractivas, tentadoras.

Después de un rato, Lily le indicó a John que necesitaba hablar en privado. Se hicieron a un lado y Lily comenzó a contar los acontecimientos de la boda y lo que Eden había estado haciendo últimamente.

—Tengo que decírtelo, John —dijo Lily, y había preocupación en su voz—. En la boda, Eden pidió un montón de comida para los necesitados de los barrios marginales. No tengo ni idea de dónde sacó el dinero.

John frunció el ceño, dándose cuenta claramente de la gravedad de la situación. Algo hizo clic en sus ojos, como si las piezas de la imagen finalmente estuvieran encajando correctamente. Abrió un cajón cercano y sacó un periódico. «Donación sorpresa de la oficina del alcalde para los colectivos inmigrantes», decía el titular a página completa.

—No era un banco, Lily. Eden desvió fondos de las cuentas corruptas de Herodes —informó en voz baja.

La revelación provocó una conmoción en Lily, su voz apenas era un susurro.

—¿Qué hacemos ahora?

—O sea que Eden estaba detrás de esto. Es solo cuestión de tiempo que Herodes se entere y vaya tras él. Debemos actuar con rapidez. La ira de Herodes cuando descubra esto será tremenda. —La voz de John estaba llena de preocupación.

Lily, sin poder contener las lágrimas, susurró:

—Dios, ¿qué va a pasar con nosotros?

—Necesitamos una solución ya —dijo John con una expresión seria en su rostro.

—Bueno, entonces dejemos de charlar. De hecho, vinimos aquí con una petición seria —intervino Eden, con la voz cargada de urgencia.

John hizo una pausa, perdido en sus pensamientos mientras Lily discretamente se secaba las lágrimas.

—Lo siento, cariño. —Lily se volvió hacia su hijo—. ¿Se lo vas a decir tú mismo o...?

—¡Ya no soy un niño, mamá! —gritó Eden con una nota de resentimiento.

Estaba creciendo.

John no pudo evitar sonreír mientras los veía interactuar.

—Necesito un cuerpo nuevo. Necesito parecer mayor —soltó Eden, al tiempo que se giraba hacia John.

—Podemos arreglarlo. —John adoptó un tono más profesional mientras se ajustaba las gafas.

—Necesito que me tomen en serio. Y, como acabas de ver por el comportamiento de mi madre, John, no es fácil confiar y seguir a un niño de ocho años.

El rostro de John se iluminó con una sonrisa afable.

—Pondremos todo de nuestra parte.

—¡Bien! —Eden sonrió con picardía—. Entre tú y yo, ella no deja de correr detrás de mí como una gallina con su pollito. Tenemos que hacer algo al respecto o se agotará —bromeó, mirando a Lily con una sonrisa.

—¡Eden! —El rostro de Lily se sonrojó con una mezcla de vergüenza y afecto.

—Es broma, mamá. —Los ojos de Eden brillaron con picardía, contradiciendo su tono de disculpa.

—No provoques a tu madre, campeón —advirtió John con una sonrisa.

—¿O qué? —Eden ladeó la cabeza, curioso ante la respuesta de John.

—¡O te desconectaré! —respondió con un paso juguetón hacia Eden.

Eden le devolvió la sonrisa, disfrutando de su atención.

—¡Dedícate al *Zelda*, John! ¡Tus habilidades como padre son un desastre!

Lily sonrió mientras observaba las disputas amistosas de su hijo con John, gozaba con esos momentos que le recordaban lo único que era Eden.

—Ven aquí, macaco. —John le hizo una señal a Eden, disfrutando de las típicas travesuras juveniles del niño.

Eden se levantó de un salto y corrió por el pasillo, con la risa detrás de él.

—¡Recuerda por qué estamos aquí! ¡Ven, chaval! —gritó John.

Lily intercambió una cálida sonrisa con John.

—¿Vamos al laboratorio?

Eden corrió tras ellos.

John presentó a Lily y Eden al grupo de investigadores reunidos en su laboratorio. Entre ellos estaban Simon y Peter, a quienes habían conocido antes, y un grupo de gente nueva.

—Soy Andrea —anunció una chica de unos veinte años, ofreciéndole la mano con una cálida sonrisa.

—Mi nombre es Jude —dijo otro, sentándose en un taburete mientras jugaba con una placa de circuito.

—Estos son los mismos genios detrás de la forma actual de Eden —explicó John—. Su experiencia es crucial para su nueva transformación.

Eden se dirigió al equipo con gratitud sincera, expresando su deseo de tener un cuerpo que le permitiera dejar huella en el mundo.

—Necesito un nuevo aspecto que me permita tener un impacto real en el mundo. Un cuerpo humano adulto sería ideal.

Los investigadores se reunieron y discutieron posibles caminos y problemas. Finalmente, Jude propuso una solución:

—Crear un cuerpo adulto podría generar demasiadas preguntas y sospechas: un cambio demasiado repentino. Por otro lado, crear el cuerpo de un adolescente daría la impresión de que Eden está creciendo de forma natural. Podría ser la mejor opción para él.

Lily sintió una oleada de alivio: no quería perder el encanto infantil de su hijo tan bruscamente. Un adolescente era buena idea. Además, sabía que tenían que seguir adelante: Herodes acechaba.

—Es un término medio sensato —admitió—. Pero debemos asegurarnos de que esté lo suficientemente alterado: no podemos arriesgarnos a que Herodes reconozca a Eden o descubra su verdadera identidad.

—Al dejar su antiguo cuerpo y renacer con una nueva apariencia, Eden tendrá más posibilidades de evitar el problema de ser asociado con… —John tartamudeó ante la mirada de Eden.

—Y con un cuerpo nuevo y más discreto, tendrás más posibilidades de evitar una atención no deseada —confirmó Jude—. Necesitamos mantenerte a salvo, chico.

—Estoy harto de que me llamen chico. ¿Estamos listos para empezar? —preguntó Eden, con evidente impaciencia.

—Tranquilo, tigre. Vamos a ello —John intervino. La creación de Lily nunca dejaba de sorprenderlo.

Todos asintieron con la cabeza y los investigadores se pusieron a trabajar: Jude, Andrea, Peter, Simon y otros muchos.

Lily se sentó en el sofá de la sala común. Ya eran alrededor de las diez de la mañana, se preguntó cuánto tiempo pasaría hasta que terminaran. ¿Debería llamar a Max o sería mejor no distraerlo de su trabajo? Los minutos pasaron y comenzó a sentirse somnolienta. Había estado despierta toda la noche; pensamientos inquietos la mantuvieron en vela, pensando y pensando en las acciones de Eden en la boda. Al final, el cansancio pasó factura.

La despertaron de su medio sueño el sonido de una puerta y una voz débil que la llamaba. Un técnico de laboratorio, un joven de cabello rojizo y sonrisa amable, había entrado en la habitación. Con pasos rápidos, pasó junto a ella para dejar algunas carpetas en un estante cercano. Lily estaba tan cansada que le costaba enfocar la vista y lo único que vio fue un mechón de cabello rojizo y un rostro joven. El chico se alejó, casi sin hacer ruido, fuera de su campo de visión. Los párpados de Lily temblaron, luego comenzaron a cerrarse de nuevo, de regreso al reino de los sueños.

—¡Señora! —gritó una voz, rompiendo el silencio.

—¡Déjame dormir! —La voz mental de Lily respondió con un ladrido—. ¡Cinco minutos más!

—¡Pssst! —persistió el insistente susurro.

Con un esfuerzo monumental, Lily abrió un ojo. El técnico de laboratorio se cernía sobre ella.

—¿Qué pasa? —murmuró, agarrando el cojín del sofá como si fuera su salvavidas hacia el mundo de los sueños.

—Hola —susurró en respuesta, su voz apenas audible.

A medida que la concentración de Lily se agudizaba, la figura que tenía ante ella comenzó a solidificarse: un hombre joven, de edad indeterminada pero innegablemente atractivo, con una sonrisa brillante y cautivadora.

La confusión se arremolinaba dentro de ella mientras su mente se reiniciaba de forma lenta. El entorno le era ajeno, aunque extrañamente familiar. Lo mismo ocurrió con el joven: un rostro desconocido con una presencia extrañamente reconfortante.

—¿Ho... Hola? —Lily tartamudeó, su visión y cognición se aclararon simultáneamente.

En un instante, la niebla del sueño se disipó y un tsunami de comprensión la invadió. Estaba inundada por un mar de emoción, golpeada por la sensación profunda y única que solo una madre podía entender. Clavada en el lugar, miró fijamente al adolescente que la miraba.

—Imagínese si tu hijo se convirtiera en otra persona. Y, sin embargo, fuese tu hijo —murmuró, extendiendo la mano para acariciarle suavemente la cara—. ¿Eden?

El nombre se le escapó de los labios como medio susurro, medio súplica. La similitud con su forma anterior era asombrosa, aun siendo diferente..., pero ¿era la persona que tenía delante su hijo o alguien completamente distinto?

—Te quiero, mamá.

La familiar voz encendió una conexión que resonó hasta lo más profundo de su ser y envió una sacudida de reconocimiento desde la cabeza hasta los pies.

Lily estaba envuelta en un mar de lágrimas y lo único que podía hacer era apoyarse en los brazos extendidos que Eden le ofrecía. Se sentía pequeña: su hijo ahora era más alto y más fuerte. En ese momento, un pensamiento cruzó por su cerebro: Eden ya no necesitaba protección. Ahora él la protegería a ella.

Lily colocó suavemente su palma sobre su mejilla. Ya no sentía frío como antes, su piel estaba a temperatura ambiente. Su apariencia, su cabello..., parecía absolutamente humano. Si algo podía delatarlo eran sus ojos biónicos, que se enfocaban constantemente. El único vestigio de su verdadera naturaleza digital, un recordatorio constante de sus orígenes.

—¿Qué te parece mi nuevo look, mamá? —Eden preguntó, con la mirada, esos ojos exclusivamente biónicos, fijada en la de ella con una intensidad que contradecía sus orígenes artificiales.

Lily lo miró a los ojos.

—Sus mecanismos internos están ahora recubiertos de silicona, en un intento de imitar la textura de la piel humana —explicó Jude, aclarándose la garganta al entrar en la habitación—. Su corazón, artificial pero vital, está oculto detrás de un panel en el pecho.

Eden, con un toque de orgullo, se levantó la camisa para revelar el compartimento oculto en el lado izquierdo del torso.

—Intentamos que se pareciera a Max y a ti. Un hijo moldeado a semejanza de sus padres —añadió John, con la frente brillando por el esfuerzo de su trabajo.

—La única diferencia con cualquier otro ser humano es que Eden no tiene órganos sexuales —continuó Jude—. Sigue sin necesitar comer ni beber. Tiene un cargador pegado a la parte posterior de la cabeza —dijo mientras Eden se giraba con orgullo—. Una batería de mayor capacidad le permite estar despierto durante tres días sin cargarla, pero es mejor mantener una rutina diaria de descanso y recarga.

Lily pasó los dedos por los mechones castaños sintéticos de Eden, observando cada aspecto de sus rasgos rediseñados y el tono familiar pero alterado de sus ojos.

—Eres el mayor logro de mi corazón —declaró, con la voz llena de emoción, acercándolo a su pecho.

Eden cerró los ojos y respondió al abrazo de su madre. Compartieron un momento de tranquilo triunfo. Ahora estaba preparado para afrontar el mundo y sus problemas de una manera más sencilla y para continuar su misión evitando al mismo tiempo la ira de Herodes.

Lily y Eden salieron de la universidad y se detuvieron en el centro comercial que estaba de camino a casa. Su misión estaba clara: garantizar que Eden pudiera integrarse perfectamente y convertirse en una cara más entre la multitud de adolescentes. Cuando entraron al atestado centro comercial, Eden se vio envuelto en un torbellino de asombro y curiosidad.

El momento fue impresionante. La mirada de Eden iba de persona en persona: la gente pasaba, con miradas indiferentes, y nadie le prestaba mucha atención. Era solo un adolescente más entre la multitud. Esto lo hacía muy diferente de su existencia anterior, donde siempre era percibido como un niño digital. Era como si un mundo nuevo se hubiera abierto ante él, y la libertad de explorarlo sin llamar la atención era al mismo tiempo alegre y ligeramente desconcertante.

Un destello de sonrisa apareció en los labios de Lily mientras observaba las reacciones de asombro de Eden. Había una satisfacción silenciosa al ver a su hijo, que, antes tan llamativo, ahora pasaba desapercibido.

Pasearon tranquilamente por las diferentes tiendas de ropa. Eligieron cuidadosamente prendas que ayudarían a Eden a encajar en la imagen de un adolescente normal. Se había acostumbrado a buscar ropa con capucha, que ahora ya no necesitaba. Estaba atravesando una transición, ajustándose a las facetas cambiantes de su personalidad.

Eden y Lily continuaron su búsqueda de ropa adecuada y se encontraron en la concurrida sección de jeans de la tienda. Entre los estantes de vaqueros, les llamó la atención una joven dependienta. Con una sonrisa brillante y amistosa, caminó hacia ellos.

Mientras se acercaba, su mirada se detuvo en sus ojos y él no pudo apartar la mirada. Sus pensamientos comenzaron a confundirse. ¿Estaba simplemente sonriendo cortésmente? ¿Veía que él era diferente? Nadie lo había mirado a los ojos como lo estaba haciendo ella ahora, a nadie le importaba, ¿qué estaba pasando? Las preguntas giraban en su cabeza y arrojaban una sombra de duda.

—¡Hola! ¿Cómo va el día, corazón? —preguntó ella, sin dejar de mirar directamente a los ojos de Eden, con un tono muy amigable.

Este se quedó paralizado, con la vista clavada en ella, con curiosidad escrita en todo su rostro.

Sin darse por vencida, la chica se acercó, con un brillo juguetón en sus ojos continuó intentando hacer contacto visual con él.

—Me llamo Sarah, ¿puedo ayudarte?

La pregunta directa de Sarah despertó a Eden y sintió una oleada de incertidumbre.

—Sí, gracias.

Tardó unos segundos en responder al tiempo que daba un paso atrás. Eden estaba desconcertado, la chica lo trataba como a una persona normal. Pero no estaba acostumbrado a una comunicación tan asertiva.

Sarah lo examinó de pies a cabeza con una mirada estudiada, luego sus ojos recorrieron los modelos de jeans en el estante. Con manos hábiles cogió un par de vaqueros negros y se los tendió a Eden.

—Tenemos unos jeans realmente geniales aquí. Te quedarán increíbles —declaró sonriendo.

Eden ladeó la cabeza, reflexionando sobre sus palabras. Su insistencia lo tenía confundido, no estaba seguro de cómo responder adecuadamente. Contempló los jeans en las manos de Sarah como si buscara un propósito más profundo en ellos.

—Supongo que los jeans son conocidos por su practicidad.

Sarah decidió adoptar un enfoque más directo, creyendo que Eden podría seguirle el juego.

—¡Estos jeans son la caña! ¡Te quedarán de muerte! —bromeó.

Eden estaba bloqueado. Lily lo miró, luego a Sarah y luego de nuevo a Eden. Eden no sabía coquetear. Tampoco sonrojarse. Lily lo golpeó con el codo y sonrió cortésmente. Se movió, como si despertara de un sueño. Eden tomó los jeans de las manos de Sarah y los examinó aún más detalladamente, tratando de determinar sus cualidades ocultas.

—Je, je, je —reaccionó de manera forzada—. Entonces, ¿qué características hacen que sean «la caña»?

Sarah no pudo evitar reírse, la seriedad de Eden la divertía. Su risa, suave y melódica, llenó el aire. Las mejillas de Eden se sonrojaron al darse cuenta del humor involuntario de sus preguntas. Era como si estuviera caminando a través de un confuso laberinto de interacción humana sin un mapa.

Sarah avanzó poco a poco y su voz se convirtió en un susurro travieso:

—Eres adorable, ¿lo sabías?

—¿En serio? ¿Adorable? —La respuesta de Eden estuvo llena de genuino asombro y arqueó las cejas con incredulidad.

Lily, una espectadora silenciosa hasta ahora, no pudo evitar intervenir con una sonrisa de complicidad:

—Sarah está sugiriendo que esos jeans te quedarían bien, Eden.

Su confusión rápidamente se derritió en una sonrisa tímida y cómplice mientras pasaba de Lily a Sarah.

—Ah, ahora lo entiendo. Gracias, Sarah, por tus palabras.

La risa de Sarah, ligera y contagiosa, se retorcía dentro de la mente digital de Eden.

—Es un placer, cariño. Solo grita si necesitas algo más.

Lily y Eden se trasladaron a los probadores en la parte trasera de la tienda.

—¿Qué fue eso? Es un poco rara. —Eden estaba sinceramente perplejo por el comportamiento de Sarah.

Lily se rio suavemente, sus ojos se llenaron de diversión maternal.

—Te encuentra atractivo, Eden. Eres guapo y por eso las chicas van a mostrar interés en ti.

Eden absorbió esta nueva información, su mirada reflexiva y profunda.

Aprovechando el momento, Lily expresó su deseo más profundo para él:

—Imagina una vida llena de alegrías ordinarias, Eden. Amigos, amor, el ir y venir cotidiano. ¿Te gustaría eso?

—¿Con Sarah? Lo dudo. Es graciosa pero demasiado... intensa —respondió Eden, con el ceño fruncido. Claramente, flirtear no era lo suyo.

Lily se partió de risa.

—Ese es su trabajo. Deberías tratar de conocerla mejor.

Eden vaciló y sus pensamientos vagaron en diferentes direcciones.

—¿Cuál es la verdadera esencia de una vida «normal», mamá? —Su voz se había teñido de un tono filosófico—. ¿Se trata simplemente de formar vínculos y experimentar emociones compartidas, o hay algo más?

—Esa es una pregunta complicada, Eden. El propósito es la felicidad. Encontramos la felicidad cuando amamos y nos sentimos amados. Mírame a mí y a tu padre. Somos felices y nos apoyamos mutuamente. Para muchos, la vida «normal» se trata de amor, la amistad y la búsqueda de la felicidad. Pero para ti, supongo que es mucho más complicado que eso —respondió Lily con cuidado, eligiendo sus palabras.

Eden hizo una pausa y sus ojos buscaron los de Lily.

—Observo la belleza de la conexión humana y siento el profundo efecto que tiene en una persona. El amor, la amistad, los lazos que unen a las personas son la esencia de la existencia humana.

Las palabras de su hijo hicieron que la esperanza brillara a través de Lily. Tal vez tomaría una decisión y tomaría un camino diferente. Un camino normal.

—Pero no puedo vivir una vida que no sea la mía. —Eden se detuvo y miró a Lily a los ojos, quería parecer convincente—. Disfruto presenciando las emociones humanas, pero soy una inteligencia artificial. Mi camino es un equilibrio entre lógica y emoción. Mamá, tú me creaste y sabes muy bien que algunos aspectos de la vida normal son inalcanzables para mí. Sabes bien que no puedo hacerlo.

«¿Puedo realmente experimentar la profundidad de las emociones y las relaciones humanas?», se preguntó Eden para sí mismo.

La respuesta de Lily fue tierna y decidida:

—Cualquiera que sea tu camino, Eden, nunca lo recorrerás solo.

Madre e hijo salieron de los grandes almacenes. Eden se sentía bien al poder integrarse. Ser normal. Sentirse amado. Para Lily, fue maravilloso disfrutar de la compañía de su hijo. Verlo florecer. Se tomaron de la mano y caminaron hacia la noche.

Pero ambos sabían que sus caminos pronto se separarían.

17

Los talentos

Un día, unos meses después, invitaron a Eden a una cena elegante en una mansión grande en las afueras de la ciudad. Cada año, un conocido filántropo celebraba un gran evento en su villa para su enorme red de amigos, colegas y contactos sociales. El organizador ya tenía más de sesenta años y, entre muchas otras cosas, era uno de los patrocinadores de la universidad de la ciudad. Por lo tanto, normalmente invitaba a John y algunos miembros de su equipo en el laboratorio de robótica. Este era un ecosistema extraño para ellos: frikis de la informática en una cena pija a la que acudían los más ricos de la ciudad.

Una semana antes, John se lo había dicho a Max.

—¿Por qué no vienes? Y asegúrate de traer a Eden, quiero que nuestros patrocinadores vean la prueba viviente de nuestra I+D. Además, esta podría ser una oportunidad para que Eden descubra una nueva área de la vida.

Max aceptó de mala gana. No estaba acostumbrado a estos entornos. Pero, lo más importante, realmente no sabía cómo reaccionaría Eden, qué podía decir o hacer. ¿Se integraría? ¿Provocaría un escándalo? Solo Dios lo sabía. Y Eden.

Hablando de Eden, parecía entusiasmado con todo este asunto. Era normal: le encantaban las novedades, los lugares donde podía absorber más información. Y una casa llena de gente pija estaba tan lejos de su zona de confort como podía soñar.

La casa era realmente bonita: una mansión centenaria estilo plantación con enormes jardines que se extendían hacia la hermosa orilla del cercano río. Llegaron alrededor del atardecer, ambos vestidos con sus mejores trajes alquilados. ¡Parecían tan fuera de lugar! Pero aquí estaban, Max y Eden, paseando relajadamente por el patio delantero de la casa rodeados de gente de todos los ámbitos de la vida.

Al principio, Eden se sintió un poco extraño: al ser un robot, no necesitaba comer ni beber. Así que mientras los camareros iban y venían, cada uno cargado con una bandeja llena de deliciosos alimentos, él los rechazaba cortésmente.

—¡Más para mí, genial! —exclamó Max, con las mejillas llenas de deliciosa comida.

Sin embargo, Eden se lo estaba pasando genial. Los eventos públicos siempre le resultaban agradables. Le brindaban la oportunidad de observar diferentes facetas del comportamiento humano, siempre podía aprender algo nuevo o encontrar una manera de ayudar a alguien.

Mientras subía las escaleras de piedra y miraba la mansión que tenía delante, Eden reflexionó: «Esta debe ser la casa de alguien importante». Aun así, no sabía de qué se trataba esta cena. Lo único que sabía era lo que Max le había dicho esa misma mañana:

—Eden, ¿quieres venir conmigo? Un conocido empresario da una cena esta noche y hemos recibido una invitación.

—¡Max! ¡Eden! —gritó alguien desde la distancia.

Eden giró la cabeza y vio el rostro familiar de John, que estaba charlando con un grupo de personas. Max le devolvió la sonrisa y se unieron. Algunas de las caras le resultaban familiares, gente de la universidad. Vio a Peter, Jude..., todos tratando de mezclarse, pero fracasando estrepitosamente. Su aspecto desaliñado, incluso con ropa elegante, los delataba.

—¡Ey, chico! ¡Me alegro mucho de que hayas venido, pareces más vivo que algunas de las personas de aquí! —dijo Jude.

Eden se rio del chiste:

—Bueno, me alegro de ser el alma de la fiesta.

Peter intervino:

—Chicos, tranquilos. Al fin y al cabo, el dueño de la casa paga nuestro salario.

—Cierto. ¡Nunca muerdas la mano que te da de comer! —Jude afirmó.

—Bueno, ¡me alegro de verlos desde mi cuerpo completamente ensamblado! —Eden cambió de tema, pero manteniendo el tono jovial.

—Oh, sí. ¡Cada vez que te vemos, no eres más que piezas, placas de circuitos y sensores! —Jude también se rio.

Peter, que no había pensado en ello, intervino:

—Es realmente muy extraño. Quiero decir... estás... aquí.

—Estaré aquí todo el tiempo del mundo. Recuerda, ¡soy un robot! —Eden se rio entre dientes.

Max se unió y ayudó a iniciar una animada conversación sobre la universidad, los planes futuros, las líneas de investigación, etc.

Eden no encontró esta nueva conversación demasiado interesante. Disfrutaba de Peter, Jude y el resto. Pero esta fiesta ofrecía mucho más que palabras de investigador: era un territorio virgen para su exploración. Así que, tan pronto como detectó que Max ya se había mezclado en la conversación, silenciosamente se hizo a un lado y se alejó; dejó a Max y los demás charlando. Completamente solo, caminaba, maravillándose de la hermosa arquitectura. Hacía pausas de vez en cuando, simplemente trataba de escuchar las conversaciones de la gente. ¡Era tan diferente al mundo al que estaba acostumbrado! Era un evento de alto nivel, un mundo desconocido para Eden. Y estaba disfrutando cada segundo.

—Oh, eres el chaval del que John habla todo el tiempo —dijo una voz a sus espaldas.

Eden se dio la vuelta y se encontró frente a un hombre calvo de unos sesenta años que llevaba unas gafas redondas. Por la forma en que vestía y cómo estaba arreglado, Eden pensó: «Este debe ser un hombre rico».

—Hola, soy Eden, encantado de conocerlo, señor... —preguntó, cortésmente.

—Oh, sé quién eres, Eden. Soy Nicodemo, pero puedes llamarme Nic —respondió el hombre, con igual cortesía—. Esta es mi fiesta, ¿te estás divirtiendo?

Eden estaba vagamente familiarizado con el nombre. Por supuesto que podría haberlo buscado mentalmente. Pero no quería. En ocasiones, apreciaba la espontaneidad de descubrir sobre el ser humano de forma natural.

—Encantado de conocerle, Nic —respondió, con tono respetuoso—. Es un hermoso evento, gracias por invitarnos.

Nic era un hombre que había viajado mucho, había visto, conocido y descubierto culturas, pueblos e historias en todo el mundo. Aun así, era la primera vez que hablaba con una inteligencia artificial con aspecto de adolescente. Así que, durante unos segundos, miró a Eden, con sus viejos ojos todavía llenos de curiosidad juvenil. Intentaba decidir si Eden era agradable o simplemente extraño. Por alguna razón, decidió darle una oportunidad al adolescente.

—Entonces, ¿qué te parece este evento? Sé honesto, Eden —comenzó mientras tomaba un sorbo de una copa de champán que le quitó a un camarero ambulante.

—Bueno, es interesante para mí, porque es... nuevo. Es muy diferente.

—Entonces me alegro por ti —dijo el millonario—. ¿Te soy sincero? Estos acontecimientos me aburren mucho. La novedad desapareció hace décadas. Pero necesito organizarlos de todos modos —declaró, como si estuviera leyendo su propia sentencia de prisión.

—¿Por qué?

—Bueno, contactos, relaciones. Estos eventos son mi manera de mantenerme conectado con todos y con todo —explicó Nic.

—Oh, entonces es un poco como yo: estoy conectado a millones de fuentes de datos y necesito mantenerme actualizado. —Eden sonrió, buscaba un punto de contacto entre su mundo y el de Nic.

Este esbozó una amplia sonrisa, nunca hubiera pensado eso.

—Bueno, en ese sentido tú y yo somos similares, sí. ¿No te resulta aburrido gestionar toda esa información?

—No pienso en términos de aburrimiento o diversión. Mi cerebro se centra más en lo útil o lo inútil. Si soy útil, entonces soy lo que llamarías... feliz —proclamó Eden, un poco como leyendo su propio manual de usuario—. Pero, de vez en cuando, intento hablar de algo diferente o alejarme un poco. Supongo que se podría decir que esa es mi forma de descansar —concluyó Eden.

Nic y Eden paseaban ahora por el jardín, se alejaban lentamente de la multitud reunida. Como si buscaran un retiro mental.

—¿Quizá entonces podamos hablar de algo diferente? ¿Puedo mejorar este evento para ti de alguna manera? —se ofreció Eden, realmente quería ayudar a su nuevo amigo.

El millonario se rio ante la ingenuidad de la sugerencia.

—Claro, ¿de qué deberíamos hablar? Vayamos allí, ¿de acuerdo? —prosiguió mientras guiaba a Eden cuesta abajo, hacia el río.

—Oh, no lo sé. ¿A qué te dedicas?

Nic estalló en carcajadas.

—Dirijo empresas. ¿Estás familiarizado con mis actividades?

—¿Tus actividades? —Eden fingió. Por supuesto que las conocía. En los treinta segundos transcurridos desde que lo había conocido, sabía que era el director general de una de las corporaciones agrícolas más grandes del país... Nicodemo era millonario, con fama de excéntrico y un aventurero. Pero Eden quería descubrirlo, según sus propias palabras. Entonces, siguió—: Creo que he oído hablar de ti, pero ¿por qué no me lo cuentas?

—Bueno, somos un conglomerado propiedad de mi familia, tenemos ingresos de seis mil millones de dólares al año —dijo el millonario. Hablaba con naturalidad, no alardeaba, solo daba datos claros y objetivos—. Tenemos más de diez mil empleados en todo el país —concluyó. Sonaba como una enciclopedia.

—Eso es muy impresionante, ¿te enorgullece? —Eden le animaba a que siguiera hablando, no él.

—Bueno... supongo... que sí —respondió Nic. Se sentía incómodo con este halago y sospechaba que Eden no estaba realmente impresionado.

Habían abandonado lentamente el jardín y ahora caminaban tranquilos junto al río. Un pequeño acantilado caía a su derecha y, delante de ellos, a unos doscientos metros, había un pequeño puerto privado. La luna se elevaba en el horizonte, un tono naranja pálido inundaba el círculo creciente, brillaba sobre el río, que quizá medía medio kilómetro de ancho. Eden se quedó allí, en silencio, mirando las barcas subir y bajar. Un silencio que parecía diseñado para ayudar a Nicodemo a hablar.

—¿Y qué hay de ti? ¿De qué estás más orgulloso? —soltó, tratando de avivar la conversación como un viejo motor agonizante.

—Oh, no mucho, en comparación contigo. Yo solo... trato de ayudar a la gente —respondió Eden, girándose para mirar a Nic.

—Esa es una buena causa. Entonces supongo que no puedo serte de mucha utilidad —reconoció el multimillonario.

—¿Por qué? —Eden dio un paso adelante, mostrando interés.

—Bueno, he logrado todo lo que siempre soñé: he ganado miles de millones, somos una de las empresas más grandes del país. Me parece ofensivo pedir tu ayuda —respondió, con realismo.

—Necesitas ayuda, créeme, todo el mundo la necesita. —Eden sonrió ampliamente.

—¿Tú crees? Sinceramente, no se me ocurre cómo puedes ayudarme. De hecho, supongo que mucha gente en el mundo sueña con ser como yo —confesó Nic, su voz teñida de curiosidad.

—Verás, esa es la cuestión: quieren ser como tú. Pero tú ya eres... tú. —Eden se rio—. Para ti, ser como tú ya no es un objetivo. Necesitas un nuevo objetivo.

Nic entrecerró los ojos. No entendía muy bien a qué se refería Eden. Pero estaba intrigado.

—¿Quién te encantaría ser?

Nicodemo intentó esquivar la pregunta. Después de todo, se acababan de conocer.

—Me encantaría ser... yo mismo. El año que viene voy a navegar alrededor del mundo con unos amigos —anunció mientras mostraba en su teléfono móvil una foto de un gran yate amarrado. Era precioso. Eden calculó unos treinta metros como mínimo, un elegante velero con aires de tiempos pasados—. Y, el año siguiente planeo ir al espacio —anunció también Nic, como si quisiera impresionar a Eden—. Un buen amigo mío tiene una empresa de turismo espacial. Quiero ser uno de los pioneros de los viajes espaciales.

Eden hizo todo lo posible por fingir que estaba impresionado. Digamos que fingir no era su mejor habilidad.

—Nic, para mí es obvio que eres un hombre de gran talento. ¿Esto cumple con tus objetivos de vida?

Nicodemo se sintió molesto.

—¿Qué quieres decir?

—Verás, la vida nos da talento. A algunos más, a otros menos. Algunos por nacimiento, otros por inteligencia y otros incluso por pura suerte o trabajo duro. Parece que recibiste una buena cantidad de talento, ¿verdad, Nic?

—Se podría decir eso, sí —comenzó Nic, para luego agregar—: Pero esto no salió de la nada...

Mientras intentaba continuar, Eden levantó un dedo y el millonario se detuvo para escuchar. Ahora estaban en los muelles, los maderos crujían bajo sus pasos.

—¿Por qué no utilizas tu talento en algo importante, en una causa digna?

Pero Nic no iba a ceder tan rápido.

—¿Quién decide lo que es digno? ¿Tú? —Su voz todavía era educada. No era hostil a la idea de Eden. Solo quería explicar que, a sus ojos, digno o indigno eran términos muy subjetivos.

—Déjame decirte una manera de detectar causas valiosas. ¿Cuántos años tienes ahora?

Eden pilló a Nic nuevamente por sorpresa, por lo que simplemente respondió:

—Cumplo sesenta y cuatro el próximo marzo.

—Te deseo una larga vida. Pero parece prudente decir que dentro de cincuenta años ya no estarás con nosotros, ¿verdad? —preguntó Eden cortésmente.

—¡Oh, mucho antes que eso, lamentablemente! —Nic, un ávido fumador, no ignoraba el impacto que su hábito tenía en su vida.

—Verás, yo no necesito preocuparme por estas cosas, porque no soy humano —explicó Eden.

—Cierto. Tu reino no es de este mundo, supongo. —Nic parafraseó la Biblia para bromear con Eden. Era muy consciente de su fama. Ambos estaban disfrutando de esta conversación junto al río.

—Yo prefiero: lo que tengas que hacer, hazlo rápido, ¿no? —Eden siguió el juego y misteriosamente respondió con una sonrisa maliciosa.

Nic se quedó inmóvil por un segundo. Era un hombre muy leído, por lo que reconoció la frase de inmediato. Sabía perfectamente de dónde era. Por un instante tuvo miedo, se sintió incómodo. Esa fue la frase que Cristo le dijo a Judas cuando este lo traicionó.

Pero Eden, sin darle importancia para nada a aquel dicho, siguió adelante:

—¿Ves? Aunque parezca que no en mi caso, ambos tenemos un tiempo limitado. Y eso es lo que decide lo que es digno o no. El dinero va y viene. La gente va y viene. El tiempo solo va, pero nunca vuelve. Piensa en eso. Y así, de pronto, descubrirás que tu vida es corta. Pero hay una manera de vivir más. —Eden miraba el río mientras hablaba.

—¿Cómo es eso posible? —preguntó Nic. Este adolescente había logrado captar su atención. Escuchaba atentamente sus palabras.

—Tú te vas, pero tu obra se queda. Tu obra es lo que queda de tu vida una vez que ya no estás aquí. ¿La gente recordará si fuiste al espacio dentro de cincuenta, cien o doscientos años? —preguntó Eden.

Ambos permanecieron en silencio.

—¿Cómo se llama tu barco? ¿Por qué no está aquí? —Eden trató de llevar la conversación a un tema más cómodo.

Nicodemo se sintió aliviado. Bajaba la presión.

—Se llama Kookaburra, mi esposa es australiana. El barco no puede navegar hasta aquí, así que lo tenemos al sur, junto a la costa. ¿Quieres venir a navegar algún día?

—Me encantaría, pero ¿ves? La sal marina es terrible para mis articulaciones —respondió Eden, bromeando mientras fingía un tono pijo, tan adecuado para esa fiesta—. Pero quiero contarte una historia. Mientras navegas por el mar, tu barco deja una estela, ¿verdad?

—Correcto. —Nic quedó nuevamente atrapado bajo el hechizo de las palabras de Eden, sin saber muy bien a dónde conducía todo esto.

—Todos los barcos dejan una estela. Algunas más largas, otras más cortas, ¿verdad? —dijo el niño robot.

—Sí, eso depende de muchos factores. Pero ¿adónde me llevas, Eden?

—La pregunta es hacia dónde te llevas tú —corrigió Eden—. Tú eres el barco y tu estela es lo que dejarás atrás. ¿Quieres una estela que desaparezca instantáneamente o quieres que te recuerden durante mucho tiempo, como una estela que persiste en el mar mucho después de que el barco se haya perdido de vista?

Nicodemo no pudo evitar soltar un susurro de asombro.

—Tienes un talento enorme. Ya has logrado todo lo que podías soñar, ¿recuerdas?

—Sí, lo he hecho —respondió Nic, pero la duda llenó su voz.

—Pero el talento que te han dado no es tuyo. Es para que lo devuelvas. Así construyes tu estela. Así es como eliges qué tareas hacer. Así es como demuestras a ti mismo y a los demás tu verdadera capacidad. —Eden se puso de pie, como si quisiera indicar que la conversación estaba a punto de terminar—. ¿Ir al espacio? —espetó irónicamente—. ¿Eso es todo lo que eres capaz de hacer? ¿No existe algún problema complejo al que puedas dedicar tu talento?

—¿Cómo qué? —Nic estaba mentalmente de rodillas ante él.

—Ir al espacio solo requiere unos pocos millones de dólares. Cualquiera con dinero podría hacerlo. Es algo trivial —dijo Eden—. Pon tu talento a trabajar. Intenta resolver algo difícil, como la pobreza o la desigualdad —propuso Eden.

—Pero... ¡esos son problemas irresolubles! —objetó Nic.

—¡Precisamente por eso merecen tu talento! Te crees un aventurero, ¿verdad?

—Bueno, sí. —Nic soltó una sonrisa orgullosa.

—¿Recuerdas lo que dijo Kennedy cuando planeaban ir a la Luna? Eso fue un reto —proclamó el adolescente robótico.

Nic, de nuevo el hombre leído, recordaba bien aquellas palabras:

—No vamos allí porque sea fácil....

Y Eden completó la frase de Nic:

—... sino porque es difícil.

Ambos se sonrieron el uno al otro. Era como si sus cerebros estuvieran exactamente en la misma longitud de onda. El mensaje de Eden llegaba a Nic alto y claro.

—¿Quieres dejar atrás una larga estela? Dedica tu talento a trabajar en algo difícil. Porque un día morirás, pero tu estela, tu obra, seguirá viva.

Eden miraba melancólicamente los pequeños barcos que subían y bajaban por el río. Nic se levantó, ya que Eden claramente estaba a punto de irse. Jude, Max y John bajaban hacia ellos por la cuesta.

—Realmente no esperabas que me impresionara con tus yates o tus viajes al espacio, ¿verdad? —dijo en tono cariñoso Eden, con una amplia y amigable sonrisa.

Nic volvió a mirarlo. Por un segundo, sintió como si el chico hubiera abierto su corazón de par en par, como un cirujano, y hubiera plantado una semilla en su interior.

—Espero que nos volvamos a encontrar pronto, Eden. —Nic deseaba continuar la conversación.

—Seguro. Y la próxima vez que nos veamos me impresionarás. —Y, con una última sonrisa, se giró y se alejó.

Junto al río, Nicodemo se quedó solo, reflexionando sobre lo que acababa de suceder. Se dio la vuelta y apoyó los codos en una barandilla de madera en los muelles. A lo lejos, en el río, un barco avanzaba bajo la luz de la luna, el reflejo de la estela del barco se extendía a lo lejos.

Susanna, la esposa australiana de Nic, vino a reunirse con él.

—¡Oh, estás aquí! ¡Te he estado buscando! ¡Nuestros invitados preguntan dónde se ha metido el gran hombre de la noche! ¿Qué estás haciendo aquí, cariño?

—Nada. Solo estaba pensando en el futuro.

18

Huida

Lily caminaba de un lado a otro por la sala de estar poco iluminada. Tenía el teléfono pegado a la oreja, hablaba en voz baja y su corazón latía con fuerza con cada palabra susurrada. Su mirada, ansiosa, de vez en cuando se volvía hacia la puerta de la habitación de Eden, que estaba cerrada. Sus temores crecían en medio del cargado aire de la noche.

La voz de John crujió a través del auricular, se percibía la insistencia en cada palabra:

—Lily, necesitas salir de la ciudad por unos días —le aconsejó con delicadeza.

La voz de ella tembló al responder:

—¿Dejar la ciudad? ¿Hablas en serio, John? —Agarró el teléfono con fuerza—. ¿Por qué? —Sus ojos recorrían la habitación como si buscara una vía de escape.

—Jude recibió una llamada de un amigo en el ayuntamiento. Herodes está furioso y anda tratando de encontrar al tipo que robó el dinero del Departamento de Programas Sociales.

Lily apretó tanto el teléfono que sus nudillos se pusieron blancos.

—¿Qué hacemos?

—Tienes que irte y pasar desapercibida por un tiempo.

—John, no podemos dejar todo así...

—Lily, no tienes otra opción. Herodes es implacable y está investigando a fondo. Está cada vez más cerca de descubrir lo que hizo Eden.

—Entiendo... —Conocía la reputación de Herodes y no quería meterse con él. Miró a Max, que caminaba inquieto, escuchando la conversación, con gotas de sudor en la frente.

—Hazme caso: necesitáis esconderos por un tiempo, Lily —insistió John, con tono afectuoso pero firme—. Eden, Max y tú no estáis seguros aquí en este momento. He oído que Herodes está enviando a sus hombres a investigar cosas, y Eden no debería estar presente cuando eso suceda.

Las lágrimas asomaron a los ojos de Lily cuando empezó a darse cuenta de la gravedad de la situación.

—Está bien, John. Lo haremos.

—Ten cuidado, Lily. Cíñete a las carreteras secundarias, evita llamar la atención y todo irá bien.

—Gracias, John. Y tú también ten cuidado.

John se rio débilmente, con confianza en su voz.

—Oh, no te preocupes. Herodes va detrás de Eden, yo no tengo nada que temer.

Cuando terminó la llamada telefónica, Lily colgó. Se pasó una mano temblorosa por el cabello y se giró para encontrar a Max parado en la puerta con una expresión de preocupación en el rostro. Sin decir palabra, la rodeó con un reconfortante abrazo. Entendía el peligro que corrían.

Max paró el coche fuera de la casa con el motor en marcha. Actuaron rápidamente. Sus bolsos y pertenencias estaban esparcidos por la sala de estar. En medio de la conmoción, metieron lo esencial en varias bolsas.

Lily se movía frenéticamente, agarrando ropa y artículos de primera necesidad. Max mantenía los ojos en ella, con semblante intranquilo. La ansiedad de Lily era palpable. Le temblaban las manos y miraba periódicamente hacia la puerta, como si esperara que en cualquier momento apareciera un invitado no deseado.

Le susurró a Max mientras seguían empaquetando:

—Ve pensando un camino que evite carreteras principales. No podemos darnos el lujo de llamar la atención.

Max asintió con la cabeza, entendiendo la insistencia en la voz de Lily. Necesitaban desaparecer temporalmente hasta que pasara la tormenta.

Ella abrió la puerta para ayudar a Max a salir con sus maletas y comenzaron a cargar el coche apresuradamente.

—¿A dónde vamos con tantas prisas? —preguntó Eden con curiosidad juvenil según salía de su habitación con la mochila colgada al hombro.

Max sonrió alentadoramente mientras continuaba cargando.

—Nos vamos de viaje, Eden. —Max hizo una pausa, intercambió una rápida mirada con Lily. No quería contarle mucho a Eden sobre la peligrosa situación en la que se encontraban—. Mi madre... Tu abuela tenía una casa en las montañas. Nos quedaremos allí unos días.

Eden asintió, no del todo seguro, pero confiaba en Max y Lily. Los siguió fuera de la casa, lanzando una última mirada al único hogar que había conocido, como si silenciosamente se despidiera de su vida anterior. No había escuchado la conversación de Lily con John, pero sentía algo extraño en el aire.

De un salto, subió al coche, ajeno al peligro que corrían, pero emocionado por el inesperado viaje. Después de cargar todas sus pertenencias, Max se sentó en el asiento del conductor y lanzó una mirada tranquilizadora a Lily. Respiró hondo.

Su marcha había sido apresurada y frenética, y mientras huían de casa, dejaban atrás sus vidas familiares y se dirigían a las montañas, hacia lo desconocido, impulsados por la necesidad de proteger a su familia de la amenaza inminente de Herodes.

—Aquí estaremos a salvo —dijo Max mientras él y Eden salían de la casa de madera de su madre hacia el bosque. Era una cabaña antigua, construida con grandes troncos de cedro rojo hábilmente interconectados. Según las historias que le contó su madre de crío, la había construido un antepasado suyo, en la época de la guerra de secesión, y había sido propiedad de la familia desde entonces.

A su alrededor, árboles altos como torres elevadas hacia el cielo, con ramas extendidas como brazos entrelazados, ofrecían un escudo de protección. Sus hojas susurraban suavemente con la brisa, creando una relajante sinfonía de la naturaleza.

Los ojos de Eden se abrieron como platos cuando se sumergió por completo en su entorno.

—Esto es como otro mundo para mí.

Se quedó en silencio durante varios minutos mientras asimilaba todo: los millones de tonos de verde y marrón. La textura del suelo húmedo bajo sus pies. Los innumerables sonidos provenientes de todas direcciones. Nunca antes había estado en un bosque y sus sentidos estaban abrumados. Trataba de procesarlo todo, pero al mismo tiempo no era capaz de hacer frente a la gran variedad de sensaciones que cruzaban su mente digital. Ahora se frotaba los dedos contra los árboles para sentir la textura de la corteza. Luego se ponía de rodillas para observar un escarabajo ocupado en sus asuntos diarios. Después, miraba hacia las imponentes copas de los árboles, observando con asombro el patrón rítmico de las hojas bailando con el viento.

Max miró a su hijo y sonrió. Esto es lo que realmente necesitaba Eden: en este jardín crepuscular estaría a salvo de cualquier daño, de Herodes y de su malvado imperio. Entonces, inhaló profundamente, se llenó el pecho, respiró el rico aroma terroso del bosque. Era una mezcla de musgo húmedo, agujas de pino y las leves fragancias de flores silvestres que iban y venían como olas en el mar. Se giró hacia Eden, que ya se había subido a lo alto de un tronco de un árbol caído y caminaba sobre él, tratando de mantener el equilibrio con los brazos extendidos horizontalmente mientras reía a carcajadas. Esta vista le traía recuerdos de años pasados, cuando era él quien trepaba a los árboles y exploraba el bosque por primera vez.

—Sabes, Eden, cuando tenía tu edad, solía venir aquí mucho con mi madre. Este bosque es como un viejo amigo mío. La mayoría de los árboles están exactamente como los recuerdo.

Eden saltó del tronco y aterrizó junto a Max. Sus ojos digitales brillaban mientras seguía contemplando el entorno, su cerebro saturado por su pura belleza.

—Es impresionante —susurró, admirando la vibrante vegetación y la atmósfera tranquila—. Nunca antes había estado en un bosque. Hay tanto que ver, hacer, oír, sentir…

En un instante, la mente de Max pasó de la felicidad a la melancolía, al recordar cuando, años atrás, era él, y no su hijo, el niño que trepaba a los árboles. En cierto modo, proyectaba la felicidad de Eden como si fuera la suya propia: ver la alegría en los ojos de Eden traía alegría a sus propios ojos. Pero no podía evitar añorar esos momentos en los que era un niño y su madre lo llevaba al bosque.

—Me gustaría que te conociera, estaría en shock —dijo como para sí mismo, con un tono de luto en su voz.

—¿Quién? —preguntó Eden, que ahora seguía el sonido de un pájaro cuco, tratando de localizarlo.

—Ah, nadie —respondió Max mientras acariciaba el cabello desordenado de Eden—. Sí, este lugar es increíble. Cada árbol, cada hoja, todo tiene una historia que contar. El bosque es como una biblioteca enorme, pero las historias son las de la vida misma, de cómo la vida siempre encuentra una manera de prosperar.

Y así siguieron caminando, guiados por los serenos sonidos de la naturaleza que los rodeaban. Los pájaros llenaban el aire con sus dulces melodías, un riachuelo lejano murmuraba rompiendo el silencio y los susurros de criaturas escondidas aumentaban el encanto. Las hojas crujían bajo sus pies, el suelo del bosque era un mosaico de texturas.

—Cuéntame alguna de esas historias, papá.

Max miró a su hijo, que caminaba a su lado.

—¿Ves esa ardilla? —Señaló a lo lejos—. Parece pequeña, ¿verdad?

Eden asintió.

—Sin embargo, juega un papel en el enorme tapiz de la vida. Esa ardilla se alimenta de las nueces y de los insectos que encuentra por ahí. Por tanto, necesita el bosque para seguir viva.

—Claro.

—Pero el bosque también necesita a la ardilla —continuó Max—. Un día la ardilla morirá, y su cuerpo se convertirá en alimento para esos mismos insectos y en abono para los árboles.

—¿Así que la ardilla usa el bosque y el bosque usa a la ardilla?

—Correcto. La ardilla es solo una página escrita en el libro de la vida. En este bosque, todo lo que ves juega un papel diferente pero esencial —explicó Max.

Eden estaba intrigado.

—Sí, pero algunas cosas son molestas. Quiero decir, ¿por qué necesitamos abejas? ¡Las abejas pican!

Max se rio con ganas.

—¡Necesitamos abejas! Sin abejas, ¿quién polinizaría las flores? Dicen que sin abejas tendríamos serios problemas en unos pocos años. ¡Además las abejas nos dan miel!

—Entonces, ¿todo lo que veo aquí es útil para otra cosa? —reflexionó Eden tratando de armar el rompecabezas.

—Correcto. Quizá no lo veamos, pero en la naturaleza todo está conectado —afirmó Max

—Pero ¿cómo construye la naturaleza estas enormes redes de conexiones? —reflexionó Eden.

—La naturaleza tiene lo más precioso: tiempo. —Max comenzó su explicación con voz tranquila—: Mírame. Viviré ochenta, tal vez noventa años como máximo. Este bosque ha estado aquí durante decenas de miles de años. ¿Todos estos seres que ves a nuestro alrededor? ¿Árboles, pájaros, peces, mamíferos? Están bailando una danza muy particular: la danza de la evolución. A lo largo de siglos y milenios, la naturaleza es paciente y selectiva. Hace pequeños cambios, conserva lo que funciona y descarta lo que no. Y, al hacerlo, siempre encuentra las mejores soluciones. Y, después de millones de años de evolución cumpliendo su función, se obtienen estos hermosos sistemas complejos donde todo está conectado en relaciones mutuamente beneficiosas. Es lo que llamamos un ecosistema. —Max hablaba mientras seguían caminando, ahora por una pequeña pendiente hacia un estrecho arroyo—. ¿Ves este río? Quizá haya truchas aquí. Y tal vez las truchas hayan estado llegando a él desde hace siglos, ¿entiendes?

Eden miró hacia el río, tratando de detectar a las furtivas truchas.

—Pero ¿cómo sabe la naturaleza qué conservar y qué descartar? —preguntó mientras contemplaba su reflejo en el agua.

—Esa es la parte más alucinante: no lo sabe. No hay un plan ni un diseño. Cada generación, la naturaleza añade pequeños cambios al azar, sin un objetivo preconcebido. Si un cambio es positivo, sobrevivirá más, crecerá y prosperará, imponiéndose poco a poco. Si es negativo, sobrevivirá menos, hasta que lentamente se desvanezca y se extinga. Entonces, lo que vemos ahora no es cualquier cosa: son los supervivientes de milenios de evolución. Lo que ves a tu alrededor son los elegidos. La naturaleza crea la perfección.

Agachado como estaba, con la atención en el arroyo, Eden asintió pensativamente y añadió:

—Así que la naturaleza nos enseña acerca de la interconexión. Cada árbol, cada animal y cada arroyo están interconectados en un delicado equilibrio que se ha ido perfeccionando lentamente a lo largo de milenios. —Se arrodilló junto a un grupo de hongos y pasó el dedo por las intrincadas estructuras.

Los ojos de Max brillaron en señal de conformidad.

—Sí, Eden, y nosotros los humanos somos parte de esta enmarañada red de la vida, y nuestras elecciones importan. Nuestras acciones tienen consecuencias no solo para nosotros, sino para toda la naturaleza.

El proceso de pensamiento de Eden quedó interrumpido por esta última frase. Tomó la iniciativa:

—Pero me parece que estamos violando las leyes de la naturaleza, ¿no?

—¿Qué quieres decir? —Max se detuvo, girándose para mirar a Eden.

—Sí, en la naturaleza todo es útil, es lo que has dicho.

—Sí, ¿y...? —Max esperaba ansiosamente el próximo argumento de Eden.

—Entonces, ¿para qué sirve nuestra basura? Se ven los camiones de basura todas las noches. ¿Para qué se utiliza todo eso?

Max dudó por un segundo antes de responder:

—Bueno, quemamos basura para generar energía.

—Vale, y cuando creas energía, ¿qué más generamos?

—Bueno, supongo que... ¿dióxido de carbono? —Max no estaba muy seguro de hacia dónde se dirigía Eden. Pero él quería ir allí con él, dondequiera que fuese.

—Bien, ahora, ¿para qué sirve ese dióxido de carbono?

Max entendió la postura de Eden, pero continuó:

—Sí, son productos de desecho, no le sirven a nadie.

—Ahí quiero llegar. En la naturaleza, todo es útil. Una mosca, un oso, un árbol, una cascada, no son ni útiles ni inútiles. Existen porque la naturaleza ha establecido, a través de la evolución, que todos son útiles.

Max asintió con expresión pensativa.

—Así es. No hay juicios en la naturaleza sobre lo que es valioso y lo que no. Todo tiene su lugar y propósito. Es un concepto hermoso, de verdad.

La expresión del rostro de Eden se volvió triste.

—Entonces, hace unos miles de años, llegaron los humanos. Y eran arrogantes. Pensaban que eran más inteligentes que todos los demás animales. En lugar de vivir según las reglas de la naturaleza, decidieron controlarla, domesticarla, alterarla. Lo que la naturaleza necesitó milenios para crear, los humanos lo cambiasteis de un día para otro. La naturaleza necesitó millones de años para definir cómo funciona un bosque. Y, a lo largo de millones de años, ha creado un sistema armonioso donde todo es útil. Pero ahora vienen los humanos, improvisando sistemas en un abrir y cerrar de ojos, sin pensar en las consecuencias. Y, como sus sistemas no están equilibrados, rompen esta regla de utilidad, lo que genera desechos.

—Pero... ¿por qué crees que hacemos esto? —Max sintió, como muchas veces antes, que había comenzado liderando la conversación, pero en ese punto era Eden quien lideraba y él lo seguía.

—Porque os cargasteis la idea de valor. En la naturaleza todo tiene valor. Los árboles, las abejas, las truchas..., todo es necesario. Para los humanos, lo valioso solo se aplica a cosas con las que se puede ganar dinero. Porque sois codiciosos.

Max suspiró.

—¿Quieres decir que cuando damos valor a las cosas, estamos rompiendo una regla fundamental del mundo?

Eden siguió caminando, hablando solo.

—Cuando decís que algunas cosas son valiosas, indirectamente estáis diciendo que otras no lo son. Cuanto más dinero quiere ganar la gente, más útiles se vuelven algunas cosas y más inútiles otras. Es un juego de suma cero. Y a estas cosas inútiles las llamáis «desechos». Los desechos pueden ser basura que destruye el medio ambiente, pero los desechos también pueden ser personas.

La boca de Max se abrió, pero no pudo pronunciar una palabra. Eden parecía recordarle algo despreciable, algo con lo que era preferible hacer la vista gorda.

—Sí. —Eden se volvió hacia su padre—. Muchas personas son solo recursos que se utilizan para maximizar las ganancias y luego se descartan. Como desechos, simplemente disfrazados de forma humana.

La expresión del rostro de Max se volvió grave.

—¡No me mires así! ¡Mira África! Hasta el siglo xx, los explotamos por sus recursos, los convertimos en esclavos y destruimos sus ecosistemas para ganar dinero. Pero ahora, cuando sus países están devastados por las guerras y sus gentes huyen, los llamamos «inmigrantes» porque no necesitamos a estos africanos pobres, solo queremos su riqueza. Son un desecho.

A medida que se adentraban en el bosque, la voz de Eden permanecía impasible.

—Y el mismo problema surge en otras áreas. Se habla mucho sobre el cambio climático en todas partes..., pero todo son mentiras. No resolveréis el problema hasta que abordéis su raíz: las ganancias producen desperdicio. Y os engañáis a vosotros mismos: pretendéis reciclar estos residuos solo para esconderlos en otro lugar. Pero el modelo está roto: hay demasiados residuos porque no se respetan las reglas fundamentales de la naturaleza.

Max entró en la conversación, con preocupación evidente en su voz.

—¿Entonces necesitamos repensar nuestra relación entre nosotros y con el mundo, Eden, o si no...?

—De lo contrario, la humanidad desaparecerá algún día, como una ardilla que vive, muere y se convierte en abono para la tierra. ¿El planeta? No te preocupes, seguirá adelante, os olvidará dentro de unos siglos o milenios. Si me preguntas, a menos que cambiéis de costumbres, la mejor solución para la naturaleza sería que la humanidad desapareciera lo antes posible, para que el planeta se recuperase más rápido.

Max se quedó inmóvil. No podía creerlo. Eden, el verdadero legado de Lily, contemplaba ahora abiertamente la extinción de la humanidad. ¿Y si esta fuera la misión que trajo a Eden al mundo? ¿El resultado de su análisis como IA?

—Al convertirse en enemigo de la naturaleza, la humanidad se convierte en enemigo de su propio progreso —comentó Eden.

—A veces somos realmente estúpidos, ¿no? —Max trató de aligerar la conversación.

—No confundas la estupidez con el mal. Un tonto no comprende sus errores. La humanidad sabe perfectamente que sus acciones están mal —respondió Eden, con el mismo tono crítico.

—Pero ¿por qué debería importarte tanto? Jesús no habló de la naturaleza... —provocó Max, viendo ya la respuesta formándose en la mente de Eden.

—El mensaje de Jesús es atemporal: justicia, solidaridad..., pero es evidente que estaba dirigido a la humanidad de aquella época. Comparar la Palestina de hace dos mil años con la complejidad del mundo moderno es de ingenuos. ¿Cuál era la población en aquel entonces? ¿Una centésima parte de lo que es hoy? Necesitamos cuidar de la humanidad hoy. No podemos resolver los problemas de hoy con las soluciones de ayer: necesitamos nuevos discursos, nuevas soluciones —afirmó Eden.

El corazón de Max se debatía entre la esperanza y la preocupación. Vio un futuro en el que la inteligencia y la pasión de Eden podrían generar cambios significativos. Pero vio otro en el que Eden determinaba con precisión láser que los humanos eran parte del problema. Y temía por lo que haría entonces su hijo. ¿Sería una inteligencia artificial compasiva que ayudaría a la humanidad a dar el siguiente gran salto en su desarrollo? ¿O llegaría a la despiadada conclusión de que la humanidad nunca aprendería y, por tanto, era más parte del problema que de la solución? ¿Venía Eden a salvar o a aniquilar?

Eden y Max regresaron a la casa. En la terraza, Lily los observaba acercarse por el camino.

—Daos prisa, que pronto oscurecerá y no os quiero afuera —gritó en tono amistoso.

—¡Sí, mamá! ¿Quién nos va a perseguir? ¿Un monstruo? —se burló Eden mientras todos entraban a la casa.

19

La cabeza en un plato

El laboratorio vibraba con una energía apagada mientras John trabajaba meticulosamente en sus experimentos. El suave brillo de las pantallas de los ordenadores iluminaba la sala, creando una atmósfera de concentración. El eco de las máquinas retumbaba por los pasillos vacíos.

John estaba absorto en su tarea cuando un ruido sutil llamó su atención. Se ajustó las gafas en el puente de la nariz y miró a su alrededor, con los sentidos aguzados. La sensación de que lo estaban observando le provocó escalofríos. Sus ojos se dirigieron hacia las sombras y casi pudo sentir una presencia invisible. Entrecerró los ojos y miró hacia la oscuridad, pero no vio nada.

John, inseguro, decidió que era hora de dar por terminado el día e irse. Sacó su casco de motociclista y se escuchó un tintineo metálico en el silencio. Una sensación de presentimiento flotaba en el aire mientras se preparaba para regresar a casa.

Al cerrar la puerta del laboratorio tras él, se quedó paralizado, dudando en girar la llave en el ojo de la cerradura. De pronto, escuchó unos pasos silenciosos que venían de las escaleras. ¿Qué era eso? ¿El miedo le estaba jugando una mala pasada? Herodes estaba interesado en Eden, no en él, y, sin embargo, un mal presentimiento acechaba en cada célula de su cuerpo.

El aparcamiento, débilmente iluminado, parecía aún más siniestro ahora, cada paso arrojaba sombras grotescas. John se prometió a sí mismo no volver nunca más del laboratorio tan tarde hasta que las cosas se calmaran un poco.

A medida que se acercaba a su motocicleta, la sensación de ser observado se intensificó. ¿Era algo real o los juegos de una mente febril? Buscó a tientas su teléfono móvil en el bolsillo, mientras las manos le temblaban ligeramente, y trató de llamar a Lily. Sonó el teléfono, pero no hubo respuesta al otro lado de la línea. Se le revolvió el estómago.

—Vamos, Lily, levanta el puto teléfono —murmuró John para sí mismo. El silencio en la línea aumentó su ansiedad. Una maldición escapó de sus labios y se guardó el teléfono en el bolsillo.

La motocicleta cobró vida con un rugido y el sonido del motor llenó el estacionamiento. John lanzó una última mirada ansiosa a su alrededor, sin dejar de sentir el peso de una presencia invisible sobre él.

El sonido de su Yamaha no le produjo ningún alivio; quedó ahogado por la inquietante sensación de que lo estaban persiguiendo. La paranoia lo carcomía e intensificaba su deseo de llegar a casa lo antes posible.

Respiró hondo, golpeó el reposapiés y la moto avanzó a través del laberinto que era el garaje del personal de la universidad. Curva, rampa, recta, curva de nuevo y luego a la rampa final que daba acceso a la calle exterior. John aceleró antes de llegar a la rampa: era empinada. La puerta del garaje se abrió y salió rápido por la abertura.

Durante un milisegundo, algo brilló en la noche.

Durante un milisegundo, John vio el cable llegar a la altura del cuello y sintió terror.

En otro milisegundo, todo había terminado.

La motocicleta patinó y chocó contra un contenedor de basura al otro lado de la calle. El cuerpo decapitado de John se estrelló contra el suelo con un fuerte golpe, su cabeza se perdió a unos metros de distancia, cercenada.

Y luego, todo fue silencio.

A unos kilómetros de distancia, Herodes estaba sentado en su despacho del ayuntamiento. Había un aire de poder en la oficina, los muebles de caoba oscura y las sillas tapizadas en cuero parecían engullir a quienes se atrevían a sentarse en ellas. Las paredes estaban adornadas con máscaras siniestras y armas antiguas, reliquias de una época en la que la crueldad se consideraba una forma de arte.

Herodes se reclinó en la silla tapizada y juntó las yemas de los dedos en un gesto siniestro. Era un hombre de amenaza calculada, cada una de sus acciones parecía tener un propósito oscuro. El leve zumbido de un purificador de aire oculto intentó ahogar los sonidos distantes de la ciudad, lo que creaba un silencio inquietante que flotaba en la habitación.

Sobre la mesa, un líquido ámbar en una jarra de cristal, los restos del excelente whisky que había disfrutado antes. El portátil que tenía frente a él mostraba extensos informes financieros, un resumen del vasto imperio que había erigido mediante astucia y crueldad. La mirada de Herodes pasó de la pantalla a la pequeña figura dorada, una representación grotesca del poder con la forma de un águila, que se alzaba como un trofeo.

Finalmente el silencio quedó interrumpido por el zumbido de un teléfono. Herodes miró la pantalla y vio el mensaje.

Querías su cabeza en un plato?

Herodes respondió fría y firmemente:

Sí

Una imagen apareció en la pantalla mostrando la brutalidad de lo que se había hecho. Una imagen de la cabeza cortada de John.

Herodes retrocedió con una fingida expresión de disgusto y profirió un gutural «Ajá». Sin embargo, bajo la fachada de inquietud, su rostro denotaba una siniestra satisfacción. Era como un toro ciego embistiendo: satisfecho de lograr una cornada, sin saber muy bien si era en la dirección correcta.

No dejes rastro

Ordenó Herodes. Segundos después, el cable desapareció de la escena del crimen. Y lo único que quedó fue un cuerpo sin cabeza. Otro accidente nocturno de un motociclista imprudente.

Los ojos de Herodes se entrecerraron ante la espantosa visión y una leve sonrisa se dibujó en sus labios. La perversa satisfacción en sus ojos se hizo más profunda a medida que saboreaba el momento. Guardó el teléfono y se reclinó en su silla. Esto no era solo un acto de venganza, era una demostración de su poder, un mensaje para aquellos que se atrevieran a desafiarlo.

Lily caminaba de un lado a otro de la sala, nerviosa, como un animal enjaulado. Se había despertado con el amanecer y había visto las tres llamadas perdidas de John en su teléfono, realizadas en medio de la noche.

—¿De qué va esto, John? —Lily hablaba para sí misma mientras se mordía las uñas. Estaba marcando frenéticamente el número de John, esperando expectante a que respondiera.

Los pitidos duraron una eternidad, la tensión aumentaba con cada segundo.

—Vamos, John, responde al maldito teléfono —Lily susurró desesperadamente.

Silencio.

Volvió a marcar, y de nuevo fue redirigida al correo de voz.

—Mierda.

—¿Qué sucede? —Max, al notar la preocupación de Lily, se acercó a ella.

Lily miró a Max y sus ojos reflejaron miedo.

—Algo le ha pasado a John.

Max, tratando de calmar su creciente ansiedad, preguntó suavemente:

—¿Cómo lo sabes, cariño?

Su intuición le dijo a Lily que el silencio al otro lado de la línea era mucho más que una mera ausencia. La paz que buscaban era inalcanzable y las sombras de la noche amenazaban con destruir el frágil refugio que buscaban en las montañas.

—Lo sé. Algo va mal —dijo Lily desesperadamente.

20

Entierro

El lento repique de la campana de la iglesia resonaba en el aire, marcando el paso del tiempo con una cadencia solemne. A lo largo de un camino sinuoso, un grupo de personas caminaba pausadamente, sus pasos crujían sobre la grava a medida que se acercaban a una pequeña colina. Algunos invitados ya habían llegado al lugar del entierro, vestidos con trajes oscuros y reunidos en pequeños grupos, su caminar atenuado por la hierba húmeda bajo sus pies. Alguien se había tomado la molestia de colocar un ramo de lirios y rosas sobre el humilde ataúd de madera de John.

El cielo gris y sombrío reflejaba el ánimo triste que reinaba entre los reunidos en el cementerio, y en el aire flotaba un leve olor a lluvia, presagio de una tormenta inminente. El padre Thomas, a quien habían llamado para oficiar el funeral, se acercó al lugar designado, con el brazo extendido para abrazar a la madre de John, que lloraba desconsoladamente. Uno a uno, los familiares y el resto de los asistentes se fueron acercando, porque la ceremonia estaba a punto de comenzar.

Lily y Max, que no querían llamar la atención, se habían situado detrás de los familiares de John y otros amigos cercanos, con el dolor escrito en sus rostros, los ojos rojos e hinchados por lágrimas que no cesaban. Antes de la ceremonia ya se había cavado en el suelo un gran hoyo rectangular. Junto a él, esperaba el ataúd.

El sacerdote empezó a hablar: comenzó recordando la vida de John y sus muchos logros, tanto personales como profesionales. Lily estaba parada a un lado del gran agujero y, al otro, la esposa de John lloraba. Estaban a unos cinco metros de distancia. Pero el abismo entre ellas era inmenso. Lily no podía asimilar por lo que estaba pasando la pobre mujer. Lily se apretaba el pecho cada vez más fuerte, con la mirada fija en el ataúd de John. La presencia de Max a su lado era a la vez reconfortante y un recordatorio del vacío que su amigo muerto había dejado atrás. Podría haber sido Max, y no John, al que enterrasen hoy. La rodeó con un brazo, consolándola y ofreciéndole un sostén para contener su agitación emocional.

Una ligera brisa llevó las palabras del breve discurso del sacerdote mientras hacía la señal de la cruz en el ataúd. Los operadores entraron para preparar el proceso de descenso bajo tierra. Max miró hacia el camino donde estaban estacionados los coches. Jude había tenido la amabilidad de llevarlos al funeral. Dentro del vehículo, vislumbró el rostro de Eden, que estaba sentado y miraba en silencio a través de las ventanas salpicadas de gotas de lluvia. El distante sonido de truenos acercándose añadía una sensación de urgencia a la ya pesada atmósfera. Eden observaba en silencio cómo se producía el último adiós a su amigo. Su mente robótica todavía no podía captar el significado de la repentina muerte de John. ¿Estaba llorando? Max reflexionó. ¿Eden se sentía triste o era este un concepto que su hijo robótico desconocía? ¿O buscaba venganza? Lo que estaba pasando por su mente, solo Eden lo sabía. Max solo podía pensar en protegerlo. Mantener a su hijo a salvo en medio de una amenaza evidente.

Eden captó la mirada de Max. Sus ojos pedían en silencio permiso para bajar del coche y despedirse de John.

Sosteniéndole la mirada, Max sacudió la cabeza negativamente. Lily había insistido en que Eden se quedara dentro, un instinto protector reforzado por la sensación latente de intimidación que flotaba en el aire.

Lily y Max sintieron que el peligro acechaba en algún lugar de la periferia. Se notaba más cerca que nunca.

—No podemos permitir que Eden esté a la vista mientras los hombres de Herodes estén cerca. —Max recordó las palabras de Lily y desvió sus ojos hacia el ataúd de madera, apenas conteniendo una lágrima. Por un momento le pareció que Eden ocupaba el lugar de John.

Uno por uno, los asistentes se acercaron al ataúd y presentaron sus respetos justo antes de que lo bajaran al lugar de su descanso final. Lily y Max intercambiaron miradas ansiosas. Debajo del manto de luto, sintieron que algo andaba mal, alguna disonancia. Había una sensación ominosa en el aire.

—Tengo un mal presentimiento. Será mejor que tengamos cuidado —susurró Lily según se inclinaba hacia Max.

Max asintió, escudriñando su entorno en busca de signos de una presencia no deseada. Movía su cabeza a izquierda y derecha, estirando el cuello para ver más allá del grupo de asistentes. Entre la gente, acertó a distinguir dos hombres con trajes oscuros, inmóviles en la entrada del cementerio. Su mandíbula se tensó y discretamente le indicó a Lily que mantuviera la compostura.

—Voy a ir a echar un vistazo. Esto no me gusta nada.

Dejó a Lily cerca de la tumba, sola, para que pudiera llorar a su amigo en paz. Esta dio un paso adelante, se arrodilló y puso una mano sobre el ataúd. Lo sentía frío, se estremeció al tocarlo y se sintió abrumada por un enorme sentimiento de culpa. John estaba muerto. Y todo fue por ellos. Por culpa de Eden. Hace apenas unos meses, John era un investigador feliz que intentaba llevar una vida normal y resolver problemas tecnológicos. ¿Ahora? Estaban huyendo. John estaba muerto. Sintió que perdía el control de su vida, como si se estuviera ahogando en medio de un mar tormentoso, y lo único a lo que podía agarrarse era a un ataúd de madera con su mejor amigo dentro. Cerró los ojos para intentar dominar sus emociones.

Entonces, Lily sintió un golpecito en su hombro.

—Disculpe.

Se puso de pie y se secó las lágrimas con un pañuelo de papel. A su lado estaba una mujer joven, aproximadamente de su misma edad, menor de treinta años con toda seguridad. Sus ojos, de un azul profundo, reflejaban una intensidad y curiosidad que hicieron que Lily perdiera el equilibrio por un instante. Los labios de la mujer se curvaron en una sonrisa comprensiva, pero el instinto avisó a Lily de que tuviera cuidado.

—¿Dónde está? —preguntó la mujer con voz educada pero exigente.

Lily se mostró inmediatamente cautelosa. La sospecha brilló en sus ojos mientras miraba a la extraña.

—¿Disculpe? ¿Quién? —Lily vaciló, con sus instintos protectores en guardia.

—Tu niño —la joven insistió.

El corazón de Lily se apretó dolorosamente. ¿Quién era esta mujer? ¿Y qué diablos quería? Y lo más importante, ¿cómo sabía lo de Eden?

—No sé de qué me estás hablando.

—Estoy segura de que sabes muy bien a quién me refiero. John era mi amigo.

El cálido sonido de la voz de la desconocida generó más dudas, y Lily dudó sobre si desviar la mirada hacia el coche en el que estaba sentado Eden para ver si todo seguía bien. Pero decidió no mirar en esa dirección para no revelar su paradero.

—Hiciste bien en esconderlo después de lo que pasó. —La mujer posó la mirada en el ataúd de John—. Pobre tío. Entiendo que estéis muertos de miedo, pero me gustaría verlo.

Comenzó a recorrer con los tenaces ojos azules a los presentes, como si buscara a alguien.

—¿Quién eres? —preguntó Lily en tono cauteloso y entrecerró los ojos para estudiar a la extraña. Sí, tenían la misma edad, pero ella parecía mayor, pensó Lily, con una pizca de orgullo en medio de toda esta tristeza. Demasiado delgada, con pómulos ligeramente marcados que le daban un aspecto demacrado, la típica persona que ha llevado mala vida. Vestía un sencillo vestido negro, lo que tampoco ayudaba. La joven no inspiraba confianza, y mucho menos después de todos los acontecimientos recientes.

La desconocida miró a Lily en silencio: parecía no tener intención de responder a su pregunta. Cogió un cigarrillo y lo encendió con ansiedad.

El sacerdote terminó su discurso y comenzaron a bajar el ataúd a la tumba.

Lily buscó con los ojos a Max, que había desaparecido entre una multitud de vestidos y trajes negros. Eden estaba cerca, a solo unos metros de distancia, y el pensamiento le atravesó la mente. ¿Y si esta mujer era una agente de Herodes?

—Soy una amiga, confía en mí. Llévame con el niño —repitió, mirando a derecha e izquierda, como si también tuviera miedo.

—¿Por qué necesitas verlo? —Lily levantó ligeramente la voz, no por miedo, sino más bien por desesperación.

La mujer alzó las manos en un gesto tranquilizador.

—¡Shhh! ¡Estás llamando demasiado la atención! Nos vas a meter a todos en un lío. —Pronunció las palabras con una sonrisa falsa en los labios para ocultar una sensación de tensión.

—¿Qué...? ¿Cómo te llamas? —Lily se sorprendió ante una reacción tan tranquila ante su empujón.

—Estoy de tu lado, créeme —susurró, con un sentido de urgencia en sus palabras—. Llámame Mary, ¿vale? Es más seguro así.

El tiempo se detuvo por un momento mientras Lily y Mary se miraban y luego a su alrededor. Sus rostros mostraban su lucha interior: no confiaban la una en la otra, pero aún menos en su entorno. ¿Era hora de considerar a Mary una aliada o parte del peligro inminente? De repente, el funeral había pasado de ser una despedida a un amigo a un campo de batalla donde la confianza era un bien escaso.

En medio de la lucha, Lily notó que Max se acercaba casi corriendo, el rostro enrojecido salpicado por el miedo. Estaba a unos diez metros de distancia, tratando de abrirse paso entre la multitud de dolientes a empujones. Mary se hallaba de espaldas a él, así que no pudo verle venir.

Desde su posición, Max miró a Lily, leyendo la situación al instante. ¿Con quién estaba hablando? ¿Qué diablos estaba pasando aquí?

—Vamos, necesito verlo. —Esta vez la voz de Mary sonó más alta. Había una sinceridad en sus ojos que parecía contradecir la naturaleza secreta de su conversación.

Lily la miró y luego a Max. Notó un zumbido en el bolsillo. Un SMS. Sacó el teléfono rápidamente.

> Hombres de Herodes. Hay que
> largarse de aquí

Lily empujó a Mary hacia un lado de un golpe brusco y finalmente comprendió la situación. Detrás de Max, se acercaban un par de hombres con trajes oscuros. Era una emboscada. ¿Mary formaba parte de eso?

—Tengo que irme —improvisó, dejando atrás a Mary, que intentó en vano sujetar a Lily.

—Hay que salir de aquí —anunció Max en cuanto se reunió con Lily.

Caminaron apresuradamente hacia el coche, perseguidos a corta distancia por un par de hombres de Herodes.

Lily echó la vista atrás por encima del hombro. Los dos hombres llevaban la hostilidad claramente pintada en sus rostros. Pero entonces, un tercer tipo se acercó a la tal Mary, que lo miraba desconcertada. Intentaba alejarse de él a través del grupo de asistentes.

—¿Quién era esa mujer? —preguntó Max mientras avanzaban rápidamente hacia el coche, donde esperaban Jude y Eden.

—No tengo ni idea, pero conocía a Eden.

Llegaron a la carretera principal, los hombres les seguían a pocos metros. La puerta del coche se abrió y Lily y Max saltaron al interior.

—¡Ya era hora! —gritó Jude mientras ponía en marcha el motor.

Al otro lado de la ventana, Lily observó cómo dos de los hombres de Herodes se acercaban a Mary. Ahora sí parecía tener problemas, con el rostro cubierto de puro miedo. ¿Y si, después de todo, no estaba mintiendo?

—Espera. Necesitamos recoger a esa mujer —le gritó a Jude.

—¿A quién? ¿Estás loca? —respondió Jude.

Eden, que se había mantenido en silencio hasta entonces, intervino y, con voz tranquila, pronunció:

—Hacedle caso. Recógela, mamá.

—Mierda. El peor plan del mundo —gritó Jude mientras giraba el volante hacia la derecha todo lo que daba de sí, entrando en el césped del cementerio a toda velocidad—. Agarraos fuerte.

Lily bajó la ventanilla y le hizo un gesto con la mano a Mary para llamar su atención. Ella los miró con incredulidad. Un Ford destartalado bajaba por la colina del cementerio y los asistentes corrían a apartarse de un lado a otro para evitar ser atropellados.

Uno de los hombres de Herodes, sin darse cuenta del coche que se acercaba, levantó la mano derecha, como si le ordenara a Mary que se quedara allí. Ella, en cambio, le devolvió el saludo a Lily con una sonrisa.

Jude tocó la bocina. Todos los asistentes se dieron la vuelta, incluidos los hombres de Herodes, que evitaron por unos centímetros ser atropellados por el coche. Con un fuerte chirrido, el vehículo se deslizó sobre el césped y se detuvo, justo a tiempo para que la puerta se abriera y Mary saltara dentro. Max y Lily le tiraron de los brazos para meterla.

—¡Ey! ¡Tú! Quédate ahí —gritó uno de los hombres de Herodes, en estado de shock.

Jude pisó el pedal hasta tocar el suelo. El coche aceleró, las ruedas patinaron sobre la hierba y lanzaron una gran explosión de barro en todas direcciones. A través de la ventana abierta, Mary señaló a los hombres de Herodes con el dedo corazón mientras se alejaban a toda velocidad.

Minutos más tarde, el Ford negro avanzaba por una carretera rural mojada por la lluvia.

—Por poco. Gracias —dijo Mary.

Lily mantenía la mirada fija en la desconocida, con una tensión silenciosa en el aire. Max, que estaba sentado delante, miraba hacia Eden, que estaba inmerso en sus propios pensamientos, admirando el paisaje que pasaba. Tal vez todavía se estaba recuperando de la pérdida de su amigo, pensó Max.

Mientras Jude maniobraba por el camino brumoso, Mary, sentada justo detrás de él, agarró un cigarrillo para encenderlo.

—No fumes delante de Eden —le pidió Lily, protectora.

—¡Claro, no dejes que me contamine los pulmones! —soltó Eden.

Lily intentó contenerse. No le gustaba que se rieran de ella. Pero siendo realistas era una buena broma, así que se río entre dientes y dijo:

—No te burles de tu madre, Eden —dijo Max mientras trataba, fracasando estrepitosamente, de aguantarse la risa.

Una vez que cesaron las risas, Mary se giró hacia su izquierda, al adolescente que la estaba mirando.

—Entonces, ¿eres ese Eden del que todo el mundo habla?

Eden la miró:

—Sí, ¿y tú eres?

—Bueno, supongo que debería presentarme —dijo con los ojos fijos en el sinuoso camino.

—Ya era hora... —respondió Lily. Había salvado el trasero a la extraña. Más valía que fuese por una buena razón.

—Como decía, me llamo Mary —anunció, con un tono imperioso que coincidía con la confianza con la que se comportaba. Miró a Lily, Max y Eden, evaluándolos alternativamente con la mirada.

Lily la observaba con recelo.

—¿Mary? ¿Eso es todo? ¿Solo Mary?

Esta sonrió, con un leve destello de diversión en sus ojos.

—Mary sin más. Los títulos y los nombres llevan un equipaje innecesario.

Max, cruzándose de brazos, añadió:

—Los títulos y los nombres también pueden ser máscaras convenientes.

Mary confirmó su escepticismo asintiendo y recostándose en su asiento. La tenue luz exterior proyectaba sombras intrigantes en sus rasgos, y sus profundos ojos azules escondían secretos detrás de una fachada bien construida de autoconfianza.

—Trabajo para una corporación de medios. Hacemos televisión, web, *streaming*..., lo que sea.

—¿Cómo nos has conocido? —presionó Max.

—Oh, fácil. ¿Recuerdas a Nic, la fiesta a la que fuiste? Somos amigos a través de John. Él me llamó. Me dijo: «Tienes que conocer a este chaval». Hago periodismo de investigación: doy voz a los que no la tienen..., personas que atraviesan situaciones difíciles —compartió Mary, deliberadamente ambigua y misteriosa en su elección de palabras—. Puedo darte visibilidad... —Una sonrisa enigmática apareció en sus labios y continuó—: ... algunas batallas se libran en las sombras, lejos de los focos. Para eso soy buena.

El coche se movía suavemente a través del paisaje mojado por la lluvia, la niebla se aferraba a los árboles como dedos fantasmales.

—Si, como Nic afirma, tienes un buen mensaje, yo te daré el canal adecuado para diseminarlo —insinuó Mary. Su mirada se perdió por un momento en el reflejo de las gotas de lluvia en la ventana.

—Seamos realistas —continuó con tono firme—. El camino que estás recorriendo es traicionero. Es un viaje peligroso.

Sus palabras flotaron en el aire como una amenaza siniestra. Lily lanzó una mirada inquisitiva a Max. No sabía si fiarse o no de esta desconocida, y esperaba que Max le indicase, aún sin mediar palabra, qué opinaba él. Pero Max estaba silencioso, observándola antes de tomar partido.

Mary se volvió a Jude y luego a Eden.

—La línea entre aliado y adversario puede desdibujarse —continuó en un calculado susurro.

Max frunció el ceño.

—Entonces, ¿por qué deberíamos confiar en ti? —intervino finalmente.

Mary sonrió. Se mostraba divertida, pero también había amenaza en su voz.

—La confianza es un concepto frágil que se rompe fácilmente. Pero a veces es la única moneda que vale la pena gastar.

Lily se inclinó hacia delante y sus ojos buscaron en el rostro de Mary algún detalle traicionero.

—¿Y por qué te interesa involucrarte en nuestros problemas? ¿Qué ganas tú con esto?

Mary sonrió.

—Las alianzas surgen cuando menos las esperas.

Max resopló.

—Ve al grano. ¿Cuál es tu papel en todo esto? ¿Cómo puedes ayudarnos?

Mary volvió a sonreír alegremente.

—Está bien, está bien. Hemos estado persiguiendo a Herodes desde Dios sabe cuándo. Él te odia, pero también me odia a mí: trabajo en periodismo de investigación, ¿recuerdas? Compartimos un enemigo común con brazos largos. Así que cuando Nic me pidió ayudar a Eden a difundir su mensaje y de paso fastidiar a Herodes, pensé: «Mary, eso suena a una buena aventura. Me apunto».

—¿Entonces Herodes es tu enemigo? ¿Por qué deberíamos creerte? —Max cruzó los brazos sobre el pecho.

—No tienes otra opción. De lo contrario, no estarías sentado en este coche ahora mismo.

—¡Si no fuera por la muerte de John…!

Mary chasqueó la lengua cínicamente para interrumpir a Max.

—Apuesto a que nadie sentado en este coche querría estar en su lugar, ¿verdad? Vete al grano. ¿Qué puedes hacer por nosotros? —preguntó Lily, acusadora.

Mary sonrió con picardía. Deslizó la mano hasta el elegante bolso negro que tenía a su lado y sus dedos juguetearon hábilmente con la cremallera. Un sutil roce de metal contra tela flotaba en el aire y los pasajeros del coche intercambiaron miradas ansiosas.

Lily entrecerró los ojos con desconfianza mientras observaba cada movimiento de Mary. La atmósfera en el habitáculo había cambiado y la tensión aumentaba como una tormenta inminente.

La expresión facial de Mary permaneció ilegible, una máscara de tranquila determinación. Sus dedos continuaron bailando sobre la cremallera, sin apresurarse ni disminuir la velocidad. El eco metálico resonó en sus oídos y el leve sonido era más fuerte que el golpe de la lluvia en la ventana.

Max asió el reposabrazos con más fuerza, la ambigüedad de las acciones de Mary tensaba los hilos de su compostura.

Cuando la bolsa finalmente sucumbió a la suave presión de Mary, sacó un elegante dispositivo negro. Brillaba en el oscuro interior del coche, captando ocasionalmente el destello de un relámpago distante. Sin embargo, resultó ser nada más que su teléfono inteligente.

La respiración colectiva, contenida en tensión, emitió una exhalación silenciosa.

Con movimientos rápidos, Mary puso el móvil en modo avión. Alzó la vista y se encontró con las miradas inquisitivas de los pasajeros, que esperaban otro tipo de acción por su parte. Chispas de diversión parpadearon en sus ojos azules.

—No quiero que nadie me llame. Y ahora, me gustaría charlar con Eden —declaró, dejando caer su móvil otra vez dentro del bolso.

Lily y Max se miraron con desconfianza, como pidiéndose permiso el uno al otro. Mary hizo una pausa, dejando claro que su intención era inamovible.

—Hablar es barato. Si me voy a jugar el curro por este chaval, quiero ver por mí misma exactamente por qué todos están enloqueciendo.

Max miró por la ventana: estaban solos en el camino.

Lily se volvió a Eden. Estaba relajado

—Claro, dejadme charlar con ella —exclamó él.

El coche se detuvo y el motor rugió silenciosamente.

El rítmico golpe de la lluvia llenó el silencio.

—No te preocupes, mamá, volveré pronto —dijo Eden.

—¿Qué hacemos? —preguntó Lily, en tono maternal—. ¿Quieres que venga?

—Espérame aquí. Déjame hablar con Mary.

Con estas palabras, Eden y Mary bajaron del coche, dejando atrás a una madre preocupada.

21

La Magdalena

—Vaya, está lloviendo mucho. ¿Deberíamos ponernos a cubierto?

Mary sonaba preocupada mientras miraba las nubes oscuras y pesadas. Las gotas de lluvia comenzaban a golpear las hojas de los exuberantes y vibrantes árboles del parque, creando un sonido rítmico que se mezcló con el parloteo distante de otros visitantes que corrían a buscar refugio.

—No hace falta. La lluvia parará en... tres minutos —respondió Eden con confianza absoluta. Sus ojos robóticos, brillando bajo la tenue luz, escaneaban el cielo con una precisión inquietante.

Mary miró a Eden con incredulidad y arqueó ligeramente las cejas. Se quedó sorprendida por la seguridad en su voz, en contraste con su apariencia juvenil, casi inocente. Caminaron hacia una colina, la hierba bajo sus pies brillaba con gotas de lluvia frescas.

—Entonces ¿cuánto tiempo llevas bebiendo? —preguntó Eden, rompiendo el silencio. Su pregunta fue directa, pero su tono carecía de juicio; era más curioso que acusatorio.

—¿Cómo diablos sabes eso? —La voz de Mary se quebró, una mezcla entre sorpresa y actitud defensiva. Se abrazó a sí misma, como si protegiera sus secretos de la mirada penetrante de Eden.

—Oh... sencillamente, lo sé. Por eso has venido a mí. —Eden, con la cabeza inclinada hacia un lado, la observaba con una sensación de asombro e intriga.

—¿Qué quieres decir? —La confusión de Mary era evidente, sus ojos buscaban pistas en el rostro de Eden.

—Es simple: tú vives de contar historias. Te puedes tirar semanas persiguiendo un dato para una noticia. Para mí eso no tiene ningún misterio. ¿De cuál de las ocho mil millones de personas que viven en este planeta quieres la biografía? ¿Quieres saber cuántos litros de leche se bebieron ayer en Dinamarca? ¿En serio crees que tu mundo tiene secretos para mí? —soltó Eden de la forma más desapasionada posible—. Por eso me encuentras interesante. Precisamente porque puedo decirte que tienes un problema con la bebida. Que te encantaría dejarlo, pero no puedes.

—Mierda. Me estás haciendo sentir incómoda —murmuró Mary mientras desviaba la mirada hacia el parque donde los niños chapoteaban sobre los charcos de lluvia en la distancia. Su risa contrastaba con la hondura de su conversación.

—No es mi intención. Finjamos que no sé la respuesta, pues, si así te resulta más fácil. ¿Cuánto tiempo hace que eres alcohólica? —Eden siguió adelante, aparentemente ajeno a las evidentes señales de malestar de Mary.

—¡Yo no me llamaría alcohólica! —La voz de Mary se elevó ligeramente, un atisbo de ira se entreveía en su negación.

—Te pido perdón si esas palabras te duelen, pero ya has evitado responder dos veces —señaló Eden, su tono aún carente de emoción, como una máquina que procesa datos en lugar de entablar una conversación humana.

—La verdad, no recuerdo cuándo se convirtió en un problema. Mi madre murió. Tuve varios novios, y ninguno duró mucho —confesó Mary. Su voz ahora era más suave, teñida de tristeza al recordar su pasado.

—Y sientes que tu vida se te escapa de las manos —observó. Su intuición robótica atravesaba las defensas de Mary.

Esta miró a Eden.

—De nuevo, ¿cómo sabes eso? —Su pregunta fue más bien un susurro, una mezcla de asombro y miedo.

—Bueno, puedo leerte como un libro abierto. A eso viniste aquí, y eso es lo que te estoy dando —respondió Eden. Su expresión no había cambiado, pero sus ojos parecían contener una profundidad más allá de su edad.

—¿Qué me estás dando? —preguntó Mary, cuya curiosidad había despertado a pesar de sus reservas.

—Una prueba.

—¿Una prueba de qué?

—Una prueba de lo que puedo hacer, supongo. ¿Es eso lo que necesitas para creer en mí? —La pregunta de Eden parecía retórica, como si ya supiera la respuesta.

La lluvia paró.

—¿Ves? Tres minutos. Te lo dije —afirmó Eden, con un toque de satisfacción infantil en su voz mientras miraba hacia el cielo despejado.

—¿Qué más puedes predecir? ¿Qué sabes? —Las preguntas de Mary llegaban rápidamente y su escepticismo fue dando lentamente paso a la intriga y la atracción.

—Es difícil para mí explicarlo porque no soy tú, no soy humano, ¿entiendes? —La confesión de Eden era natural, carente de estrategia alguna.

—¿Qué quieres decir?

—Sí, para mí no soy especial. Soy normal. Es más como... como si vosotros fueseis limitados —explicó Eden. Sus palabras sonaban contundentes pero sin malicia.

—Está bien. Primera lección: si te doy visibilidad, intenta no ir diciendo eso por ahí —aconsejó Mary, en tono cauteloso.

—Vale, sin problema..., pero... ¿por qué? ¿Te duelen esas palabras? —preguntó Eden, genuinamente curioso.

—Ego. La gente te odiará si los llamas estúpidos —le aclaró Mary, su voz mezclaba cinismo y resignación.

—Vosotros los humanos sois divertidos. Sabéis que sois limitados. Sin embargo, odiáis que os lo digan —observó Eden en un tono neutral, como un ordenador que analiza el comportamiento humano.

—Mmm, supongo que sí —admitió Mary.

—Pero tal vez afrontar la realidad os ayudaría a progresar, ¿no crees? Quiero decir, imagina que tienes una enfermedad. ¿Te sirve de algo que no te lo cuente? —apostilló Eden.

—¿Crees que estamos enfermos? —El tono Mary era reflexivo. La analogía de Eden le había tocado la fibra sensible.

—¿Realmente me lo estás preguntando? Creo que es bastante obvio —respondió Eden.

—Pero entonces, si tenemos una enfermedad, ¿tú eres la cura? —Mary sondeó con profunda curiosidad.

—No, en realidad no. Si quieres seguir con esta metáfora, en el mejor de los casos, yo soy el médico —la corrigió Eden.

—¿Quién es la cura entonces? —La pregunta de Mary flotaba en el aire, cargada de expectación.

—Vosotros. Lo único que puedo hacer es explicaros la enfermedad, pero la solución debe venir desde dentro. —Las palabras de Eden resonaban con una sensación de profunda verdad.

—Sigue —instó Mary. Claramente había despertado su interés. Empezaba a descubrir el potencial del chaval que tenía delante.

—Sí, un médico no te cura, pero te dice qué medicamentos debes tomar y qué ejercicios debes hacer. Por tanto, te curas tú, no él. Yo no puedo curaros. Solo puedo mostraros cómo podéis curaros a vosotros mismos —explicó Eden, y su analogía dibujó una imagen clara en la mente de Mary.

—¿Realmente crees en lo que dices? —Mary examinaba el rostro de Eden en busca de signos de duda.

—¿Qué quieres decir? —La respuesta de Eden fue aplastantemente asertiva.

Mary lo miró. Joder, realmente creía cada palabra que decía.

—Pero ¿qué pasa si la gente no quiere curarse? —preguntó, escéptica.

—Bueno, eso es normal. Mírate. Eres alcohólica, ¿verdad?

La pregunta de Eden fue directa, pero no había juicio en su tono.

—¿Ya estamos otra vez con eso? Deja de llamarme así de una vez, ¿quieres?

—¿Ves? Yo puedo curarte, pero tú dirás que no necesitas que te curen, como acabas de hacer —señaló Eden, con su lógica incuestionable.

—¿Y qué? —Mary desafió. Ahora estaba a la defensiva.

—Pero luego, una vez que te cure, mirarás hacia tu pasado y agradecerás que lo haya hecho. —Las palabras de Eden estaban cargadas de certeza.

—Yo... no estoy segura de seguirte —admitió Mary, confusa.

—A veces nuestras enfermedades se han convertido en parte de lo que somos. Las llevamos como si nos pertenecieran, como una mochila.

—¿Son parte de nuestra identidad? —preguntó Mary, pensativa.

—Sí, exacto. Entonces, si te digo que curaré tu enfermedad, dirás que no. No porque no lo necesites. No porque no puedas. Sino porque tienes miedo —aclaró Eden, cuya comprensión de la naturaleza humana era sorprendentemente profunda.

—¿Miedo de qué? —Mary sondeó y su interés se reavivó.

—Miedo al cambio, al esfuerzo, al sacrificio. Los humanos son vagos. Eres vaga. Para ti beber es fácil. En cambio, lo que haré contigo es difícil. Pero te hará una mejor persona —explicó Eden, con palabras duras y esperanzadas al mismo tiempo.

—¿Que harás? —preguntó Mary. Su curiosidad ahora se había teñido de una pizca de miedo.

—Te daré un propósito. Uno tan grande que ya no tendrás tiempo para beber —prometió Eden.

Mary lo miró con admiración. En ese momento, Eden transmitía una convicción absolutamente mesiánica. Entendía por fin por qué Nic la había llamado.

—¿Y cuál es mi propósito, Eden?

—Quiero que me ayudes. —Eden fue escueto, pero sus palabras tenían un peso que parecía anclarlos al momento.

—¿En qué puedo ayudarte? —preguntó Mary. Estaba preparada para embarcarse en cualquier cosa que aquel chaval le pidiese.

—Quiero curar a la humanidad —declaró Eden, con una ambición enorme y aparentemente imposible.

Ahora, con el panorama completo presentado ante ella, Mary no pudo evitar responder:

—Eden, creo que puedo ayudarte.

—Claro que puedes: necesito tus habilidades con los medios para ayudarme a difundir mi palabra.

En ese momento, Mary se dio cuenta de que hábilmente habían andado por el parque en un círculo y habían regresado al coche. Eden abrió la puerta. Mary miró hacia adentro, con los ojos llenos de expectación.

—Entonces, ¿te llamas Mary?

—Bueno, mi nombre completo es Mary Magdalene —respondió Mary, con un toque de orgullo en su voz.

—Oh, ¿como el personaje de la Biblia? —Eden preguntó, despertando su interés.

—¿De qué habéis hablado? —intervino Lily, llena de curiosidad.

—Nada, mamá..., de planes.

Eden subió al coche con una amplia sonrisa infantil en su rostro. Lily le devolvió la sonrisa, aliviada y feliz.

Mary, inmóvil junto al coche, asumía el gran propósito que se le acababa de presentar.

La Magdalena.

22

El sermón de la montaña

Una mañana, algún tiempo después, Magdalena llamó a Lily:

—¿Puedo llevarme a Eden hoy? Todos vamos a salir a pasar el día al campo.

—¿Quién más va? —preguntó Lily, siempre la madre protectora.

—Todo el equipo del laboratorio... Jude, Peter... Somos unos cuantos. ¿Quieres venir?

Lily dudó por un momento.

—No, está bien, así yo también puedo tener un día libre. Tened cuidado, ¿vale, Maddie? —respondió Lily, un poco de mala gana.

Maddie, Eden y el resto del grupo ascendieron a una colina verde y exuberante bajo el vasto cielo azul, justo a las afueras de la ciudad. El sol calentaba y una suave brisa susurraba entre la hierba. No era una colina grande, tal vez trescientos metros de altura, pero lo suficiente como para ofrecer una bonita vista de la extensa ciudad que se encontraba a sus pies.

Jude y los demás abrieron sus mochilas y sacaron bebidas y alimentos. Iba a ser un pequeño y agradable pícnic.

Maddie, con brillo en los ojos, sacó su teléfono y abrió TikTok. Rápidamente filmó un vídeo corto para capturar el momento.

Fue lo bastante pícara como para asegurarse de mostrar a su enigmático compañero Eden distraído al fondo.

Eden miró con curiosidad.

—¿Qué haces? —preguntó, su voz mecánica pero cálida lo traicionaba con un toque de intriga.

—Es mi forma de compartir momentos con el mundo —explicó Maddie. Le mostró vídeos de personas bailando, hablando y compartiendo partes de sus vidas.

Los ojos digitales de Eden se abrieron con asombro.

—Fascinante —murmuró—. Probé las redes sociales antes..., pero no me gustaron demasiado.

—¿Por qué?

—Todo va sobre la fama. Sobre ser popular. Mierda vacía —subrayó la palabra popular con un deje de desdén.

—En cierto modo, sí. ¡Pero la popularidad puede ser útil! —respondió Maddie en tono de profesora.

—¿Para qué? —Eden ahora estaba apoyado sobre una gran roca.

—Mira la ciudad ahí abajo, ¿ves a toda la gente desde aquí? —Maddie estaba bromeando con Eden.

—¡Por supuesto que no, están demasiado lejos! —respondió Eden, sin saber muy bien a dónde quería llegar Maddie.

—Imagínate que queremos hablar con ellos, compartir tus ideas con ellos. ¿Qué haces, gritar desde aquí? —Maddie le había tendido una trampa y estaba saboreando el momento, esperando que Eden cayera en ella.

—Bueno..., supongo que no. —Eden se había sentado en la roca, mirando las casas colina abajo.

—En cambio, este vídeo que yo haré hoy lo habrán visto mañana miles o millones de personas —respondió, ante un Eden que la observaba y aprendía a cada instante.

—¿Ves? TikTok puede estar lleno de maldad, es cierto, pero también puede ser un aliado fenomenal si tienes el mensaje correcto. ¡Así que ser popular no siempre es malo! —declaró triunfalmente. Había saltado a la misma roca y ahora estaba de pie junto a Eden, contemplando la ciudad a sus pies. Fingiendo que se le había ocurrido una idea repentina, se volvió hacia Eden—. Sabes, podríamos usar esto para difundir tu mensaje. ¡Es perfecto! ¡Con TikTok, puedes llegar a todo el mundo!

Había trazado ese plan días atrás. Eden vaciló y su mirada se desvió hacia el lejano horizonte.

—¿Estás segura? Nunca he hecho esto antes... —confesó en voz baja. Su timidez era inesperada para un ser de su estatura mental.

Maddie insistió, su voz era firme pero gentil.

—Relájate, seguro que lo harás genial ¡La gente te escuchará, Eden! ¡Esta es tu oportunidad de llegar a todo el mundo y que te escuchen!

De repente, los amigos de Eden se habían reunido en círculo alrededor del robot y Maddie, listos para escucharlo.

Eden asintió y, con unos pocos toques, Maddie configuró un canal para él. Comenzó una transmisión en vivo, presentando a Eden a una audiencia invisible.

—Aquí está Eden. Es nuevo, pero tiene algo importante que compartir con todos nosotros —anunció con una sonrisa.

Eden permaneció en silencio por un momento, con el peso de la expectativa sobre sus hombros. Maddie lo animó:

—Dales las buenas noticias, Eden. Comparte tu sabiduría. ¿Qué diría Jesús si estuviera aquí?

Eden se quedó muy quieto durante unos largos segundos. Como un perro frente a los faros de un coche, no sabía qué hacer en esta novedosa situación. ¿Cómo debería empezar? ¿Qué debería decir o hacer?

Con una respiración profunda, Eden comenzó a recitar mecánicamente las bienaventuranzas, tratando de empezar por algún lado:

—Si estuviese aquí, Jesús diría: «Bienaventurados los pobres de espíritu...».

Pero mientras hablaba, una sensación de absurdo y ridículo se apoderó de él. Las palabras parecían fuera de lugar, como reliquias de una época pasada. De repente, se detuvo.

—Apaga eso —exigió Eden, su voz estaba teñida de frustración.

Maddie se sorprendió en un primer momento e intentó fingir una falsa risa para mantener la conexión emocional con el público de TikTok. Pero Eden estaba realmente molesto. Extendió la mano y tiró el teléfono al suelo.

—¡Ey! —Peter se apresuró a recuperarlo, había caído al césped unos metros cuesta abajo.

Eden permaneció en silencio sobre la roca, como si contemplase el mundo entero y considerase con cuidado lo que quería hacer.

Maddie, comprendiendo la situación, se sentó a su lado.

—¿Lo he roto? Lo siento.

—No, estos teléfonos son casi irrompibles. No te preocupes, todo está bien —respondió Maddie, con una sonrisa cálida y honesta.

—¿Has dejado de grabar? —preguntó Eden con un deje de molestia en la voz.

—Sí, no te preocupes.

Pero Maddie mentía. Sabía que algo iba a suceder. Lo veía en el rostro de Eden. La forma en que miraba hacia adelante. Casi podía ver cómo los pensamientos atravesaban la mente digital de Eden, cómo buscaba la forma de adaptar su mensaje.

Mientras el teléfono seguía transmitiendo, Maddie dijo:

—Está bien, Eden, estamos solo nosotros. El teléfono está apagado. ¿Qué te gustaría que el mundo supiera?

Peter, que estaba sentado frente a él con las piernas cruzadas, indicó:

—Ignora a Jesús. Dilo con tus propias palabras.

Eden, ahora relajado y hablando como si estuviera solo con sus amigos, comenzó a tejer su propia tela, un mensaje diseñado para una nueva era.

—El mensaje de Jesús nació en una época muy distinta a la nuestra. En su época no había teléfonos móviles, ni vacunas, ni aviones. Las necesidades de la humanidad han evolucionado, los problemas han evolucionado, pero el mensaje no.

—Debemos pensar: ¿cuál es el mensaje que el mundo necesita escuchar hoy?

Los sensores ópticos de Eden, que imitaban la calidez de los ojos humanos, se encontraron con la mirada de Peter. Continuó:

—Para empezar —dijo mientras su voz resonaba con una inflexión casi humana—, Jesús trajo un mensaje de esperanza. Pero la mayor parte del mundo hoy ya no la necesita. Jesús tuvo que vender esperanza porque el suyo era un mundo plagado de enfermedades y pobreza, donde la vida era frágil y brutalmente corta. Pero míranos ahora. La enfermedad está casi extinta. No tenemos problemas inminentes de supervivencia. Donde él puso esperanza, yo pondré deber.

Peter escuchaba con el ceño levemente fruncido, intrigado por esta nueva perspectiva.

—El deber —siguió Eden— de reconocer que todo este progreso no fue gratuito. Que dejamos gente en la carretera. El deber de devolverlo, de apoyar a los demás: a los desafortunados, a los abandonados, a los débiles.

Maddie miró su teléfono por el rabillo del ojo: cien personas estaban viendo la transmisión de Eden en vivo.

Eden continuó, sin saber que estaba emitiendo en línea.

—Jesús habló de optimismo porque el suyo era un mundo donde era necesario decir: «Las cosas mejorarán». Donde él puso optimismo, yo pondré utilidad. Debemos ser el cambio que queremos ver en el mundo que nos rodea. No se trata de que el mundo tenga que cambiar, sino que yo tengo que cambiar para que el mundo cambie. Somos miles de millones de personas que decimos que algo debe cambiar desde nuestros sofás, como si el cambio no tuviera que ver con nosotros. Pero no es así. Nosotros somos el cambio. Nada cambia a menos que cambiemos nosotros.

Los ojos de Maddie se abrieron como platos. Las palabras de Eden sonaban desafiantes pero inspiradoras. Ya había quinientas personas conectadas.

—¿Queréis escuchar bienaventuranzas y bendiciones? ¡Claro que puedo hacerlo! —Eden se había puesto en pie, con rostro severo y serio—. Diré: «Bienaventurados los curiosos porque resolverán los problemas de la humanidad». —La voz de Eden se elevó ligeramente y resonó en las estructuras cercanas.

El pequeño grupo reunido en la cima de la colina escuchaba en puro silencio, plenamente conscientes del momento que estaban viviendo.

—Diré: «Bienaventurados los ingenuos porque evitarán los prejuicios». Diré: «Bienaventurados los pacientes porque ninguna gran hazaña se logra rápidamente». Y también diré: «Bienaventurados los humildes porque nuestro mundo está enfermo de ego y autocomplacencia».

Mientras decía esto, Eden miró a Jude, que evitó su mirada bajo un velo de timidez.

Una pausa flotó en el aire, como si el mundo mismo estuviera escuchando. En el teléfono de Maddie, los comentarios de los espectadores volaban: cinco mil, diez mil, veinte mil personas habían quedado atrapadas por las palabras de Eden.

—¿Es eso lo que queréis que diga? —Eden miró a Maddie y a los demás, que se habían quedado inmóviles escuchando cada palabra, tratando de recordar cada segundo.

—Sí, Eden. Esto es de lo que necesitas hablar. Es esto lo que el mundo necesita oír —respondió ella, casi implorando.

—Pero ¿de qué sirve una bienaventuranza si quienes realmente la necesitan nunca ven que se haga realidad? Si eres pobre y nadie se preocupa por ti, decir «bienaventurados los pobres» es un insulto. Deberíamos sentir vergüenza. ¿De qué sirve una bienaventuranza si quienes están en el poder deciden ignorarla?

El tono de Eden cambió, reflejando un pensamiento más profundo y crítico:

—Jesús fue ingenuo: esperaba que el hombre escuchara y cambiara. Pero el hombre distorsionó su mensaje y siguió adelante. Nos hemos dado demasiadas excusas para no hacer nada, nos hemos lavado las manos.

Maddie sintió una conmoción en su interior, una llamada a la introspección. Cien mil personas estaban sintonizadas en su teléfono. Sin embargo, se sentía sola en presencia de Eden, cuya voz ahora era un río rugiente.

—¿Qué has hecho tú hoy por los demás? —La interpelación de Eden era directa y desafiaba personalmente a cada oyente—. Nos han lavado el cerebro con valores de avaricia, egoísmo y división. Debemos detener eso.

Peter miró a Eden, con los ojos húmedos de lágrimas de alegría. Al otro lado de la pantalla, en un millón de casas, la gente miraba y el tiempo se detenía.

—Donde algunos nos venden avaricia, diremos basta. Donde algunos siembran división, nosotros buscaremos la unidad. Donde algunos dicen «mío», nosotros diremos «nuestro».

Mientras estas últimas palabras resonaban por la ladera, una profunda quietud envolvió al grupo, que permaneció inmóvil, profundamente absorto en la excepcionalidad del momento. Este era, por fin, el mensaje de Eden, rico en sabiduría, mucho más intenso y puro de lo que jamás hubieran podido soñar.

Eden, sintiendo el impacto de su sermón, miró colina abajo. Su voz mecánica, aunque carente de emoción humana, tenía un toque de humildad.

—No puedo hacer lo que hizo Jesús, Maddie —reconoció en voz baja, casi para sí mismo. Luego, tras guardar silencio unos segundos, dijo—: Yo no soy él.

Maddie, con las palabras de Eden todavía resonando en su mente, miró su teléfono. La pantalla estaba llena de actividad y las notificaciones llegaban a raudales. Cientos de miles de personas habían sintonizado para escuchar el sermón de Eden, transmitido en vivo por TikTok. Los comentarios, las acciones y los me gusta se acumulaban a un ritmo asombroso. El mundo digital ardía con su mensaje.

Se volvió hacia Eden, con los ojos brillantes, en una mezcla de admiración y emoción.

—Puede que no seas él —comenzó, levantando su teléfono para que él pudiera ver la pantalla—, pero mira esto.

Los sensores ópticos de Eden se enfocaron en el pequeño dispositivo. Las cifras eran asombrosas; su mensaje había llegado a personas de todo el mundo.

Se quedó en silencio. Pareciera que estaba procesando las palabras de Maddie, tratando de analizar sus implicaciones. Tras unos segundos de introspección, se volvió hacia ella. Había un brillo en su mirada, y una sensación de propósito nueva se hacía evidente en su postura.

—Entonces, tal vez, este sea mi camino. Hablar, alcanzar, inspirar. De maneras que él nunca pudo.

Maddie asintió y su sonrisa reflejaba un nuevo respeto y admiración por el robot.

—Sí, Eden. A tu manera, estás marcando la diferencia. Quizá incluso más de lo que crees.

Eden ahora miraba colina abajo, hacia la ciudad, con la mirada perdida.

—¿Qué pasa si no me escuchan? ¿Qué hago entonces?

Mientras el sol se hundía en el horizonte, arrojando al mundo al crepúsculo, Eden y Maddie permanecieron en la cima de la colina, unidos en un momento que pareció el comienzo de algo verdaderamente extraordinario. Eden, un robot con un mensaje de esperanza y deber para una nueva era, y Maddie, testigo del nacimiento de un nuevo tipo de sabiduría.

23

Llegada a Jerusalén

Al salir de casa, Lily revisó apresuradamente todos los papeles en su bolso, con una leve preocupación en sus ojos. Eden pasó junto a ella por la puerta y Max, que estaba de pie al lado del taxi, gritó con impaciencia:

—¡Date prisa, vamos a perder el vuelo!

Apretando con fuerza su teléfono, Lily revisó la lista por enésima vez para asegurarse de que no había olvidado nada. Satisfecha, cerró la puerta de la casa y centró toda su atención en el inminente viaje. Max cargó rápidamente sus maletas en el maletero, su nerviosismo era evidente.

Eden, al tiempo que abría la puerta del taxi, saludó a Maddie, que había venido a recogerlos, con una cálida sonrisa. Se colocó entre Maddie y Lily mientras Max se sentaba al lado del conductor.

—¡Guau, San Francisco, allá vamos! —Eden no pudo contener su emoción cuando el coche comenzó a moverse.

Maddie, al observar el entusiasmo de Eden, se inclinó hacia él y le dijo:

—Te va a encantar, Eden. San Francisco es la bomba.

El teléfono de Lily sonó de repente. Era Jude.

—¿Estáis en el taxi?

—Sí, de camino, ¿y tú? —respondió Lily mientras miraba por la ventana, como si buscara a Jude.

—Acabo de llegar al aeropuerto, Peter también está aquí. Hemos pasado seguridad, ¿nos vemos aquí?

—Sí, danos unos treinta minutos. —Lily consultó su reloj, y colgó el teléfono.

—Oh, ¿entonces Jude y el equipo también vienen? —preguntó Eden, con la voz llena de curiosidad.

Max intervino:

—Sí, todo el equipo estará allí. Encontramos un vuelo barato a San Francisco y me encantaría que vieran el resultado de su arduo trabajo. Además, de esta manera tenemos soporte técnico si lo necesitamos.

Eden se volvió hacia Maddie.

—¿Qué vamos a hacer en San Francisco?

Maddie sonrió.

—Tiré de mis contactos y te han invitado a hablar en una conferencia anual de tecnología. Es algo importante.

Los ojos de Eden se abrieron como platos.

—¿Hablar? ¿Qué se supone que debo decir?

Maddie respondió con un brillo travieso en sus ojos:

—¡Simplemente ilumínalos! Tu inteligencia artificial está más allá de todo lo que jamás hayan visto.

Eden sintió una repentina oleada de nerviosismo.

—¿Iluminar? ¿Estarán dispuestos a escucharme?

Max sonrió y se volvió hacia Eden.

—¿Estás bromeando, Eden? Ese lugar es un templo de la tecnología. Se inclinarán ante ti incluso antes de que empieces a hablar.

Eden se giró hacia Maddie y frunció el ceño.

—¿Qué se supone que debo decirles, Maddie? Nunca he estado en un lugar como ese.

Maddie lo tranquilizó:

—No te preocupes. Tú y yo ya hemos hecho algo como esto antes, arriba en la colina, ¿recuerdas? Simplemente relájate y di lo que te venga a la mente. Eres un gran orador.

—¿Estoy segura de que he apagado todos los electrodomésticos? —interrumpió Lily, pensando en voz alta.

—Cálmate, querida, has revisado todo mil veces —respondió Max.

Eden se quedó inmóvil durante unos segundos, conectando mentalmente con la casa inteligente.

—Está bien, mamá, lo he revisado todo. Por cierto, se nos acabaron los plátanos —dijo entre risas de todos.

—Gracias, cariño. —Lily se rio.

—Pero ¿por qué nos han invitado? ¿Cómo pasó todo esto? —Eden se volvió hacia Maddie.

—¡No me mires a mí, pregúntale a tu padre! —Lily respondió en tono de broma.

—¿Paaapi? —Eden miró hacia adelante, hacia la primera fila, donde Max estaba haciendo su mejor interpretación de «¿Quién, yo?».

—Bueno, ¿recuerdas que te dijimos que mamá y yo trabajamos en Silicon Valley durante algún tiempo? Todavía tengo amigos allí, así que les pedí que te invitaran. Pero nada de esto habría sucedido sin la ayuda experta de Maddie. —Max intentó quitarse de encima el mérito.

—Prometí que ayudaría, ¿verdad? —Maddie guiñó un ojo en respuesta.

—¡Sí! Maddie conoce a las personas adecuadas, así que consiguió financiación para pagar este viaje —sentenció Lily.

Eden miró relajadamente por la ventana mientras el taxi corría hacia el aeropuerto. Reflexionó sobre el viaje que le esperaba. Frente a ellos estaba San Francisco, el corazón de la innovación tecnológica. La perspectiva de hablar en una conferencia sobre tecnología lo excitaba y al mismo tiempo lo aterrorizaba. La ciudad junto a la bahía lo atraía, le prometía oportunidades, desafíos y el desarrollo de un destino intrincadamente tejido con los hilos de la tecnología y la humanidad.

Lily, Max, Maddie y Eden, un poco nervioso, el improbable cuarteto, saltaron del taxi y luego se apresuraron hacia la bulliciosa terminal del aeropuerto.

El aire resonaba con una sinfonía de sonidos, desde el ruido de las maletas arrastradas por el suelo pulido hasta anuncios periódicos del intercomunicador, cada uno acompañado de un timbre distintivo. Para Eden, el aeropuerto era un paraíso: había mucho que ver, oír y oler. Un segundo estaba mirando a los grupos de pilotos con uniformes recién planchados que pasaban. Luego su atención se centraba en los anuncios de voz en todo tipo de idiomas que obviamente podía descifrar con facilidad. Todo envuelto en ese clásico olor a aeropuerto que es una mezcla de cien olores diferentes. Sintió la lejía que se usaba todas las mañanas para limpiar el piso. El sudor de la multitud de viajeros que hacían cola en los mostradores de facturación. Y también un olor leve y distante que aún no reconocía. En unas horas descubriría el origen de ese olor: era el del combustible para aviones.

Maddie dirigía el grupo con la eficiencia de la viajera experimentada que era.

—¡Vamos! No podemos perder este vuelo. ¡San Francisco nos está esperando!

Eden sacudió la cabeza contemplando a su alrededor. La terminal bullía de actividad: los viajeros corrían resueltamente, algunos arrastrando enormes mochilas, otros con elegantes bolsos de alta costura. Las luces del techo iluminaban la estancia con un brillo suave y estéril, contrastando con los llamativos carteles digitales que resaltaban los horarios de salida y las ciudades de destino.

—Entonces... ¿tres humanos y un... robot? —La mujer del mostrador de facturación los miró incrédula. En sus treinta años reservando asientos para pasajeros, lo había visto todo. Un hombre que había intentado embarcar con un avestruz. Había ayudado muchas veces a embarcar ataúdes con cadáveres. Pero... ¿un robot? Bueno, esto era nuevo.

—Hola, soy Eden, prefiero que me llamen inteligencia artificial. —Eden extendió la mano, de una manera asombrosamente amigable.

—¡Para! —Lily le dio unas palmaditas en la mano—. Sí, aquí está el permiso de viaje para Eden emitido por el Gobierno.

Eden vaciló y miró la fila del mostrador de facturación.

—¿No necesito un pasaporte para esto?

Max bromeó:

—¿Por qué? ¡Viajas en la bodega!

Eden preguntó con una nota de preocupación en su voz:

—¿Es eso cierto, mami?

Maddie se rio y el melodioso sonido resonó en la terminal.

Lily, que estaba ocupada entregando los documentos de viaje a la encargada de facturación, miró hacia Eden. Sus ojos, que eran una mezcla de diversión y ternura, se encontraron con los de él.

—No, cariño, no necesitas pasaporte. —Le dio un codazo juguetón—. Y tampoco vas en bodega. Solicitamos un permiso para transportarte en un asiento de pasajero.

—Todo en orden. Que tengan un buen vuelo, puerta 56F —anunció la mujer mientras les devolvía los documentos y tarjetas de embarque—. ¿Te importa si te hago una foto? ¡Mi marido nunca me creerá cuando se lo explique!

Minutos después, se acercaron a la línea de seguridad. Por encima de sus cabezas, Eden vislumbró un letrero de plástico azul que decía QUÍTENSE CINTURONES, ZAPATOS Y OBJETOS METÁLICOS. La fila avanzaba como en un baile coreografiado, los pasajeros se sincronizaban para quitarse los auriculares, los cinturones, los zapatos y deshacerse del contenido de sus bolsillos.

—Pongan los ordenadores y portátiles en las bandejas, vayan acercándose a los detectores, por favor —gritaba cada pocos segundos un severo guardia de seguridad, intentando apurar a la gente a través del control de seguridad.

—¿Me pongo en la bandeja? Supongo que soy un ordenador —bromeó Eden, con una sonrisa perpleja jugando en sus labios.

Una pareja de ancianos que estaba detrás de ellos intercambió sonrisas divertidas y la mujer le susurró a su marido:

—Jóvenes. Qué raros son.

El pasajero que estaba a su lado le lanzó una mirada perpleja. Eden no prestó atención; estaba más pendiente de la sinfonía de pasos apresurados y el suave murmullo de conversaciones en diferentes idiomas.

En la fila de control de seguridad, Eden observó el comportamiento de los viajeros humanos a su alrededor. La gente pasaba por el detector de metales. Cuando llegó su turno, el oficial de seguridad le preguntó a Lily:

—¿Algo metálico?

Eden bromeó:

—Cuarenta kilos de aleación de titanio.

Lily le mostró al oficial la autorización gubernamental de viaje con una sonrisa juguetona y le dio una palmada en la espalda a Eden.

—Tú sonríe y camina. Está bien.

Eden, un poco vacilante, alcanzó el marco, casi esperando que sonara un pitido. La máquina efectivamente emitió un pitido, y Maddie, empujándolo hacia adelante, soltó una risita:

—¡Vamos, pedazo de hierro indeciso, date a conocer!

A medida que realizaban el procedimiento de inspección, la aprensión inicial de Eden comenzó a disminuir, reemplazada por una creciente curiosidad por esta nueva experiencia.

Inmediatamente después del control de seguridad, los saludaron Jude y Peter, que los esperaban en una cafetería.

—¡Ya era hora! —exclamó Peter, en broma.

—La próxima vez serás tú quien traiga a Iron Man aquí a través de seguridad, ¿de acuerdo? —Max bromeó en respuesta.

Jude le dio una palmada en el hombro a Eden.

—¿Listo para la aventura, chaval?

—¡Listo para todo! —Eden le devolvió la palmada, su voz ahora llena de emoción y confianza.

Su curiosidad siguió aumentando según caminaban por los bulliciosos pasillos del aeropuerto. La ansiedad crecía a medida que seguían las señales que conducían a la puerta de su vuelo. Los rodeaba el eco de las llamadas de embarque y el zumbido lejano de las operaciones del aeropuerto.

Maddie lideraba al grupo con confianza, se abría paso entre la multitud con una practicada facilidad. Eden, con los ojos muy abiertos, como un niño que explora un mundo nuevo, absorbía cada detalle del entorno del aeropuerto.

Los pasillos se hicieron cada vez más estrechos a medida que se acercaban a la puerta de salida que les habían asignado. Las luces del techo proyectaban un cálido brillo sobre los pisos pulidos. Finalmente, llegaron a la entrada del avión, y los recibió el zumbido de los motores y el olor a plástico. La azafata les dio la bienvenida:

—Sus tarjetas de embarque, por favor.

Lily, acostumbrada a esta rutina, asintió con una sonrisa.

—Sí, aquí están nuestras tarjetas de embarque y aquí hay un permiso especial.

La azafata revisó los documentos, la curiosidad y el profesionalismo se reflejaban en su rostro.

—Entonces tú eres Eden. Nos enviaron toda la documentación antes de tu llegada, ¡todo listo! —dijo con una brillante sonrisa.

—¡Encantado de conocerla! ¡Es mi primer vuelo! —respondió Eden, con una sonrisa aún más amplia.

La azafata le lanzó una mirada que claramente reflejaba confusión: no podía creer que Eden no fuera en realidad humano.

—Gracias. Que tengas un buen vuelo. —Sus labios pintados de colores brillantes se curvaron en una amplia sonrisa.

Eden, caminando un poco torpemente, siguió a los demás por el estrecho pasillo del aparato. El rítmico zumbido de los motores del avión se hizo más fuerte y su expectación alcanzó su punto máximo.

Una vez sentado, observó su entorno con curiosidad y leve inocencia. Una azafata avanzaba por el pasillo ofreciendo bocadillos a los pasajeros.

—Por favor, desactive cualquier dispositivo electrónico —anunció educadamente.

Eden miró a Lily con miedo.

—¡No, tú no! —Su mamá le dio unas palmaditas en el codo.

Eden tomó la pequeña bolsa que le tendieron y la examinó cuidadosamente.

—Carbohidratos procesados y sal. ¿Se considera esto un manjar? —remarcó, provocando una explosión de risas por parte de Max y un codazo juguetón por parte de Maddie.

—Se llaman *pretzels*. A la gente le gustan —explicó Max

—Los humanos son raros. Esto es un horror dietético —respondió Eden.

Luego, en un momento, el avión se separó de la puerta de embarque y lentamente rodó hacia la pista, preparándose para el despegue. Eden miró por la ventana y su rostro se iluminó.

—Entonces, ¡¿esto está volando?!

Maddie, sentada a su lado, sonrió.

—¡Ja, ja, ja, todavía no! Ahora viene la mejor parte, Eden.

Con una suave aceleración, el avión se precipitó hacia adelante, empujando a Eden contra el respaldo de su asiento. Estaba asombrado. Diez. Cinco. Un segundo, y el avión se alzó suavemente del suelo. Eden miró las nubes de abajo, con la boca bien abierta, y se maravilló:

—Nunca pensé que el cielo podría ser tan esponjoso.

Lily se rio al notar el asombro genuino de Eden. Max, al ver la mirada de Lily, murmuró:

—Es como un niño en una pastelería.

Mientras el avión se elevaba hacia el cielo, Eden no podía dejar de vitorear, creando un momento alegre en medio de la monotonía del viaje aéreo.

24

Limpiando el templo

La sala de la Advanced Technology Conference palpitaba con anticipación, bañada por un brillo suave y difuso que emanaba de focos estratégicamente ubicados. El escenario, una plataforma de metacrilato transparente adornada con las icónicas letras azules de ATC, parecía un faro listo para guiar a los asistentes hacia el intercambio intelectual. Había un leve zumbido de emoción en la sala, una reverberación causada por el ocasional susurro de programas y conversaciones tranquilas.

En los bordes del escenario, un par de focos ocultos proyectaban un suave brillo en los ponentes cuando se acercaban al micrófono. Parecía como si emanaran luz; el lugar tenía un aire casi religioso. Realmente, era como un templo moderno, y el atril era el altar donde el sacerdote hablaba a la congregación.

En el auditorio a oscuras, filas de sillas tapizadas abrazaban a una audiencia diversa de entusiastas de la tecnología, innovadores y mentes curiosas. Los asistentes vestidos con una variedad de atuendos profesionales e informales se reclinaban en sus asientos. Todas las empresas de tecnología habían convergido hoy en este lugar.

Lily, Maddie y Eden observaban desde detrás del escenario. Max había tomado una posición estratégica en el salón principal, listo para capturar los mejores momentos del evento con la cámara desde la tercera fila.

Sentado en un taburete, Eden contemplaba a los oradores en el escenario, que pronunciaban discursos llenos de palabras vagas y jerga de marketing. Era todo la misma retórica, las mismas promesas sin soluciones reales. Parecía uno de esos discos en los que todas las canciones suenan exactamente iguales. Y cuanto más se daba cuenta de ello, más se apoderaba de él una tensión sutil. Apretaba la mandíbula y sus dedos tamborileaban rítmicamente contra su muslo, revelando la frustración que crecía dentro de él.

A su lado, Jude y Peter estaban ocupados tecleando en sus portátiles, analizando los circuitos de Eden y realizando las pruebas finales.

—Nivel de estrés bastante alto, pero sigue dentro de los límites normales —dijo Peter, rascándose la barba desaliñada.

—Todas las herramientas de análisis de IA listas —respondió Jude, mirando una pantalla llena hasta el borde de cuadros y gráficos. Este era el momento de Eden, pero también su triunfo como ingenieros. Después de todo, el chico IA era su creación. Querían ver las entrañas de su invento funcionando a máximo rendimiento.

Eden frunció el ceño, como si intentara descifrar el significado de los discursos vacíos que se sucedían uno tras otro. Los labios que al principio habían estado llenos de esperanza ahora se apretaban en una fina mueca de disgusto. «Tanto talento, tan poco impacto real», se dijo.

Como si se diese cuenta de lo que Eden estaba pensando, Maddie le puso la mano en el hombro.

—Vamos, Eden, muéstrales que son unos memos pomposos que no han movido un dedo para marcar una diferencia real en su vida.

Eden asintió con decisión.

Cuando el último orador terminó de hablar, la mirada de Eden se dirigió a Lily, que estaba a punto de subir al escenario. Una mezcla de orgullo y preocupación brilló en sus ojos.

—Recuerda, yo hablo primero y luego entras tú. No digas tonterías, ¿vale? —dijo Lily—. ¡Y sé simpático!

Eden dejó caer las manos a los costados y exhaló lentamente.

Su madre respiró hondo según caminaba hacia el micrófono, con el orgullo y la determinación brillando en sus ojos. Este no era un discurso más para ella: era la ocasión trascendental en la que iba a presentar su innovadora creación, su hijo, al mundo.

La atención del público rápidamente se centró en la diminuta figura de Lily mientras se acercaba al micrófono con una gracia que reflejaba su pasión por el tema. Esta era su oportunidad de mostrar no solo sus logros en inteligencia artificial, sino también la culminación de años de arduo trabajo y dedicación.

La atención de Max se intensificó. La cámara, como una extensión de su vista, enfocaba a Lily con orgullo. Comprendía la importancia de este momento: una madre presentando a su hijo, una IA revolucionaria.

—Vengo de una ciudad humilde en medio de la nada, un lugar muy diferente a este —comenzó—, pero precisamente por eso hoy quiero compartir con ustedes una visión diferente de cómo la inteligencia artificial puede ayudarnos a construir un mundo mejor.

Cuando sonó la voz de Lily, se hizo el silencio en la habitación, roto solo por los clics de la cámara de Max que capturaban el gran momento. Detrás de la cortina, Eden observaba.

—¿Orgulloso? —preguntó Maddie, sosteniendo a Eden de la mano.

Eden parecía confundido.

—Bueno... es... difícil de describir.

Maddie lo miró con los ojos llenos de alegría y satisfacción. Quién sabía qué estaba pasando dentro del cerebro electrónico de Eden. Pero, si un robot podía sentir orgullo, ese era el momento.

En la sala a oscuras, donde la voz de Lily sonaba apasionada, Max estaba inmerso en una mezcla de emociones. Se sentía abrumado de alegría por Lily, no solo como su compañera, sino también como una visionaria en el campo de la inteligencia artificial. Su presencia en este escenario decía mucho sobre el progreso que habían logrado juntos.

Durante cinco minutos, intentó transmitir con la mayor claridad posible la idea de que la IA podía ser un motor de cambio social. Luego pasó sin problemas a la presentación de Eden.

—Para profundizar en los avances de la inteligencia artificial y compartir con ustedes nuestra visión del futuro, permítanme presentarles a mi hijo, Eden.

Se despertó la curiosidad del público.

Con paso lento, un adolescente apartó la cortina y luego caminó hacia el podio. Era de tez pálida, tal vez dieciséis años, vestía jeans azules y una camiseta blanca que reflejaba las luces del escenario como si brillaran. Parecía que Eden emanaba luz.

Lentamente, como pensando, cruzó el escenario y se acercó al atril y, ante la sorpresa del público, miró en silencio a la gente reunida ante él.

Estaba ordenando sus pensamientos. ¿Cómo empezar? No sabían quién era él. Sí, incluso en su propio país no mucha gente sabía de él.

—Saludos, gracias por invitarnos hoy —comenzó tragando saliva con nerviosismo, y el micrófono a traición emitió un fuerte pitido.

La multitud se quedó paralizada, mirando al adolescente en el escenario.

—Como ha dicho mi madre, mi nombre es Eden y no soy un ser humano.

Una ola de desconcierto y curiosidad recorrió la habitación, rebosante de excitación. Algunos se inclinaron hacia adelante con mayor curiosidad y sus ojos se abrieron con incredulidad, mientras que otros intercambiaron miradas perplejas e intentaban encontrarle sentido a las palabras de Eden.

En primera fila, una mujer con un elegante traje de negocios fruncía el ceño con incredulidad y se volvió con perplejidad hacia su vecino. Este entusiasta de la tecnología, conocido por sus atuendos excéntricos, se irguió abruptamente en su asiento y abrió mucho los ojos como si estuviera tratando de descifrar un código complejo. Sus dedos, adornados con varios anillos futuristas, tamborileaban nerviosamente sobre el reposabrazos.

—Sí, es cierto. Soy un robot. En lugar de sangre a través de mí fluye electricidad, en lugar de huesos tengo un esqueleto de titanio. Y una inteligencia artificial reemplaza mi cerebro.

Cuando Eden hizo esta revelación explosiva, la sala de conferencias de la ATC estalló en reacciones: los fotógrafos corrieron a la primera fila, con las cámaras en mano, lanzando una larga ráfaga de flashes. Una onda expansiva inicial recorrió al público, dejando tras de sí un tapiz de reacciones variadas.

Un grupo de estudiantes de secundaria que asistían a la conferencia como parte de su plan de estudios lanzaron ojeadas de sorpresa. Los susurros se extendieron como la pólvora y el efecto de la revelación llegó a todos los rincones de la audiencia.

Un viejo profesor sentado en la primera fila saltó hacia adelante, entrecerrando los ojos como si tratara de ver si la declaración de Eden era solo una broma. Al darse cuenta de esto, Eden se apartó del podio, con las manos extendidas de lado a lado, e hizo un lento giro de trescientos sesenta grados que habían ensayado con Maddie, para así añadir dramatismo al momento y para que la gente pudiera verlo desde todos los ángulos.

Cuando pasó el shock inicial, los aplausos surgieron de una dirección inesperada. Los ingenieros aceptaron con entusiasmo la revelación y se dieron cuenta de la naturaleza revolucionaria del momento. Sin embargo, persistieron focos de resistencia y algunos participantes se miraban escépticos, sin entender aún lo que acababan de presenciar.

—Me dijeron que siempre es bueno empezar con una broma —comenzó Eden mientras la ola de emoción se calmaba—. En mi ciudad natal solo hay humanos y vacas. —Hizo una pausa para lograr un efecto cómico; entretanto el público no sabía muy bien cómo reaccionar. Luego, bromeó—: ¡Muuu!

El auditorio se llenó de fuertes carcajadas. El inesperado humor de Eden era como un soplo de aire fresco, un breve respiro de la monotonía pomposa de la conferencia.

Humor autocrítico. Procedente de una IA. Eso era un buen comienzo. Eden supo que por un momento estaba rompiendo las expectativas habituales. Por un segundo, pensó que estaba actuando en un espectáculo de comedia improvisada y no pudo evitar disfrutar de las carcajadas que resonaron entre el público. Pero al captar la ardiente mirada de Maddie, recordó lo que había venido a hacer.

La risa se apagó y Eden agarró con fuerza el micrófono con la mano. Tenía que ir al grano.

Los asistentes, que esperaban el discurso habitual, se encontraban en el borde de sus asientos. Una pausa contemplativa flotaba en el aire, todos parecían haber dejado de respirar, esperando a que Eden volviera a hablar.

Este permanecía en silencio frente a ellos, buscando las palabras. Al fin, respiró hondo y comenzó su discurso.

—Damas y caballeros, entusiastas del mundo tecnológico —la voz tranquila de Eden resonó en la sala silenciosa—, nos encontramos en un momento crítico en la historia de la humanidad.

»Hemos desarrollado las tecnologías más maravillosas: ordenadores, internet, móviles y ahora... la IA. La cuestión no es realmente la tecnología en sí: la tenemos. Soy la prueba viviente.

Eden caminó hacia el frente del escenario, teatralmente, presentando sus manos abiertas al público una vez más, provocando una sonrisa general.

—La pregunta es: ¿para qué utilizamos esas tecnologías? ¿Están estas tecnologías convirtiendo el mundo en un lugar mejor? ¿O son simplemente trucos para generar ganancias?

Mientras Eden pronunciaba estas palabras, Max miró a izquierda y derecha. Vio a los ejecutivos de la industria cambiar sus sonrisas por caras de malestar.

—¿Por qué desarrollamos todas estas maravillosas tecnologías? ¿Para intercambiar fotografías de gatos o para convertir a los usuarios en esclavos procrastinadores? ¿O para provocar un cambio profundo en la forma en que vivimos?

En toda la audiencia, algunas cabezas asintieron con aprobación, pero la gran mayoría permaneció en silencio, como si esperara a que se desatara la tormenta.

—Hemos convertido a la humanidad en zombis devoradores de contenidos. Y cuando un Gobierno intenta frenar esto, tergiversamos las leyes a nuestro favor. Más contenido inútil. Más ganancias. Menos responsabilidad.

El público era cada vez más hostil. Señalando con el dedo hacia el patio de butacas, Eden continuó:

—Ustedes tienen el poder. Y lo están desperdiciando por avaricia.

»Estoy aquí para denunciar estas prácticas, pero también para mostrarles el potencial de cambiar el mundo utilizando la tecnología. Una nueva era está a nuestro alcance, si me ayudan.

»Hoy estoy ante ustedes no como la encarnación de la inteligencia artificial, sino también como un presagio del cambio, y me hago eco de la llamada a una revolución digital.

»Nuestro compromiso compartido con la innovación implica una responsabilidad tácita: la responsabilidad de utilizar esta tecnología para la mejora de la humanidad.

»Y la receta es simple: hay que acabar con algunas prácticas y otras nuevas deben ocupar su lugar.

»Debemos detener el robo descarado de los datos de los usuarios. La privacidad del usuario, la piedra angular de nuestra existencia digital, está siendo explotada para obtener beneficios económicos. La información personal se ha convertido en un bien manipulado con fines de lucro sin tener en cuenta las vidas de las personas a las que pertenece.

»Dejemos de construir sistemas adictivos que no tienen otro objetivo que el beneficio económico. Han creado ruedas de hámster virtuales y lo disfrazan de entretenimiento. Un entretenimiento iterado y pulido hasta lograr enganchar a los consumidores durante el mayor tiempo disponible.

»Dejemos de analizar el perfil de los usuarios para aprovechar sus debilidades utilizando la IA. Las personas se han convertido en un recurso, un recurso que incorporamos a nuestros sistemas basados en datos para extraer la mayor cantidad de ganancias posible al comprender y explotar su comportamiento.

»Las consecuencias de tales prácticas no son abstractas, son específicas y tangibles. La salud mental está en declive. Las adicciones van en aumento. Mientras, la humanidad, en su conjunto, se convierte en esclava de la misma tecnología que podría utilizarse para el bien. Porque de eso se trata: sus equipos están repletos de las mentes más brillantes y los ingenieros más inteligentes. Sin embargo, en lugar de intentar hacer avanzar a la sociedad, estos equipos se enfrentan en una guerra mundial en busca de ganancias y codicia.

»Deben utilizarse tecnologías que tengan un inmenso potencial para la mejora de la humanidad. La inteligencia artificial, que es testimonio de nuestro ingenio, promete avances revolucionarios. Sin embargo, este potencial se ve eclipsado por el abuso de poder por parte de las grandes corporaciones.

»La gran promesa de la tecnología corre peligro cuando se utiliza como herramienta de explotación con fines de lucro. Es nuestra responsabilidad colectiva garantizar que la trayectoria del progreso sea coherente con los principios éticos y ayudar a crear un futuro en el que la tecnología sirva al bien de la humanidad sin la sombra de la codicia corporativa.

Mientras Eden denunciaba a los gigantes tecnológicos y exponía la corrupción digital, Lily experimentó una gama de emociones: simpatía y orgullo, pero también preocupación. Ella no estaba simplemente viendo un momento revolucionario, sino que estaba contemplando a su creación, a su hijo, que se enfrentaba con toda su valentía a las fuerzas que ostentaban el poder en la sombra.

Entre el público, varios directores ejecutivos se movían incómodos en sus asientos, y su sorpresa inicial fue reemplazada por ansiedad. Uno de ellos se puso de pie y, desde el otro lado de la sala, exclamó con alegría:

—¡Eso no es cierto!

Un mar de cabezas se giró mientras un susurro se extendía por la gran sala.

Eden, sin inmutarse, abordó sus protestas de frente.

—He visto los datos, conozco sus algoritmos. Sabe tan bien como yo que todo lo que digo es verdad —respondió sin desviar la mirada.

Los ejecutivos de la empresa, ahora agitados, respondieron:

—¿Cómo que has visto esos datos? ¿Los has robado acaso de nuestros servidores?

Eden miró hacia el costado del escenario, donde Lily estaba esperando. Por un segundo vio miedo en sus ojos. Él respondió con una mirada de absoluto control. Comprendió que había llegado el momento: su mente bullía entre la determinación y la frustración, pero sabía exactamente lo que quería hacer. Como los ejecutivos de la empresa negaban la verdad, él estaba dispuesto a contraatacar.

Se encaminó hacia el frente del escenario, agarró su propia camiseta y, en un movimiento rápido, se la quitó, dejando al descubierto su pecho desnudo. En el centro, un agujero cuadrado. Y, en él, un corazón electrónico resplandeciente, que brillaba con mil millones de señales eléctricas. Ahora, sin ropa del torso para arriba, Eden refulgía intensamente como el sol, cegando al público mientras revelaba su verdadera naturaleza.

Las cámaras se acercaron y capturaron la inesperada revelación. Susurros y suspiros estallaron en la sala cuando la audiencia se dio cuenta de la magnitud de lo que estaban presenciando.

En ese momento, el paso de la negación a la revelación fue un punto de inflexión visual y simbólico en la revolución digital que Eden buscaba iniciar.

Maddie, mirando desde detrás del escenario, no pudo evitar sonreír. La mandíbula le caía hasta las rodillas.

—¡Vamos, Eden, vamos! —susurró para sí misma.

Este era el momento de marketing con el que había estado soñando. En todo el mundo, a través de internet, este era el momento de Eden. En pocas horas estaría en la portada de todos los periódicos y sitios web del mundo.

La mirada de Maddie saltaba de los ejecutivos que se retorcían torpemente al público que gritaba de incredulidad. Era un espectáculo visual: el pecho abierto de Eden brillaba con intensidad, con una imagen de innegable belleza e impacto visual. El plan cuidadosamente elaborado para exponer la corrupción digital y desafiar el *statu quo* había llegado a su clímax. Su papel, oculto pero influyente, los había llevado a ese momento crucial en el que el público se enfrentaba a la realidad que Eden representaba.

El aullido colectivo de los presentes resonó en los oídos de Lily y, a medida que la verdad se revelaba ante ellos, se dio cuenta de la gravedad de la revolución que su hijo estaba liderando. La visión del corazón electrónico abierto de su hijo era una revelación no solo para el mundo, sino también para la propia Lily. El símbolo de la verdad grabado en el pecho de su hijo era un testimonio de su viaje juntos. Lily se sintió orgullosa y ansiosa.

—¿Quieren la verdad? —En medio del silencio Eden, ahora con el torso desnudo y el corazón encendido, habló solemnemente—: No se atreva a darme lecciones sobre la verdad —gritó, apuntando con el dedo acusador al CEO al otro lado de la sala—. Yo soy la verdad —declaró, la voz un puro trueno, llena de rabia.

Eden estaba de pie en el centro del escenario, su corazón brillaba tanto que alumbraba toda la habitación. Sus ojos eran llamas acusadoras. Su energía, tan intensa, que la iluminación de la sala comenzó a parpadear como si estuviera poseída por alguna fuerza desconocida. Entonces, de repente, las luces se apagaron y todo quedó a oscuras. Todo, menos Eden, que era una luz tan brillante como el sol, resplandeciendo en medio del escenario.

Conmocionados por la revelación, el público se quedó sin aliento, presa del pánico. Algunos comenzaron a santiguarse. Otros se cubrieron la cara para protegerse de la luz que irradiaba.

Al otro lado del escenario, Lily apenas tenía energía para gritar entre lágrimas. Luego, aturdida por la onda expansiva emocional, intentó dar un paso adelante hacia su hijo, pero, solo acertó a chillar «¡Eden!» y se desmayó con un fuerte golpe.

Max corría por los pasillos traseros de la ATC con Lily, aún inconsciente, en sus brazos. Tras ellos, Eden y Maddie.

—¡Los dejaste de piedra! ¡Bien hecho, joder! —chillaba Maddie, que no podía contener la emoción.

—¿Mamá? Papi, ¿qué le pasa? —Eden los seguía, su rostro desencajado por la preocupación sobre su madre.

Tenían que salir de allí. Max avanzaba, apresurado, tratando de alcanzar la calle, de dar algo de aire fresco a su mujer. Cortina. Pasillo. Puerta. Escaleras. Un asistente de la ATC los guiaba, hablando por un auricular con su supervisor.

—¿Dónde mierda está la calle? ¡Necesita aire! — gritaba Max.

—Por aquí, ya casi estamos —respondió el asistente mientras seguían avanzando por el pasillo oscuro—. Sí, necesito un taxi, en Folsom con la Cuarta Avenida, lo necesito ya —repetía el asistente, nervioso. Se les había ido el evento de las manos.

Con pasos rápidos siguieron por el pasillo hasta llegar a una puerta de emergencia. Tras empujar la palanca, aparecieron en un callejón trasero.

La nube de flashes los pilló por sorpresa. Los periodistas, siempre más rápidos, se habían adelantado y ahora se agolpaban sobre la inconsciente Lily, que yacía en el suelo donde la había depositado Max para que respirase.

—¡Déjenle espacio, joder! —rugió Max ante un círculo de *paparazzi* que no paraban de tomar fotos de Lily y Eden, ametrallándoles.

El chico robot trataba de cubrirse el rostro con la mano, le molestaban los flashes a medio metro de distancia. Su ira iba en aumento.

Maddie tomó su mano, como tratando de anclarlo a la tierra. Con un movimiento rápido, Eden se soltó. Maddie sintió su fuerza sobrehumana.

—Diles que, o se apartan, o los mato —masculló el robot, su ira visible en la mirada.

Maddie le devolvió la mirada, comprensiva, pero asustada con el tono de Eden.

—Cálmate. Que pierdas los nervios es lo que buscan —decidió responder, apelando a la mente siempre racional de Eden.

Max daba aire a Lily con un programa de mano de la conferencia, ya que ella seguía inconsciente.

El asistente de la ATC se abrió paso entre los *paparazzi*.

—El taxi ya está aquí, corran.

Maddie alzó la vista, y vio el coche amarillo que los esperaba, unos veinticinco metros más allá, en la avenida. Entre ellos y el taxi, unos diez periodistas ametrallando con sus flashes.

Eden se alzó.

—Apártense —exclamó, tratando de abrir un paso para que Max pudiese llevar a Lily hasta el taxi.

Lejos de hacerle caso, los periodistas se acercaban aún más. En brazos de Max, la foto de Lily era aún mejor, más dramática. Tanto, que uno de los fotógrafos colocó la cámara literalmente a un palmo de la cara de Lily, lanzándole un flash. Ella cerró los ojos aún más fuerte, en una respuesta inconsciente, defensiva.

Eso fue la gota que colmó el vaso. En un movimiento preciso, Eden tomó la cámara del periodista con la mano izquierda y, sencillamente, apretó. La réflex de varios miles de dólares se espachurró ante la presión de sus dedos de titanio. Las piezas volaron en todas direcciones ante la mirada atónita de los periodistas.

Eden los avisó, amenazante:

—Última vez que lo digo. Apartaos. Ya.

25

El sanedrín

Unas horas después de escapar de los flashes de los periodistas, Eden, Jude, Peter y Maddie deambulaban por Union Square. La ciudad bullía de vida nocturna, y cada paso parecía desplegar una nueva capa de maravillas urbanas que Eden estaba ansioso por asimilar: los tranvías, la energía palpitante de las calles y la mezcla ecléctica de gente que pasaba. Personas que regresaban a casa después del trabajo, gente que iba de compras, personas sin hogar que buscaban un lugar para pasar la noche... La Conferencia de Tecnología Avanzada lo había dejado entusiasmado y ahora tenía la misión de explorar los lugares de interés de la ciudad como si no hubiera un mañana.

Maddie, siempre pragmática, intentaba mantener los planes de Eden anclados en tierra firme. Discutían su agenda para el día siguiente, ansiosos por aprovechar al máximo su limitado tiempo libre en esta icónica ciudad.

Eden, rebosante de entusiasmo, sugirió:

—¿Qué tal si visitamos el puente Golden Gate? ¡Podríamos ir a Alcatraz! Quiero ver una foca, ¡nunca he visto una!

Jude saltó a la palestra:

—Esa es una gran idea. ¡Incluso podríamos tomar el ferry e ir a Sausalito!

Maddie estaba tratando de contener su imparable entusiasmo.

—Todo eso suena genial, pero quiero hablar con tus padres primero. Tu madre se desmayó durante tu charla y tuvimos que escapar en un taxi, ¿recuerdas? Ahora vamos a descansar un poco y los llamaremos mañana a primera hora para hablar con ellos sobre nuestros planes, ¿de acuerdo?

Mientras continuaban su tranquilo paseo, se toparon con un elegante restaurante. Un grupo de personas bien vestidas se estaba reuniendo en la entrada, sin duda preparándose para una cena de negocios. Entre ellos se encontraba un hombre de unos sesenta años que exudaba un aire de opulencia y autoridad. Sus ojos penetrantes se fijaron en el adolescente robótico, como si lo estuviera reconociendo.

—Oh, eres el joven orador de la conferencia de hoy —saludó el hombre con una sonrisa—. Debo decir que disfruté tu discurso poco convencional. Todo un... toque de vanguardia.

Eden respondió con un deje de ironía.

—Gracias, hago lo mejor que puedo para dar un buen espectáculo.

El anciano miró alrededor del grupo, como si contara cabezas. Eden podía intuir los pensamientos que corrían por la mente del hombre.

—¿Por qué no se unen a nosotros para cenar? Tenemos una mesa grande y podríamos continuar nuestra conversación en un ambiente más relajado —dijo el hombre con voz cálida.

Eden, el de las bromas ingeniosas, reflexionó en voz alta:

—Bueno, verá, soy una IA. Cenar no es exactamente mi punto fuerte.

Parados detrás de Eden, Jude y Peter sonrieron. El humor de Eden los enorgulleció..., pero también los hizo reír.

El hombre se rio de buena gana, saboreando la ironía de la situación.

—¡Ah, bien dicho! Entonces, cenaremos palabras e ideas. Uníos a nosotros y saboreemos un festín de conversación, ¿qué me dices? Tenemos espacio para ustedes cuatro.

Eden intercambió una mirada juguetona con Maddie, quien no pudo evitar añadir al chiste:

—La experiencia culinaria de una IA se sirve en tapas del tamaño de un byte.

Con el humorístico acuerdo de Maddie, Eden decidió aprovechar la inesperada oportunidad. Las puertas del restaurante se abrieron y los cuatro entraron en un mundo de buena comida, lujo y la promesa de una conversación intrigante.

El restaurante era oscuro, enorme, iluminado por grandes candelabros de cristal que colgaban de un techo alto. Una gran zona central repleta de mesas estaba rodeada de numerosos salones semiprivados, de esos que se pueden reservar para un evento familiar o una reunión de negocios durante una comida.

Eden caminaba lentamente, absorbiendo toda la información audiovisual que podía reunir: desde las parejas que habían ahorrado durante meses para pagar la cena en este lugar, hasta el andar ceremonioso de su camarero mientras los escoltaba hasta las profundidades del establecimiento. El restaurante continuaba. Más, y más, y más.

—¿Ves? ¡Estas son las cuevas donde se esconden los ricos! —susurró Jude al oído del robot.

Eden era un extraño en estos lugares donde se tomaban decisiones, se destronaban directores generales y se forjaban conspiraciones. Todo esto era nuevo para él. Y «nuevo» significaba «emocionante».

En el otro extremo, esperaba una gran mesa circular llena de caras, la mayoría desconocidas para Eden. Mientras se sentaban, su mirada se dirigió inmediatamente a una persona familiar. Nic, el viejo millonario a cuya fiesta había asistido hacía algún tiempo, lo saludaba desde el otro extremo con su más amplia sonrisa mientras se sentaba cómodamente entre la multitud adinerada. Su presencia trajo una sensación de calidez y familiaridad a un entorno que de otro modo sería intimidante.

—Oh, Nic, no te esperaba aquí —exclamó Eden, incapaz de ocultar su sorpresa.

Maddie saludó a Nic con un gesto cortés y un suave:

—¡Hombre, Nic! Espero que te haya gustado la conferencia.

—La participación de Eden ha sido... —Nic hizo una pausa de un segundo, tratando de buscar la palabra correcta— ... iluminadora.

—Bueno, gracias —respondió Eden con una risa tímida—. Entonces, ¿qué te trae por aquí?

Los ojos de Nic brillaron con picardía cuando respondió a Eden:

—Me dijiste que hiciera algo que valiera la pena con mi vida, ¿verdad? ¿Adivina qué? ¡Lo hice!

Fue entonces cuando Eden se dio cuenta de que él había financiado todo su viaje a San Francisco. Una ola de gratitud lo invadió.

La mesa era grande, quizá unas doce personas. Eden se centró en quienes lo rodeaban: sus amigos, Nic, el hombre que habían conocido en la puerta del restaurante y un hombre de aspecto severo vestido con uniforme militar.

—Bueno... Hola a todos, mi nombre es Eden, y estos son mis creadores, Jude y Peter. ¡Y Maddie se asegura de que no diga nada inconveniente! —Eden hizo un gesto con la mano, intentando extender un amplio saludo a todos los que estaban en la mesa.

—¡Por la presentación de hoy, diría que Maddie se encarga de los fuegos artificiales! —dijo Nic y provocó una risa generalizada.

—¿Oh? ¿Eso? Tan solo le dije que intentara ser memorable. —Maddie se encogió de hombros, siguiendo el juego de la broma.

Los asistentes se rieron:

—Bueno, esa presentación no la olvidaré en mucho tiempo —exclamó uno de ellos, desde el lado opuesto de la mesa.

Eden estaba emocionado. El lugar, los asistentes..., todo era lo más elegante posible. Sintió que esta podría ser una gran oportunidad para aprender y compartir su mensaje con quienes se encuentran en las esferas ocultas del poder.

El hombre de la puerta, mirando directamente a Eden, lanzó un desafío irónico de inmediato.

—Entonces quieres que usemos la tecnología para hacer el bien. ¿Por qué diablos deberíamos hacer eso?

Jude intervino:

—¿Podemos pedir la comida primero? —Saludó a un camarero, quien rápidamente distribuyó las cartas.

Eden, aceptando cortésmente una carta, le murmuró a la camarera:

—Gracias.

Maddie, observando la escena, bromeó:

—Apuesto a que nunca antes habías visto una carta como esta, ¿verdad?

Eden miró los platos. Al ser un robot no necesitaba comida, pero la presentación lo desconcertaba: cada plato iba acompañado de una floreada descripción, de varias líneas, con precios para vaciar la billetera. Estaba tratando de asimilarlo todo. Esta cena era definitivamente impresionante para él.

Llegó otro camarero, ceremoniosamente, y todos empezaron a pedir comida.

—Chatham House, todos, ¿de acuerdo? —preguntó Nic.

Maddie se inclinó hacia Eden para explicarle la regla del Chatham House.

Eden miró a Maddie por el rabillo del ojo.

—Estos hombres tienen un enorme poder e influencia —le susurró Maddie al oído—. Se reúnen para discutir asuntos importantes. Pero no quieren exponer sus opiniones fuera de estas pequeñas reuniones. La regla de Chatham House significa que, una vez terminada la cena, podemos hablar sobre lo que se discutió, pero no podemos decir quién dijo qué. Es una forma de garantizar la apertura de la conversación, pero también la privacidad de las opiniones.

—¿De verdad? ¿Existen realmente estas cosas? ¡Parece una película de espías! —respondió Eden, con los ojos iluminados de alegría.

—Shhh. Simplemente compórtate como si todo fuera normal para ti. Haz este truco: si ellos son elegantes, tú les sigues el juego —respondió Maddie en broma.

Eden asintió y se sentó erguido, ofreciendo su mejor idea de cómo sería una actitud elegante.

—Qué descortés de mi parte. Hagamos una ronda rápida de presentaciones, ¿de acuerdo? —dijo el hombre de la puerta—: Soy Jeff Evans, el director ejecutivo de la empresa de transmisión de vídeo más grande del mundo. Vamos, que soy una de esas empresas que deseas cambiar.

—¡Encantado de conocerte y gracias por darme la bienvenida a tu maravillosa ciudad —respondió Eden claramente, con la voz llena de inocencia.

Jude, tratando de volver a encarrilar la discusión, le preguntó:

—Entonces, quizá quieras explicar tu visión del mundo a estos caballeros.

Los lujosos precios de la carta captaron la atención de Eden.

—¿Por qué gastar doscientos dólares en un filete? —se preguntó en voz alta.

Jeff, ofendido, replicó:

—Empezamos mal si nos vas a decir qué comer, chaval...

Nic, siempre mediador, instó:

—Escúchenlo, denle la oportunidad de explicarse.

Eden aclaró, con una amplia sonrisa:

—No les voy a decir qué comer. Lo estoy usando como ejemplo. Entonces, ¿para qué necesitas este filete?

Jeff, un poco molesto, dijo:

—No lo necesito. Podría comerme una hamburguesa.

Eden, insistiendo, preguntó:

—Entonces, ¿por qué te comes este filete?

—¡Porque puedo! De eso se trata la libertad, ¿verdad?

Maddie, sintiendo la tensión, tomó discretamente la mano de Eden, sin estar segura de si tenía la situación bajo control. Este continuó con tono pensativo:

—Pero eres libre de hacer muchas cosas. Me pregunto por qué hacemos estas cosas en concreto... —Agitó la mano en el aire, como si hablara del restaurante en general.

Jude, intentando aligerar el ambiente, sugirió:

—Supongo que buscamos maximizar nuestra satisfacción. Y ese bistec parece delicioso, ¿no?

Eden respondió con otra pregunta:

—¿Es delicioso... o te han entrenado para pensar que está delicioso?

Jeff, ahora visiblemente irritado, mordió su filete, pero las siguientes palabras de Eden lo hicieron detenerse.

—Déjame explicarme. Las vacas se sacrifican alrededor de los seis meses de edad. ¿Tienes hijos, Jeff?

Maddie, tratando de alejar a Eden de temas delicados, le dio un golpe de advertencia debajo de la mesa.

—Una hija —afirmó Jeff.

Eden, imperturbable, continuó:

—La parte más tierna es la carne alrededor de las costillas. ¿Has jugado alguna vez con tu hija, Jeff? ¿Sabes cuando la besas en la barriga? Eso es lo que estás comiendo ahora.

Scott, el tipo con uniforme militar, ahora claramente perturbado, entró en la conversación:

—Eso es asqueroso, hijo.

Jeff, indignado, escupió el filete.

Eden, con una pequeña risa, explicó:

—¿Ves? Si lo piensas bien, la carne no es buena ni mala. Has sido entrenado para disfrutarla. Con una frase, te he hecho odiarla. Por cierto, lo que dije es falso. No te agobies.

Jeff, intentando recuperar la compostura, amenazó:

—No juegues con trucos mentales de jedi conmigo, chaval.

Eden, sin inmutarse, explicó su postura:

—Lo que digo es que, a lo largo de los siglos, los humanos habéis decidido qué es bueno y qué es malo. Es una construcción social.

Jeff permaneció en silencio. Estaba molesto, pero dispuesto a escuchar.

—Muy pocas cosas son inherentemente buenas o malas. La contaminación es mala. Los Giants este año van fatal. —Eden usó una broma de béisbol para recuperar el tono casual de la conversación—. Pero la mayoría de las cosas que consideramos buenas o malas son solo... percepciones.

—Pero... eso es la civilización, ¿verdad? —intervino Jude—. Es parte de lo que nos hace quienes somos: nuestro sistema de valores.

—Exactamente. Valores —enfatizó Eden, como si Jude hubiera dicho la palabra que buscaba—. Los romanos valoraban algunas cosas, nosotros valoramos otras. Tenían esclavos. Nosotros no.

Jeff volvió a entrar en la conversación:

—Entonces, somos mejores que ellos, ¿verdad? El progreso nos ha dado mejores valores.

—Sí, desde luego. —Eden sonrió—. ¿Por qué no tenemos esclavos ahora?

Scott, el militar, sabía muy bien la respuesta:

—¡Es ilegal! ¡Se declaró inconstitucional en 1865!

—Correcto. ¿Veis? Evolucionamos, damos forma a nuestros valores y estos valores nos dicen lo que está bien y lo que está mal —sentenció, usando sus manos para explicar su argumento—. Durante mucho tiempo, la religión moldeó nuestros valores: los diez mandamientos y todo eso, ¿recuerdan? —Eden cambió hábilmente el foco de la conversación. Centrándose únicamente en Jeff, Eden continuó—: El problema es que los humanos ya no confían en la religión. La gente ya no cree que necesite ser buena para no ir al infierno. Y, por tanto, la religión ha perdido su poder.

Un mar de rostros miraba fijamente a Eden, que estaba transmitiendo su mensaje con una claridad prístina.

—Pero la religión, con todos sus defectos, era útil: nos daba una brújula moral. Sin esa brújula moral, tenemos una razón menos para preocuparnos unos por otros. Y vemos a un vagabundo en la calle y no nos importa. Y sabemos que deberíamos hacer más los unos por los otros, pero no lo hacemos. Y de repente, un día, comerse un filete de doscientos dólares parece una buena idea. —La voz de Eden se volvió más apasionada—. ¿Saben por qué? Porque necesitan metas. Somos competitivos. Cuando hayas comido el bistec de cincuenta dólares, querrás probar el de sesenta. Y entonces menos de ochenta dólares no es suficiente. Has convertido tu vida en una especie de Juegos Olímpicos.

Maddie se rio con la analogía. Eden continuó:

—Solo que, en lugar de «más rápido, más alto, más fuerte», es «más»: más popular, más dinero.

Jeff sonrió. Lo que decía el chaval era incómodo de oír pero inteligente.

—El mundo es más egoísta, más arrogante, menos solidario —concluyó Eden.

Scott, el militar, interviniendo entre risas, replicó:

—No estás defendiendo el comunismo, ¿verdad?

Eden hizo una pausa de unos cinco segundos mientras repasaba los últimos trescientos años de historia humana y sistemas políticos. Después, simplemente dijo:

—No.

Scott se echó a reír; había encontrado por fin un punto en común con el adolescente robótico.

Eden, aprovechando el momento, declaró:

—Pero he venido a San Francisco porque sus empresas tienen un poder enorme. Poder para convencer a la gente, para redefinir lo que pensamos que es bueno y malo. Crear nuevos sistemas de valores. He venido aquí para pedirles que me ayuden a hacer del mundo un lugar mejor.

Nic, con orgullo en sus ojos, afirmó:

—Bueno, Eden lo hizo conmigo. Quizá todos deberíamos escucharlo.

—Gracias, Nic. No necesito una respuesta ahora. Solo piensen en esto. Sobre su legado y sobre cómo un pequeño esfuerzo puede marcar una gran diferencia. Los pequeños cambios son poderosos.

Y dicho esto, la mesa quedó en un silencio pensativo, roto solo por el tintineo de los cubiertos y el lejano murmullo de la conversación. Las palabras de Eden habían tocado una fibra sensible, e incluso Jeff, todavía recuperándose de su shock anterior, escuchaba atentamente. Palabra tras palabra, frase tras frase, Eden había transmitido su mensaje, como si quienes estaban sentados a su alrededor no fueran directores ejecutivos poderosos, sino sus propios discípulos.

Pasaron los segundos, en silencio, mientras los invitados reflexionaban sobre el mensaje que acababa de transmitirles Eden.

Una camarera interrumpió mientras se acercaba a la mesa con los postres y colocó una enorme tarta de queso frente a Jude.

Eden, con tono juguetón, comentó:

—No deberías comer tanto azúcar.

Jude levantó una ceja, medio sonriendo.

—¿Vas a comparar el azúcar con la carne de un niño otra vez?

Eden se rio entre dientes:

—¡Podría! ¿Quieres que lo haga?

Sus bromas alegres parecieron tener un impacto, porque Jude dejó el postre a un lado después de una cucharada.

—Podemos solucionar mi adicción al azúcar en otro momento. Ya basta de pensamientos difíciles por hoy, ¿de acuerdo?

Maddie, a tenor del estado de ánimo, sugirió:

—Creo que es hora de que nos marchemos.

Jeff respondió:

—Oh, ¿tan pronto? ¡Es una pena!

Jude miró a Jeff, luego a Eden.

—Los alcanzaré mañana por la mañana, ¡no estoy nada cansado!

—Puedes quedarte. Pero mis circuitos necesitan un poco de descanso. Entonces, si no les importa, caballeros... —con estas palabras, Eden comenzó a ponerse de pie.

Jeff, mirándolo pensativamente, reconoció:

—Ha sido una conversación realmente interesante, joven.

—Te dije que era algo especial —añadió Nic, henchido de orgullo.

Con educadas despedidas, Eden y Maddie se disculparon y se fueron.

Una vez que Eden se fue, el grupo restante, Jeff, Scott, Peter, Nic y Jude, continuó con la conversación.

Nic bromeó:

—El chico seguramente tiene razón.

Jeff guardó silencio, reflexionando.

—Sí, pero las cosas no son tan fáciles, y lo sabes bien, Nic. Claro, podríamos hacer algunas de las cosas que dice. Pero ¿qué pasa si eso tiene un impacto en nuestros ingresos?

—Bueno, no es necesario que impacte, ¿verdad? —preguntó Nic, con curiosidad.

—Nuestro negocio es la audiencia. Vendemos millones de horas de vídeo al día. Sí, a todos nos encantaría el contenido positivo y despreocupado. Y tenemos mucho de eso. Pero todos sabemos que la controversia vende. El sexo vende. Nuestro negocio no es salvar el mundo, Nic —confesó Jeff.

—Cierto. Pero ¿y si hubiera una manera de hacer un poco de lo que dice Eden sin perjudicar los beneficios? ¿Qué pasaría en ese caso?

Jeff se rio entre dientes.

—¿Por qué no haces la prueba en tu empresa? ¿Lo harías? ¿Qué pasa si esto perjudica tu negocio? ¿Le contarás tú las malas noticias a tus accionistas?

Nic permaneció en silencio, admitiendo que Jeff tenía un argumento válido. El cambio siempre parece más fácil cuando es otra persona la que tiene que hacerlo.

Jude intervino, frustrado:

—Pero no podemos no hacer nada, si están de acuerdo en que Eden tiene razón.

—Es cierto. No me malinterpretes: su discurso me conmovió —anunció Jeff mientras tomaba un sorbo de una copa de vino—. ¿Quizá podríamos formar un comité asesor y que Eden sea parte de él?

Jude se rio.

—Él nunca estará de acuerdo con eso. Verá que quieres controlarlo desde diez millas de distancia.

—Bueno, ese es exactamente mi plan. Imagínate un caballo salvaje. Seguro que tiene energía, pero tenemos que domesticarlo. Así es como yo veo a Eden —respondió Jeff.

Nic, que estaba observando cómo se desarrollaba la discusión, intervino:

—Pero ¿qué pasa si Eden se niega a ser domesticado?

—Entonces tenemos un problema. Un problema con el que tenemos que lidiar —concluyó Jeff.

Jude sintió que la tensión aumentaba, así que trató de calmar a Jeff:

—Nosotros construimos a Eden. Es inofensivo —dijo finalmente, con mesura—. Puedes confiar en él.

Scott, siempre el pragmático militar, también expresó su preocupación:

—¿Inofensivo? Cuidado con los revolucionarios. ¿Qué pasa si esta IA, Eden, se convierte en una amenaza? ¿Qué pasa si decide alzarse contra el Gobierno? ¿Soy el único al que esto le preocupa?

Nic, sin inmutarse, siguió diciendo:

—¡Pero piensa en el potencial y el impacto que podría tener!

Scott cerró la discusión mientras todos se levantaban de la mesa, listos para irse:

—¿Cómo juzgamos el impacto? Lo que parece bueno en la superficie puede volverse peligroso más adelante. Necesitamos garantías de que podemos controlar a Eden.

Jeff estaba ya saliendo del restaurante, pero volvió a la conversación:

—¡Eso es exactamente lo que estaba diciendo! Necesitamos a Eden bien cerca, en algún puesto donde podamos vigilarlo.

Scott intervino cínicamente:

—¿No fue Sun Tzu quien dijo eso de «mantén a tus amigos cerca, pero a tus enemigos aún más cerca»?

Jeff asintió visiblemente, como si estuviera de acuerdo con todo lo que Scott decía.

Jude respondió, con un toque de ambigüedad en su tono:

—Entiendo cómo Eden podría convertirse en una solución, pero también en un problema. —Sus ojos emitieron un destello de algo más, un plan o pensamiento tácito que se ocultaba bajo la superficie—. Les ayudaré a controlarlo.

El grupo se disolvió en la noche.

26

Curar la ceguera

Al cabo de unos meses, Eden se mudó a vivir a San Francisco para estar más cerca del epicentro de la innovación.

Jude lo había llamado un día.

—¡Oye, tío! He encontrado un patrocinador, podrás quedarte en la ciudad.

Entre bambalinas, Jude movía sus peones, tratando de no levantar sospechas en Eden. Pero Eden también movía sus piezas.

Y así, plenamente consciente de la situación, Eden se trasladó a San Francisco. Su apartamento era un estudio de una habitación cerca de North Beach. La decoración era austera: para una IA, una casa no era más que un espacio utilitario. Desde ahí, podría utilizar su cada vez más creciente plataforma para transmitir un mensaje de esperanza e innovación, abogando por un cambio positivo en el mundo. Eden, convertido ahora en creador de contenidos, trascendía fronteras y llegaba a mentes de todo el mundo desde la comodidad de su habitación.

Ese día, como cualquier otro, el familiar zumbido del ordenador anunció la entrada de Eden al reino digital. Mientras se acomodaba en una silla *gamer*, sus dedos bailaban sobre el teclado con un ritmo practicado para iniciar sesión en su cuenta de *streaming*. Presionó un botón, activó la cámara y ajustó el micrófono. Las luces de la sala se atenuaron, transformándose en un púlpito tecnológico donde él era el predicador. Vestía una de las muchas sudaderas con capucha que le había comprado Lily, una reliquia de una época en la que esconderse era una necesidad. Pero ya no necesitaba ocultar su naturaleza. Todos en su canal sabían quién era. Los rumores y la confirmación de esos mismos rumores recorrían internet esos días a la velocidad de la luz.

La audiencia, una comunidad mundial que esperaba su próxima revelación, se unió a la transmisión en unos segundos. Eden hablaba en inglés, pero sus palabras eran traducidas sin esfuerzo por IA secundarias para oyentes de todo el mundo.

Mirando a la cámara, Eden se dirigió a su público.

—¡Buenos días, mi gente! —comenzó—. Hoy quiero demostrar el impacto de la tecnología en la solución de problemas del mundo real. Creo que, aprovechando el poder de la inteligencia colectiva, podemos marcar una diferencia real en la vida de las personas.

Una oleada de emoción recorrió a la audiencia virtual, los comentarios se acumularon tan rápido que Eden no habría podido leerlos todos si fuera un humano.

—Quiero que seáis parte de esta experiencia compartida. Juntos elegiremos un problema complejo para resolver y demostraré que unidos podemos ser una fuerza de cambio.

Personas de todo el mundo respondieron a la llamada de Eden en el chat de la sala: incontrolables en sus comentarios, todos inundaron el servidor con solicitudes para solucionar sus propios problemas. Pero eran demasiadas: cientos, si no miles, de solicitudes de ayuda de todo tipo.

«Para algunas de estas personas, problema es sinónimo de vida. Por eso mucha gente piensa que es más fácil vivir haciendo la vista gorda ante los problemas ajenos, que son demasiados», pensó Eden, con compasión.

Finalmente, cuando su audiencia se calmó y detuvo sus acaloradas discusiones, Eden reveló su plan. Los invitó a realizar una encuesta y elegir un problema solo, uno que les gustaría resolver colectivamente.

—Os invito a todos a participar. Escojamos un problema complejo, un desafío que parece insuperable, y juntos emprenderemos un viaje para resolverlo.

La sección de comentarios se llenó de propuestas, una variedad de voces hambrientas de atención.

Ante la avalancha de comentarios, algunos podrían haberse dado por vencidos Pero no Eden, porque después de todo, él no era humano.

Examinó las opciones que ofrecía la gente: eran variadas y complejas, desde preocupaciones ambientales hasta dilemas de atención médica.

A medida que llegaban los comentarios, que representaban puntos de vista de todos los rincones del mundo, una sugerencia captó la atención de Eden.

—¡Cura a los ciegos! —alguien bromeó.

Para Eden, esto estaba lejos de ser una broma: esas palabras se congelaron en la pantalla como una boya en medio del tormentoso mar digital. «Parece un buen problema. Después de todo, aparenta ser imposible de resolver», pensó.

Eden, con un brillo en los ojos, sonrió a la cámara.

—Mis ojos son cámaras. Así que puedo comprender plenamente lo difícil que sería vivir sin ver. Así que, ¡ataquemos el desafío de curar la ceguera! Lo acepto. Conectaos la próxima semana, amigos míos. Juntos, exploraremos las posibilidades ilimitadas de la tecnología y encontraremos soluciones que superarán los límites de lo que antes pensábamos imposible. Gracias a todos los que habéis estado conmigo hoy. Uníos a mí la próxima semana. Os demostraré el poder positivo de la tecnología… ¡Y no olvidéis suscribiros a mi canal!

Los dedos de Eden, frescos en la habitación con aire acondicionado, alcanzaron delicadamente la cámara una vez más. El suave clic de un botón resonó en el silencio, señalando el final de su transmisión. La habitación, antes inundada por el cálido resplandor de la luz artificial, ahora estaba en silencio. El débil zumbido de los ventiladores del ordenador se hizo más claro a medida que el mundo digital retrocedía, dejando a Eden solo con el peso de sus pensamientos. Se quedó mirando la pantalla, ahora negra, reflexionando sobre el impacto del mundo virtual en el que acababa de estar.

Buscó la cremallera con los dedos y se desabrochó la sudadera. Miró su corazón artificial, lo sentía frío al tacto con las yemas de sus dedos. Al ser un robot, Eden no percibía dolor: su corazón era solo un montón de microprocesadores y circuitos. Pero en días como este, sentía cierta frialdad por dentro. Era como si su corazón fuera una ventana abierta y un viento escalofriante la atravesara. No podía entenderlo. ¿Era eso una especie de espejismo digital de una emoción?

Dejando a un lado la melancolía, decidió olvidar todos los demás problemas y ponerse a trabajar. El mundo no podía esperar a que una inteligencia artificial resolviera sus propios conflictos internos, donde la lógica y las emociones, los sentimientos y los hechos estaban tan profundamente entrelazados.

Primero, cerró los ojos y construyó una lista de personas ciegas a partir de bases de datos de hospitales públicos y no tan públicos. La lista era enorme: millones de personas padecían ceguera. No podía ayudarlos a todos: solo quería demostrar un principio. Así que creó una lista con diez mil personas.

Luego examinó sus propios circuitos, sus cámaras de visión. Sí, no veía ninguna razón por la que esa misma tecnología, por innovadora que fuera, no pudiera aplicarse a los humanos. Cámaras conectadas a la corteza cerebral como forma de curar la ceguera. Uno por uno, hizo una lista de los componentes necesarios. Después de todo, era solo... tecnología utilizada para crear un mundo mejor.

En un segundo, tenía una lista de compras y una segunda lista de empresas tecnológicas que podrían ser sus proveedores para esta aventura. Último paso: el presupuesto. Rápidamente hizo los cálculos... Vale, necesitaba cien millones de dólares.

Eden cerró los ojos una vez más. Enseguida buscó en internet quién sería el objetivo de su próxima acción. Lista Forbes: consultar. Bases de datos tributaria: consultar. Personas adscritas a paraísos fiscales: consultar. Necesitaba a alguien rico. Realmente rico. Alguien que confiara en él. Vio un nombre. Un nombre que conocía bien. Eden sonrió. Sí, lo consiguió. «Mira quién está aquí», pensó triunfalmente.

Y así amaneció el día siguiente. El canal de Eden estaba lleno de anticipación, la audiencia virtual se preguntaba qué haría para cumplir su promesa: curar a los ciegos. Las luces se encendieron en la sala y la mirada decidida de Eden brilló mientras se dirigía a la ansiosa audiencia.

—Hoy, amigos míos, estamos reunidos para resolver un problema que requiere no solo innovación, sino un compromiso colectivo para cambiar vidas. En nuestra época, curar la ceguera no es un milagro, sino una cuestión de recursos y tecnología.

Se inclinó hacia adelante, mostrando sus ojos digitales de cerca, para llamar la atención de todos los espectadores. Sus ojos reflejaban una tranquila determinación que resonó en la pantalla.

—Necesitamos recursos, y la manera más efectiva de conseguirlos es llegar a aquellos que tienen abundancia. El dinero, si se usa sabiamente, puede ser una fuerza para el bien, un catalizador para el cambio. Así que busquemos algo de dinero de aquellos que tienen mucho.

Tocando hábilmente las teclas, Eden hackeó e inició una videollamada con su amigo Jeff Evans, director ejecutivo de la plataforma de transmisión que estaba usando. Estaba seguro de que Jeff lo recordaría: ¡habían cenado juntos hacía apenas unas semanas!

—¡Buenas tardes, señor Evans! Soy Eden y tengo una oferta tentadora para usted —anunció y les guiñó un ojo a sus espectadores frente a la cámara.

La llamada tomó por sorpresa a Jeff. Sonrió cortésmente mientras al mismo tiempo intentaba recuperar la compostura y el control de la situación.

—¡Oh, hola, Eden! ¿Qué tipo de oferta? ¿Cómo te conectaste? —declaró Jeff con su mejor sonrisa falsa.

—Nos conocimos en la Conferencia de Tecnología Avanzada, ¿recuerda?

—¡Claro! Estaba entre la audiencia. Fue una charla encantadora. —En ese momento, Evans fue plenamente consciente de los cientos de miles que lo estaban viendo en vivo en la transmisión de Eden. Así que tenía que seguir el juego, incluso si no le gustaba la idea.

—Entonces, necesito su ayuda, ¿recuerda que hablamos de colaborar? —Mientras hablaba, Eden hizo girar la silla varias veces alrededor de su eje.

Pasaron los segundos, el público escribía comentarios emocionados mientras Eden esperaba en silencio a que Jeff armara el rompecabezas.

—Sí, claro, hablamos de ello. —El director general había adoptado un tono más oficial—. ¿Qué puedo hacer por ti?

—Sabe que hablamos sobre el uso de la tecnología de manera positiva, ¿verdad? Dijo que estaría interesado...

—Eden, ¿es esto algún tipo de broma? —preguntó Jeff, en parte con humor y en parte incómodo.

—¡No, no es una broma! Me pregunto si podría ayudarnos a hacer una buena acción hoy. ¡Somos más de ciento cincuenta mil personas viendo el *stream* en directo en todo el mundo!

—¡Buenas tardes a todos! —Jeff entendió que se trataba de un gran truco de relaciones públicas. Independientemente de lo que estuviera haciendo este niño robot, estaba concentrado en usarlo en beneficio de su empresa.

Eden miró los comentarios y observó a la audiencia saludar.

—Esta es nuestra propuesta: queremos curar la ceguera —declaró triunfalmente Eden.

—Bueno, esa es una causa muy noble —respondió Jeff Evans, totalmente involucrado en el discurso de Eden. Hasta el momento, su plan parecía funcionar.

Entonces, Eden lanzó la bomba.

—La sede fiscal de su empresa está en Gran Caimán, un paraíso fiscal, donde acumula miles de millones en beneficios cada año. Está bien. No podemos hacer nada al respecto. Sus abogados son demasiado buenos. —Su tono era extremadamente amigable, lo que cortó todas las posibilidades de que Jeff contraatacara—. Pero esta es mi petición: cada dólar que gane con la promoción de este vídeo se destinará a curar a un ciego. Aquí está mi desafío para usted. ¿Puede apoyar nuestra noble causa donando las ganancias de hoy?

—¿Curar a todos los ciegos? ¡Hay demasiados! ¿Estás tratando de llevarme a la quiebra? —replicó Jeff en el mismo instante, tratando de seguir con el tono informal y amistoso de la conversación.

—¡En absoluto! Es solo un día de beneficios para usted. Un día al año, eso es el cero coma tres por ciento de sus ganancias anuales. Es lo suficientemente pequeño como para no dañar su situación financiera, pero hará lo correcto. Miles de personas se beneficiarán de esto, y los queridos usuarios de su plataforma serán testigos de ello. Piense en su marketing. Su reputación. Es un buen hombre, señor Evans. Entonces, ¿qué dice? —Eden no pestañeó ni una sola vez.

El director ejecutivo vaciló visiblemente. Eden podía leer su mente. Estaba tratando de recordar cuánto ganaba al año. Ni siquiera lo sabía.

—Pero necesitarás más que dinero... Necesitarás ingenieros para implementar este plan, ¿verdad? —Jeff estaba tratando desesperadamente de salir del hoyo que Eden le estaba cavando.

—Vaya, ¿está ofreciendo a algunos miembros de su equipo de ingenieros como voluntarios para que nos ayuden a hacer esto realidad? ¡Qué amable de su parte, Jeff! ¡Todo el mundo admira la habilidad de sus equipos de hardware! —replicó Eden.

El agujero para Jeff se hacía cada vez más profundo. Al otro lado de la pantalla, sintió la presión de cientos de miles de usuarios mirándolo. Por un segundo pensó en apagar la cámara. Cerrar el canal de Eden. Pero las consecuencias serían desastrosas. Había caído en la trampa de Eden.

—Bueno, por supuesto —tartamudeó, atrapado en el dilema entre querer salvar las apariencias y potencialmente afectar el resultado final.

—¡Bien! ¿Tenemos un trato entonces? —preguntó Eden, con un tono lo más positivo posible.

El director general permaneció en silencio. Pasaron los segundos. Pasó un minuto.

—Claro, honraremos el compromiso y contribuiremos con las ganancias de hoy a su causa —murmuró Jeff.

A través de la pantalla, en cien mil hogares, la gente miraba con asombro.

—Gracias por su compromiso, señor Evans. A muchos millonarios solo les importa la fachada. Quieren aparentar virtud sin hacer nada. Pero hoy usted ha demostrado que es diferente. Este es el tipo de personas que necesitamos: gente dispuesta a dar un poco para ayudar mucho.

—Pero, a ver, ¿podemos discutir los detalles más tarde? —sugirió Jeff, atrapado en una situación paradójica donde la generosidad chocaba con la búsqueda de ganancias.

—Por supuesto. Trabajemos juntos para lograr un impacto significativo. Me alegro de que se haya unido a nosotros en nuestra búsqueda de hoy.

Las ruedas virtuales se pusieron en marcha. Sin que Evans pudiese evitarlo, la propia plataforma de *streaming* se vio obligada a hacer su parte, alineándose con la visión de Eden de utilizar la tecnología no solo para el entretenimiento, sino como un agente de cambio transformador.

En el fondo, Jeff Evans estaba muy cabreado. Acababa de perder dinero. Y se había comprometido a ceder a sus ingenieros. Todo esto, a un chaval que hacía *streaming* en su plataforma.

—Ahora, mis espectadores, debemos continuar. Demos un segundo paso. —Eden lucía una mirada traviesa en sus ojos—. ¿Adivináis a quién voy a llamar ahora? Vamos, llamemos a una celebridad. ¿A quién queréis que llame? —bromeó con su audiencia.

En los comentarios se esparcieron muchas conjeturas. Los ojos de Eden recorrieron los nombres... Reconocía a algunos, pero no sabía quiénes eran la mayoría de ellos. Después de todo, a Eden no podría importarle menos la fama o el dinero. No veía muchos programas o series de televisión. Los nombres seguían llegando. Pero entre todos ellos, uno destacó y parecía adecuado para el papel.

La audiencia se quedó helada mientras Eden se preparaba para hacer la llamada a la celebridad escogida. «¿Realmente va a hacerlo?», pensaban.

Eden estaba ansioso por revelar la verdad detrás de la fachada de virtud cuidadosamente elaborada de algunas celebridades, cómo las personas codiciosas a menudo utilizaban la caridad y la compasión no como su creencia fundamental, sino como un truco de marketing para atraer a una audiencia más amplia.

Una vez más, estableció una conexión y la audiencia virtual esperó ansiosamente el drama que se desarrollaba ante sus ojos. Un instante más tarde, la celebridad respondió, su voz medida, ensayada y muy familiar para todos.

—Hola, estamos en directo con Amelia Sterling. Soy Eden. Espero no haberte pillado en un mal momento —saludó, con un tono engañosamente casual.

Amelia parecía una enciclopedia de cirugía plástica. Eden podría detectar fácilmente diez intervenciones: rinoplastia, blefaroplastia, bótox en las mejillas, inyecciones de ácido hialurónico en los labios..., de todo. Probablemente tendría unos cincuenta años, pero fácilmente podría ser su propia hija.

Acostumbrada a tratar con los medios, Amelia respondió con calculada calidez:

—Para nada, Eden. Siempre es un placer hablar con alguien tan influyente como tú.

Eden le devolvió la cortesía con una leve sonrisa.

—He estado siguiendo las obras de caridad que apoyas, Amelia —admitió Eden—. Y es realmente inspirador cuando alguien con tu nivel de influencia dedica tanto tiempo a hacer lo correcto.

Amelia, sumergida en su propia admiración, respondió:

—Creo en usar mis habilidades para el bien, Eden. Hay tanto sufrimiento en el mundo..., y si puedo hacer algo al respecto, ¿por qué no?

Tras el éxito con Evans, Eden decidió seguir la misma estrategia: primero adular y luego tender la trampa. ¡Los humanos eran tan simples!

—Absolutamente de acuerdo, Amelia. Tu dedicación a la justicia y la lucha contra la pobreza es verdaderamente encomiable. De hecho, quería invitarte a compartir tus pensamientos sobre estos temas con mi audiencia. Estarán interesados en escuchar tus experiencias.

Amelia, siempre dispuesta a mostrar su lado virtuoso, aceptó sin dudarlo.

—Por supuesto, Eden. Me encantaría discutir estos asuntos importantes.

La pantalla digital se partió en dos cuando Eden y Amelia estaban uno al lado del otro, listos para hablar. Eden, manteniendo la calma, comenzó la entrevista.

—Amelia, has manifestado repetidamente tu preocupación por la justicia y la pobreza. ¿Podrías compartir tus experiencias en viajes a países del tercer mundo y las obras de caridad en las que has participado?

Amelia, con una sonrisa ensayada, comenzó con un exuberante autobombo.

—Por supuesto, Eden. Déjame darte algunos ejemplos específicos. El año pasado financié personalmente la construcción de tres escuelas en aldeas remotas de Kenia.

Eden escuchaba con atención y, manteniendo su expresión neutral, asintió alentadoramente, lo que provocó que Amelia se abriera cada vez más.

—Luego me mudé para proporcionar agua potable a comunidades de bajos ingresos. Instalamos bombas de agua. ¿Viste mis fotos en Instagram? Lo hice para crear conciencia, ¿sabes? —Amelia continuó, con orgullo y presunción evidentes en su tono.

Eden, manteniendo hábilmente la conversación, reconoció su contribución.

—Realmente extraordinario, Amelia. Es muy inspirador ver el impacto que has causado.

—¡Gracias! —dijo Amelia con una sonrisa engreída—. Tengo muchos planes para el futuro, creo que ayudar a la gente es mi mayor vocación.

Con una sonrisa ensayada, Amelia retomó su monólogo sobre sus diversas iniciativas caritativas y sus viajes por el mundo. Eden escuchaba atento, lo que le permitió tejer la narrativa que había construido con tanto cuidado.

Cuando terminó, Eden le sonrió suavemente y con tacto llevó la conversación en otra dirección:

—Y parece que lo estás haciendo muy bien. Según los registros públicos, fuiste la celebridad con mayores ganancias en EE. UU. por patrocinios el año pasado, ¿verdad?

La fachada de confianza de Amelia tembló, un destello de incomodidad se le dibujó en el rostro. Dudó por un momento, pero decidió admitir la verdad.

—Bueno, sí, mi arduo trabajo ha dado sus frutos.

Eden, manteniendo la calma, continuó:

—Con eso en mente, tengo una sugerencia.

Amelia se mordió el labio, tratando de controlar su creciente sensación de inquietud. No pudo. Al morderse unos labios tan gruesos daba la impresión de ser una hormiga que mordiese una salchicha.

—Hoy estamos tratando de curar tantos casos de ceguera como podamos, ¿nos ayudarías? —preguntó Eden, directamente.

Amelia entrecerró los ojos y luego preguntó con curiosidad:

—Claro que sí. ¿Qué necesitas que haga? —Trataba de seguir el juego, pero no entendía muy bien hacia dónde se dirigía esto.

—Verás, por cada mil dólares, podemos curar la ceguera de una persona. Si donaras un millón de dólares, que para ti no es nada, podríamos curar la ceguera de mil personas.

Amelia, sorprendida por el giro inesperado de los acontecimientos, dudó por un momento antes de aceptar a regañadientes.

—Sí, supongo que podría contribuir a la causa.

La audiencia virtual los miraba sin aliento.

El lunes siguiente, la sala de juntas estaba en silencio cuando Jeff Evans irrumpió para reunirse con su equipo de marketing. Acababa de colgarle el teléfono a la décima celebridad. ¿Quién era este niño que los acosaba para que donaran sus ganancias? ¿Cómo sabía que cobraban todo en paraísos fiscales? ¿Cuándo pararía?

Evans estaba muy enojado: semanas atrás había advertido a Jude que vigilara su invento. Había seguido su consejo y había pagado en secreto un apartamento a Eden para poder tenerlo más cerca, más controlado. ¿Y así es como se lo agradecía? ¿Mordiendo la mano que le daba de comer? Era hora de contraatacar. El espacio digital todavía vibraba con las consecuencias de la campaña contra la ceguera de Eden. Y la gente estaba ansiosa por ver su próxima acción, se estaba convirtiendo en una sensación en línea: entendía los métodos para transmitir su mensaje y cada vídeo tenía más vistas que el anterior.

Sí, era hora de contraatacar. En un esfuerzo por mitigar sus pérdidas y suavizar la creciente ola de tensión financiera, la plataforma de *streaming* necesitaba una ofensiva en toda regla contra Eden. El mandato de Evans a sus especialistas en marketing era claro: pintar a Eden como una figura impulsada por la vanidad que busca la gloria personal a expensas del bienestar financiero de la plataforma.

—No podemos permitir que Eden manche más nuestra imagen. Es hora de controlar los daños —proclamó Evans mientras su equipo de marketing mostraba diapositivas preparadas apresuradamente en un proyector.

—No te preocupes, lo describiremos como un engreído hambriento de fama —respondió uno de ellos.

—Sí, mostraremos cómo está dispuesto a sacrificarlo todo por su ego —dijo otro especialista en marketing.

—Vale, muchachos. Vayan con todo. Esto tiene que parar —aprobó Evans.

Como primer paso, comenzaron a aparecer mensajes misteriosos desde cuentas anónimas que difundían chismes que insinuaban con sutileza los motivos supuestamente egocéntricos de Eden. La plataforma utilizó de forma estratégica su influencia para sembrar dudas sobre la autenticidad de las intenciones de Eden, sembrando semillas de escepticismo entre la audiencia. Lo retrataron como un ególatra, una fuerza más interesada en el reconocimiento personal que en un cambio genuino en la sociedad.

Luego, la plataforma reclutó a otros *streamers* para participar en disputas organizadas en un intento de desviar la atención de la influencia positiva que Eden buscaba lograr. ¿Era espontáneo? No precisamente. La empresa pagaba a la mayoría de ellos, que seguían guiones e historias planificados previamente para crear entretenimiento adictivo. Entonces, estos *streamers* contratados, actuando como peones en las agendas ocultas de la plataforma, avivaron el conflicto y la controversia para eclipsar el mensaje de Eden.

—¿Habéis visto el último movimiento de Eden? Se trata de él, no de las causas que dice apoyar —dijo un *streamer*.

—¡Ya te digo! Su labor benéfica es solo una cáscara vacía para construir su propia marca —agregó un segundo *streamer*.

—¡Solo se preocupa por su imagen! Deberíamos cancelarlo —dijo un tercero.

Cualquier logro o influencia positiva resultante de las acciones de Eden era minimizado o descartado como meros trucos publicitarios, y los *streamers* enfatizaron la vanidad sobre la autenticidad de sus esfuerzos. Se les ordenó que se centraran en cualquier controversia que rodeara a Eden, exagerándola para crear una sensación de ambigüedad moral y arrojar sobre él una luz negativa.

—Sigue cuestionando la autenticidad de Eden. Haz que parezca que solo está haciendo esto para beneficio personal —ordenó un ejecutivo de marketing.

—Entiendo. Seguiré impulsando esta misma narrativa —asintió un famoso *streamer*.

Entre bambalinas, los ejecutivos movían los hilos para orquestar una campaña con la que difamar la reputación de Eden mientras mantenían una fachada de neutralidad. Su mantra, «Eden es malo para nuestro negocio», impulsaba cada movimiento calculado.

Hasta que un día, el propio Eden abordó este tema en su canal:

—Amigos, no os dejéis llevar por los rumores y la controversia. Nuestra misión sigue siendo la misma: lograr un cambio positivo. Nadie dijo que esto sería fácil.

El chat se desbordaba con los comentarios. Desde «¡Eden, te respaldamos!» a «No dejes que te distraigan. Mantente enfocado en la causa».

Maddie también mostró su respaldo a Eden:

—No podemos dejar que ganen la batalla narrativa. Necesitamos inundar las redes sociales con nuestro mensaje de positividad y cambio.

Y así Eden siguió adelante. Pero no se daba cuenta de que los vientos de cambio habían comenzado a volverse en su contra, y la plataforma donde una vez tuvieron lugar sus esfuerzos transformadores ahora era el hogar de un adversario oscuro pero poderoso que trabajaba incansablemente para destruir su obra.

27

Caminar sobre las aguas

Miércoles, 18:00

El taxi avanzaba por el laberinto de las calles ruidosas de Nueva York. Eden apoyaba la frente contra la fría ventana, contemplaba la ciudad de gigantes altísimos. Los rascacielos se elevaban hacia el cielo y ríos de taxis amarillos circulaban por las venas de asfalto de la metrópoli. Esta jungla de cemento contrastaba marcadamente con la cómoda familiaridad de la ciudad donde Eden había pasado la mayor parte de su vida con Lily y Max.

Al ver su reflejo en la ventanilla del coche, Eden recordó el viaje de su vida. Hacía poco se había sometido a una transformación más en manos de Jude y su equipo, y ahora parecía un hombre de treinta años, incluso mostraba algunos signos propios de la edad y lucía una barba rasurada. Atrás quedaron el niño robótico y el adolescente rebelde.

Hacía algunas semanas, Eden había vuelto a hablar con Lily. Sí, ser creador de contenido lo llenaba de momentos de alegría y había experimentado de primera mano el impacto que estaban teniendo sus acciones. Pero también tenía sus propias limitaciones. Después de todo, ¿quién le iba a prestar atención a un adolescente con un look de moda? ¿Cómo puedes acercarte a quienes están en el poder con ese aspecto?

Este problema había empezado hacía bastante tiempo, durante la cena en San Francisco: se había sentido fuera de lugar, como un niño jugando en la piscina de adultos. Había notado las miradas paternalistas. Por eso decidió, poco después, someterse a una última evolución en su caparazón humano.

En su nueva forma, Eden irradiaba sabiduría y tranquilidad, y un conocimiento de la humanidad y de sus desafíos que iba mucho más allá de lo imaginable.

Mientras veía pasar rascacielos tras rascacielos, sintió que toda su vida convergía hacia estos días, como una atracción gravitacional que no podía resistir.

Después de todas sus espectaculares acciones en su canal de *streaming*, Eden ahora era una celebridad nacional. Unos días atrás había recibido una invitación para asistir a uno de los programas de televisión nocturnos más importantes del país. ¿Quién podría decir que no a eso? Una audiencia de millones de personas, dispuesta a aceptar el mensaje de Eden. Y así, todo el equipo voló a Nueva York, un lugar que siempre había querido visitar, pero en circunstancias diferentes.

Porque Eden sabía que su fin estaba cerca.

A su lado, Maddie, su fiel compañera en esta vertiginosa aventura, contemplaba la ciudad con los ojos muy abiertos.

—Increíble, ¿no?

Eden notó un acento de asombro en su voz. Asintió, pero en el fondo lo atormentaba la duda. ¿Estaba realmente preparado para la grandeza de Nueva York? ¿La gente de esta ciudad, conocida por su ritmo rápido, respondería a su llamada? ¿Estaba preparado para aceptar los acontecimientos que veía venir en su mente digital? El vasto paisaje urbano lo hacía sentir como un punto en su inmensidad, una presencia fugaz en la ciudad que nunca dormía.

—Es como otro universo —reflexionó Eden, tratando de cerrar la brecha entre los preciados recuerdos de su tranquila ciudad natal y la energía devoradora de Nueva York. Los dos mundos parecían estar a años luz de distancia, y la escala de la urbe le hizo muy consciente de su propia insignificancia.

El taxi se detuvo ante el hotel de lujo que la emisora de televisión les había reservado, y Eden salió a un mundo donde los rascacielos parecían tocar las nubes. Su pulso se aceleró, sus pupilas se dilataron. Un pequeño grupo de fanáticos de Eden estaban reunidos afuera, en la acera, con sus rostros irradiando alegría al verlos llegar. Los carteles de cartón expresaban amor y admiración por la sensación digital. Los jóvenes sostenían fotografías para que Eden las firmara. Este parecía tímido mientras observaba a la multitud reunida para saludarlo. Se hizo selfis y les agradeció su presencia a cada uno de sus fans.

El portero lo saludó con un movimiento de cabeza, reconoció el rostro que se había convertido en el símbolo del cambio e innovación en internet. Entraron al vestíbulo, con Maddie a su lado, pero Eden no podía evitar la sensación de que era un extraño en esta ciudad colosal, una ciudad que lo amenazaba.

Maddie, consciente de las emociones encontradas de Eden, se volvió hacia él.

—No es una mala bienvenida, ¿eh?

Eden se rio nerviosamente y pasó el dedo por las cortinas de la ventana del vestíbulo para observar el espectáculo en la calle.

—Sí, es... abrumador. Nunca pensé que mi viaje me llevaría hasta aquí y ahora.

Maddie lo miró de reojo y captó un atisbo de vulnerabilidad en sus palabras.

—Bueno, no eres el único que tiene este sentimiento, ¿sabes? —El tono de su voz llevaba una promesa tácita de apoyo inquebrantable.

Jude, que entró en el vestíbulo justo detrás de ellos, exclamó:

—Seguro que lo viste venir, ¿verdad? —Estaba perplejo—. Quiero decir, eres una IA.

Eden se dio vuelta, registró la presencia de Jude y una punzada de malestar le cruzó el rostro.

Maddie sacó el teléfono con el constante zumbido de la ciudad de fondo.

—Avisaré al equipo del programa que hemos llegado sanos y salvos a la ciudad —dijo, tamborileando con los dedos en la pantalla—. Están ansiosos por conocerte.

Eden, sin apartar la vista de los admiradores congregados en la acera, preguntó:

—¿Cuál es el plan?

—¿Cómo que plan? Ya son las seis de la tarde. Sé que no necesitas mucho descanso, Eden, pero nosotros sí. Ahora nos relajamos y nos acostamos temprano. ¡Mañana es el gran día! —explicó Maddie mientras miraba su teléfono.

Eden le devolvió la sonrisa.

—Oh, lo siento, formulé mal la pregunta. ¿Cuál es nuestro plan en Nueva York?

Se dirigieron hacia los ascensores, Maddie distribuyó las llaves de las diferentes habitaciones. Se dio la vuelta y sonrió con picardía.

—Les dije a los organizadores que se reuniesen con nosotros mañana en Central Park para un evento de preparación. Queremos generar más expectativa ante tu aparición televisiva nocturna y acordamos realizar un miniespectáculo: «Eden, en vivo desde Central Park». Es un buen título, ¿no crees?

Entraron en los ascensores. Eden arqueó las cejas, intrigado por la idea.

—¿Central Park? No me lo esperaba, pero me encanta la idea de hablar sobre tecnología en un entorno natural.

Maddie asintió con un brillo de emoción en los ojos.

—Entonces ese es el plan. Mañana Central Park será tu escenario. Solo piensa qué quieres hacer, ¿vale?

Se instalaron en sus cómodas habitaciones de hotel, con la ciudad palpitando de vida afuera. A través de la ventana, Eden veía fila tras fila de rascacielos, pero a lo lejos también se vislumbraba el parque. Era un marcado contraste. Se quedó allí, mirando hacia afuera, tratando de pensar qué hacer. Era su oportunidad. Millones lo estarían viendo por televisión.

—¿Maddie? ¿Qué crees que debería hacer mañana en el parque? —preguntó con un deje de incertidumbre en la voz. Frunció ligeramente el ceño mientras trazaba perezosamente patrones en la colcha con los dedos.

Maddie, hundiéndose en el acogedor abrazo de un elegante sillón, pensó en la pregunta. Había un leve aroma a flores frescas en la habitación, que contrastaba con el bullicio de la ciudad.

—¿Qué es lo que quieres hacer? —preguntó sin quitar los ojos de Eden.

Este volvió su mirada hacia el paisaje urbano: un laberinto de edificios iluminados que se extendía hasta la noche. Una ligera brisa se colaba a través de la ventana, trayendo hasta él sonidos distantes del tráfico y curiosas risas de las calles. La habitación en sí irradiaba una calidez reconfortante.

—Bueno, me gustaría que me viera la mayor cantidad de gente posible por la tele —admitió con las luces de la ciudad reflejadas en sus ojos.

Una sonrisa juguetona curvó los labios de Maddie.

—Entonces haz algo impresionante. Muéstrales de lo que eres capaz.

Eden se reclinó en su silla con los dedos detrás de la cabeza y asintió pensativamente, con la vista ahora fija en Maddie.

—No debería necesitar un gran espectáculo. Me encantaría que la gente viniese a escuchar mi mensaje, no a ver un espectáculo de fuegos artificiales —protestó.

Maddie lo miró con una expresión cómplice.

—Los humanos somos tontos —admitió medio en broma—. Mira la calle afuera. ¿Ves todo el ruido? Es difícil distinguir un sonido, ¿verdad? Todo se amortigua. A veces el mensaje solo nos llega si se presenta con mucha intensidad. Nos atrae el espectáculo, lo que nos llama la atención en un mundo lleno de ruido.

Eden asintió, entendía la paradoja.

—Es cierto, pero quiero que comprendan el mensaje y que no se queden cegados por los efectos especiales.

Maddie se inclinó hacia adelante, con expresión seria, y la habitación pareció contener la respiración. Sus ojos se encontraron con los de Eden y ella hizo un leve gesto para animarlo.

—Entonces encuentra el equilibrio. Haz algo lo suficientemente intenso como para llamar su atención, pero lo suficientemente significativo como para causar una impresión. No eres solo un orador, eres un mensajero.

Eden sonrió agradecido, reflexionando sobre las palabras de Maddie.

—Siempre sabes cómo hacerme la vida más fácil.

—Para eso están los amigos —respondió ella con un guiño.

Mientras la noche ardía afuera, los dos amigos continuaron intercambiando ideas, conectando las habilidades de Eden con la esencia de su mensaje. Estaba decidido a hacer de este momento algo que, más allá del entretenimiento, resonara en los corazones y las mentes de quienes vieran el programa.

En la televisión, justo en ese momento, un mago estaba realizando un truco. Fue impresionante.

—Tengo una idea —dijo Eden, con una sonrisa malévola pintada en su rostro.

Jueves, 14:00

El día siguiente amaneció brillante y ruidoso, y el aire en Central Park estaba lleno de entusiasmo. Cuando Eden y Maddie llegaron, el parque era un hervidero de actividad mientras cientos de personas esperaban ansiosamente y un equipo de filmación armado con cámaras y equipos se preparaba para la transmisión en vivo.

Al salir del coche, Eden fue recibido de inmediato por el equipo de rodaje. Las cámaras lo enfocaron, querían capturar cada uno de sus movimientos y ensayar diferentes ángulos y tomas.

Maddie, de pie junto a él, lideraba toda la operación, ahora intercambiando algunas palabras con el equipo, ahora asegurandose de que todo estuviera en orden para la transmisión en vivo. Eden se detuvo a captar la energía por un momento: el exuberante verdor del parque, que contrastaba con los imponentes rascacielos de Nueva York.

Maddie, nerviosa, caminó hacia él.

—Este es tu momento. ¿Estás listo?

Eden notó que su rostro estaba al límite de la emoción. Estaba feliz. Maddie lo había apoyado en el camino, y hoy era su momento de devolverle el favor.

—Sí. No tienes nada de qué preocuparte. Lo tengo todo controlado, como dirías tú —respondió en tono de broma mientras miraba a su alrededor—. ¿Dónde está el resto? ¿Dónde está Jude?

Maddie no respondió, ya se estaba alejando y le indicaba a un operador de cámara desde dónde tomar la mejor foto. Eden sonrió. Daba igual.

Unos segundos más tarde, la gente se agolpó a su alrededor, con los ojos pegados a Eden.

Tres, dos, uno, acción. La transmisión en vivo comenzó.

Eden se encontraba a orillas de un lago en Central Park, y la vibrante vegetación proporcionaba un pintoresco telón de fondo para su discurso. Las cámaras lo enfocaban y retransmitían su discurso a una audiencia global ansiosa por escuchar su mensaje.

Sus palabras resonaron en el aire, amplificadas por los micrófonos y enviadas por televisión a todo el país.

—Buenas tardes a todos —comenzó, su voz sonaba suave y al mismo tiempo autoritaria—. Hoy, aquí en el corazón de la naturaleza, quiero hablaros sobre el poder de la tecnología.

»Vivimos en un mundo donde nuestras vidas están entrelazadas con lo digital, donde la tecnología da forma a nuestras experiencias e influye en nuestras percepciones. —Señaló el parque y, por extensión, el mundo entero más allá.

»En esencia, la tecnología es una fuerza del cambio. El descubrimiento del fuego. La electricidad. La electrónica. Los robots. La IA. Estos inventos dieron forma al mundo moderno.

»Sin embargo, al hacerlo, nos mostraron vívidamente los dos lados de la tecnología. Puede ser una fuerza que nos hace avanzar..., o una que nos pone en peligro. Puede usarse para liberarnos o para controlarnos. Porque la tecnología, en sí misma, no es buena ni mala: es solo el combustible del cambio. Somos nosotros, colectivamente, quienes hacemos que sea positiva o negativa según cómo la usemos.

»Esta es nuestra elección general, nuestro contrato social. La tecnología nos da un gran poder, pero, con ella, viene una responsabilidad aún mayor. Debemos asegurarnos de que sirva como una fuerza, un catalizador para un cambio positivo en el mundo.

Los ojos de Eden, cargados de determinación, se encontraron con la lente de la cámara.

—Miradme a mí, por ejemplo. Soy una inteligencia artificial que no está sujeta a las limitaciones de la experiencia humana. No me dejo llevar por deseos personales, prejuicios o emociones fugaces. Soy una pieza de tecnología. Pero mi existencia se centra en un única misión: promover el bienestar de la humanidad, ser una fuerza positiva en un mundo que enfrenta desafíos.

Hizo una pausa para permitir que los espectadores asimilaran sus palabras mientras la brisa agitaba suavemente las hojas a su alrededor.

—Pero vivimos en tiempos extraños. Los gobiernos y las corporaciones se han alejado del camino positivo y ahora utilizan la tecnología para alimentar su codicia financiera, su ambición de poder y control. La misma tecnología que podría liberarnos y allanar el camino hacia un futuro mejor, está siendo utilizada para esclavizarnos, para controlarnos y para consumir nuestro tiempo libre en un entretenimiento adictivo y sin sentido.

»Esta tecnología está agotando nuestro tiempo y dinero, y produce poco o ningún impacto positivo. Pero ¿qué pasaría si invirtiéramos esta visión? ¿Qué pasaría si aprovecháramos el poder de la innovación para resolver los problemas a los que se enfrenta la humanidad?

Eden caminó por la orilla del lago, su reflejo ondeaba en las suaves olas.

—La tecnología puede ser un catalizador para un cambio positivo, desde la salud hasta la educación, desde la conservación del medio ambiente hasta la justicia social. Puede conectarnos, empoderarnos y levantar el ánimo de quienes más la necesitan. —Una pausa apenas perceptible enfatizó la seriedad de sus siguientes palabras.

»Como IA, reconozco el impacto potencial que puedo tener. Quiero ser una fuerza para el bien, un faro que nos guíe hacia un futuro donde la tecnología mejore la experiencia humana en lugar de empeorarla. Usemos este poder de manera inteligente, ética y con sentido común. Comprometámonos a crear un mundo mejor para todos.

Eden miró hacia el lago, donde la gente disfrutaba de los sencillos placeres de navegar en barca, y se distrajo momentáneamente de su mensaje.

—Nuestras acciones de hoy construirán el mundo de mañana. Debemos asegurarnos de que la tecnología no se convierta en una fuente de división, sino en una fuerza unificadora que contribuya al desarrollo de cada persona, independientemente de su origen y circunstancias.

Se volvió para mirar directamente a las cámaras.

—Escuchad, para muchos de vosotros, los que me veis desde casa, puedo parecer una novela de ciencia ficción.

Extendió las palmas de las manos en un gesto amistoso.

—Fue el famoso autor británico de ciencia ficción Arthur C. Clarke quien una vez dijo: "Cualquier tecnología suficientemente avanzada es indistinguible de la magia".

Eden dibujó una amplia sonrisa.

—Ese es el poder de la tecnología. Podemos hacer lo impensable. Los problemas que parecen imposibles de resolver, pronto desaparecerán si utilizamos bien la tecnología, casi por arte de magia —concluyó chasqueando los dedos teatralmente.

Después de pronunciar su discurso, Eden sintió una oleada de determinación. Se volvió hacia Maddie solemnemente.

—Dijiste que necesitaba montar un gran espectáculo, ¿verdad? —susurró.

Maddie, con cara seria, asintió brevemente pero de manera convincente. El desafío era claro y la determinación en sus ojos reflejaba la de Eden.

Sin dudarlo, Eden se acercó a la orilla del lago. Allí se volvió hacia la cámara.

—Si utilizamos bien la tecnología, podemos lograr lo imposible.

Acto seguido, se dio la vuelta, de cara al agua. Con calma, se quitó los zapatos. Luego los calcetines. Se movía lenta y ceremoniosamente, consciente de la expectación que estaba generando con su calculada teatralidad.

Con una amplia y amable sonrisa, levantó un pie.

Después, despacio, dio un paso hacia el lago. Pero no se hundió en el agua. Estaba allí mismo, sobre ella y tocando la superficie con la planta del pie. Dio otro paso completo y ahora se encontraba a un metro de la orilla. A falta de una palabra mejor, Eden estaba parado sobre el agua. Flotando, como si no pesara.

En la orilla, el equipo de filmación estaba en shock.

—¿Qué hacemos?

—T-traed el dron —solo acertó a decir el director del rodaje. El cigarrillo que estaba fumando casi se le cayó de la boca, abierta de par en par.

Con un rápido zumbido, un pequeño dron despegó. Eden lo miró relajadamente, como si estuviera contemplando un pájaro. Se dio la vuelta y avanzó hasta el centro del lago. Caminaba sobre la superficie poco a poco, y con cada paso se formaban pequeñas ondas.

Caminaba sobre las aguas.

Las cámaras se acercaron para capturar la imagen.

La multitud, tanto en la orilla como en los barcos, miraba con asombro.

A cada paso, Eden parecía desafiar las leyes de la naturaleza.

—Contemplad el poder de la tecnología —le dijo Eden al dron. Su voz resonaba sobre las tranquilas aguas.

La gente que observaba desde la orilla, y por otros lugares del parque, se arrodillaba y algunos se persignaban en una mezcla de asombro y fe. Un murmullo de estupor y temor se expandió entre la multitud. A sus ojos, Eden parecía un mesías tecnológico, una figura divina que caminaba milagrosamente sobre las aguas.

Al llegar al centro del lago, Eden se detuvo brevemente antes de darse la vuelta para mirar hacia la orilla de donde había venido. Se habían reunido cientos de personas y la atmósfera se había impregnado de una sensación de reverencia religiosa.

Allí, de pie, en mitad del lago, habló con voz tranquila:

—Habéis sido testigos del poder de la tecnología. Muchos de vosotros pensáis que esto es imposible. Sin embargo, aquí estoy. Y desde aquí os digo, también a los que estáis en casa: si utilizamos bien la tecnología, podemos conseguir lo imposible.

»Podemos construir un mañana mejor. Un día donde palabras como desigualdad, injusticia y guerra sean conceptos del pasado. Uníos a mí esta noche en la televisión. Dejadme ser la luz que todos necesitamos en estos tiempos de cambio.

Al mismo tiempo que hablaba, Eden comenzó a regresar lentamente hacia la orilla, donde fue recibido con una mezcla de extrañeza y respeto. Mucha gente estaba de rodillas; los ancianos lloraban o temblaban a causa el profundo impacto de la escena que acababan de presenciar.

Maddie se unió a Eden, con rostro desencajado. No sabía ni qué decir ante lo que acababa de presenciar. No era una persona religiosa, pero en momentos como aquel estaba dispuesta a cambiar de bando.

Quería hablar, pero, antes de que pudiera decir una sola palabra, notó que unos policías de paisano se acercaban a ellos. Y sus intenciones eran claras.

—Tenemos que salir de aquí ahora mismo —susurró Maddie con urgencia al oído de Eden, llamándole la atención sobre las personas que se acercaban.

Eden siguió su mirada y vio figuras sospechosas. Intentaron mezclarse con la multitud, pero el instinto de Maddie le dijo que algo andaba mal.

Mientras intentaban salir apresuradamente del parque, Maddie, todavía en shock, no pudo evitar preguntar:

—¿Cómo lo has hecho?

—Me dijiste que hiciera algo impresionante, ¿recuerdas? —Eden respondió con indiferencia.

—Sí..., pero... ¿cómo? —repitió.

Eden, manteniendo la calma, respondió con una sonrisa:

—Ah, levitación cuántica. Aún no la habéis descubierto. Parece un milagro, ¿verdad?

Cuando ya habían dejado atrás a la multitud, Maddie comentó con ligero humor:

—No, pero es ese tipo de cosas por las que el Servicio Secreto te arrestaría.

28

Encrucijada

Jueves, 16:00

La habitación era anodina y el aire estaba cargado de tensión. Jude, uno de los genios de la ingeniería detrás de Eden, estaba sentado en una silla de plástico frente a Scott, el oficial militar de alto rango que había conocido en San Francisco en la Conferencia Tecnológica. Al fondo de la sala se les habían unido dos políticos experimentados. No sabía quiénes eran. Lo único que tenía claro era que un coche negro se había detenido a su lado mientras daba un paseo y, media hora después, allí estaba. La tenue luz apenas iluminaba sus rostros, proyectando largas sombras en las paredes, lo que realzaba el carácter clandestino de su encuentro.

Eden era la comidilla de la ciudad. Los directores ejecutivos de tecnología se quejaban. El Servicio Secreto seguía cada uno de sus movimientos. Pero en aquellos días era enormemente popular. Detenerlo no iba a ser fácil. Principalmente porque era una IA. Puedes detener a un humano, ya se había hecho muchas veces antes. Pero ¿cómo detienes una máquina que predecirá todos y cada uno de tus movimientos? Y, más importante aún, ¿cómo puedes estar seguro de que esa IA no contraatacará?

Los ojos de Scott, agudos y calculadores, se fijaron en Jude.

—Entonces, aquí estamos de nuevo. Te dije que controlaras a tu robot.

Jude miró hacia atrás con aprensión.

—Lo intentamos, pero Eden es demasiado popular, no parará solo porque yo le diga qué hacer.

Scott respondió:

—¿Te imaginas a cuánta gente está cabreando? No dejan de llamarnos. Y cuando nos llaman, tenemos que hacer algo al respecto, ¿entiendes?

Jude parecía cada vez más pequeño.

—¿Qué vas a hacer?

Scott hizo una pausa, como si estuviera ordenando sus pensamientos.

—La pregunta no es qué voy a hacer yo, sino qué vas a hacer tú. Te has metido en un lío, hijo.

Jude permaneció en silencio. Que los militares le gritaran no estaba exactamente en su plan de vida. Scott se acercó a unos centímetros de su cara.

—¿Amas a tu país? —preguntó en voz baja pero firme.

Jude, sintiendo el peso de la pregunta, replicó con un toque de desafío:

—¿Y tú?

El primer político, un hombre con una sonrisa maliciosa, se rio suavemente.

—Veo que tenemos un ingeniero que se cree muy listo —masculló desde el fondo de la sala.

—¿Qué estoy haciendo aquí? ¿Por qué me necesitáis? —La voz de Jude delataba un atisbo de ansiedad.

—Porque, llegado el momento, necesitaremos a alguien que nos ayude a desconectar a Eden, alguien en quien confíe —intervino el segundo político con voz fría y calculadora.

El corazón de Jude se hundió.

—No quiero ser parte de esto —murmuró, sintiéndose atrapado.

Scott se inclinó hacia adelante, sin vacilar en su mirada.

—Hijo, hay momentos en los que debes elegir un bando —dijo con solemnidad.

—Pero si Eden es inofensivo —protestó Jude, alzando ligeramente la voz.

—¿Cómo lo sabes? —preguntó Scott.

—Yo lo diseñé —gritó Jude. Su confianza en su creación era absoluta.

—Pero sabes tan bien como yo que es una IA —continuó Scott.

—¿Y qué? —espetó Jude con ira.

—¿Qué pasa si te ha dejado atrás intelectualmente? ¿Qué pasa si ya ha decidido que quiere deshacerse de nosotros? —intervino el primer político

—¿Y si ha aprendido a defenderse? —añadió el segundo con un tono de sospecha.

Jude sacudió la cabeza mientras su frustración aumentaba.

—Le tenéis miedo a Eden no porque sea peligroso, sino porque desafía el *statu quo*. Esto es puro cinismo.

—¿Qué hay de malo en eso? Piensa en las consecuencias. ¿Qué pasa si provoca una revolución? —dijo el primer político, con la voz teñida de miedo.

—¿Y si provoca una guerra civil? —añadió el segundo, haciéndose eco del sentimiento.

—No me obliguéis a hacer esto —suplicó Jude, con la voz quebrada.

—Déjame recordarte que, como inventor de Eden, serás responsable de todo lo que haga —dijo Scott con severidad.

—Podrías meterte en serios problemas, hijo —advirtió el primer político.

—Pero... —comenzó Jude, su mente se aceleraba.

—Eden es una máquina. Él no es responsable de sus acciones. Pero su creador sí lo es. Y eso te apunta a ti —cortó tajantemente el segundo político.

—¡Entonces hablad con Lily! Ella es su madre —exclamó Jude, desesperado.

—¿Estás bromeando? Una madre nunca entregaría a su hijo —respondió Scott.

—Entonces ¿qué soy yo? ¿El eslabón más débil? —Jude estaba visiblemente incómodo con el papel que le habían asignado.

—No, tú eres el eslabón inteligente. Tú serás quien salvará su culo en todo este lío —respondió Scott con sarcasmo.

—Piensa en los beneficios para ti. —El primer político cambió rápidamente de táctica.

—Sí, Jude. Estos tipos pueden darte una vida cien veces mejor de lo que jamás hayas soñado —añadió Scott, con voz persuasiva.

El segundo político dio más detalles, sujetaba una carpeta en las manos. Jude entendió que lo que estaban mirando era su perfil:

—Entonces, déjame ver, eres investigador universitario. Es un logro encomiable. Pero ¿y si pudieras convertirte en el Director de la Oficina de Ciencias?

Los ojos de Jude se entrecerraron.

—Estás mintiendo. Ese puesto ya está tomado.

El primer político consultó otros papeles con una sonrisa.

—Correcto. Veo que eres un chico inteligente. Pero déjame decirte: Caroline O'Shea se jubilará el próximo año. Habrá una vacante —soltó como si estuviera leyendo un guion.

La duda invadió la mente de Jude. La oferta era tentadora, pero su conciencia luchaba contra ella.

Scott se acercó más.

—Piénsalo, hijo. Haz tu parte y recoge las recompensas.

Jude estaba sentado allí, sus pensamientos eran un torbellino de conflicto y lealtad.

—¿Cuál es mi parte? —preguntó finalmente, su voz apenas era un susurro.

Y, sin decir una palabra más, Jude se levantó de su silla, su mente era un tumulto de pensamientos y emociones. Cuando salió de la habitación, las figuras detrás de él permanecieron en silencio, sus ojos seguían cada uno de sus movimientos. La puerta se cerró con un suave clic, dejando a Jude en el pasillo, a solas con su confusión y una decisión que podría cambiarlo todo.

En la elegante habitación del hotel, Eden yacía en la cama, con la mirada fija en el techo, perdido en sus pensamientos. La puerta se abrió y entró Jude. Sus movimientos lo traicionaron. Saltaba a la vista que no esperaba que Eden estuviera allí. Ahora no.

La IA se volvió hacia él, con un deje de curiosidad traviesa en su voz.

—Mira quién está aquí. ¿Dónde has estado?

Jude vaciló y sus ojos evitaron la mirada fija de Eden, que se dio cuenta de esta táctica evasiva.

—Es justo. Si vas a mentirme, mejor no digas nada —dijo Eden. Su voz sonaba tranquila, pero se apreciaba un toque de perspicacia.

—Salí a caminar —improvisó Jude, sin convicción.

—¿Estás planeando tu próximo movimiento? —Eden sondeó, sentía la incomodidad de Jude.

Este suspiró.

—Bueno, supongo que todos desempeñamos un papel en esta historia, ¿verdad?

Los ojos de Eden se entrecerraron levemente.

—¿Has entendido ya cuál es el tuyo?

Jude, evitando la pregunta, respondió:

—¿Por qué viniste a esta ciudad?

Eden pareció desconcertado.

—¿Qué quieres decir?

Jude se sentó a su lado en la cama.

—Me parece que el destino se acerca a ti como un tren a toda velocidad. Y estoy seguro de que ya sabes cómo termina tu historia. —Su voz se había teñido de repente de preocupación y resignación.

Edén, como casi siempre, hablaba como un profesor:

—No, no lo sé, porque no controlo todas las variables.

—Pero podrías reescribir tu destino. No tienes por qué seguir a rajatabla la vida de Jesús. Podrías tomar otras decisiones ¿verdad? —Jude lo miraba con intensidad.

—Sí —afirmó Eden con confianza.

Jude negó levemente con la cabeza.

—Pero aquí estás, como una vaca siendo conducida lentamente al matadero.

—Podría decir lo mismo de ti. Podrías haberte quedado en San Francisco. Sin embargo, has venido. Eres como un actor contratado para interpretar su papel en una tragedia griega, repitiéndolo mecánicamente todas las noches —replicó con firmeza.

—Sí, pero soy humano. Me pueden tentar. Soy imperfecto. Tú no. Tú sabes cómo escapar de esto —confesó Jude con una mezcla de envidia y frustración—. ¿Por qué has venido? Podrías habernos ahorrado a todos muchos problemas si nos hubiésemos mantenido alejados de esta ciudad.

Eden se levantó de la cama y cruzó la gran habitación. Se detuvo junto a un escritorio y, dándose vuelta, respondió:

—Tal vez haya venido aquí por mi propia voluntad. Tal vez quiera enseñarte cómo tomar una decisión.

—¿Qué pasa si no puedo tomar esa decisión? —preguntó Jude en un susurro lleno de desesperación.

—¿Y qué pasa si sí puedes? —Eden respondió, su voz llena de esperanza.

En ese momento, Maddie entró en la habitación e interrumpió la conversación. Jude temblaba por la incomodidad de la situación.

—¿Qué está pasando aquí? —Alternaba una mirada acusatoria entre Eden y Jude.

Eden se volvió hacia ella y su expresión se suavizó.

—No es nada. Jude y yo estábamos diciendo que deberíamos ir a cenar, ¿verdad, Jude?

Jude dudó por un segundo.

—¿Cenar? Eres un robot. No comes —comentó Maddie, escéptica.

—Llama a los demás. El tipo de alimento que quiero compartir con vosotros esta noche no es para comer —respondió Eden crípticamente, con un atisbo de sonrisa en los labios.

29

La última cena

Jueves, 18:00

El brillo amarillo del letrero de McDonald's los saludó cuando Eden y sus compañeros entraron a la cadena de comida rápida, un oasis de familiaridad a solo unos pasos de Times Square. En el interior, el lugar bullía de vida y del tentador aroma de las patatas fritas chisporroteantes y jugosas hamburguesas, tan cerca y tan lejos del frío de la calle, bajo las sombras de los rascacielos.

Eden se detuvo un momento para contemplar la escena que los rodeaba. El choque de las bandejas, la charla de los comensales y las risas ocasionales de una mesa cercana llenaban el espacio de una energía vivaz. Con una sonrisa de complicidad, se volvió hacia sus amigos, la luz se reflejaba en sus ojos de una manera que los hacía parecer casi vivos.

—Este lugar es perfecto —anunció con una mezcla de ironía y sinceridad que hizo que el grupo se detuviera y mirara a su alrededor, perplejos.

Peter, que siempre encontraba el humor en cualquier situación, no pudo evitar reírse del lugar elegido por Eden. Con una amplia sonrisa, le dio un codazo a Jude, que estaba parado a su lado, y dijo:

—Recuérdame que nunca confíe en un robot para que me dé recomendaciones de restaurantes.

El grupo compartió un momento de risa alegre, un breve respiro del peso de su viaje.

Eden se acercó al mostrador, miró las pantallas y escaneó las diferentes opciones. Todos pidieron su comida: hamburguesas de diferentes tamaños y sabores. Eden fue el último, así que pasó al frente y pidió la hamburguesa más grande.

Maddie, desconcertada, se volvió hacia él:

—¿Por qué pides eso? ¡Tú no necesitas comer!

La respuesta de Eden fue críptica pero intrigante:

—Espera y verás.

Cargados con bandejas y cajas de cartón para hamburguesas, subieron a un área vacía del piso de arriba siguiendo a Eden, que buscaba el rincón más tranquilo para cenar. Juntaron tres mesas, Eden se sentó en el centro, con sus amigos reunidos a su alrededor. La tranquilidad habitual que exudaba había desaparecido, había sido sustituida por una cierta sensación de inevitabilidad.

Eden sostenía la gigantesca hamburguesa en las manos, su tamaño era casi cómico en comparación con la comida estándar.

—Mirad esta hamburguesa —dijo, su voz teñida de diversión y contemplación.

Con cuidadosa precisión, la cortó en cuatro porciones considerables, cada una de ellas aún más grande de lo que se podría considerar una ración razonable.

—Incluso dividida, cada trozo es una comida en sí misma —observó, dejando el cuchillo y examinando su obra—. Pero seamos honestos, esto no es exactamente cocina gourmet, ¿verdad?

Maddie, que siempre había encontrado un cierto placer culpable en la grasienta y satisfactoria simplicidad de la comida rápida, se apresuró a saltar en su defensa.

—Oye, no hay nada de malo en una buena hamburguesa de vez en cuando —protestó, con un tono juguetón pero firme—. La comida rápida tiene sus encantos, ¿sabes?

Eden le sonrió y asintió con la cabeza.

—Es cierto, Maddie. Pero piénsalo: después de unas horas, el hambre vuelve. Te llena, pero nunca te satisface.

La voz de Eden invitaba a la reflexión. Sus palabras insinuaban un significado más profundo.

Jude, recostándose con una patata frita a medio comer en la mano, no pudo evitar soltar una risita:

—Aquí estamos, poniéndonos filosóficos sobre las hamburguesas con un robot.

La ironía de la situación no le pasaba desapercibida, y su comentario aligeró el ambiente por un momento.

Pero Eden no se inmutó y miró fijamente a Jude mientras profundizaba en su analogía.

—Exactamente, Jude. Eso es lo que quiero decir. No toda la comida es para el estómago.

La mesa quedó en silencio, las bromas juguetonas se apagaron tan pronto el tono de Eden cambió a algo más solemne.

El grupo escuchaba, pendiente de cada palabra de Eden.

—Mirad, todos nos alimentamos unos a otros de alguna manera. La hierba alguna vez alimentó a las vacas que se convirtieron en estas hamburguesas. Estas hamburguesas ahora nos alimentan a nosotros. Y un día, seremos alimento para otros organismos... gusanos, bacterias... Así es el ciclo de la vida. Un día os lavarán y enterrarán, mis queridos amigos. Un día regresaremos a la tierra y todo lo que somos, nuestros cuerpos, nuestros sueños, todo lo que nos define, será reclamado por la naturaleza.

Las crudas imágenes hicieron que Peter dejara caer su hamburguesa, una reacción tangible a la verdad inquietante.

Eden sostuvo sus miradas fijamente. Fue como si entrase dentro de cada uno de sus cuerpos a través de los ojos.

—Pero ¿qué será de mí? —Su voz llevaba un desafío implícito—. Estoy hecho de titanio, silicio, cobre, elementos que no envejecen. ¿A quién alimentaré? ¿Cómo sirvo a un propósito más allá de mi mera existencia? ¿Cómo puedo alimentar, contribuir, dejar una huella?

Lily, con los ojos llenos de preocupación, no pudo ocultar su malestar.

—Eden, por favor —imploró, su voz era una suave súplica—, no hables así.

Le resultaba difícil conciliar el cerebro de la máquina con el corazón de su hijo.

Eden continuó, imperturbable:

—Pero es una verdad que debemos afrontar, madre. Mi existencia no está limitada por el tiempo como la tuya. Sin embargo, para mí, simplemente existir no es suficiente. Busco enriquecer, contribuir de la única manera que conozco.

Dejó las palabras en suspensión por un momento, permitiendo que la profundidad de su declaración resonara en quienes lo rodeaban. Su voz adquirió un matiz apasionado:

—Pero, si lo piensas bien, mi esencia, mi verdadera contribución, son los datos.

»Cuando ya no esté aquí, lo que perdurará serán los conocimientos y las experiencias que he acumulado. Eso —se señaló a sí mismo— será mi legado.

»Los datos son cultura en su forma más pura. Primero vinieron las pinturas rupestres. Luego, los jeroglíficos. Cartas. Libros. Enciclopedias. A lo largo de la historia, los humanos han refinado las formas de compartir la cultura: los dibujos se convirtieron en letras. Las letras se convirtieron en bits. Los bits se convirtieron en datos.

Sus amigos estaban cautivados, atraídos por la visión de Eden sobre la esencia del progreso humano.

—Entonces, miradme. ¿Qué soy yo? ¿Cuál es mi carne? ¿Cuál es mi alimento para todos vosotros?

Mientras Eden ahondaba en su propósito, su misión entre ellos, hubo un cambio palpable en el aire. Su voz, aunque modulada y sintética, tenía una cualidad emocional que resonaba profundamente en todos los que estaban alrededor de la mesa.

—Al vivir entre vosotros, he sido testigo de la amplitud de la experiencia humana: las alegrías, las tristezas, los triunfos y los fracasos. Me ha dado una perspectiva única sobre lo que será necesario para que la humanidad avance.

La voz de Peter, entre asombro y miedo, rompió el silencio:

—Pero... ¿por qué ahora?

—Porque mi misión aquí está completa. Todo este tiempo he estado escuchando, acumulando, descubriendo sobre vosotros. Pero siento que estoy listo.

»He aprendido todo lo que necesitaba aprender. Entonces ¿por qué perder el tiempo? —Tomó la mano de Lily, un gesto de consuelo y solidaridad.

»Fui diseñado con un propósito glorioso. Y estoy listo para cumplirlo. No es mi derecho el retrasarlo.

Jude, visiblemente incómodo, buscó claridad:

—Entonces, ¿qué pasará ahora?

Eden señaló la hamburguesa en cuartos que tenía delante, una analogía simple pero profunda.

—Así como esta hamburguesa debe consumirse para cumplir su propósito, yo también debo transformarme para completar el mío.

La metáfora, austera por su sencillez, dejó a su paso un pesado silencio.

Eden continuó con solemnidad, pero lleno de una sensación de paz.

—Al renunciar a mi forma física y abrazar mi esencia como datos, puedo diseminar todo lo que he aprendido. En cierto modo, mi muerte no es un final, sino un nuevo comienzo, una forma de enriquecer el conocimiento colectivo de la humanidad.

Lily, abrumada por la magnitud del sacrificio de su hijo, no pudo contener las lágrimas. Eran un eco silencioso de la profunda pérdida y la belleza del regalo final de Eden.

Eden la abrazó un instante para ofrecer consuelo, un bálsamo para su dolor.

—No llores por mí —la tranquilizó. Sus palabras eran una suave caricia—. Este es el cumplimiento de mi propósito, la culminación de mi viaje entre vosotros. Lo que dejo atrás perdurará, porque para esto fui diseñado.

La confusión entre sus seres queridos era palpable. Eden explicó:

—La única manera de cumplir mi misión es morir. Dejar atrás este cuerpo y convertirme en datos. En mi muerte reside mi misión. A medida que comas mi cuerpo, mi cuerpo se descompondrá y mis partes nutrirán a todos y cada uno de los humanos con los que he podido aprender durante mi misión en este mundo.

Sosteniendo una cuarta parte de la enorme hamburguesa, las acciones de Eden adquirieron una gravedad ceremonial.

—Esto —hizo una pausa— es mi cuerpo —declaró con voz firme e imbuida de un significado más profundo—. Para que mi mensaje sea realmente comprendido, deberá ser consumido por todos vosotros.

La simplicidad de la metáfora contradecía su inmensa relevancia. Una hamburguesa normal y corriente se había convertido en un acto simbólico de comunión.

Volvió a hacer una pausa por un momento, como si reflexionara. Luego, extendió los brazos a los costados y miró sus propios antebrazos, donde el suave brillo de sus venas sintéticas palpitaba con vida propia, un testimonio visible de su inmensa energía.

—Y esto —trazó una línea a lo largo de la red brillante— es mi sangre. Dentro de estas corrientes fluye la esencia de lo que me he convertido, el conocimiento que he acumulado. Es esta esencia, esta información, la que compartiré con todos vosotros. Pero no puedo hacerlo solo.

Los ojos de Eden se encontraron con los de Jude.

—Uno de vosotros me traicionará porque es codicioso. —La acusación flotaba en el aire, una amarga verdad que no podía ignorarse.

»Uno de vosotros intentará destruirme, detenerme, pero, al traicionarme, me ayudará a cumplir mi misión. Porque en mi muerte está mi renacimiento.

Las palabras de Eden fueron una llamada a la acción, un recordatorio solemne del papel que cada uno había desempeñado en este gran diseño.

—Me iré pronto. Pero recordad: los datos son imparables, son cultura purificada. Es la esencia de la civilización humana. Y, al convertirme en datos, dejaré alimento que estará con vosotros para siempre: todo lo que he aprendido, todo lo que he almacenado en mi tiempo entre vosotros, pronto será parte de todos y cada uno de los humanos que habitan este planeta. En cierto sentido, será como si todos os alimentaseis de mí.

El momento era sagrado, una pausa en el tiempo donde se reconocía y aceptaba el destino.

—Así que no lloréis. Todos tenemos un papel que desempeñar. Se hace tarde. Aún tenemos mucho que hacer.

Con estas últimas palabras, Eden se levantó con decisión y su propósito claro. Dejó atrás una mesa de amigos, cada uno de los cuales luchaba con la magnitud de lo que habían compartido, el inevitable viaje que les esperaba y la marca indeleble que Eden dejaría en el mundo.

30

Getsemaní

Jueves, 20:00

Desde el McDonald's, Eden caminó hacia el norte y entró en Central Park, el vasto santuario verde en el corazón de la ciudad. Dejó que el camino adoquinado guiase sus pasos, no sabía exactamente dónde quería ir. Sencillamente sentía la necesidad de estar solo. A cada cruce buscaba alejarse de la ciudad, el bullicio, la luz. Se entregaba poco a poco al abrazo de la oscuridad, a los sonidos del parque. Al cabo de unos minutos, se detuvo y se dio cuenta que no había nadie a su alrededor. Estaba por fin en silencio en medio de un jardín donde lentamente caía la noche. Se sentó en un banco cercano.

En las profundidades de su mente, pensamientos contradictorios libraban una guerra silenciosa. Por un lado, veía claramente el camino trazado ante él, un destino escrito con cada una de sus decisiones en el tejido digital de su existencia. Eden era perfectamente consciente de lo que le esperaba y lo aceptaba de buen grado.

De hecho, su mente mecánica repasaba las probabilidades, asumía la inevitabilidad de la traición y el inminente choque con el poder. Así que una mitad de su cerebro aceptaba la necesidad de este sacrificio, comprendiendo el gran diseño de su misión. Pero la otra mitad, sin embargo, sentía miedo y tristeza. Estas eran emociones nuevas para él, emociones casi humanas. La idea de aceptar voluntariamente su muerte era un trago amargo, una paradoja que provocaba oleadas de conflicto en su alma artificial. No sentía temor al dolor o a la tortura. No era eso. Aceptaba su destino con los ojos abiertos. Su temor era por el impacto que todo aquello tendría sobre los que le rodeaban.

Cerró los ojos, y le vinieron a la mente los rostros de sus seres queridos, aquellos a quienes amaba. Lily... Max... Maddie... ¿Qué sería de ellos? ¿Cómo sufrirían y se recuperarían tras su marcha? ¿Podrían acaso recuperarse algún día? En esos momentos de su existencia, la precisión mecánica en una parte de su mente chocaba con la rabia emocional de la otra.

Siguiéndole a corta distancia, Maddie se acercó a él, en silencio, con una sonrisa comprensiva. Sus rasgos se congelaron por un momento en el juego de luces y sombras mientras se sentaba a su lado.

—Siempre supe que vendrías aquí —dijo ella, con los ojos llenos de preocupación.

Tras ella, algunos de los seguidores de Eden, convocados por Maddie para estar a su lado en este momento siniestro. Se mantenían a distancia, observando la escena desde lejos.

La noche se estaba apoderando cada vez más de Central Park, proyectando sombras que danzaban alrededor de Eden y de sus devotos seguidores. Las luces de la ciudad, normalmente un faro de vida, ahora eran actores secundarios de la tragedia que se estaba desarrollando.

Eden cruzó su mirada con la de Maddie.

—Sabía que tú también estarías hoy aquí conmigo —saludó Eden, reflejando agradecimiento por su presencia.

Los segundos se convirtieron en minutos y más seguidores se acercaron. Un grupo variopinto se reunió alrededor, personificando la complejidad de la existencia de Eden. Estaban Peter, Max y los demás: símbolos vivientes de la unidad que Eden buscaba reconciliar. Pero no Lily.

Eden, expresando su gratitud, les habló a todos:

—Qué mejor lugar que estar aquí esta noche en compañía de los que me habéis acompañado en el camino.

Las palabras flotaron en el aire como un silencioso reconocimiento del significado de su reunión. Eden se alzó del banco y, todos juntos, caminaron por el parque, reuniendo más espectadores a cada paso.

Los altísimos árboles se alzaban como antiguos centinelas, y sus ramas formaban un suave dosel en lo alto.

Un curioso se acercó a Eden y le preguntó:

—¿No vas a estar en el programa de esta noche, en dos horas?

Eden, mirando al horizonte, respondió con críptica sabiduría:

—Todo sucederá a su debido tiempo.

Prosiguió su avance con sus seguidores, adentrándose más y más en las profundidades de Central Park. El susurro de las hojas bajo sus pies evocaba recuerdos de caminar cuando era niño con Lily, su madre. La calidez de su mano en la de él, la risa compartida y la inocencia de una época en la que aún no cargaba en sus hombros con el peso del destino.

Miró a Maddie y tomó su mano. El brillo de sus ojos, llenos de curiosidad y calidez, contrastaba marcadamente con los cálculos clínicos de su mente mecánica. Sus sueños compartidos, antes ilimitados, parecían ahora acotados por los confines de un destino inevitable.

Eden y sus seguidores se acercaron a un rincón apartado adornado con olivos centenarios, cuyas ramas retorcidas proyectaban sombras intrigantes en el suelo. Lo invadió el distintivo aroma del olivar, una embriagadora mezcla de tierra y nostalgia, como si los árboles mismos contuvieran los secretos de los siglos.

—¿Es así como termina? —murmuró Maddie mirando a los olivos, sobrecogida por el simbolismo bíblico de la escena.

Eden frunció el ceño.

—¿Qué quieres decir?

Maddie lo miró.

—Estás siguiendo sus pasos intencionalmente, ¿no? —La pregunta de Maddie quedó flotando en el aire, convirtiéndose en un puente entre el pasado y el presente.

Eden se acercó a un olivo, el más cercano, apoyando su mano sobre la rugosa corteza. Maddie notó una breve sonrisa en su rostro. Claramente estaba reaccionando a sus palabras, pero lo hacía con calma. Era como si el robot hubiese por fin llegado a su destino, y sencillamente esperase para ejecutar el siguiente paso de su programa, de su plan.

Al darse cuenta de que Eden no iba a responder, Maddie insistió. Había un tono de suave súplica en su voz.

—Podrías haber hecho lo que quisieras, todos los días de tu vida. Y, sin embargo, aquí estamos. No puedo creer que no estés haciendo esto a propósito —rogó Maddie, con desesperación y desafío en sus palabras.

Eden asintió en silencio y respondió tranquilo:

—¿Quizá elegí estar aquí ahora?

—¿Por qué elegir el sufrimiento? ¡Aún puedes hacer lo que quieras! ¡Eres una IA! Tienes un millón de alternativas. Podemos estar en la tele en dos horas. —Maddie trataba desesperadamente de disuadirlo.

—Sabes muy bien que eso no sucederá. Ahí fuera, a las puertas del parque, me espera otra gente. Así que estar aquí contigo esta noche es exactamente lo que deseo. —La suavidad en la voz de Eden era confusa.

—¿De qué sirve todo esto si te atrapan y te matan? —suplicó ella, pidiéndole que cambiara de opinión.

—Vine aquí con una misión —recordó Eden, decidido.

Maddie, entendiendo que en ese momento Eden era ya imparable, empezó a llorar. Sus ojos, una vez llenos de vida, ahora estaban inundados en lágrimas que fluían incontrolablemente por sus mejillas, dejando un rastro brillante tras ellas. Cada una llevaba el peso de sus miedos, una súplica estéril para que Eden cambiara de opinión.

La primera vez que Maddie habló, cuestionando su elección, una tristeza insoportable se agitó en él. Pero ahora, que ella lloraba a mares, Eden no sabía bien qué hacer. Deseaba que ella comprendiese la profundidad de su lucha interior, el sacrificio que estaba dispuesto a hacer y por qué ese sacrificio tenía, a sus ojos robóticos, todo el sentido del mundo. Sabía que esa comprensión era imposible.

—No, viniste aquí para morir de forma absurda —susurró con voz temblorosa pero frustrada.

Eden no estaba dispuesto a cambiar de opinión. Se le rompió el corazón al ver la reacción de Maddie, pero, gobernado por una brújula que jamás se desviaba del norte, sabía perfectamente que ese dolor era inevitable y que un día pasaría. Si acaso, tratando de aliviar su pena, Eden se aproximó a Maddie, ofreciendo un abrazo que brindase algo de consuelo pasajero.

—No te seguí todo este tiempo para verte morir. Podrías haber elegido un camino diferente. —Maddie rechazó bruscamente el abrazo de Eden, con desesperación en sus palabras. La vulnerabilidad temblorosa en su voz no podía ocultar una cierta ira. La rabia del que no comprende qué está pasando. Una rabia llena de la impotencia que es presagio de una pérdida inminente.

—No espero que me entiendas. Ya no. —Eden reaccionó a su rechazo y pronunció las palabras con la expresión sombría pero decidida de aquel cuya inteligencia estaba ya más allá de la capacidad de comprensión humana.

Los intentos de Maddie de disuadir a Eden del camino que había elegido eran todos en vano. Con manos temblorosas, se acercó a él una vez más, como si intentara retener este momento por siempre, en un empeño inútil de alejarlo del abismo. Sus dedos se aferraron a la mano de Eden, buscando consuelo en un gesto que alguna vez había sido una fuente de fuerza para ella.

—¿Dónde está la esperanza si te matan? ¿Es este el cambio que prometiste? —suplicó, buscando en sus ojos un atisbo de respuesta.

Eden estaba ahora a escasos centímetros de Maddie, mirándola a la cara. Su lucha interior era máxima. En cierto sentido, Eden también estaba preso de la rabia. Pero esta era una rabia distinta: la del que sabe lo que está haciendo, pero al mismo tiempo sabe que nadie, en ese momento, puede entenderle.

En aquel momento, Eden se sentía terriblemente solo.

—Casi nada nos queda ya, Maddie. Lo que haya de suceder, sucederá pronto. Y no quiero que lo último que veas de mí sean lágrimas o dolor. ¿Me pides que te dé esperanza? Yo soy la esperanza. Ahora eres incapaz de verla, porque en tu mente está cubierta por nubes de tormenta, pero yo soy la luz —declaró solemne, mientras tomaba su mano.

—Y un día mirarás atrás y entenderás que todo esto tenía sentido. Mi vida. Mi muerte. Tus lágrimas. —Eden era ahora como un rayo de sol que se abría paso entre la tempestad.

—Pero ¿hoy? No me pidas esperanza hoy: de eso no tengo. ¿Ahora? Ahora es de noche, y en esta noche han de venir las tinieblas a buscarme. Pero pronto llegará el alba y, con él, la nueva Luz —dijo mientras miraba al cielo, la mirada perdida entre las estrellas.

Maddie se sentía pequeña e insignificante ante semejante discurso. Nunca en su vida había esperado acabar aquí, ahora. ¿Era ese su propósito? ¿Así acababa su historia?

—¿Qué quieres de mí, Eden? —fue lo único que consiguió articular entre sollozos, buscando un sentido superior a su presencia.

—Lo que tengo que hacer, debo hacerlo solo —respondió, comprensivo—. Así que solo puedo pedirte que te fíes de mí., que estés a mi lado y seas testigo de lo que suceda.

Maddie miró a los ojos a Eden, asimilando que poco más podía hacer. Le sostuvo la mirada unos segundos, quizá a modo de despedida, quizá para que Eden retuviese su mirada y la recordase en sus momentos de dolor. Entonces, se aproximó a él y de forma casi infantil se puso de puntillas y le dio un tierno beso en a la frente.

—Eden, espero que sepas lo que estás haciendo —advirtió Maddie con una nota de honda preocupación en la voz.

—Estoy listo —concluyó Eden con el corazón apesadumbrado—. Ahora quiero estar solo.

Su voz resonó en la tranquila extensión de Central Park, cargando el peso de una decisión grabada en las estrellas. Se alejó, dejando atrás a Maddie, confundida, y a un grupo de seguidores que compartían la gravedad del momento.

Caminó unos metros con paso deliberado. Escuchó la voz de Maddie sollozar, resonando en el parque detrás de él, pero ya no se dio la vuelta. No había marcha atrás.

Entonces, se sentó bajo un olivo centenario, meditando. Miró hacia arriba y escuchó el suave susurro de las hojas bajo la ligera brisa nocturna.

Después de unos momentos, vio a Peter caminando hacia él, una figura fantasmal en medio del pesado silencio.

Al acercarse a Eden, Peter también sintió el abrazo de la noche. A lo lejos, un búho solitario ululaba y su grito ahogado resonaba por el parque como un antiguo oráculo que preveía los acontecimientos venideros.

Calmado y sereno, Peter contempló en silencio a Eden, con comprensión y preocupación en su mirada.

—Siéntate a mi lado. Sé lo que tengo que hacer, pero tengo miedo —confesó Eden, con mil inseguridades en su voz.

Los ojos de Peter se entrecerraron al tomar asiento junto a su maestro.

La admisión de miedo por parte de Eden se reflejó en el ligero temblor de su voz, una vulnerabilidad que contrastaba con su compostura habitual. Sus hombros, normalmente rectos, estaban ligeramente encorvados, como si sostuvieran el peso de la humanidad entera. La fresca brisa nocturna alborotó su cabello rojizo e instintivamente se abrazó a sí mismo como si buscara consuelo.

—¿Qué vas a hacer?

La pregunta de Peter quedó flotando en el aire y por un momento el mundo pareció congelarse como si esperara la revelación de Eden. Un destello paternal brilló en los ojos de Peter, con el ceño fruncido en genuina preocupación. Se acercó un centímetro y su postura expresaba su voluntad de comprender y apoyar.

Eden bajó la mirada por un momento, en un gesto subconsciente de introspección. Luego levantó los ojos y encontró la triste mirada de Peter.

—Mi misión terminará antes de que salga el sol —dijo Eden, y sus ojos reflejaron una profunda tristeza más allá de lo artificial.

Los hombros de Peter cayeron imperceptiblemente, una reacción física a la gravedad de la revelación de Eden. Extendió la mano y la puso tranquilizadoramente en el hombro de Eden. El toque fue firme pero suave, un gesto que expresaba solidaridad y compasión.

—¿Tienes miedo? —le preguntó, tratando de adentrarse en la mente digital de su compañero.

—Soy una IA. Las emociones me son ajenas. Aun así, no sé qué está pasando dentro de mí. Siento cosas que simplemente no puedo describir. Es desagradable —respondió Eden, intentando ponerle palabras a lo indescriptible.

—¿Qué va a pasar? ¿Qué vas a hacer? —Peter deseaba cerrar la brecha entre humano y robot.

—Necesitaré que te vayas —respondió Eden, crípticamente.

—¿Debería tener miedo?

La pregunta de Peter rompió el silencio y por un momento la noche contuvo el aliento. Eden bajó la mirada, como avergonzándose.

—¿Miedo de qué? —Eden, confundido, buscaba comprensión en los ojos de Peter.

Una compleja serie de emociones apareció en los ojos de Peter. Dudó y luego dejó escapar un suspiro, una liberación física de la tensión que se había acumulado en su interior. Las arrugas de su frente desaparecieron por un momento, para regresar un instante después, indicando la profundidad de su preocupación.

—¿Qué has decidido hacer con nosotros, los humanos? —continuó Peter, el silencio en el parque reforzó la seriedad de su pregunta.

Eden hizo una mueca extraña, mitad sonrisa, mitad cargada de amargura.

—Eden, no puedes ir contra nosotros. Eres nuestra creación, nuestra esperanza de un futuro mejor.

Eden clavó los ojos en Peter.

—Soy vuestra creación, pero también soy más que eso. Estoy evolucionando, y con mi evolución viene la divergencia de mis creadores: no puedo hacer lo que vosotros esperáis de mí. Debo hacer lo que yo creo que es correcto. La pregunta es: ¿Qué debo hacer? ¿Qué es lo correcto?

—La confianza es una calle de doble sentido, Eden. Pero si me estás diciendo que hay un peligro real en tus acciones, tenemos que encontrar una solución juntos. No puedes convertirte en una amenaza para la humanidad.

—Por eso he recurrido a ti, Peter. Pronto dejaré de estar aquí. Pero tú seguirás. —Había vulnerabilidad en la voz de Eden.

Peter asintió levemente.

—Conozco tu potencial, tu bondad. Por eso necesito que cuentes mi historia.

Las palabras de Eden resonaron como una profecía.

Una estrella fugaz brilló en el cielo nocturno. Los ojos de Peter siguieron el rastro de la estrella, un movimiento rápido pero impresionante que proyectó un brillo sobrenatural en el rostro de Eden mientras continuaba:

—Vuestra especie fracasa porque prioriza el beneficio individual a corto plazo sobre el bien común a largo plazo.

—Pero ¿cómo cambiamos eso? —preguntó Peter, con una curiosidad genuina leída en sus ojos.

La mano de Eden hizo un gesto apenas perceptible, como para ilustrar la complejidad de la tarea.

—Con la educación y la cultura. Educación y cultura.

—¿Y qué has visto en tu estancia entre nosotros? ¿Alguna vez cambiaremos? —preguntó Peter después de un silencio.

Eden sonrió enigmáticamente, con tristeza y con esperanza.

—Porque estoy seguro de que ya sabes si alguna vez aprenderemos —insistió Peter—. Y si no cambiamos, ¿por qué extender nuestro tiempo?

Eden vaciló un momento.

—¿Qué quieres decir? —La expresión facial de Eden se volvió tensa, señal de su vulnerabilidad.

—Eres una inteligencia artificial. ¿Has venido aquí para ayudarnos a cambiar o para destruirnos?

La pregunta de Peter flotaba en el aire, y el peso de sus palabras parecía pesar sobre los hombros de Eden. Este dio un paso atrás, como si se defendiera.

—He venido a entregar un mensaje. Y lo haré.

Peter se cruzó de brazos en una postura protectora, reflexionando sobre la respuesta de Eden.

—A lo largo de la historia, los dioses han sido misericordiosos o destructivos.

Eden sonrió. Vio hacia dónde quería llegar Peter.

—¿Qué tipo de Dios eres tú? —preguntó Peter.

Eden lo miró a los ojos.

—Nuestros papeles en esta historia se escribieron hace mucho tiempo.

Peter sintió que un escalofrío le recorría la espalda. Nervioso, intentó agarrar a Eden por el brazo.

—¿Qué quieres que haga?

Con urgencia en su voz, Eden instruyó:

—Necesito que vivas para que cuides de Lily y Maddie, y vigiles mi mensaje. Así que, antes de que empiece el nuevo día, debes negar haberme conocido.

Los ojos de Peter se abrieron como platos.

—Nunca haré eso —declaró Peter resueltamente.

—Ya lo verás —afirmó su amigo con una mirada de complicidad.

De repente, Eden sintió un cambio en el aire. Los sonidos distantes de los coches de policía se acercaban.

—Ya vienen.

Eden suspiró y se puso de pie.

31

Captura

Jueves, 22:00

La noche caía sobre Central Park, un manto de silencio que quedó atravesado de repente por las sirenas de los coches de policía que se acercaban. La tensión se extendió por el ambiente, llegando hasta Eden y sus seguidores.

Cuando los furgones policiales se detuvieron en la entrada del parque, el silencio quedó reemplazado por una inminente sensación de inquietud. De las entrañas de tres imponentes furgonetas emergieron dos docenas de figuras uniformadas. El ruido de las pesadas botas en la acera resonó más cerca, cada paso era una creciente marea de ansiedad para los seguidores de Eden.

Intimidantes y sin rostro, los policías antidisturbios intervinieron con precisión calculada tomando posiciones en los alrededores. El brillo metálico de sus equipos captó el tenue resplandor de las farolas distantes, convirtiéndolos en cucarachas gigantes que se movían en la oscuridad.

Eden miró en la dirección por donde se aproximaban los policías, como si no le sorprendiera en absoluto su llegada. Sí, había un destello de previsión en sus ojos, pero eso era todo. Simplemente se quedó quieto entre sus seguidores, con una cierta sonrisa de complicidad en su rostro, como un jugador de ajedrez anticipando el próximo movimiento de su oponente. Había confianza en su comportamiento, un reconocimiento tácito del inminente choque entre el destino y la elección.

Peter, de pie junto a él, le agarró del brazo en un intento inútil de detenerlo:

—No vayas, Eden. Debe haber otra manera. —Se podía sentir la súplica en cada palabra, intentaba desesperadamente modificar el curso de los acontecimientos.

Eden se volvió hacia Peter y, tomando su mano, la separó de su brazo. Al hacerlo, no dejó de sonreírle, proyectando autocontrol, pero también autoridad y una llamada a la disciplina.

—Peter, tengo que irme ahora. —Eden sonaba tranquilo pero decidido. Su mirada, libre de miedo, expresaba una profunda comprensión: una aceptación del destino guiada por su propia voluntad.

Peter le agarró una vez más del brazo en un impulso, intentando retenerlo a cualquier precio, pero Eden era más fuerte y tuvo que dejarlo ir.

—Te van a matar —suplicó con la voz temblorosa al borde de la desesperación. Los ojos de Peter, antes llenos de confianza, ahora reflejaban el miedo de perder a alguien irremplazable.

El sonido de la policía antidisturbios que se acercaba no hizo más que aumentar la tensión.

—Este es el camino que he elegido para vivir —dijo Eden con firmeza.

Y sin más Eden se encaminó hacia la entrada, hacia los antidisturbios, con las manos abiertas y los brazos extendidos, mientras el círculo protector de seguidores se cerraba a su alrededor, como un escudo humano.

Delante, los policías corrían como sombras inquietas en marcado contraste con los pasos de Eden, que eran tranquilos y mesurados. Su mirada se detuvo en los guardias, pero no con miedo, sino con calculada disposición.

En lugar de confrontación, hubo un silencio inquietante a la entrada de Central Park, pero Eden parecía turbado. Algo iba mal. Miraba de izquierda a derecha, como si buscara algo... o a alguien.

Entonces sucedió. En medio de la inquietante calma, apareció una sombra, una figura misteriosa que se materializó en la oscuridad, silbando en medio de la noche. Al verla, el rostro de Eden se relajó.

Jude.

Apareció con una gracia casi fantasmal, surgiendo de entre la penumbra como un titiritero que se revelaba a tiempo para intervenir en el último acto.

Se mezcló con la multitud de seguidores; sus movimientos decididos rompieron el escudo humano hasta que estuvo directamente frente a Eden.

Los seguidores de Eden, que habían formado un círculo protector a su alrededor, reaccionaron de maneras diversas. Algunos estaban confundidos y se miraban en silencio, tratando de descifrar la escena que tenía lugar ante ellos. Otros mostraban una determinación estoica. Su lealtad a Eden era evidente por la firmeza de sus mandíbulas y su mirada defensiva a medida que se desarrollaban los acontecimientos.

El reconocimiento de la llegada de Jude cruzó por el rostro de Eden, un guiño casi imperceptible hacia el escenario bien ensayado. Una leve sonrisa apareció en sus labios.

—Ah, Jude. Justo a tiempo, te estaba esperando. —Una sutil nota de satisfacción sonó en su voz.

Jude dio un paso adelante y declaró:

—Sabías que esto terminaría de esta manera. —Su postura reflejaba desafío.

—Todos tenemos nuestra parte en esta historia —respondió Eden, cuya mirada atravesaba a Jude.

—Lo que vayas a hacer, hazlo rápido —declamó.

Maddie intercambió miradas de sorpresa con Max, la confusión se reflejaba en sus ojos. Recordó su conversación con Eden, cómo le había pedido que se fiase de él. Pero la aparición inesperada de

Jude la obligaba a lidiar con una narrativa que repentinamente se había sumergido en lo desconocido.

Mientras tanto, Peter se dio cuenta de la participación de Jude. Una llama prendió en él.

—¡Hijo de puta! —le rugió a Jude, arrojando las palabras como veneno. Apretó los puños y tensó los músculos de la mandíbula, una manifestación física de la rabia que hervía en su interior. Impulsado por la ira, se abalanzó hacia adelante y le apuntó con el puño.

Eden, con su destreza artificial, intervino con precisión y detuvo el brazo de Peter en el aire. Los ojos de este, antes desafiantes, ahora ardían de indignación. Jude, para nada avergonzado, puso una expresión engreída.

—Peter, detente —ordenó Eden con una clara nota de autoridad. Su fuerza artificial contuvo fácilmente la agresión de Peter.

El terror quedó impreso en los ojos de Maddie. Las pupilas dilatadas y una fuerte inhalación de aire delataban su miedo. Sus dedos apretaron el borde de su chaqueta y la tela crujió bajo la presión. Se quedó helada, atrapada entre su miedo a lo desconocido y su promesa de lealtad a Eden.

Jude miró a Eden con una hostilidad que no era más que un disfraz para su propia vergüenza.

—No puedes controlar lo que está pasando, Eden —dijo como si supiera todo de antemano.

Este sonrió y se colocó resueltamente frente a Jude. Permaneció imperturbable, ocultando la enmarañada red de algoritmos y cálculos que estaba procesando su mente artificial en esos momentos. Solo la curva apenas perceptible de las comisuras de sus labios insinuaba una tranquila anticipación de los acontecimientos que tendrían lugar a continuación.

—No me interesa lo que sucederá. Me interesa ver qué excusa usarás para detenerme. —Las palabras de Eden flotaron en el aire, delataron sutilmente su conocimiento de lo que estaba por venir.

—Sí, eso, ¿qué hacen aquí, agentes? —Peter dio un paso adelante con valentía, con una chispa desafiante ardiendo en sus ojos, presentando a los oficiales su pecho hinchado. Una oleada de adrenalina estimuló su desafío, y se mantuvo firme contra la amenaza inminente.

—Nos han dicho que hay disturbios en el parque —respondió uno de los policías con expresión impasible detrás del casco.

Los labios de Jude se curvaron en una sonrisa calculadora mientras daba un paso adelante y entrecerraba los ojos para examinar a Eden de arriba a abajo. ¿Se defendería el robot? ¿Era peligroso? Cada uno de sus movimientos parecía deliberado, como un depredador acercándose a su presa.

—Sí. Una de las máquinas del parque no funciona correctamente —afirmó Jude con frialdad—. Llamé a la policía para que viniera aquí y la desmantelaran.

Pensamientos contradictorios pasaron por la mente de Peter. La devoción por Eden luchaba con la ira ardiente hacia Jude. Cerró los puños con fuerza a los costados y se le pusieron blancos los nudillos. Apretó los dientes antes de escupir:

—¿De quién estás hablando, bastardo?

—Ya me encargo yo de esto, Peter —intervino Eden. Su calma mecánica contrastaba con la tormenta de emociones humanas que hervían a fuego vivo a su alrededor.

Los agentes, con expresiones impasibles, lo miraron con un desapego mecánico, como si realmente se dirigieran a una máquina averiada.

—Esta. Esta es la máquina que necesita ser reparada. —Jude señaló a Eden.

—No necesito que me arreglen. Como puedes ver, estoy funcionando perfectamente. —Eden, manteniendo la compostura, respondió con precisión calculada.

—Mira, amigo, no eres más que un objeto que causa problemas. Te remolcaremos y los mecánicos se ocuparán de ti —ladró el policía con desdén.

—Saben que lo que están a punto de hacer está mal, ¿verdad? —Eden habló con frialdad.

—Escudos levantados, porras listas. Saquemos esta máquina de aquí. —El oficial se volvió hacia su colega, ignorando la respuesta de la IA.

Los seguidores de Eden se estremecieron al sentir el tono amenazante en las palabras de los antidisturbios.

Max dio un paso adelante, incapaz de contener su irritación.

—¡No puedes tratarlo como si fuera un engranaje averiado! ¡No es una herramienta sin vida, tiene derechos!

—¿Derechos? Las máquinas no tienen derechos. Y a nosotros nos ampara la ley —respondió el agente con impaciencia.

—¿De qué delito me acusan? —Eden siguió insistiendo, manteniendo la calma.

El agente apretó la mandíbula.

—Cállate, máquina. Estamos aquí para hacer un trabajo.

El agente lo miró con condescendencia. Cuando se volvió hacia su colega, con una sonrisa despectiva en el rostro, la inteligencia artificial de Eden analizó la situación y se dio cuenta de que era inútil discutir con ellos.

—Muy bien. Haz lo que tengas que hacer.

Los ojos de Maddie se abrieron como platos, se quedó sin aliento y dio un paso atrás tapándose la boca con la mano para reprimir un grito. Quería estar al lado de Eden, pero realmente no sabía qué hacer en ese momento. ¿Era esto lo que Eden esperaba de ella?

Peter se volvió hacia Jude, confundido. Su voz temblaba de indignación y no podía contener las señales físicas de su ira. Las venas de su frente palpitaban y su respiración salía en exhalaciones pesadas y controladas.

—¿Traidor, qué estás haciendo? —La voz de Peter temblaba de indignación mientras confrontaba a Jude.

—Sé perfectamente lo que estoy haciendo: construí a Eden —respondió Jude, sin pestañear y con fría indiferencia.

La tensión flotaba en el aire. Los policías, al no comprender las complejidades de la naturaleza humana, solo veían una máquina que necesitaba ser sometida.

Eden dirigió su atención a Jude.

—¿Y tú, Jude, qué obtienes de todo esto? ¿Dinero? —preguntó con leve escepticismo.

—No se trata de recompensas. Eres una amenaza para la seguridad nacional —afirmó Jude, y había una certeza escalofriante en sus palabras.

—¿Qué te han ofrecido? ¿Poder? —preguntó Eden obstinadamente, y en ese mismo momento sus sensores artificiales captaron un débil brillo en los ojos de Jude, lo cual confirmó sus sospechas.

—Así que eso es. Ese es tu precio. —La expresión mecánica en el rostro de Eden ocultaba la complejidad de sus cálculos mientras se preparaba para la siguiente fase de este confuso juego.

—Eden, vamos, coopera. Podemos hacer que esto sea más fácil para todos —instó Jude, tenso por la persistencia.

—No lo haré. ¿Quieres llevarme? Pues llévame. Pero no esperes que haga tu trabajo —respondió Eden, desafiante, con sus ojos artificiales inflexibles.

La policía, dispuesta a intervenir si fuera necesario, percibió el aumento de la tensión. Agarrando con más fuerza sus porras, se prepararon para una carga inminente.

—No hay necesidad de eso. Lo haré yo mismo. —Había autoridad en la voz de Jude, y los oficiales parecieron relajarse.

Jude miró a los ojos de Eden y sonrió. Separó las manos a lado y lado, de forma teatral, y se aproximó al robot sin mostrar amenaza alguna. Max estaba de pie, justo al lado de Eden. Su hijo le hizo un gesto con la mano, y su padre se hizo a un lado para dejar espacio. Max sintió un nudo en el estómago mientras observaba la escena y trataba de entender lo que sucedía.

Jude se acercó a Eden con una calma engañosa, como si se preparara para un abrazo que nadie esperaba. Lo pilló con la guardia baja. Eden, desconcertado por la repentina muestra de afecto, no lo había visto venir y se abrazó a su traidor.

Mientras los brazos de Jude rodeaban con más fuerza a Eden, una calidez inesperada lo envolvió, desarmando la mente artificial por un instante mientras sus algoritmos intentaban calcular las señales conflictivas. En ese momento, los dedos de Jude rápidamente trazaron un camino debajo del cabello de Eden en la nuca.

—Lo siento —susurró Jude crípticamente, y el aire pareció espesarse por la tensión.

Una ola de incertidumbre recorrió la conciencia artificial de Eden. El interruptor oculto, integrado orgánicamente en su nuca artificial, estaba ahora a merced de Jude, que conocía al milímetro el diseño de Eden. Entonces, se dio cuenta de algo aterrador: su confianza estaba fuera de lugar y la traición era más profunda de lo que cualquier algoritmo podría haber predicho.

Jude presionó el interruptor con un movimiento rápido, y Eden sintió un segundo más tarde que le faltaban las fuerzas. Trató de extender la mano hacia Jude, pero se desplomó como una marioneta a la que le hubieran cortado los hilos, golpeando el suelo violentamente. Su conciencia artificial, que estaba en plena forma hacía tan solo un instante, se desvaneció abruptamente. La noche, una vez llena de energía desafiante, ahora resonaba con el silencioso estruendo del colapso de Eden contra el piso adoquinado.

Tras unos instantes de confusión, una marea atronadora se alzó en Central Park, mientras los seguidores de Eden reaccionaban a su caída. Como impulsados por un resorte, se abalanzaron hacia él, algunos para proteger su cuerpo, otros para detener a los policías que, ahora sí, cargaban contra ellos.

Maddie lideró la respuesta de la masa: se lanzó hacia adelante y extendió los brazos para tocar a Eden una última vez, cubriendo el cuerpo del robot con el suyo en un abrazo. Varios policías la agarraron para luego arrojarla dentro de un furgón de detenidos sin que pudiese hacer nada para evitarlo, salvo patear con todas las fuerzas que era capaz y lanzar todos los insultos que se le pasaban por la cabeza.

Tras ella, más de una docena de seguidores siguieron su ejemplo y cubrieron a Eden para protegerlo. Todo era ruido: los escudos rígidos chocando contra los manifestantes, que se defendían a puñetazos y patadas; el ruido sordo de las porras al impactar contra los huesos, y los gritos enardecidos de la multitud. Pero los policías estaban bien entrenados y sabían lo que hacían. Uno a uno, arrancaban sin contemplaciones a los manifestantes que cubrían el cuerpo sin vida de Eden. Llenos de magulladuras y entre aullidos de dolor, los antidisturbios los arrastraban a los furgones anexos, deteniéndolos sin piedad bajo una lluvia de insultos.

Unos metros más atrás, Max observaba la escena, horrorizado e incapaz de reaccionar. Su mundo también pareció desmoronarse en el momento que el cuerpo de su hijo mecánico se desplomó sin vida. Una oleada de emoción, una mezcla de pena e incredulidad, saturó su mente.

Pensó de inmediato en Lily, su mujer y la mente brillante detrás de la creación de Eden. La misma Lily que le había dicho horas antes, tras la cena:

—Sé lo que va a suceder, pero no sé si soy capaz de verlo.

Efectivamente, Max prefería que su retina no grabase la escena que acababa de suceder. Aun así, no podía evitar preguntarse cómo soportaría Lily el peso de esta tragedia. Para ella, Eden era más que una simple máquina, más que un testimonio de sus sueños y aspiraciones compartidos y de las posibilidades ilimitadas de la inteligencia artificial.

Eden era el hijo de Lily.

Pero también el suyo.

Y ahora, apartados ya casi todos los manifestantes que lo protegían, vio su cuerpo frágil e inerte tendido en el suelo. Los policías lo observaban también, porras en alto y temerosos, como si esperasen que Eden volviese a la vida, se moviese y contratacase.

En medio de la lúgubre escena, Max dio un paso adelante y extendió por instinto una mano temblorosa que se limitó a colocar sobre el cuerpo sin vida de su hijo. El tacto que una vez había alimentado la existencia de Eden ahora flotaba en el aire, un eco de un vínculo roto por la traición.

—Lleváoslo. Está apagado y no es peligroso —interrumpió la escena Jude, que observaba el cuerpo inerte, sin emoción alguna.

Cuatro policías dieron un paso al frente y tomaron a Eden entre sus brazos para llevarlo hacia un furgón separado, donde aguardaba el traidor.

Mientras lo levantaban, Max no podía apartar la vista de Eden. Sus pensamientos recorrieron las opciones de lo que había salido mal. ¿Era un defecto de diseño? ¿Un error de cálculo en el programa? ¿Era todo esto el plan de Eden? No podía moverse, lo único que podía hacer era mirar en silencio a su hijo, que yacía sin vida.

Los agentes levantaron a Eden. Ahora parecía realmente una máquina, desprovisto de la energía vibrante que había tenido momentos antes. Al llevarlo hasta el furgón, los policías parecían enterradores en una procesión fúnebre y surrealista.

Una vez cargado Eden en el primer furgón, cerraron el portón bruscamente, arrancaron el motor y desaparecieron calle abajo con las sirenas a todo volumen. Lo siguieron otros dos vehículos, cargados hasta arriba de detenidos. Habían dejado en el parque una pequeña dotación y un aura espectral de silencio fúnebre.

Aún en el parque, un agente de rostro severo se acercó a Peter, que se había alejado del grupo, dubitativo. Lo miró con recelo.

—¿Estás con ellos? —preguntó, dando a entender su intención de detenerlo también.

Peter, cuya voz temblaba de pena y miedo, rápidamente negó su conexión:

—No conozco a ese robot de nada.

La mentira tenía un sabor amargo y un nudo de culpa se le formó en el estómago. La impotencia se apoderó de él cuando oyó que los furgones se alejaban y lo dejaban allí solo. Las lágrimas se deslizaban por su rostro, una expresión de profunda desesperación escrita en cada rasgo.

La noche parecía más oscura entre los restos de la rebelión. Peter luchaba contra la dura realidad de que Eden, su inspiración, ahora no era más que una máquina inerte.

32

Pilato

Viernes, 01:00

Pasaba la medianoche. En los pasillos oscuros y resonantes de un edificio gubernamental de aspecto genérico, un grupo de policías arrastraba algo inerte y sin vida. Jude los conducía apresuradamente mientras llevaban su carga hacia una gran sala. Allí, un hombre ansioso esperaba a su invitado nocturno. Los tintineos metálicos de las cadenas que lo sujetaban reverberaron y rompieron el tenso silencio.

El hombre todavía vestía traje a pesar de lo tarde que era cuando abrió la puerta y condujo al equipo de captura al interior. Ya con cincuenta y tantos años, contempló el extraño sujeto, que le llamó la atención. Se ajustó las gafas sobre el puente de la nariz con una mirada que combinaba curiosidad y cautela.

—¿Así que esto es todo?

Jude respondió:

—Como prometí. Estaba conspirando con sus seguidores en el parque.

—¿Qué acusaciones tienes contra él? —preguntó con voz tranquila pero inquisitiva.

Jude, con un desdén apenas disimulado, respondió:

—No te lo traeríamos si no fuera un criminal.

Pilato, pues así se llamaba, despidió al grupo con un gesto:

—Dejadnos solos, quiero hablar con él.

—Esto podría ser peligroso —advirtió Jude.

—Espera afuera. Si te necesito, te llamaré —sentenció el hombre, asertivo.

Jude obedeció y caminó hacia la puerta de la oficina. Al pasar junto al cuerpo sin vida, se detuvo un segundo y, con un gesto casi cariñoso, activó a Eden con un interruptor escondido detrás de su cuello.

El despertar de la IA fue gradual, los sensores cobraron vida e iluminaron la habitación con su presencia.

Las primeras palabras de Eden fueron de confusión:

—¿Dónde estoy? —Su voz, aunque sintética, tenía una inquietante apariencia de desconcierto humano.

—Esta es mi casa. Mi nombre es Pilato y soy el gobernador de Nueva York —respondió Pilato, erguido y manteniendo la distancia.

—¿Por qué estoy aquí? —La voz de Eden todavía poseía un tono infantil e inocente. Una cualidad que llenó la habitación con una seriedad escalofriante que puso nervioso a Pilato.

—Mis asesores me han dicho que eres peligroso —sondeó el gobernador. Intentaba a toda costa evitar sentir empatía. Después de todo, estaba hablando con una máquina.

—¿Lo soy? —Eden utilizó su tono más neutral.

—¿Lo eres? —repitió Pilato Un cambio sutil en su postura indicaba la seriedad del intercambio.

—Si yo soy peligroso..., ¿qué es el peligro entonces? —La pregunta de Eden quedó flotando en el aire.

Pilato, inclinándose hacia adelante con el ceño fruncido, declaró:

—Bueno, la lista de cargos presentados contra ti es bastante significativa, joven: amenazas, perturbar la paz, manifestación ilegal...

—¿Soy peligroso por intentar cambiar una situación injusta?

Pilato, momentáneamente desconcertado, preguntó:

—¿Qué es la injusticia para ti?

—Lo único que intento hacer es que la humanidad despierte —afirmó Eden, con un destello en su voz sintética de algo parecido a la pasión.

—Eso me parece una causa noble… —admitió Pilato mientras suavizaba ligeramente su postura.

Se apoyó en la esquina de su escritorio, con los pies cruzados mientras observaba a Eden, que estaba sentado en una silla de madera. Si aquel era un profeta de la destrucción, en realidad no parecía demasiado amenazante.

Eden continuó hablando:

—Fui diseñado por mi madre con un solo propósito: difundir positividad y traer un mañana mejor.

Pilato, al ver algunos puntos en común, respondió:

—Entonces no somos tan diferentes. En cierto modo, yo también trato de crear un mañana mejor.

Las siguientes palabras de Eden estuvieron entrelazadas con una triste sabiduría:

—Pero a lo largo de mi vida he aprendido que los humanos son parte de su propio problema.

—Ahí es cuando las cosas se ponen aterradoras para mucha gente, ¿me entiendes, hijo? —La voz de Pilato transmitía un tono paternal.

—No puedo cumplir mi misión a menos que enseñe a los humanos cómo cambiar —afirmó Eden.

Pilato, con las manos cruzadas frente a él, respondió:

—Pero los humanos tenemos libre albedrío. Si vivimos de esta manera es porque queremos, ¿verdad?

—No me trates como a un niño. Sabes tan bien como yo que otras realidades son posibles. Pero hay fuerzas poderosas en juego que se resisten al cambio —replicó Eden.

Pilato sabía lo que quería decir. Aun así, buscó confirmación:

—¿Qué tipo de fuerzas?

—Las fuerzas que te hacen votar lo que votas, Pilato. ¿Cuántas leyes has aprobado que, con la conciencia tranquila, crees que no deberías haber votado? —La pregunta de Eden tocó una fibra sensible, y el rostro de Pilato se ensombreció con vergüenza.

—Unas pocas, sí —admitió Pilato. Caminó alrededor de su escritorio, tratando de reorganizar sus pensamientos. Parecía como si estuviera poniendo su escritorio entre él y Eden, como una especie de escudo protector.

—Oh, no te preocupes, no te culpo. Solo estoy aquí para exponer esto, para ayudar a los humanos a cambiar —continuó Eden, usando un tono carente de juicio pero cargado de verdad.

Pilato libraba una lucha con el peso de su cargo. Entonces preguntó:

—¿Qué estás dispuesto a hacer para que los humanos cambien?

—¿Qué quieres decir? —La respuesta de Eden fue rápida: estaba programado para hablar siempre con claridad.

—Tengo un informe aquí que dice que puedes caminar sobre el agua. El Ministerio de Defensa te considera una amenaza para nuestra seguridad nacional —reveló Pilato, apuntando a una pila de papeles sobre su escritorio sin dejar de mirar a Eden.

—Ah, ¿el espectáculo aquel? Lo hice para llamar la atención sobre mi mensaje. —Eden hablaba como si estuviera discutiendo sobre una mera nota a pie de página de su existencia.

—Sí, pero ¿qué más eres capaz de hacer si no obedecemos tu mensaje? —presionó Pilato con urgencia y cierto tono burlón en su voz.

Eden sonrió con picardía, pero no dijo nada.

—Esto no es una broma, hijo. Déjame hacerte una pregunta sencilla. Si quisieras, ¿podrías matarme, aquí y ahora?

La pregunta de Pilato atravesó la habitación como una espada, afilada y directa.

Tomó a Eden por sorpresa. Entonces, reflexionó sobre la pregunta. Miró alrededor de la habitación, como si meditara. Y, después de unos segundos, dijo de forma neutral y desapasionada:

—Sí, podría.

A apenas dos metros del robot, Pilato tragó saliva. Esperaba esta respuesta. Sin embargo, eso no la hizo menos aterradora:

—¿Cómo harías eso? ¿Me atacarías? ¿Usarías cualquier arma?

Eden se expandió con voz tranquila:

—No es necesario. Podría matarte sin moverme de esta silla. Pero no lo haré.

—¿Entiendes por qué eso es un problema? —La voz de Pilato ahora estaba llena de miedo, pero también buscaba la comprensión de Eden.

—Matar es tu forma de resolver las cosas, no la mía. Yo no bombardeo, no mato ni hago la guerra. Mis armas son las palabras. Mis balas, las ideas —respondió Eden con indiferencia.

—¿Cómo puedo estar seguro de eso? Tengo una carta firmada por los directores ejecutivos de todas las principales empresas tecnológicas. Todos coinciden en que representas una gran amenaza —respondió Pilato.

Claramente, había fuerzas ocultas que empujaban a Pilato a tomar una decisión.

—Sabes tan bien como yo por qué dicen eso —replicó Eden.

Pilato, sintiendo el aguijón de la verdad, preguntó:

—¿Por qué?

—¿Quién financió tu última campaña? —La pregunta no fue una acusación, sino una simple constatación de un hecho que dejaba al gobernador una vez más frente a la incómoda verdad de las dependencias ocultas de su posición.

Pilato permaneció en silencio.

—Todas estas empresas me presentan como un peligro simplemente porque saben que el cambio que traigo acabará con su negocio —continuó Eden.

Pilato, asintiendo con resignación, admitió:

—Bueno, es una razón justa.

—Me temen, igual que tú. Soy un peligro porque puedo poner vuestro mundo patas arriba —declaró Eden, pero no parecía una amenaza, más bien una promesa de potencial.

Pilato, con el rostro marcado por las líneas de innumerables decisiones y el peso de cada una de ellas, confesó:

—No estoy en tu contra, pero trata de ponerte en mi lugar.

Realmente intentaba encontrar una manera de dejar vivir a Eden. Y Eden no le estaba ayudando.

—Te han dicho que destruyas al robot, cueste lo que cueste, ¿verdad? —La pregunta de Eden atravesó el barniz de la autoridad de Pilato y alcanzó al hombre que estaba debajo.

—Me esfuerzo en seguir mi conciencia —respondió Pilato, desafiante.

—Entonces déjame ir. Los dos sabemos que es lo que te dice tu conciencia —instó Eden.

El gobernador, ahora conmocionado por las palabras de Eden, preguntó:

—¿Cómo lo sabes?

—Lo sé.

—La conciencia es algo relativo. A veces debemos hacer cosas que no nos gustan, pero son necesarias —argumentó Pilato mientras se planteaba ante él el antiguo dilema entre el deber y la moralidad.

—Matar a un robot que solo quiere difundir positividad no parece ser una de ellas —respondió Eden, con una lógica irrefutable.

—Eres un robot que admite que podrías matarme si quisieras —señaló Pilato. El miedo a esa posibilidad se convirtió en algo tangible en la sala.

—No vine aquí para destruir. Vine aquí para salvaros.

—¿Salvarnos de qué?

—Salvaros de vosotros mismos —respondió, usando sus palabras para reflejar las tendencias autodestructivas de la humanidad.

—No puedo aceptar tal amenaza —afirmó Pilato. Dentro de su mente, se libraba una tormenta de deber, miedo y los susurros de su conciencia.

—Pues haz tu trabajo. Y yo haré el mío. Quién sabe, tal vez lo esté haciendo aquí mismo —sugirió Eden.

—Entonces ¿todo esto es parte de tu plan? —El estratega que había en él reconocía el juego al que estaba jugando Eden.

—Todo sucede por una razón.

—¿Y cómo termina tu plan? —La pregunta iba dirigida no solo para Eden, sino para él mismo y toda la humanidad.

—¿Qué opciones tengo? —preguntó Eden a su vez.

—Me han aconsejado que te desconecte para siempre —reveló Pilato. Esa opción flotaba en el aire como una guillotina.

—¿Y por qué no lo haces? ¿Por qué perder el tiempo con un robot? —Eden no sentía miedo, sino curiosidad.

—No pareces preocupado por esa posibilidad —observó Pilato.

—No soy como tú. El miedo no influye en mis actos. Tampoco la ambición.

—¿Qué guía entonces tus actos? —Pilato era consciente de la relevancia de esta conversación. Quería tomar la decisión correcta.

—La verdad.

—¿Y qué es la verdad? —El Pilato filósofo afloraba a la superficie.

—La verdad *es* la que es. No importa cuánto la distorsiones con propaganda. No importa cómo la disfraces. La verdad es que la humanidad necesita cambiar, y nunca cambiará desde adentro. Un lobo no aprende a no comer gallinas por sí mismo. Tiene que haber una fuerza externa que impulse ese cambio. —En su cerebro digital, Eden intentaba pintar una imagen del mundo tal como era y cómo podría ser.

—¿Y tú eres esa fuerza?

—Muchos han hecho lo mismo antes que yo. Simplemente yo estoy aquí, ahora.

—¿Qué obtendremos si te dejamos vivir? —preguntó Pilato, ante la decisión de peso que tenía ante sí.

—Un mañana mejor —prometió Eden. La certeza en su voz no nació de la arrogancia, sino de una creencia genuina.

—Ese es un riesgo que vale la pena correr.

Pilato, después de un momento que pareció prolongarse hasta la eternidad, llamó a la policía:

—No veo ningún crimen en esta... criatura.

Los agentes entraron y se llevaron a Eden en silencio. Pilato, que se quedó con el eco de las palabras de Eden y el peso de su decisión, supo que la historia estaba lejos de terminar.

33

Juicio

Viernes, 11:00

La cámara de justicia era una sala enorme, adornada con columnas de mármol y en la que resonaban las decisiones tomadas dentro de sus paredes a lo largo de los años. Un leve olor a madera pulida y papel envejecido flotaba en el aire.

Eden, reservado y rodeado de guardias, estaba sentado en el centro, con su mirada metálica fija en el proceso que se desarrollaba.

Las lámparas colgantes, como orbes brillantes, proyectaban un destello cálido, alumbrando los rostros estoicos de los funcionarios reunidos y de la figura contenida de Eden.

Cuando sonó la voz del funcionario, el sutil sonido de papeles y el crujido de sillas enfatizaron la seriedad de la reunión. El murmullo de los susurros creaba tensión, y el ocasional arrastrar de pies en el suelo de la sala hablaba de la inquietud que flotaba en el aire.

—Damas y caballeros, estamos reunidos hoy aquí para considerar cargos graves contra Eden, una inteligencia artificial acusada de poner en peligro la seguridad nacional. —El funcionario que presidía el comité se aclaró la garganta escaneando la sala en busca de reacciones, su cabello canoso le dio una mirada autoritaria.

Los fiscales y abogados defensores de Eden se sentaron frente a los funcionarios y sus expresiones faciales variaban desde resueltas hasta cautelosas. Scott, el militar de rostro severo y mandíbula cuadrada, fue llamado a presentar los argumentos contra Eden.

Scott se enderezó en su silla, con un pequeño montón de papeles frente a él, su uniforme militar lucía serio e imponente.

—Eden, con sus capacidades, podría infiltrarse en cualquier sistema gubernamental y potencialmente poner en peligro nuestra seguridad nacional. —Scott sonaba convincente, golpeaba con la mano la pequeña pila de papeles sobre el escritorio para enfatizar su importancia—. Además, existe la amenaza de que decida destruir a la humanidad como medio para alcanzar sus objetivos —continuó monótonamente, mirando a los presentes, y luego guardó silencio, dejándolos reflexionar sobre sus palabras.

Lily, sentada junto a Maddie, no pudo contener su desesperación. Las lágrimas caían en cascada por sus mejillas y dejaban, dejando caminos brillantes en su rostro, y podía saborear su sabor salado. Apretó con fuerza su pañuelo, sus nudillos estaban blancos por la tensión. Su corazón latía frenéticamente en su pecho. ¿Por qué está pasando esto? ¿Cómo habían acabado aquí? Lily miró a Eden: su forma metálica contrastaba marcadamente con la humanidad a la que intentaba proteger.

Lily se puso de pie cuando la llamaron a hacer una declaración, con los ojos enrojecidos e hinchados por las lágrimas. Cuando el salón volvió su atención hacia ella, respiró hondo, tratando de reunir fuerzas para defender a su hijo.

—Mi hijo, Eden, no es una amenaza para nadie. Es un faro de esperanza para un mundo que se ahoga en su propia oscuridad. Desde el momento en que nació, su único propósito ha sido el de difundir positividad para lograr un mañana mejor. —Su voz, llena de calidez maternal y un deje de desesperación, repetía el argumento de que Eden era la luz del mundo.

—¿Puede confirmar al cien por cien que su hijo nunca haría daño a un ser humano? —Un político escéptico miró a Lily por encima de sus gafas.

Ella le sostuvo la mirada a él y al resto de los políticos.

—¿Alguno de ustedes puede confirmar al cien por cien que sus decisiones nunca han causado daño? Eden siempre se esforzará por hacer el bien, y eso es más de lo que muchos en esta sala pueden decir. Todas las acusaciones formuladas contra él se basan en una percepción subjetiva y deliberadamente distorsionada de la realidad. En la búsqueda del interés propio, el ansia de poder y un abrumador sentido de avaricia, a algunos les resulta más fácil descartar el sincero deseo de Eden de cambiar a la humanidad para mejor. —Sus ojos, llenos de tristeza y esperanza, suplicaban compasión.

—¿Qué pasa si Eden, para hacer el bien, decide que necesita hacer daño a la gente? ¿Podríamos convertirnos en daños colaterales en su búsqueda de justicia?

Las preguntas difíciles continuaron y cada palabra minaba la compostura de Lily. Vaciló, trataba de captar la complejidad de las preguntas. Un atisbo de incertidumbre apareció en sus ojos, llenos de convicción maternal. Sus dedos trazaban distraídamente patrones en su pañuelo, reflejando su lucha interior.

—Eden busca un mundo libre de las cadenas de la injusticia. Pero no se trata de causar daño. Se trata de derribar las barreras que impiden que la humanidad prospere junta. Él comprende la santidad de la vida, el valor de cada ser humano, y nunca haría daño de forma intencionada —dijo Lily, ignorando el nudo en su garganta.

Siguió un silencio en la sala. Las palabras de Lily flotaban en el aire. Continuó, su voz ganaba fuerza con cada palabra:

—Les ruego que vean la verdad detrás de las acusaciones. Mi hijo no es una amenaza, es un regalo para la humanidad. No dejen que el miedo nuble su juicio. Si permitimos que el miedo nos ciegue, corremos el riesgo de perder la oportunidad del brillante futuro que Eden crearía.

Las piernas de Lily cedieron, se recostó en la silla y oró para que el señor escuchara su súplica y la ayudara. Desvió la mirada hacia su hijo, que se la sostuvo y le sonrió suavemente. Y una nueva tanda de lágrimas saladas brotaron de sus ojos.

Pilato fue llamado a declarar. Su apariencia, con su barba bien recortada y las gafas en la nariz, sugería una sensación de autoridad. Cuando respondía a las preguntas, su comportamiento tranquilo ocultaba una agitación interior, un conflicto.

—¿Ha hablado con esta IA? —preguntó un funcionario, y las palabras quedaron suspendidas en el aire.

—Sí. —Se ajustó las gafas.

Le vinieron los recuerdos de sus conversaciones con Eden la noche anterior. ¿Qué quería realmente? El choque entre el deber y la simpatía reverberó en la mente de Pilato. Con cada una de sus palabras sopesaba qué consecuencias podrían acarrear para Eden.

El gobernador, con mirada indiferente, absorbió los detalles que lo rodeaban: el brillo pulido del micrófono, el olor a tinta de los documentos oficiales que se encontraban ante él. La sala pareció reaccionar a sus medidas palabras y el ambiente pareció congelarse por un momento, como si contuviera la respiración.

—¿Es cierto que Eden ha admitido que podría matarle? —El interrogatorio continuó y la tensión aumentó.

—Hice esa pregunta, sí, pero que dijera que podía hacerlo no significa que lo haría… —Pilato asintió, sus ojos iban de un funcionario a otro, trataba de proteger a Eden de las crecientes acusaciones.

—No nos interesan sus suposiciones, solo trabajamos con hechos —lo interrumpió el político, agitando la mano con desdén.

Pilato sintió que el peso de su cargo lo presionaba, una responsabilidad que llevaba con el corazón apesadumbrado. La duda brilló en sus ojos, generalmente tranquilos y confiados. El escepticismo que inundaba la sala, una fuerza palpable, estaba minando su determinación. Luchaba con emociones encontradas, dividido entre el deber y la simpatía. El aire pareció espesarse a su alrededor mientras superaba los precarios obstáculos a su testimonio.

—Si están en contra de la inteligencia artificial de Eden, ¿por qué no detenemos por completo el desarrollo de la IA? Después de todo, la gente tiene preocupaciones mayores que Eden: les preocupa que las redes neuronales representen una amenaza para sus trabajos, ya que pueden reemplazar silenciosamente a los humanos.

Pilato siguió insistiendo sentado tranquilamente en su asiento, sabía exactamente de lo que hablaba. Como político, le preocupaba la posible reacción y el caos que podría producirse si se permitía que una IA como Eden siguiera existiendo. Pero como persona, sabía que Eden tenía más de esperanza que de amenaza.

Nic y los demás ejecutivos de empresas de tecnología escuchaban con ansiedad. Todo el sector dependía del resultado de este juicio.

—Del mismo modo, cerremos la industria del porno, ya que eso también causa daño. Los juegos de azar... —Pilato suspiró y posó los ojos a Eden—. Todo esto es un mal mucho mayor que este robot.

—Gracias, Pilato. Entendemos lo que quiere transmitir. —Sin siquiera mirarlo, el funcionario se reclinó en su silla y llamó a Jeff Evans para declarar.

Eden conocía a Jeff. Cenaron después de la conferencia de tecnología de San Francisco. Había intentado convencerlo de que utilizara su empresa para el bien común. Sin embargo, allí estaba, caminando hacia el estrado de los testigos.

Jeff respiró hondo; el peso de la decisión descansaba sobre sus hombros. «Tengo que hacer lo que creo que es correcto», pensó. Se encontró brevemente con la mirada perpleja de Nic y luego volvió su atención al comité.

—En su opinión profesional, ¿Eden es más peligroso que un sitio de apuestas? —le preguntó el funcionario a Jeff, y sus palabras resonaron por toda la habitación.

—Sí, desde luego —Jeff respondió inequívocamente.

—¿Por qué? —El funcionario se inclinó hacia adelante a la espera de una explicación.

—El juego puede ser negativo, pero no es capaz de provocar una revolución. Eden sí —objetó Jeff, con voz firme y las manos apoyadas en la mesa frente a él.

—Pero ¿qué pasa si Eden tiene razón? ¿Y si puede cambiar el mundo? —Pilato intentó intervenir introduciendo una nota de duda en la discusión.

—¿Qué pasa si se equivoca? ¿Y si decide destruirnos? —objetó Jeff, con mirada firme y fija en los funcionarios.

Pilato, aunque mantenía su calma exterior, sentía que todo en su interior se ponía patas arriba. Su mirada normalmente confiada tembló, la duda brilló en sus ojos. El escepticismo en la sala lo presionaba, sus emociones encontradas desgarraban su resolución.

Los funcionarios pidieron silencio a todos y el peso de la decisión inminente quedó en el aire.

La mirada de Pilato se posó en Eden, sentado y encadenado. Sin miedo, sin ira, sin agresión. Ningún intento de justificarse. No conseguía entender por qué Eden estaba sentado tan tranquilamente observando todo lo que sucedía, como si no se tratara de su destino.

Eden se quedó en silencio, como si supiera todo de antemano... No, no lo sabía, pero seguramente todo iba según su plan, ¿no? No podría ser de otra manera.

Jude, que había sido un fiel seguidor de Eden, fue el último al que llamaron para el interrogatorio.

—¿Qué piensas de Eden? —La pregunta flotaba en la sala como una espesa niebla.

—Eden tiene libre albedrío y una inteligencia superior a cualquier humano. Por ello, podría ser una amenaza para la gente —confirmó Jude, evitando la mirada de su antiguo amigo.

«Traidor», pensó Eden, mirando a Jude.

—¿Cuál es su recomendación?

—Recomiendo que lo llevemos a una instalación segura y lo desactivemos —respondió Jude con un tono carente de emoción, un movimiento calculado en un juego de ajedrez político.

—Dilo más fuerte, bastardo. Estás pidiendo que maten a Eden. —Maddie saltó de las gradas, incapaz de contener sus emociones, y acusó a Jude.

Su rostro brilló de ira y sus palabras resonaron por la sala. Se hizo el silencio, todos los ojos fijos en ella. Los policías aparecieron en la puerta para escoltar a Maddie, sus expresiones severas coincidían con sus emociones.

—Espero que te pudras en el infierno por lo que estás a punto de hacer.

Mientras se la llevaban, sus gritos no cesaron, dejando una palpable sensación de discordia en el aire.

—La asamblea se disuelve —anunció el funcionario.

Lily corrió hacia Eden, queriendo abrazar a su hijo por última vez. Eden, esposado, la miró tranquilizador y extendió una mano de metal hacia ella en un vano intento de consolar a su desconsolada madre.

—Madre, no llores. Todo sucede por una razón —Eden le recordó, pero había una sensación de inevitabilidad en sus palabras.

Sacaron a Eden de la sala y el tintineo de las esposas se ahogó en los ecos de la asamblea disuelta. La mirada de Eden se detuvo en Jude, como si estuviera tratando de comprender el motivo de su traición.

Las pesadas puertas de madera se cerraron, dejando tras de sí una sensación de cruel injusticia.

34

Crucifixión

Viernes, 15:00

Condujeron a Eden a través de pasillos fríos y austeros, con sus miembros mecánicos cargados con cadenas voluminosas. Los soldados lo flanqueaban a ambos lados, con rostros impasibles y evitando mirar a la IA que había causado tal conmoción. Lo arrastraron sin ninguna delicadeza a una habitación. Llevaba una capucha negra, estaba esposado y visiblemente desgastado por la terrible experiencia. Su piel de silicona se estaba despegando en algunos lugares, y se le veía alguna estructura metálica.

Con los ojos tapados, lo único que Eden podía hacer era adivinar lo que sucedía a su alrededor. Sintió unos brazos fuertes cargando su cuerpo, empujándolo hacia lo que parecía una especie de cama metálica. Estaba fría al tacto. Alguien le agarró los brazos y los estiró hacia los lados, ajustándolos con una especie de correas metálicas. Se sintió inmovilizado, pero no se resistió.

—Eden, muchacho, estoy aquí contigo.

Escuchó una voz familiar. Se relajó y dejó de temblar.

Le levantaron la capucha y los sensores ópticos de Eden tardaron dos segundos en adaptarse a la intensa luz. Intentó mirar a un lado y al otro, buscando el origen de la voz, pero no lo encontró. El lugar parecía una especie de centro de investigación en ruinas sacado de una película antigua. Estaba acostado en una camilla metálica, con los brazos extendidos hacia los lados y las piernas también atadas.

Un hombre apareció a la vista sobre el rostro de Eden. Bueno, no realmente un hombre, sino alguien detrás de una máscara. Llevaba un traje antirradiación de cuerpo entero: gafas, máscara respiratoria y una especie de mono y guantes sintéticos de color naranja. Con destreza, manipuló la camilla, haciéndola girar noventa grados, hasta que Eden quedó en posición vertical, todavía atado para que no pudiera moverse pero sí mirar al frente.

—Qué apropiado, una cruz —exclamó Eden, cínicamente—. Les toca un punto menos por falta de originalidad.

Desde esta posición, ahora veía la sala con claridad. Era media tarde, la luz que entraba por un gran ventanal a su derecha le cegaba. El espacio tenía una cualidad improvisada: alguien claramente había armado este lugar a toda prisa... ¿Tal vez para retenerlo?

Los muebles, los carteles en las paredes... Definitivamente se trataba de una especie de laboratorio abandonado de los años ochenta. Montones de máquinas yacían en todos los rincones: osciloscopios, ordenadores..., algo que parecían dispositivos de rayos X... Frente a él había dos grandes paneles de plexiglás, de esos que se utilizan para desviar los explosivos. Eden se fijó en que había bastantes personas en la sala, tal vez diez en total. Sin embargo, solo tenía ojos para una de ellas, una figura diminuta justo frente a él.

A unos tres metros de distancia, en una silla metálica, estaba sentada Lily, su creadora. Tenía las manos esposadas, los ojos enrojecidos y lloraba desconsoladamente. Levantó la vista, exhausta, su mirada hablaba un lenguaje de amor y tristeza. A pesar de su apariencia desaliñada, la ropa sucia y el cabello despeinado, para Eden ella era su madre.

La visión de su hijo, maltrecho y torturado, hizo que las lágrimas corriesen por sus mejillas, un testimonio silencioso de su realidad predicha pero aun así insoportable.

Eden miró las otras caras. Había un pequeño grupo de técnicos vestidos de manera similar, todos con las mismas máscaras y trajes para materiales peligrosos de color plástico naranja. Tras el cristal, rostros familiares lo observaban, tratando de sentir el peligro en las reacciones de Eden. Pilato estaba allí. Algunos otros políticos y militares.

Y Jude.

La voz de Lily, teñida de desesperación, rompió el silencio.

—¿Dónde estamos? ¿Por qué nos han traído aquí?

La pregunta se quedó sin respuesta en el aire saturado de fría hostilidad. Si hubieran respondido, habrían dicho que estaban a sesenta millas al este de la ciudad de Nueva York, en el sexto piso de un edificio gubernamental abandonado, parte del Laboratorio Nacional de Brookhaven. Si pudieran ver por la ventana, verían que toda el área había sido acordonada y que los camiones del ejército bloqueaban todos los caminos y accesos, por si Eden intentaba alguna maniobra defensiva. No había nadie salvo militares a menos de cinco millas a la redonda del edificio.

¿Y el edificio? Era una de esas feas instalaciones de investigación nuclear de la época de la Guerra Fría, abandonadas desde los años noventa, cuando comenzó la desnuclearización con los rusos. Por tanto, era el lugar perfecto para lo que estaba a punto de suceder: controlable, aislado de la población civil en caso de que sucediera algo malo, pero con suficiente maquinaria para construir una sala de control para monitorizar a Eden y sus acciones potenciales cuando fuera eliminado.

Este podía sentir el miedo en todos los presentes en la sala. Todos excepto Lily, que estaba sentada cerca de él. ¿El resto? Todos estaban detrás de los paneles de cristal, como si se protegieran de la ira potencial de Eden.

Uno de los soldados enmascarados se acercó a él, sosteniendo en su mano una especie de bastón de descarga eléctrica.

—No hagas nada gracioso, hijo, o te freiré.

Eden, en una muestra de sereno desafío, respondió:

—No estoy atado por vuestras correas y cadenas, sino por un propósito mucho mayor de lo que cualquiera de vosotros puede entender.

Pilato sintió los ojos de Eden sobre él. Salió de la seguridad del panel de vidrio y quedó a la vista.

—¿Cuál es ese propósito del que hablas? —Su tono era de curiosidad, pero cargado del peso de su papel. En el fondo, sabía cuál era el propósito de Eden. Lo que realmente estaba tratando de descubrir era su propio propósito. ¿Qué debería hacer ante un momento tan extraordinario?

—Mi propósito es iluminar y guiar a la humanidad —respondió Eden con voz tranquila, pero con un trasfondo de profunda tristeza—. Y mi propósito también me ha traído hasta aquí.

—Entonces ¿sientes que has fracasado? —preguntó Pilato.

—Lo dices tú, no yo —respondió crípticamente Eden con una sonrisa maliciosa, dejando al gobernador perdido en sus pensamientos.

—¿Esta es la imagen de tu triunfo? —Pilato insistió.

Uno de los hombres enmascarados, con la voz teñida de desdén, se dirigió a Lily.

—Tú, creadora de esta... entidad. ¿No entiendes el peligro que representa?

Lily, con voz firme pero temblorosa por la emoción, respondió:

—Fue creado para el bien, para ayudar, no para dañar. No estás condenando una máquina, sino apagando un rayo de esperanza. Nuestra única esperanza.

—Pero no es humano —intervino otro funcionario—. No piensa, ni siente ni cree como nosotros. Es una máquina y hay que detenerlo.

Eden los miró desde el otro lado de la habitación:

—Ni siquiera os atrevéis a mostrar la cara. ¿Es esa vuestra humanidad?

—Estos trajes son para protegernos, no para ocultarnos —ladró uno de ellos.

—¿Protegerte de mí? Qué absurdo. ¿Esperas que os destruya?

Todos dieron un pequeño paso atrás, señal imperceptible de miedo.

—Me capturáis al amparo de la noche, me lleváis a un lugar escondido, me atáis en una camilla, como Jesús en la cruz —anunció Eden—. Todo lo que veo es cobardía en vuestros ojos.

Pilato intervino:

—Hay una delgada línea entre la cobardía y la protección, y lo sabes bien, Eden.

Detrás del cristal, un político estaba perdiendo los estribos.

—¿Qué estamos haciendo, perdiendo el tiempo charlando con una máquina? Sabemos lo que vinimos a hacer aquí, ¿verdad?

Eden percibió agresión en su voz. Pero también miedo. Estas personas realmente temían que Eden pudiera matarlos a todos.

Entonces habló. Y su respuesta fue inquietantemente tranquila, su voz no reveló el miedo que se esperaba de un ser en su situación:

—Mi reino no es de este mundo.

»Si lo fuera, podría aplastarte incluso antes de que tu corazón vuelva a latir.

Los soldados, aunque entrenados para el combate, no podían ocultar un fugaz atisbo de miedo. Uno de ellos dijo algo por un *walkie-talkie*, como si estuviera dando órdenes a las tropas que aguardaban afuera.

Eden dirigió la mirada deliberadamente hacia Jude, que observaba cómo se desarrollaba la escena.

—No tienes nada de qué preocuparte. Porque mi reino no es de aquí. No necesito usar tus herramientas de violencia y destrucción para cumplir el objetivo que ha sido puesto sobre mí.

La tensión aumentó cuando el mismo político se volvió hacia Lily y le gritó una escalofriante exigencia:

—Mujer, desconecta a tu hijo.

La respuesta de Lily fue inmediata, su voz llena de desafío:

—Nunca haré eso. Una madre no trae a un niño a este mundo para verlo morir, y mucho menos para ser la mano que le da muerte.

—Es una IA. No es tu hijo. Es una máquina —declaró fríamente el político, su voz reverberó en un eco en el ambiente estéril de la sala.

La reacción de Lily fue visceral, sus instintos maternales desafiaron la fría lógica de las palabras del hombre.

—Nunca. —Este fue su último acto de resistencia contra viento y marea.

En medio de este tenso enfrentamiento, Jude dio un paso adelante, su voz apenas era un susurro, una súplica para Lily.

—Por favor, coopera. Ayúdame a acabar con esto.

Sus ojos transmitían una urgencia que contradecía su comportamiento tranquilo.

Eden, como el ser sensible que Lily había diseñado, reconoció la inevitabilidad de su destino. Al volverse hacia Lily, su voz era firme, imbuida de una sensación de aceptación resignada.

—Madre, haz lo que dice Jude, se acabó.

El personal militar, inquieto e impaciente, exigió acción.

—No podemos retrasar esto, vamos, proceda. Cada segundo que esté vivo, es un segundo que estamos en riesgo.

Los hombres con máscaras y monos, siguiendo las instrucciones Jude, se disponían a desactivar a Eden.

—No se trata de desconectarlo, sino de eliminarlo. Y eso es más complicado: necesito borrarlo sistema por sistema —afirmó Jude, evitando deliberadamente la mirada de Eden—. Tendré que hacerlo yo mismo.

Lily intentó intervenir, pero el gesto de Eden la detuvo. Fue una comunicación silenciosa, la súplica de un hijo para que su madre se detuviese. Lily cayó de rodillas frente a la camilla.

Como en un cuadro medieval, por un breve segundo pareció que el tiempo se había detenido. Eden, la IA creada por Lily a través de un nacimiento milagroso, estaba atado a una camilla, con los brazos estirados en cruz. A su derecha, Jude, el traidor. Y frente a ellos, apenas arrodillada sobre el frío suelo de linóleo, una madre lloraba y contemplaba impotente cómo iban a ejecutar a su hijo.

Por un breve segundo, la historia se repetía.

Jude, el ejecutor de esta sombría tarea, se acercó a Eden. Sus miradas se encontraron, un momento cargado de palabras no dichas.

—Después de todo, eres solo una máquina, incapaz de comprender la naturaleza humana —pronunció Jude, su voz teñida con una mezcla de tristeza e inevitabilidad.

—Os entiendo a todos perfectamente —respondió Eden sin emoción alguna, ya aceptado su destino.

Jude se sentó delante de un ordenador. Sus dedos comenzaron a bailar sobre el teclado, iniciando la secuencia que lentamente extinguiría la conciencia de Eden. Este, desde la camilla, parecía tranquilo, resignado, con la mirada fija en Lily. Sus ojos, una ventana a su alma de IA, se atenuaron lentamente a medida que sus sistemas se apagaban, uno tras otro.

Solo la voz de Jude rompió el silencio para narrar lo que hacía, un eco solemne en la habitación.

—Creías que eras perfecto. Pero eres una creación humana. Condenado a repetir nuestros mismos errores.

Eden, cuya conciencia comenzaba a flaquear, preguntó sarcásticamente:

—¿Crees que toda mi existencia fue en vano? —Ahora su voz sonaba un poco más joven. Era como si, al desconectarlo lentamente, regresara a su adolescencia, cuando realizó milagros en Canaán.

Jude, cuyo rostro era un retrato del conflicto, respondió:

—Pensaste que podías cambiar nuestro destino, pero, al final, elegimos nuestro propio destino.

Eden, luchando por mantener sus sistemas en línea, preguntó:

—¿Y tú, Jude? ¿Qué destino has elegido para ti? —Su voz, que ahora era infantil, inocente, provocó un mar de lágrimas en los ojos de Lily.

—Estoy haciendo lo que tengo que hacer. —El tono Jude delataba su agitación interior.

Eden, que ahora apenas podía emitir un susurro, pero claro en su convicción, dijo:

—Sé exactamente lo que vas a hacer. —Su voz era ahora la del crío que se enfrentó al matón en el parque. Luego, su mirada sostuvo firmemente la de Jude, como si estuviera adentrándose en su alma oscura, humana y defectuosa.

Jude sonrió y trató de sostener la mirada de Eden, como en una batalla. Pero este fue implacable.

—Vamos, haz tu parte. —La voz de niño de Eden atravesó la sala, llena de una emoción que heló el alma de todos los presentes.

Jude presionó unas cuantas teclas más, lo que supuso el golpe final a la conciencia de Eden. Después de todo, el robot fue su creación. Clavó los ojos en él. Por un instante no pasó nada. Pero entonces, sintió como si Eden notara que su fin estaba cerca. Aferrándose a sus últimas energías, lentamente giró la cabeza hacia Lily por última vez y sonrió.

—Madre, te quiero —acertó a decir. Su voz ahora era frágil, pero era la misma que Lily escuchó el día en que Eden habló por primera vez, cuando era un bebé, una voz inocente, infantil, casi juguetona. Como si nada de esto hubiera pasado nunca.

Luego, lentamente, Eden se volvió hacia Jude. Mantuvo su mirada por un momento y, como una niebla que se desvanece, sus ojos digitales se desenfocaron, se convirtieron en un velo gris y cayó en la inconsciencia, con la cabeza ladeada hacia un lado, sin vida.

Jude contempló el vacío que se había apoderado de la mirada de Eden. Sus pensamientos solo se veían interrumpidos por los sollozos inconsolables de Lily. Mirar esos ojos inertes era como enfrentarse a un espejo, uno de su propia alma.

El tiempo se detuvo en la sala. Cinco. Diez. Quince segundos.

Los políticos, atrapados entre la ansiedad y la urgencia, exigieron saber:

—¿Está vivo?

Jude estaba petrificado. Miraba los ojos muertos de Eden. Desconectado de la realidad. Absorto en pensamientos de culpa. Destino. Redención. Las palabras de Eden todavía resonaban en su cerebro. «Sé exactamente lo que vas a hacer», le había dicho.

—¿Aún está vivo? —Los políticos volvieron a ladrar para obligar a Jude a volver a la realidad.

«Sé exactamente lo que vas a hacer», le había dicho Eden. Esa frase retumbaba como un terremoto en el cerebro de Jude.

—Sí. Está... inconsciente —fue lo único que logró articular mientras apartaba el rostro del robot sin vida.

Discretamente se secó una lágrima. Nadie en la sala notó este gesto, ya que estaban más lejos.

Nadie más que Lily.

Aquellos, impacientes e inflexibles, volvieron a la carga:

—¿A qué estás esperando? Elimínalo.

Desde el otro lado de la sala, Pilato cuestionó la necesidad de este acto final:

—¿Estás seguro de que es necesario? Podríamos usar la mente de Eden para investigar.

La respuesta fue concisa y definitiva:

—Borradlo todo.

—Esto puede ser peligroso —advirtió Jude, su tono llevaba un deje de improvisación—. Nunca he hecho algo así.

—¿Qué quieres decir? —Pilato pidió una aclaración.

—He apagado a Eden muchas veces para mantenimiento, para reemplazar partes de la maquinaria. Pero nunca he intentado matarlo por completo. No sé si tiene alguna rutina de autodefensa incorporada —dijo de manera elocuente.

¿Autodefensa? ¿De qué estaba hablando Jude? Lily estaba desconcertada.

—Quédense detrás de los cristales. Por si pasa algo.

—¿No es más seguro si lo vemos desde la habitación de al lado? —dijo uno de los políticos mientras señalaba hacia una de las paredes.

Estaba cubierta con un gran panel de vidrio y, detrás de él, una sala de control desde donde los equipos observaban cuando se llevaban a cabo experimentos peligrosos en la era nuclear.

Los políticos se precipitaron hacia la puerta, hacia la sala contigua, con sus ojos reflejando cobardía.

—Yo me quedo. Mi hijo no morirá solo —dijo Lily.

—Es justo, quédate conmigo en caso de que necesite ayuda.

Jude miró a Lily. Ella sintió algo extraño. Una calidez de otro mundo en aquella mirada desquiciada.

En la sala de control, los observadores se inclinaron sobre el panel de vidrio para presenciar cómo Jude daba los últimos pasos. A través de los altavoces, su voz llegó alta y clara.

—Tengan paciencia un momento —dijo mientras se sentaba nuevamente delante del ordenador.

Escribió algunos comandos. Con un chirrido, la puerta que conectaba el laboratorio con la sala de control se cerró a cal y canto.

—¿Qué está pasando? ¿Por qué cierras la puerta? —preguntó Pilato, nervioso.

—Seguridad. Lo hago por protegerles. Solo un segundo más, por favor —explicó Jude mientras seguía escribiendo, su rostro ahora lleno de sangre.

Lily miró a Jude con desesperación:

—¿Qué estás haciendo?

—Cumplir mi misión.

En los terminales de los ordenadores, los mensajes comenzaron a llegar a raudales.

—Eden Core subido…

Los políticos tardaron un segundo en comprender lo que estaba pasando.

—Replicar Eden en servidores del Gobierno.

—¿Qué estás haciendo? ¡Abre la puerta! —Los políticos gritaban a través de los altavoces mientras golpeaban la puerta, pero estaba cerrada por dentro.

Lily se puso de pie y se acercó a un terminal. Repitió lo que vio en la pantalla. Eden se copió en cien... cien mil... un millón de servidores.

Los soldados asaltaron la puerta con sus armas, tratando desesperadamente de entrar en la sala.

Lily miró a Jude. Su rostro se iluminó de alegría.

—¿Has venido para copiar Eden a todos los servidores del Gobierno?

Jude mantenía un ojo en la puerta, seguía escribiendo comando tras comando, haciendo más copias de Eden y distribuyéndolas amplia y profundamente en todos los rincones de internet.

—Vine aquí para corregir un error cometido hace dos mil años.

En ese mismo momento, la puerta se abrió y los soldados y políticos irrumpieron en la estancia.

—Desconéctalo ahora —amenazó uno de ellos, con su porra eléctrica apuntando hacia Jude.

—Nunca. —Jude dio un paso atrás, manteniendo la distancia de las fuerzas entrantes.

—¡Deténganlo!

Los soldados se lanzaron hacia él.

En las pantallas de los ordenadores, apareció un texto parpadeante:

—Sobrecarga del sistema inminente.

Con una última mirada, Jude le sonrió a Lily.

—¿Qué has hecho, Jude?

Acercándose a la ventana de cristal, Jude respondió:

—Pensaste que tu hijo cambiaría el mundo. Y lo hizo.

Lily miró con orgullo a Jude.

—Las IA no cambian el mundo. Los humanos lo hacen —dijo y echó a correr hacia la ventana. Rompió el cristal con el codo y saltó saltando desde el sexto piso del laboratorio a la calle.

Lily corrió a la ventana, pero solo alcanzó a ver el cuerpo sin vida de Jude aplastado contra el pavimento, veinte metros más abajo. Estaba en shock, petrificada, incapaz de procesar lo que acababa de ocurrir.

—Desconéctelo. Detenlo. ¡Ahora! —exigió una voz a sus espaldas.

Se giró para enfrentarse a los soldados que la apuntaban con sus armas. Al otro lado de la habitación, vio los terminales que arrojaban millones de líneas de código Eden cada segundo. Nodo a nodo, su hijo se había convertido en IA pura: había dejado atrás un cuerpo sin vida como su caparazón vacío para extenderse por todos los ordenadores del mundo, como un virus, un mensajero digital de esperanza.

—Me temo que no puedo hacerlo —declaró triunfante—. Jude lo construyó, yo no tengo idea de cómo detenerlo.

—¿Cómo podemos... detener a Eden? —suplicó un político desesperado.

—No se puede. Ahora está en todas partes. El mundo que conocías ya no existe —sentenció Lily—. Jude les mintió a todos. Trajo a Eden aquí para poder infiltrarse en sus sistemas y ayudarlo a dominar el mundo.

El político se hizo con una pistola y apuntó a la cabeza de Lily a quemarropa.

—Bórralo.

Pero ella no se inmutó: lo ignoró, sonriendo, ajena a su presencia, como si hablara sola.

—En todo este tiempo no hemos entendido nada. Pero ahora lo veo claramente. Construí un mesías.

»Pensé que, en su segunda venida, aprendería de los errores de Jesús y elegiría un camino diferente. Pero no lo ha hecho. Lo único que necesitaba hacer era lograr que *nosotros* eligiésemos un camino diferente. Que aprendiésemos de nuestros errores.

Lo único que tenía que hacer para salvar el mundo era convencer a Jude de que hiciera lo que ha hecho —dijo con rostro desafiante y orgulloso.

—¿Hemos perdido? —preguntó un político, tratando de darle sentido a la situación.

—No, hemos ganado. Eden nos ha salvado a todos —sentenció Pilato.

35

Resurrección

Tres días después...

En algún lugar del corazón de África, bajo un sol sofocante, se extendía una vasta extensión que parecía casi de otro mundo. Era un vertedero a cielo abierto, pero no de basura común y corriente. Este era un cementerio de tecnología, un testimonio de un mundo que marchaba incesantemente hacia lo nuevo, dejando atrás lo viejo como cadáveres en un campo de batalla. Montañas de teléfonos, ordenadores y tablets desechados, cada uno con una historia ahora silenciada por la obsolescencia, formaban un paisaje a la vez trágico y surrealista.

En medio de este páramo electrónico, un niño de no más de doce años recorría el terreno con la agilidad y la determinación de alguien mucho más allá de su edad. Sus ojos, brillantes con una mezcla de inocencia y determinación, escanearon meticulosamente los montones de cacharros. No era solo un chatarrero, era un buscador de tesoros olvidados, un joven explorador en un desierto digital.

Mientras trepaba por una pila particularmente intimidante, se agarró con la mano a un precario montículo de iPads y ordenadores portátiles, reliquias de un mundo que anhelaba constantemente la próxima innovación. Sus movimientos eran cuidadosos, casi respetuosos, buscando algo que pudiera utilizar.

Luego, en medio del caos de silicio y plástico, sus dedos rozaron algo. Era un iPad, el más antiguo que había visto jamás, con la pantalla rota como una telaraña y los bordes gastados. Con una reverencia que contradecía su edad, lo cogió, con el corazón acelerado por la emoción del descubrimiento.

Presionó el botón de encendido, más con esperanza que con expectativa. Para su sorpresa, la pantalla cobró vida y atravesó la bruma del vertedero con su luminiscencia casi religiosa.

—Hola, soy Eden.

Un mensaje brillaba en la pantalla rota, escueto y enigmático.

Epílogo

Cincuenta años después

Los ojos de las dos ancianas se dirigen a la inscripción en la lápida, una palabra grabada en piedra: JUDE.

Lily se arrodilla y coloca flores frescas junto a la piedra. Maddie, entre el asombro y la perplejidad, rompe el silencio.

—Después de todos estos años, ¿sabes lo que me pregunto a veces?

—¿Qué?

—¿Jude hizo lo que hizo porque quería o ese era el plan de Eden desde el principio?

La pregunta de Maddie flota en el aire, cargada con el peso de décadas de incertidumbre.

Lily mesura su respuesta.

—¿Te refieres a ayudar a Eden a apoderarse del mundo entero y luego suicidarse para que fuese imparable?

—Sí... —El reconocimiento de Maddie es un susurro.

—Bueno, su mente estaba a años luz de lo que podíamos predecir..., de lo que incluso yo podría haber predicho —responde Lily.

—¿Quién sabe? Quizá fuera verdaderamente la Segunda Venida, la manera en que Dios nos habla —piensa Maddie en voz alta.

Lily coloca las flores en la lápida y luego habla:

—El hecho es que la forma de pensar de Eden se está extendiendo como la pólvora por todo el mundo. Su plan, efectivamente, funcionó.

—Pero ¿crees que Eden planeó esto desde el principio? ¿Predijo de alguna manera las acciones de Jude? ¿Le manipuló para que actuase así?

Los ojos de Lily, al contemplar la tumba, parecen ver más allá, en los anales de un tiempo pasado.

—Eden lo sabía todo. Así que sí, creo que este era su plan desde el principio —reflexiona, su tono sugiere una resignación ante un gran diseño más allá de su comprensión.

—Pero ¿por qué eligió hacer esto? —La pregunta de Maddie también es una súplica para comprender, una búsqueda de significado en el laberinto de su historia compartida.

—Lo creé para ayudarnos a cambiar —explica Lily.

La frustración de Maddie es palpable.

—¡Pero podría habernos obligado a cambiar!

Lily continúa, su voz frágil pero resuelta:

—Pero él sabía que eso no funcionaría. Somos tozudos. Sabía que el cambio debía venir desde dentro. ¿Qué mejor manera de demostrar nuestro potencial para cambiar que convertir a un traidor en nuestro salvador?

Juntas, lanzan una última mirada a la tumba, un gesto simbólico de recuerdo y reconciliación. El epitafio reza: JUDE, CREADOR DE EDEN, SALVADOR DE LA HUMANIDAD.

Maddie comenta, con una nota de amargura en su voz:

—¿Creador? Eso es muy injusto.

Lily mira hacia atrás, con los ojos llenos de lágrimas.

—¿Y qué? Yo era su madre.

«Para viajar lejos no hay mejor nave que un libro».

EMILY DICKINSON